SIDNEY SHELDON

Wen die Götter strafen

EDITION

SIDNEY SHELDON

Wen die Götter strafen

Aus dem Amerikanischen
von Hans-Peter Krafft

Besuchen Sie uns im Internet:
www.sammelwerke.de

Genehmigte Lizenzausgabe für Sammler-Editionen in der
Verlagsgruppe Weltbild GmbH, Steinerne Furt, 86167 Augsburg

Die Originalausgabe erschien unter dem Titel *The Sky Is Falling*
by William Morrow, an imprint of HarperCollins Publishers, Inc., New York
Aus dem Amerikanischen von Hans-Peter Krafft
Einbandgestaltung: Nele Schütz Design, München
Titelmotiv: Corbis Images, Düsseldorf
Druck und Bindung: GGP Media GmbH, Pößneck
Printed in the EU

Für Alexandra,
den Engel auf meiner Schulter

Der Himmel stürzt ein! Der Himmel stürzt ein!
– Chicken Little

Zeigt mir einen Helden, und ich werde euch eine Tragödie schreiben.
F. Scott Fitzgerald

Prolog

VERTRAULICHE MITTEILUNG AN ALLE BETEILIGTEN –
NACH KENNTNISNAHME UNVERZÜGLICH VERNICHTEN
ORT: GEHEIM
DATUM: GEHEIM

Zwölf Männer, die zwölf ferne Länder vertraten, befanden sich in der schwer bewachten unterirdischen Kammer. Sie saßen jeweils mehrere Schritte voneinander entfernt auf bequemen, paarweise hintereinander aufgestellten Stühlen. Gespannt hörten sie zu, als sich der Sprecher an sie wandte.

»Ich freue mich, Ihnen mitteilen zu können, dass die Gefahr, die uns so viel Kopfzerbrechen bereitet hat, in Bälde gebannt sein wird. Ich muss hier nicht im Einzelnen darauf eingehen, da in den nächsten vierundzwanzig Stunden alle Welt davon erfahren wird. Seien Sie versichert, dass uns nichts aufhalten wird. Die Pforten bleiben geöffnet. Und nun beginnen wir mit der Auktion. Erhalte ich ein erstes Angebot? Ja. Eine Milliarde Dollar. Bietet jemand zwei? Zwei Milliarden. Bekomme ich drei geboten?«

1

Eiligen Schrittes lief sie einen Straßenzug vom Weißen Haus entfernt die Pennsylvania Avenue entlang, zitterte im kalten Dezemberwind, als sie das schreckliche, ohrenbetäubende Heulen der Luftschutzsirenen hörte und dann den Bomber hoch über ihr, bereit, seine tödliche Fracht abzuladen. Sie blieb stehen, wie erstarrt vor Entsetzen, umgeben von Panik und Schrecken.

Mit einem Mal war sie wieder in Sarajevo, vernahm das schrille Pfeifen der fallenden Bomben. Sie kniff die Augen zusammen, doch das Geschehen rundum konnte sie nicht ausblenden. Der Himmel stand in Flammen, und sie war taub vom Lärm der Schnellfeuergewehre, dem Donnern der Flugzeuge und dem Krachen der tödlichen Mörsergranaten. Die Gebäude in der Nähe zerbarsten, es hagelte Zement, Ziegelsteine und Staub. Entsetzte Menschen stoben nach allen Seiten davon, um dem Tod zu entrinnen.

Von weit, weit weg ertönte eine Männerstimme. »Ist alles in Ordnung?«

Langsam, vorsichtig schlug sie die Augen auf. Sie war wieder auf der Pennsylvania Avenue, im fahlen Licht der Wintersonne, und hörte das leiser werdende Geräusch einer Düsenmaschine und die Sirene eines Krankenwagens, die diese Erinnerung ausgelöst hatten.

»Miss – *ist alles in Ordnung?*«

Nur mühsam fand sie wieder in die Gegenwart zurück. »Ja. Mir – mir geht's gut, danke.«

Er starrte sie an. »Moment mal! Sie sind Dana Evans. Ich bin ein großer Verehrer von Ihnen. Ich schaue mir jeden Abend Ihre Sendung auf WTN an, und ich habe alle Ihre Beiträge aus Jugoslawien gesehen.« Er klang hellauf begeistert. »Muss ganz schön aufregend für Sie gewesen sein, von diesem Krieg zu berichten, was?«

»Ja.« Dana Evans' Hals war trocken. *Aufregend, wenn man mit ansehen muss, wie Menschen zerfetzt, Babys in Brunnen geworfen werden, zerrissene Körperteile wie Unrat auf einem rot verfärbten Fluss dahintreiben.*

Plötzlich war ihr übel. »Entschuldigen Sie.« Sie wandte sich ab und hastete davon.

Dana Evans war erst drei Monate zuvor aus Jugoslawien zurückgekehrt und ihre Erinnerungen waren noch allzu frisch. Es kam ihr geradezu unwirklich vor, bei hellem Tageslicht ohne jede Angst die Straße entlanggehen zu können, den Gesang der Vögel und das Lachen der Menschen zu hören. In Sarajevo hatte es kein Lachen gegeben, nur das Krachen der einschlagenden Granaten und die qualvollen Schreie, die darauf folgten.

John Donne hatte Recht, dachte Dana. *Niemand ist eine Insel. Was einem widerfährt, widerfährt uns allen, denn wir sind alle aus Erde und Sternenstaub gemacht. Gemeinsam erleben wir das Walten der Zeit. Unerbittlich bewegt sich der große Sekundenzeiger des Universums voran, bis die nächste Minute anbricht.*

In Santiago wird ein zehnjähriges Mädchen von seinem Großvater vergewaltigt…

In New York City küssen sich zwei Jungverliebte bei Kerzenschein…

In Flandern gebiert ein siebzehnjähriges Mädchen ein crackgeschädigtes Kind…

In Chicago setzt ein Feuerwehrmann sein Leben aufs Spiel, um eine Katze aus einem brennenden Haus zu retten …

In São Paulo werden hunderte von Fußballfans zu Tode getrampelt, als bei einem Punktspiel die Tribüne einstürzt …

In Pisa weint eine Mutter vor Freude, während sie zusieht, wie ihr Kind die ersten Schritte unternimmt …

All das und unendlich viel mehr ereignet sich innerhalb von nur sechzig Sekunden, dachte Dana. *Und die Zeit läuft weiter, bis wir alle in der großen, unbekannten Ewigkeit enden.*

Dana Evans war siebenundzwanzig Jahre alt und sah bezaubernd aus. Sie war schlank, hatte nachtschwarzes Haar, große, intelligente graue Augen, ein herzförmiges Gesicht und konnte so herzlich lachen, dass es geradezu ansteckend wirkte. Dana war ein Soldatenkind, die Tochter eines Colonels der US-Armee, der als Waffenausbilder von einem Stützpunkt zum anderen gezogen war, und durch dieses unstete Leben hatte sie von klein auf Gefallen am Abenteuer gefunden. Sie wirkte verletzlich und furchtlos zugleich – eine unwiderstehliche Mischung. Wie gebannt hatten die Menschen vor dem Fernseher gesessen, als sie ein Jahr lang vom Krieg auf dem Balkan berichtet hatte, scheinbar ungerührt inmitten des Schlachtengetümmels auf Sendung ging, ihr Leben aufs Spiel setzte und dennoch nüchtern und sachlich blieb, während ringsum Tod und Verderbnis herrschten. Und jetzt war sie sich ständig der Blicke bewusst, die man ihr zuwarf, des Getuschels, das ringsum einsetzte, wenn sie erkannt wurde. Dana Evans war ihr Bekanntheitsgrad eher peinlich.

Rasch ging sie die Pennsylvania Avenue entlang, warf einen Blick auf ihre Uhr, als sie am Weißen Haus vorüberhastete. *Ich komme zu spät zur Konferenz,* dachte sie.

Der Firmensitz der Washington Tribune Enterprises befand sich an der Sixth Street NW und bestand aus insgesamt vier Gebäuden, die einen ganzen Straßenzug einnahmen – die Druckerei, die Zeitungsredaktion, ein Hochhaus für die Verwaltung und Geschäftsleitung und der Fernsehsender. Die Fernsehstudios des Washington Tribune Network waren im fünften Stock von Haus Nummer vier untergebracht. Hier, wo zahllose Menschen in ihren Kabuffs an den Computern arbeiteten, herrschte stets hektisches Treiben. Ständig gingen neueste Nachrichten von gut einem halben Dutzend Presseagenturen rund um den Globus ein. Dieser gewaltige Apparat erstaunte und faszinierte Dana stets aufs Neue.

Hier hatte Dana auch Jeff Connors kennen gelernt. Jeff, einst ein ausgezeichneter Pitcher in der höchsten Baseball-Liga, bis er sich bei einem Skiunfall den Arm gebrochen hatte, war Sportreporter bei WTN und schrieb zudem eine tägliche Kolumne für die Washington Tribune und alle ihr angeschlossenen Presseorgane. Er war Mitte Dreißig, groß und schlank, wirkte jungenhaft und hatte eine locker-lässige Art an sich, mit denen er die Menschen für sich einnahm. Jeff und Dana hatten sich ineinander verliebt und schmiedeten Heiratspläne.

In den drei Monaten seit Danas Rückkehr aus Sarajevo hatte sich in Washington allerhand getan. Leslie Stewart, der frühere Besitzer der Washington Tribune, hatte seine Anteile abgestoßen und sich zurückgezogen, und das Unternehmen war von Elliot Cromwell aufgekauft worden, einem international tätigen Medientycoon.

Die morgendliche Konferenz mit Matt Baker und Elliot Cromwell musste jeden Moment beginnen. Als Dana eintraf, wurde sie von Abbe Lasmann begrüßt, Matts reizvoller rothaariger Sekretärin.

»Die Herren erwarten Sie bereits«, sagte Abbe.

»Danke, Abbe.« Dana ging in das Eckzimmerbüro. »Matt… Elliot…«

»Sie sind spät dran«, knurrte Matt Baker.

Baker war ein kleiner, grauhaariger Mann von Anfang fünfzig, blitzgescheit und umtriebig, aber oft auch barsch und ungeduldig. Stets trug er zerknitterte Anzüge, die aussahen, als hätte er darin geschlafen, und Dana vermutete, dass dem auch so war. Er leitete WTN, die Fernsehabteilung der Washington Tribune Enterprises.

Elliot Cromwell war Mitte sechzig, ein freundlicher, aufgeschlossener Mann, der oft und gern lächelte. Er war Milliardär, aber es gab zig verschiedene Versionen darüber, wie er sein riesiges Vermögen angehäuft hatte, darunter auch einige weniger schmeichelhafte. In der Medienbranche, wo es doch in erster Linie um die Verbreitung von Informationen geht, war er allen ein Rätsel.

Er wandte sich Dana zu. »Matt sagt, dass wir die Konkurrenz wieder schlagen«, sagte er. »Ihre Quoten steigen weiter.«

»Das höre ich gern, Elliot.«

»Dana, ich verfolge jeden Abend Dutzende von Nachrichtensendungen, aber Ihre ist anders als alle übrigen. Ich weiß nicht genau, warum, aber sie gefällt mir.«

Dana hätte Elliot Cromwell den Grund erklären können. Andere Nachrichtensprecher trugen die neuesten Ereignisse einem gesichtslosen Millionenpublikum vor, ohne auf ihre Zuschauer in irgendeiner Weise einzugehen. Dana indessen hatte beschlossen, die Sache persönlich zu gestalten. An einem Abend stellte sie sich vor, dass sie mit einer einsamen Witwe sprach, am nächsten mit einem gebrechlichen, hilflos ans Bett gefesselten Menschen, am dritten mit einem Handelsvertreter, der irgendwo fern von seiner Familie allein vor dem Fernseher saß. Ihre Nachrichten klangen eindringlich und direkt, und die Zuschauer mochten sie und reagierten entsprechend darauf.

»Meines Wissens haben Sie heute Abend einen interessanten Gast zum Interview eingeladen«, sagte Matt Baker.

Dana nickte. »Gary Winthrop.«

Gary Winthrop war Amerikas Märchenprinz. Er entstammte einer der bekanntesten Familien des Landes, ein gut aussehender Mann in den besten Jahren mit viel Charisma.

»Er tritt nicht gern in der Öffentlichkeit auf«, sagte Cromwell. »Wie haben Sie ihn dazu bewegen können?«

»Wir haben ein gemeinsames Hobby«, erklärte ihm Dana.

Cromwell furchte die Stirn. »Wirklich?«

»Ja.« Dana lächelte. »Ich gucke mir gern einen Monet oder van Gogh an, und er kauft sie gern. Aber im Ernst – ich habe ihn schon mal interviewt, und wir haben uns angefreundet. Wir bringen einen Bericht über die Pressekonferenz, die er heute Nachmittag gibt. Danach kommt mein Interview.«

»Wunderbar.« Cromwell strahlte.

Die nächste Stunde sprachen sie über die neue Sendung, die die Fernsehgesellschaft plante, ein einstündiges Kriminalmagazin mit dem Titel *Alibi,* das Dana produzieren und moderieren sollte. Es sollte zweierlei Zwecken dienen: Zum Einen auf Justizirrtümer und Unrecht aufmerksam machen, damit man sie wieder gutmachen konnte, und zum Zweiten das Publikum dazu anhalten, beim Lösen ungeklärter Kriminalfälle mitzuwirken.

»Es gibt jede Menge Magazinsendungen«, warf Matt warnend ein. »Folglich müssen wir besser sein als die anderen. Ich möchte, dass wir mit einem richtigen Hammer anfangen. Irgendwas, was die Zuschauer fesselt und –«

Die Gegensprechanlage summte. Matt Baker drückte eine Taste. »Ich habe doch gesagt, keine Anrufe. Warum –?«

Abbes Stimme drang aus dem Lautsprecher. »Tut mir Leid. Ein Gespräch für Miss Evans. Jemand aus Kemals Schule ist dran. Es klingt dringend.«

Beklommen und mit heftigem Herzklopfen ging Dana ans Telefon. »Hallo … Ist mit Kemal alles in Ordnung?« Sie hörte einen Moment lang zu. »Aha … Ich verstehe … Ja, ich komme gleich vorbei.« Sie legte den Hörer auf.

»Was ist los?«, fragte Matt.

»Ich soll zur Schule kommen und Kemal abholen«, sagte Dana.

Elliot Cromwell runzelte die Stirn. »Ist das der Junge, den Sie aus Sarajevo mitgebracht haben?«

»Ja.«

»Eine tolle Geschichte.«

»Ja«, sagte Dana verhalten.

»Haben Sie den nicht auf irgendeinem Grundstück aufgestöbert?«

»So ist es«, erwiderte Dana.

»Er hatte irgendeine Krankheit oder so was Ähnliches?«

»Nein«, sagte sie entschieden, weil sie keine Lust hatte, über diese Zeit zu reden. »Kemal hat einen Arm verloren. Er wurde von einer Bombe weggerissen.«

»Und Sie haben ihn adoptiert.«

»Offiziell noch nicht, Elliot. Aber ich habe es vor. Vorerst bin ich nur sein Vormund.«

»Nun denn, holen Sie ihn ab. Über *Alibi* sprechen wir später weiter.«

Als Dana in der Theodore Roosevelt Middle School eintraf, begab sie sich unverzüglich zum Rektorat. Vera Kostoff, die stellvertretende Schulleiterin, eine verhärmt wirkende, vorzeitig ergraute Frau um die fünfzig, saß an ihrem Schreibtisch. Kemal hockte ihr gegenüber. Er war zwölf Jahre alt, klein für sein Alter, schmal und blass, hatte zerzauste blonde Haare und ein trotziges Kinn. Sein rechter Hemdsärmel hing leer herunter. Hier in diesem Zimmer wirkte er noch schmächtiger als sonst.

Als Dana in das Büro kam, spürte sie sofort die Spannung, die in der Luft lag.

»Hallo, Mrs. Kostoff«, sagte sie mit strahlender Miene. »Kemal.«

Kemal starrte auf seine Schuhe.

»Soweit ich weiß, ist irgendetwas vorgefallen«, fuhr Dana fort.

»Ja, das kann man wohl sagen, Miss Evans.« Sie reichte Dana ein Blatt Papier.

Dana schaute verdutzt darauf. *Vidja* stand dort, *pizda, zbosti, fukati, nezakonski otrok, umreti, tepec.* Sie blickte auf. »Ich – ich verstehe nicht recht. Das ist Serbisch, nicht wahr?«

»So ist es«, erwiderte Mrs. Kostoff verkniffen. »Kemal hat das Pech, dass ich zufällig Serbin bin. Diese Ausdrücke hat Kemal im Unterricht gebraucht.« Ihr Gesicht war rot angelaufen. »So drücken sich nicht einmal serbische Lastwagenfahrer aus, Miss Evans, und ich lasse mir von diesem Knaben hier keine solchen Kraftausdrücke bieten. Kemal hat mich eine *pizda* geheißen.«

»Eine *pi-*?«, sagte Dana.

»Ich bin mir durchaus darüber im Klaren, dass Kemal noch nicht lange in diesem Land weilt, und ich habe mich wirklich um Nachsicht bemüht, aber sein – sein Betragen ist abscheulich. Ständig ist er auf Streit aus, und als ich ihn heute Morgen getadelt habe, hat er – hat er mich beleidigt. Das geht zu weit.«

»Sie sind sich doch sicherlich bewusst, wie schwer er sich hier tut, Mrs. Kostoff, und –«

»Wie schon gesagt, ich bin durchaus nachsichtig mit ihm, aber er stellt meine Geduld auf eine harte Probe.«

»Ich verstehe.« Dana blickte zu Kemal. Er starrte nach wie vor mürrisch auf seine Schuhe.

»Ich hoffe, dass dies der letzte derartige Vorfall war«, sagte Mrs. Kostoff.

»Ich auch.« Dana stand auf.

»Ich habe Kemals Zeugnis für Sie.« Mrs. Kostoff öffnete eine Schublade, zog ein Blatt Papier heraus und reichte es Dana.

»Danke«, sagte Dana.

Auf der Heimfahrt schwieg Kemal.

»Was soll ich nur mit dir machen?«, sagte Dana. »Wieso bist du ständig auf Streit aus, und weshalb benutzt du solche Ausdrücke?«

»Ich hab nicht gewusst, dass sie Serbisch kann.«

»Ich muss wieder ins Studio, Kemal«, sagte sie, als sie vor ihrem Wohnhaus anlangten. »Kommst du hier allein klar?«

»Top.«

Als Kemal das zum ersten Mal zu ihr gesagt hatte, hatte Dana gedacht, er hätte sie nicht verstanden, doch sie begriff rasch, dass dies zu dem Geheimjargon gehörte, den die jungen Leute sprachen. »Top« hieß so viel wie »ja«. Angehörige des anderen Geschlechts wurden als »Knies« bezeichnet – *k*nackig, *n*iedlich und *s*charf. Alles war entweder cool oder geil, krass oder mega. Wenn ihm etwas nicht gefiel, war es ätzend.

Dana holte das Zeugnis heraus, das Mrs. Kostoff ihr gegeben hatte. Sie kniff die Lippen zusammen, als sie es las. Geschichte vier. Englisch vier. Naturkunde vier. Sozialkunde sechs. Mathematik eins.

Ach Gott, was soll ich nur machen?, dachte Dana, während sie das Zeugnis betrachtete. »Darüber sprechen wir ein andermal«, sagte sie. »Ich bin spät dran.«

Kemal war Dana ein Rätsel. Wenn sie beisammen waren, benahm er sich tadellos, er war liebevoll, zuvorkommend und reizend. Am Wochenende zogen Dana und Jeff mit ihm kreuz und quer durch Washington, gingen in den National Zoo mit seinem sehenswerten Aufgebot an wilden Tieren und betrachteten die aus den Dschungeln Chinas stammenden Riesenpandas. Sie besuchten das National Air & Space Museum, wo sie Kemal die von der Decke baumelnde Maschine zeigten, mit der die Gebrüder Wright den ersten Motorflug unternommen hatten, besichtigten das Skylab und fassten das Mondgestein an. Sie gingen ins Kennedy Center und zum Arena Stage. Sie luden Kemal zu einer Pizza bei Tom Tom ein, zu Tacos bei Mextec und Brathähnchen nach Südstaatenart bei Georgia Brown's. Kemal genoss jede einzelne Sekunde. Er liebte diese gemeinsamen Unternehmungen mit Dana und Jeff über alles.

Doch wenn Dana zur Arbeit gehen musste, verwandelte sich Kemal in einen anderen Menschen. Er wurde feindselig und widerspenstig. Dana konnte auf Dauer keine Haushaltshilfe halten, und die Mädchen, die abends auf Kemal aufpassten, erzählten die reinsten Horrorgeschichten.

Jeff und Dana versuchten gütlich auf ihn einzuwirken, doch es nützte nichts.

Vielleicht braucht er psychologischen Beistand, dachte Dana. Sie hatte keine Ahnung, welche Ängste und Schrecken Kemal plagten.

Die Abendnachrichten von WTN gingen über den Äther. Richard Melton, Danas gut aussehender Ko-Moderator, und Jeff Connors saßen neben ihr.

»... und nun zum Ausland«, sagte Dana gerade. »Zwischen England und Frankreich gibt es nach wie vor Reibereien wegen des Rinderwahnsinns. Ein Bericht von René Linaud aus Reims.«

»Schalten Sie auf Satellit«, befahl Anastasia Mann im Regieraum.

Eine Viehweide inmitten einer typisch französischen Landschaft tauchte auf den diversen Bildschirmen auf.

Die Studiotür ging auf, und etliche Männer kamen herein und gingen auf das Moderatorenpult zu.

Alle blickten auf. »Dana, Sie kennen doch Gary Winthrop«, sagte Tom Hawkins, der ehrgeizige junge Produzent der Abendnachrichten.

»Natürlich.«

Leibhaftig sah Gary Winthrop noch besser aus als auf den Fotos. Er war Mitte vierzig, hatte strahlend blaue Augen, lächelte freundlich und sprühte förmlich vor Charme.

»So trifft man sich wieder, Dana. Danke, dass Sie mich eingeladen haben.«

»Ich danke Ihnen, dass Sie gekommen sind.«

Dana blickte sich um. Ein halbes Dutzend Sekretärinnen, die alle so taten, als hätten sie hier etwas Dringendes zu tun, tummelte sich mit einem Mal im Studio. *Gary Winthrop ist so was bestimmt gewohnt,* dachte Dana amüsiert.

»Ihr Beitrag kommt in ein paar Minuten. Setzen Sie sich doch zu mir. Das ist Richard Melton.« Die beiden Männer schüttelten sich die Hand. »Jeff Connors kennen Sie ja bestimmt, nicht wahr?«

»Selbstverständlich. Sie sollten selber wieder antreten, Jeff, statt nur von den Spielen zu berichten.«

»Ich wünschte, ich könnte es«, erwiderte Jeff zerknirscht.

Der Beitrag aus Frankreich ging zu Ende, und danach kam eine Werbepause. Gary Winthrop nahm Platz und wartete, bis der letzte Spot vorüber war.

»Bitte bereithalten«, meldete sich Anastasia Mann aus dem Regieraum. »Wir spielen das Band ein.« Lautlos zählte sie mit dem Zeigefinger ab. »Drei … zwei … eins.«

Auf dem Monitor tauchte das Portal des Georgetown Museum of Art auf. Ein Kommentator mit dem Mikrofon in der Hand trotzte tapfer dem kalten Wind.

»Wir befinden uns hier vor dem Georgetown Museum of Art, in dem soeben ein Empfang zu Ehren von Mr. Gary Winthrop stattfindet, der dem Museum eine Spende von fünfzig Millionen Dollar überreicht hat. Begeben wir uns hinein.«

Das Bild wechselte zu einem weitläufigen Museumssaal, in dem sich zahlreiche Würdenträger, Vertreter der Stadt und diverse Fernsehteams um Gary Winthrop scharten. Morgan Ormond, der Direktor des Museums, überreichte ihm eine große Plakette.

»Mr. Winthrop, im Namen unseres Museums, der vielen Menschen, die hierher kommen, sowie all unserer Förderer möchte ich mich bei Ihnen für diese überaus großzügige Spende bedanken.«

Rundum gingen Blitzlichter los.

»Ich hoffe«, sagte Gary Winthrop, »dass dadurch jungen amerikanischen Malern die Möglichkeit geboten wird, sich nicht nur künstlerisch auszudrücken, sondern ihre Werke auch öffentlich auszustellen, damit sie weltweit Anerkennung finden.«

Lauter Beifall aus dem Publikum.

»Bill Toland vom Georgetown Museum of Art«, sagte der Kommentator. »Zurück ins Studio. Dana?«

Das rote Licht an der Kamera blinkte auf.

»Vielen Dank, Bill. Mr. Gary Winthrop hat sich freundlicherweise bereit erklärt, zu uns zu kommen und mit uns über Sinn und Zweck seiner enormen Spende zu sprechen.«

Die Kamera fuhr zurück, bis sie auch Gary Winthrop erfasste, der neben Dana im Studio saß.

»Mr. Winthrop«, begann Dana, »soll diese Spende von fünfzig Millionen Dollar dazu verwendet werden, neue Bilder für das Museum anzukaufen?«

»Nein. Sie ist in erster Linie für den Ausbau eines neuen Flügels gedacht, der vor allem jungen amerikanischen Künstlern vorbehalten sein soll, die ansonsten wenig Gelegenheit haben zu zeigen, was sie können. Darüber hinaus soll ein Teil des Geldes in Stipendien für künstlerisch begabte Jugendliche aus problematischen Innenstadtbezirken fließen. Die jungen Leute heutzutage wachsen doch ohne jedes Kunstverständnis auf. Der eine oder andere hört vielleicht mal irgendwas von französischen Impressionisten, aber mir geht es vor allem darum, dass sie sich auf ihr eigenes Erbteil besinnen, denn auch Amerika hat mit Künstlern wie Sargent, Homer und Remington einiges zu bieten. Diese Spende soll dazu verwendet werden, junge Künstler zu fördern und allen jungen Menschen die Kunst näher zu bringen.«

»Es geht das Gerücht«, sagte Dana, »dass Sie für einen Sitz im Senat kandidieren wollen, Mr. Winthrop. Ist da etwas Wahres dran?«

Gary Winthrop nickte. »In meiner Familie ist es schon seit langem üblich, dass man sich in den Dienst der Öffentlichkeit stellt. Wenn ich etwas zum Nutzen dieses Landes beitragen kann, werde ich alles in meiner Macht Stehende dazu tun.«

»Vielen Dank für Ihren Besuch, Mr. Winthrop.«

»Ich danke *Ihnen.*«

In der anschließenden Werbepause verabschiedete sich Gary Winthrop und verließ das Studio.

»Wir könnten ein paar mehr von seiner Sorte im Kongress gebrauchen«, sagte Jeff Connors, der neben Dana saß.

»Amen.«

»Vielleicht sollten wir ihn klonen. Übrigens – was macht Kemal?«

Dana zuckte zusammen. »Jeff – bitte erwähne Kemal und Klonen nicht in einem Atemzug. Das ertrage ich nicht.«

»Hat sich die Sache mit der Schule heute Morgen regeln lassen?«

»Ja, aber das war heute. Morgen ist –«

»Wir sind wieder dran«, sagte Anastasia Mann. »Drei... zwei... eins...«

Das rote Licht blinkte auf. Dana blickte auf den Teleprompter. »Und nun zum Sport, mit Jeff Connors.«

Jeff wandte sich in die Kamera. »Die Washington Bullets waren heute Abend von allen guten Geistern verlassen. Juwan Howard hat ein paar Zaubertricks versucht, doch Gheorghe Muresan und Rasheed Wallace kochten ihr eigenes Süppchen, und was dabei herauskam, war bitter und schmeckte ihnen überhaupt nicht...«

Die beiden Männer, die um zwei Uhr morgens in Gary Winthrops Stadtvilla eindrangen, nahmen sich zunächst die Bilder im Salon vor. Der eine trug eine Zorro-Maske, der andere war als Batman verkleidet. Sie gingen in aller Ruhe ans Werk, schnitten die Gemälde aus dem Rahmen und verstauten sie in einem großen Jutesack.

»Wann kommt der Wachmann wieder vorbei?«, fragte Zorro.

»Um vier Uhr früh«, erwiderte Batman.

»So ein geregelter Dienstplan kommt uns doch sehr entgegen, meinst du nicht?«

»Doch.«

Batman nahm ein Bild von der Wand und ließ es krachend

zu Boden fallen. Die beiden Männer hielten inne und lauschten. Nichts tat sich.

»Versuch's noch mal«, sagte Zorro. »Ein bisschen lauter.«

Batman ergriff ein anderes Gemälde und warf es mit aller Kraft auf den Boden. »Mal sehen, was sich jetzt tut.«

Gary Winthrop, der oben in seinem Schlafzimmer lag, fuhr hoch. Er setzte sich im Bett auf. Hatte er eben ein Geräusch gehört, oder hatte er nur geträumt? Er lauschte einen Moment lang. Kein Ton. Unsicher stand er auf, ging hinaus in den Gang und drückte auf den Lichtschalter. Der Flur blieb dunkel.

»Hallo. Ist da unten jemand?« Keine Antwort. Er stieg die Treppe hinab und ging den Gang entlang, bis er auf die Tür zum Salon stieß. Er hielt inne und starrte ungläubig auf die beiden Maskierten.

»Was, zum Teufel, machen Sie hier?«

Zorro wandte sich an ihn. »Hallo, Gary. Tut mir Leid, dass wir Sie geweckt haben. Schlafen Sie weiter.« Plötzlich hatte er eine mit einem Schalldämpfer versehene Beretta in der Hand. Er drückte zweimal ab, sah, wie Gary Winthrops Brust zerfetzt wurde. Zorro und Batman betrachteten ihn einen Moment lang, nachdem er zu Boden gestürzt war. Dann wandten sie sich zufrieden ab und nahmen die übrigen Bilder von der Wand.

2

Unerbittlich klingelte das Telefon, bis Dana Evans schließlich aufwachte. Mühsam setzte sie sich auf und blickte mit verquollenen Augen auf den Wecker am Nachttisch. Es war fünf Uhr morgens. Sie nahm den Hörer ab. »Hallo?«

»Dana ...«

»Matt?«

»Sehen Sie zu, dass Sie so schnell wie möglich ins Studio kommen.«

»Was ist passiert?«

»Ich weihe Sie ein, sobald Sie hier sind.«

»Bin schon unterwegs.«

Eine Viertelstunde später klopfte Dana, die sich in aller Eile angezogen hatte, an der Wohnungstür der Whartons, ihrer Nachbarn.

Dorothy Wharton öffnete im Morgenmantel die Tür. Beunruhigt blickte sie Dana an. »Dana, was ist los?«

»Ich tu Ihnen das ungern an, Dorothy, aber ich wurde dringend ins Studio zitiert. Würde es Ihnen etwas ausmachen, Kemal zur Schule zu bringen?«

»Oh, natürlich nicht. Das mach ich doch gern.«

»Vielen, vielen Dank. Er muss um Viertel vor acht da sein, und vorher braucht er noch etwas zum Frühstück.«

»Keine Sorge. Ich kümmere mich um ihn. Sputen Sie sich lieber.«

»Danke«, sagte Dana.

Abbe Lasmann war bereits in ihrem Büro, wirkte aber noch ziemlich verschlafen. »Er erwartet Sie schon.«

Dana ging in Matts Büro.

»Ich habe eine schreckliche Nachricht«, sagte er. »Gary Winthrop wurde heute Morgen ermordet.«

Dana sank wie vom Donner gerührt auf einen Sessel. »*Was*? Wer –?«

»Offenbar wurde sein Haus ausgeraubt. Als er die Einbrecher stellte, brachten sie ihn um.«

»O nein! Er war so ein wunderbarer Mensch!« Dana, die an die freundliche und herzliche Art des attraktiven Wohltäters und Kunstmäzens denken musste, war tief betroffen.

Matt schüttelte ungläubig den Kopf. »Mein Gott, das ist schon der fünfte Todesfall.«

Dana war verdutzt. »Der fünfte Todesfall? Was meinen Sie damit?«

Matt blickte sie erstaunt an, dann begriff er. »Natürlich – Sie waren ja in Sarajevo. Ich nehme an, bei den Kriegswirren da drüben haben die Ereignisse um die Winthrops nicht unbedingt Schlagzeilen gemacht. Aber Sie wissen doch sicher über Taylor Winthrop Bescheid, Garys Vater.«

»Er war Botschafter in Russland. Er und seine Frau sind vergangenes Jahr bei einem Brand ums Leben gekommen.«

»Richtig. Zwei Monate später wurde ihr älterer Sohn Paul bei einem Verkehrsunfall getötet. Und sechs Wochen danach kam ihre Tochter Julia bei einem Skiunfall um.« Matt hielt einen Moment lang inne. »Und nun, heute Morgen, auch noch Gary, der letzte Spross der Familie.«

Dana schwieg betroffen.

»Dana, die Winthrops genießen einen geradezu sagenhaften Ruf. Wenn es in diesem Land eine Königsfamilie gäbe, hätten sie die Krone getragen. Sie strahlten etwas ganz Besonderes aus. Sie waren weltberühmt für ihre Stiftungen und Schenkungen und die Dienste, die sie der Regierung leisteten. Gary wollte in die Fußstapfen seines Vaters treten und sich um einen Sitz im Senat bewerben, was ihm zweifellos gelungen wäre. Alle mochten ihn. Und nun ist er tot. In anderthalb Jahren wurde eine der vornehmsten Familien der Welt völlig ausgelöscht.«

»Ich – ich weiß nicht, was ich sagen soll.«

»Dann sollten Sie sich schleunigst etwas einfallen lassen«, sagte Matt energisch. »In zwanzig Minuten sind Sie auf Sendung.«

Die Nachricht von Gary Winthrops Tod löste weltweit Bestürzung aus. Auf sämtlichen Fernsehkanälen nahmen Staatsmänner aus aller Herren Länder dazu Stellung.

»Wie in einer griechischen Tragödie …«

»Unfassbar …«

»Das Schicksal geht aberwitzige Wege …«

»Die Welt hat einen schrecklichen Verlust erlitten …«

»Die Beliebtesten und die Besten, und nun sind sie alle tot …«

Der Mord an Gary Winthrop war in aller Munde. Es hatte den Anschein, als ob das ganze Land in Trauer versänke, zumal durch dieses Verbrechen auch die Erinnerungen an die anderen tragischen Todesfälle in der Familie wieder wach wurden.

»Das darf einfach nicht wahr sein«, sagte Dana zu Jeff. »Es muss eine so wunderbare Familie gewesen sein.«

»Das waren sie. Gary war ein echter Sportsfreund und ein großer Fan.« Jeff schüttelte den Kopf. »Kaum zu glauben, dass irgendwelche miesen kleinen Gauner einen so prachtvollen Menschen ausgelöscht haben.«

»Übrigens«, sagte Jeff, als sie am nächsten Morgen zum Studio fuhren, »Rachel ist in der Stadt.«

Übrigens? So beiläufig. Viel zu beiläufig, dachte Dana.

Jeff war einst mit Rachel Stevens, einem Topmodel, verheiratet gewesen. Dana hatte in der Fernsehwerbung und auf Illustrierten Fotos von ihr gesehen. Sie sah unglaublich gut aus. *Aber vermutlich hat sie nicht einen Funken Verstand im Kopf. Andererseits braucht sie mit dem Gesicht und der Figur auch keinen Verstand.*

Dana hatte sich schon früher mit Jeff über Rachel unterhalten. »Was ist aus eurer Ehe geworden?«

»Am Anfang war alles ganz großartig«, erklärte ihr Jeff. »Rachel hat mich in jeder Hinsicht unterstützt. Obwohl sie Baseball nicht ausstehen konnte, kam sie zu sämtlichen Spielen, nur um mich zu sehen. Davon abgesehen, hatten wir eine Menge gemeinsam.«

Davon bin ich überzeugt.

»Sie ist eine ganz wunderbare Frau, ganz und gar nicht zickig. Sie hat für ihr Leben gern gekocht. Wenn Rachel bei Aufnahmen war, hat sie die anderen Models bekocht.«

Na prima, so wird man die Konkurrenz los. Vermutlich sind sie umgefallen wie die Fliegen.

»Was?«

»Ich habe nichts gesagt.«

»Jedenfalls waren wir fünf Jahre lang verheiratet.«

»Und dann?«

»Rachel war sehr erfolgreich. Sie war ständig ausgebucht, und durch ihre Arbeit kam sie auf der ganzen Welt herum. Sie war in Italien … in England … auf Jamaika … in Thailand … Japan … Überall. Inzwischen habe ich im ganzen Land gespielt. Wir haben uns nicht mehr allzu oft gesehen. Nach und nach ist der Zauber dann verblasst.«

Die nächste Frage drängte sich förmlich auf, da Jeff Kinder über alles liebte. »Wieso habt ihr keine Kinder?«

Jeff lächelte ironisch. »Nicht gut für die Figur bei einem Model. Eines Tages ließ sie dann Roderick Marshall, einer der Spitzenregisseure von Hollywood, zu sich kommen. Rachel ging nach Hollywood.« Er stockte. »Eine Woche später hat sie mich angerufen und mir mitgeteilt, dass sie sich scheiden lassen will. Sie hatte das Gefühl, dass wir uns zu sehr auseinander gelebt hätten. Ich musste ihr Recht geben. Ich habe in die Scheidung eingewilligt. Kurz danach habe ich mir den Arm gebrochen.«

»Und bist Sportreporter geworden. Was ist mit Rachel? Hat sie's im Filmgeschäft nicht geschafft?«

Jeff schüttelte den Kopf. »Sie hatte keine richtige Lust dazu. Aber sie kommt prima zurecht.«

»Und ihr seid nach wie vor befreundet?« Eine heikle Frage.

»Ja. Ehrlich gesagt, habe ich ihr sogar von uns erzählt, als sie mich anrief. Sie möchte dich kennen lernen.«

Dana runzelte die Stirn. »Jeff, ich glaube nicht –«

»Sie ist wirklich ausgesprochen nett, Schatz. Lass uns morgen gemeinsam zu Mittag essen. Sie wird dir gefallen.«

»Ganz bestimmt«, erwiderte Dana. *Nie und nimmer*, dachte sie. *Aber man kommt nicht allzu oft mit einem Hohlkopf ins Gespräch.*

Der Hohlkopf war, wie sich herausstellte, eher noch schöner, als Dana befürchtet hatte. Rachel Stevens war groß und schlank, hatte lange, üppige blonde Haare, eine makellos gebräunte Haut und ein hinreißendes Gesicht. Dana konnte sie auf den ersten Blick nicht ausstehen.

»Dana Evans, das ist Rachel Stevens.«

Hätte es nicht heißen müssen, Rachel Stevens, das ist Dana Evans?, dachte Dana.

»... bei jeder Gelegenheit Ihre Berichte aus Sarajevo angesehen«, sagte Rachel Stevens gerade. »Sie waren unglaublich. Man konnte förmlich spüren, wie Ihnen zu Mute war, und daran teilhaben.«

Wie reagiert man auf ein ehrlich gemeintes Kompliment? »Vielen Dank«, sagte Dana lahm.

»Wo wollen wir denn zu Mittag essen?«, fragte Jeff.

»Es gibt ein wunderbares Restaurant namens Straits of Malaya«, schlug Rachel vor. »Ist nur zwei Straßen vom Dupont Circle entfernt.« Sie wandte sich an Dana. »Mögen Sie thailändische Küche?«, fragte sie.

Als ob es ihr darauf ankäme. »Ja.«

Jeff lächelte. »Prima. Probieren wir's aus.«

»Es ist nur ein paar Blocks von hier entfernt«, sagte Rachel. »Wollen wir zu Fuß gehen?«

Bei dieser Eiseskälte? »Klar«, sagte Dana tapfer. *Vermutlich läuft sie auch nackt im Schnee herum.*

Sie spazierten in Richtung Dupont Circle. Dana kam sich mit jeder Sekunde hässlicher vor. Inzwischen bereute sie bitterlich, dass sie die Einladung angenommen hatte.

Das Restaurant war völlig überlaufen; an der Bar warteten bereits zig Leute darauf, dass ein Tisch frei wurde. Der Oberkellner eilte zu ihnen.

»Einen Tisch für drei Personen«, sagte Jeff.

»Haben Sie reservieren lassen?«

»Nein, aber wir –«

»Tut mir Leid, aber –« Dann erkannte er Jeff. »Mr. Connors, freut mich, Sie zu sehen.« Er blickte zu Dana. »Miss Evans, es ist mir eine Ehre.« Er verzog kurz das Gesicht. »Ich fürchte, Sie werden sich etwas gedulden müssen.« Sein Blick wanderte zu Rachel, und er strahlte sichtlich auf. »Miss Stevens! Ich habe gelesen, dass Sie zu Aufnahmen in China waren.«

»War ich auch, Somchai. Aber ich bin wieder zurück.«

»Wunderbar.« Er wandte sich an Dana und Jeff. »Selbstverständlich haben wir einen Tisch für Sie.« Er führte sie zu einem Tisch mitten im Gastraum.

Ich hasse sie, dachte Dana. *Ich hasse sie von ganzem Herzen.*

»Du siehst gut aus, Rachel«, sagte Jeff, als sie Platz genommen hatten. »Was du auch machst, es scheint dir gut zu bekommen.«

Und wir dürfen alle raten, was es ist.

»Ich bin viel auf Reisen gewesen. Ich glaube, ich werde eine Zeit lang etwas kürzer treten.« Sie schaute Jeff in die Augen. »Erinnerst du dich noch an den Abend, als wir zwei –«

Dana blickte von der Speisekarte auf. »Was ist *udang goreng*?«

Rachel warf Dana einen kurzen Blick zu. »Das sind gebratene Krabben. Schmeckt hier sehr gut.« Sie wandte sich wieder an Jeff. »Den Abend, an dem wir zwei beschlossen, dass wir –«

»Und *laksa*?«

»Das ist eine pikante Nudelsuppe«, sagte Rachel geduldig. Sie wandte sich wieder an Jeff. »Du hast gesagt, du willst –«

»Und *poh pia*?«

Rachel blickte Dana an. »Das sind Teigröllchen gefüllt mit gedünstetem Gemüse und *jicama*«, erwiderte sie liebenswürdig.

»Wirklich?« Dana entschied sich, lieber nicht zu fragen, was *jicama* war.

Doch als sie eine Weile zusammensaßen, stellte Dana erstaunt fest, dass ihr Rachel Stevens trotz aller Vorbehalte allmählich sympathisch wurde. Sie war charmant und herzlich, und im Gegensatz zu anderen weltberühmten Schönheiten war sie allem Anschein nach völlig unbefangen, was ihr Aussehen anging, und machte keinerlei Aufhebens von ihrer Person. Sie war intelligent, wusste sich auszudrücken, und als sie beim

Kellner auf Thai ihr Essen bestellte, geschah dies ohne jede Überheblichkeit. *Wie konnte Jeff sie nur ziehen lassen?*, fragte sich Dana.

»Wie lange sind Sie in Washington?«, erkundigte sie sich.

»Ich muss morgen wieder weg.«

»Wo geht's diesmal hin?«, wollte Jeff wissen.

Rachel zögerte. »Nach Hawaii. Aber ich fühle mich regelrecht ausgelaugt, Jeff. Ich habe mir sogar schon überlegt, ob ich die Sache absagen soll.«

»Aber das machst du doch eh nicht«, sagte Jeff wissend.

Rachel seufzte. »Nein. Das mache ich nicht.«

»Wann kommen Sie wieder zurück?«, fragte Dana.

Rachel blickte sie lange an. »Ich glaube nicht, dass ich nach Washington zurückkommen werde, Dana«, sagte sie dann leise. »Ich hoffe, Sie und Jeff werden glücklich miteinander.« In ihren Worten lag eine unausgesprochene Botschaft.

»Ich muss ein paar Besorgungen machen«, sagte Dana, als sie nach dem Essen draußen vor dem Restaurant standen. »Geht ihr zwei doch schon mal vor.«

Rachel ergriff Danas Hand. »Ich bin sehr froh darüber, dass wir uns kennen gelernt haben.«

»Ich auch«, sagte Dana, und zu ihrer eigenen Überraschung stellte sie fest, dass sie es ernst meinte.

Dana blickte Jeff und Rachel hinterher, als sie die Straße entlanggingen. *Ein hinreißendes Paar*, dachte sie.

Da es bereits Anfang Dezember war, bereitete sich ganz Washington auf die Feiertage vor. Die Straßen der Hauptstadt waren mit Weihnachtsbeleuchtung und Stechpalmenkränzen geschmückt, und an fast jeder Straßenecke stand ein Weihnachtsmann der Heilsarmee, schellte mit seiner Glocke und bat um ein Almosen. Auf den Gehsteigen wimmelte es von Menschen, die ihre Einkäufe erledigten und tapfer dem eisigen Wind trotzten.

Es ist wieder soweit, dachte Dana. *Allmählich muss ich mich auch um meine Einkäufe kümmern.* Dana dachte an die Menschen, für die sie Geschenke besorgen wollte. Für ihre Mutter, Kemal, Matt, ihren Chef, und natürlich für den wunderbaren Jeff. Dana sprang in ein Taxi und ließ sich zu Hecht's fahren, einem der größten Kaufhäuser von Washington. Dort wimmelte es von Menschen, die sich zur Einstimmung auf das besinnliche Weihnachtsfest rücksichtslos und unter allerlei Ellenbogeneinsatz durch das Gedränge kämpften.

Als Dana ihre Einkäufe erledigt hatte, begab sie sich zurück zu ihrer Wohnung, um ihre Geschenke abzuladen. Das Apartment lag an der Calvert Street in einer ruhigen Wohngegend. Es war geschmackvoll eingerichtet und bestand aus einem Schlafzimmer, einem Wohnzimmer, einer Küche, einem Badezimmer und einem Arbeitszimmer, in dem Kemal schlief.

Dana verstaute die Geschenke in einem Kleiderschrank. *Wenn Jeff und ich heiraten, müssen wir uns eine größere Wohnung besorgen*, dachte sie erwartungsvoll, während sie sich in dem Apartment umblickte. Als sie zur Tür gehen wollte, um ins Studio zurückzukehren, klingelte das Telefon. *Verflixt.* Dana nahm ab. »Hallo.«

»Dana, mein Schatz.«

Es war ihre Mutter. »Hallo, Mutter. Ich war gerade am Gehen –«

»Meine Freunde und ich haben uns gestern Abend deine Sendung angesehen. Du warst sehr gut.«

»Vielen Dank.«

»Allerdings fanden wir, dass du die Nachrichten ein bisschen freundlicher gestalten hättest können.«

Dana seufzte. »Die Nachrichten freundlicher gestalten?«

»Ja. Die Sachen, über die du sprichst, sind alle so deprimierend. Gibt's denn nichts Erfreulicheres zu berichten?«

»Ich will zusehen, was sich machen lässt, Mutter.«

»Das wäre sehr nett. Übrigens, ich bin diesen Monat ein bisschen knapp bei Kasse. Ob du mir wohl noch mal unter die Arme greifen könntest?«

Danas Vater war vor Jahren verschwunden. Mittlerweile wohnte Danas Mutter in Las Vegas und war ständig knapp bei Kasse. Die monatliche Unterstützung, die Dana ihrer Mutter zukommen ließ, reichte offenbar nie aus.

»Spielst du etwa, Mutter?«

»Selbstverständlich nicht«, versetzte Mrs. Evans entrüstet. »Las Vegas ist eine sehr teure Stadt. Übrigens, wann kommst du denn mal hierher? Ich möchte Kimbal gern kennen lernen. Du solltest ihn mal mitbringen.«

»Er heißt Kemal, Mutter. Ich kann momentan nicht weg.«

Am anderen Ende herrschte einen Moment lang Schweigen. »Du kannst nicht weg? Meine Freunde sagen alle, wie froh du sein kannst, weil du einen Beruf hast, bei dem du nur ein, zwei Stunden am Tag arbeiten musst.«

»Ich nehme an, ich habe eben einfach Glück«, sagte Dana.

Als Nachrichtenmoderatorin trat Dana jeden Morgen um neun Uhr im Fernsehstudio an und brachte den Großteil des Tages am Telefon zu, um sich in internationalen Konferenzschaltungen die neuesten Nachrichten aus London, Paris, Italien und anderen Brennpunkten des Weltgeschehens zu besorgen. In der übrigen Zeit waren Konferenzen angesetzt, bei denen die Nachrichtenblöcke zusammengestellt und beschlossen wurde, was wann und in welcher Reihenfolge ausgestrahlt werden sollte. Immerhin hatte sie zwei Sendungen pro Abend.

»Ist doch schön, dass du so einen angenehmen Beruf hast, mein Schatz.«

»Danke, Mutter.«

»Du kommst doch bald mal vorbei und besuchst mich, nicht?«

»Ja, bestimmt.«

»Ich kann's kaum erwarten, den süßen kleinen Jungen kennen zu lernen.«

Auch Kemal wird es gut tun, wenn er sie kennen lernt, dachte Dana. *Dann hat er auch eine Großmutter. Und wenn Jeff und ich verheiratet sind, hat Kemal wieder eine richtige Familie.*

Als Dana auf den Flur ihres Mietshauses trat, kam Mrs. Wharton aus der Tür.

»Ich möchte mich bei Ihnen dafür bedanken, dass Sie sich vorgestern Morgen um Kemal gekümmert haben, Dorothy. Ich bin Ihnen dafür sehr verbunden.«

»Hab ich doch gern gemacht.«

Dorothy Wharton und ihr Mann Howard waren vor einem Jahr in das Haus gezogen. Sie waren Kanadier, beide um die fünfzig und ein reizendes Paar. Howard Wharton war Bauingenieur und auf das Restaurieren von Denkmälern spezialisiert.

»Was meine Arbeit angeht«, hatte er Dana eines Abends beim Essen erklärt, »gibt's auf der ganzen Welt keine bessere Stadt als Washington. Wo krieg ich denn sonst so viele Aufträge?« Und er hatte die Frage gleich selbst beantwortet. »Nirgendwo.«

»Howard und ich lieben Washington«, hatte ihr Mrs. Wharton anvertraut. »Wir werden niemals wegziehen.«

Als Dana in ihr Büro zurückkam, lag die neueste Ausgabe der *Washington Tribune* auf ihrem Schreibtisch. Die erste Seite war voller Fotos und Textbeiträge über die Winthrops. Dana schaute sich die Bilder eine ganze Weile an. Ihre Gedanken überschlugen sich. *Alle fünf innerhalb von anderthalb Jahren ums Leben gekommen. Unfassbar.*

Der Anruf erfolgte über einen Privatanschluss der Geschäftsleitung im Verwaltungshochhaus der Washington Tribune Enterprises.

»Ich habe gerade die Anweisungen erhalten.«

»Gut. Sie warten schon. Was sollen sie mit den Bildern machen?«

»Verbrennen.«

»Allesamt? Die sind Millionen von Dollar wert.«

»Alles ist bestens gelaufen. Wir dürfen keinerlei Anhaltspunkte hinterlassen. Verbrennt sie sofort.«

Olivia Watkins, Danas Sekretärin, meldete sich über die Gegensprechanlage. »Ein Anruf für Sie auf Anschluss drei. Er hat schon zweimal angerufen.«

»Wer ist dran, Olivia?«

»Mr. Henry.«

Thomas Henry war der Rektor der Theodore Roosevelt Middle School.

Dana rieb sich mit der Hand über die Stirn, um die Kopfschmerzen zu vertreiben, die sich gerade ankündigten. Sie griff zum Telefon. »Guten Tag, Mr. Henry.«

»Guten Tag, Miss Evans. Könnten Sie vielleicht kurz bei mir vorbeikommen?«

»Selbstverständlich. In ein, zwei Stunden bin ich –«

»Ich schlage vor, dass Sie *sofort* kommen, wenn das möglich ist.«

»Ich komme.«

3

Die Schule war für Kemal eine schier unerträgliche Quälerei. Er war kleiner als die anderen Kinder in seiner Klasse, die Mädchen eingeschlossen, und er schämte sich deswegen zutiefst. »Wicht«, »Stöpsel« und »Mini« lauteten denn auch die Spitznamen, die man ihm gab. Was den Unterricht anging, interessierte er sich ausschließlich für Mathematik und Computer, Fächer, in denen er ständig die besten Noten bekam. Auch im Schachclub seiner Klasse konnte ihm niemand das Wasser reichen. Früher hatte Kemal gern Fußball gespielt, doch als er sich für die Schulauswahl melden wollte, hatte der Trainer nur einen Blick auf seinen leeren Ärmel geworfen und gesagt: »Tut mir Leid, dich können wir nicht gebrauchen.« Die Absage war keineswegs unfreundlich gewesen, aber dennoch ein schwerer Schlag.

Kemals schlimmster Quälgeist hieß Ricky Underwood. Einige Schüler verbrachten die Mittagspause stets in dem umfriedeten Innenhof, statt sich in die Cafeteria zu begeben. Ricky Underwood wartete immer ab, bis er sah, wo Kemal sein Essen zu sich nahm, und gesellte sich dann zu ihm.

»Hey, Waisenjunge. Wann schickt dich denn deine böse Stiefmutter wieder dorthin zurück, wo du herkommst?«

Kemal beachtete ihn nicht.

»Ich rede mit dir, du Krüppel. Du meinst doch nicht etwa, die behält dich, oder? Jeder weiß doch, weshalb sie dich hergebracht hat, du Schafskopf. Weil sie nämlich eine bekannte

Kriegsberichterstatterin war und es sich gut machte, wenn sie einen Krüppel rettet.«

»*Fukat!*«, schrie Kemal. Er sprang auf und stürzte sich auf Ricky.

Rickys Faust traf ihn in der Magengrube, dann im Gesicht. Kemal ging zu Boden, krümmte sich vor Schmerz.

»Du kannst jederzeit mehr kriegen, wenn's dir noch nicht reicht«, sagte Ricky Underwood. »Aber beeil dich lieber, weil ich nämlich gehört habe, dass es dich nicht mehr lange gibt.«

Kemal war fortwährend zwischen Angst und Zweifeln hin- und hergerissen. Er glaubte Ricky Underwood kein Wort, aber dennoch… Was war, wenn er Recht hatte? *Was ist, wenn sie mich zurückschickt? Ricky hat Recht,* dachte Kemal. *Ich bin ein Krüppel. Wieso sollte mich jemand, der so wunderbar ist wie Dana, bei sich haben wollen?*

Kemal war überzeugt gewesen, sein Leben sei vorüber, als seine Eltern und seine Schwester in Sarajevo umgekommen waren. Er war in ein Waisenhaus am Stadtrand von Paris gebracht worden, und das war der reinste Albtraum.

Jeden Freitag Nachmittag um zwei waren die Jungen und Mädchen in dem Waisenhaus in Reih und Glied angetreten, denn da trafen die in Frage kommenden Pflegeeltern ein, um alle zu begutachten, ein Kind auszusuchen und mit nach Hause zu nehmen. Immer wenn es Freitag wurde, waren die Kinder so aufgeregt und gespannt, dass sie es kaum noch ertragen konnten. Sie wuschen sich, zogen sich ordentlich an, und während die Eltern die Reihe entlanggingen, betete jedes Kind insgeheim darum, dass man es auswählen möge.

Doch jedes Mal, wenn die Pflegeeltern in spe Kemal sahen, tuschelten sie sich zu: »Schau, er hat nur einen Arm.« Und dann gingen sie weiter.

Jeden Freitag lief es auf das Gleiche hinaus, doch Kemal wartete nach wie vor voller Hoffnung, wenn die Erwachsenen die angetretenen Kandidaten musterten. Aber sie suchten immer andere Kinder aus. Geknickt und beschämt stand er da, wenn er wieder einmal übergangen worden war.

Dabei wollte Kemal unbedingt wieder eine Familie um sich haben. Er versuchte alles, was ihm einfiel, damit es ihm gelang. An einem Freitag lächelte er die Erwachsenen strahlend an, um ihnen zu zeigen, was für ein netter, freundlicher Junge er sei. Am nächsten tat er so, als wäre er mit irgendetwas beschäftigt, als wäre es ihm gleichgültig, ob sie ihn auswählten oder nicht, weil sie sich ohnehin glücklich schätzen könnten, wenn sie ihn bekämen. Ein andermal schaute er sie flehentlich an, betete insgeheim darum, dass sie ihn mit zu sich nach Hause nehmen möchten. Aber Woche um Woche wurde immer jemand anders ausgewählt und mitgenommen, bekam ein anderes Kind ein gemütliches Zuhause und eine glückliche Familie.

Wie durch ein Wunder hatte sich dank Dana alles verändert. Sie hatte ihn gefunden, als er sich auf den Straßen von Sarajevo herumgetrieben hatte. Nachdem Kemal vom Roten Kreuz ausgeflogen und zu dem Waisenhaus gebracht worden war, hatte er Dana einen Brief geschrieben. Und zu seiner Überraschung hatte sie nach einer Weile im Waisenhaus angerufen und gesagt, sie wolle Kemal nach Amerika mitnehmen und bei sich behalten. Kemal war in seinem ganzen Leben noch nie so glücklich gewesen wie in diesem Augenblick. Ein Traum war für ihn in Erfüllung gegangen, ja sein neues Dasein übertraf noch seine kühnsten Vorstellungen.

Kemals Leben hatte sich von Grund auf verändert. Jetzt war er dankbar dafür, dass ihn vorher niemand ausgewählt hatte. Er war nicht mehr allein, er hatte jemanden, der sich um ihn kümmerte. Er liebte Dana von ganzem Herzen, doch ständig trieb ihn auch die schreckliche Angst um, die Ricky Underwood geweckt hatte – dass Dana ihre Meinung ändern und ihn ins Waisenhaus zurückschicken könnte, in die Hölle, der er entronnen war. Ein ums andere Mal plagte ihn der gleiche Traum: Er war wieder im Waisenhaus, und es war Freitag. Die Kinder wurden von den Erwachsenen gemustert, und Dana war auch dabei. Sie betrachtete Kemal und sagte: *Der hässliche kleine Junge da hat nur einen Arm.* Dann ging sie weiter und nahm den Jungen neben ihm mit. Mit tränenüberströmtem Gesicht wachte Kemal hinterher immer auf.

Kemal wusste, dass Dana es nicht ausstehen konnte, wenn er sich in der Schule mit anderen Kindern anlegte, daher bemühte er sich darum, jedem Streit aus dem Weg zu gehen. Doch er konnte nicht zulassen, dass Ricky Underwood oder seine Freunde Dana beleidigten. Sobald ihnen das klar geworden war, wurden die Beleidigungen nur noch schlimmer – und damit auch die Auseinandersetzungen.

»Hey, Stöpsel, hast du deinen Koffer schon gepackt?«, empfing ihn Ricky zum Beispiel. »Ich habe heute Morgen in den Nachrichten gehört, dass dich deine böse Stiefmutter nach Jugoslawien zurückschicken will.«

»*Zobisti!*«, brüllte Kemal daraufhin.

Und schon prügelten sie sich miteinander. Jedes Mal kam Kemal zerschrammt und mit blauem Auge heim, aber wenn Dana ihn fragte, was vorgefallen sei, brachte er es einfach nicht fertig, ihr die Wahrheit zu sagen. Denn er hatte Angst davor, dass genau das eintreten könnte, was Ricky Underwood gesagt hatte, wenn er es ihr erzählte.

Nun, da Kemal im Büro des Rektors saß und auf Dana wartete, dachte er: *Wenn sie erfährt, was ich diesmal angestellt habe, schickt sie mich bestimmt fort.* Wie ein Häufchen Elend saß er da, und das Herz schlug ihm im Halse.

Als Dana in Thomas Henrys Büro trat, ging der Rektor mit grimmiger Miene auf und ab. Kemal saß in der anderen Ecke auf einem Stuhl.

»Guten Morgen, Miss Evans. Nehmen Sie bitte Platz.«

Dana warf einen kurzen Blick zu Kemal und setzte sich.

Thomas Henry ergriff ein großes Schlachtermesser, das auf seinem Schreibtisch lag. »Das hat einer unserer Lehrer Kemal weggenommen.«

Dana fuhr herum und blickte Kemal wütend an. »*Wieso?*«, fragte sie aufgebracht. »Wieso hast du das zur Schule mitgenommen?«

Kemal blickte zu Dana auf. »Weil ich keine Knarre habe«, versetzte er mürrisch.

»Kemal!«

Dana wandte sich an den Rektor. »Kann ich Sie unter vier Augen sprechen, Mr. Henry?«

»Ja.« Mit verkniffener Miene blickte er zu Kemal. »Warte draußen auf dem Gang.«

Kemal stand auf, warf noch einen Blick auf das Messer und ging.

»Mr. Henry«, setzte Dana an, »Kemal ist zwölf Jahre alt. Und den Großteil seines Lebens hat er beim Einschlafen nichts anderes gehört als das Krachen explodierender Bomben, jener Bomben, die seine Mutter, seinen Vater und seine Schwester töteten. Der Bomben, die ihm den Arm abrissen. Als ich Kemal in Sarajevo gefunden habe, lebte er in einem Pappkarton auf einem verwilderten Grundstück. Hunderte anderer obdachloser Jungen und Mädchen hausten dort buchstäblich wie die Tiere.« Sie hatte wieder alles vor Augen, bemühte sich aber darum, so ruhig wie möglich weiterzusprechen.

»Inzwischen fallen dort keine Bomben mehr, aber die Jungen und Mädchen sind immer noch obdachlos und ohne jeden Beistand. Ein Messer, ein Stein oder eine Schusswaffe, wenn sie das Glück haben und eine in die Hände bekommen, ist für sie die einzige Möglichkeit, sich zur Wehr zu setzen.« Dana schloss einen Moment lang die Augen und atmete tief durch. »Diese Kinder sind fürs Leben gezeichnet. Auch Kemal hat Wunden davon getragen, aber er ist ein anständiger Junge. Er muss nur begreifen, dass er hier in Sicherheit ist. Dass ihn hier keine Feinde bedrohen. Ich verspreche Ihnen, dass er so etwas nie wieder tun wird.«

Danach herrschte eine ganze Zeit lang Stille. »Wenn ich jemals rechtlichen Beistand brauchen sollte«, sagte Thomas Henry schließlich, »möchte ich, dass Sie mich verteidigen.«

Dana rang sich ein erleichtertes Lächeln ab. »Ich verspreche es.«

Thomas Henry seufzte. »Na schön. Sprechen Sie mit Kemal. Wenn so was noch mal vorkommt, muss ich leider –«

»Ich rede mit ihm. Vielen Dank, Mr. Henry.«

Kemal wartete draußen auf dem Flur.

»Los, wir fahren nach Hause«, sagte Dana schroff.

»Haben die mein Messer behalten?«

Sie ging nicht darauf ein.

»Tut mir Leid, dass ich dir das eingebrockt habe, Dana«, sagte Kemal auf der Heimfahrt.

»Ach, nicht so schlimm. Immerhin bist du nicht von der Schule geflogen. Schau, Kemal –«

»Okay. Kein Messer mehr.«

»Ich muss wieder ins Studio«, sagte Dana, als sie in der Wohnung waren. »Der Sitter kommt jeden Moment. Und heute Abend müssen wir zwei mal ein ernstes Wort miteinander reden.«

Als die Abendnachrichten vorüber waren, wandte sich Jeff an Dana. »Du wirkst so bedrückt, Liebes.«

»Bin ich auch. Es geht um Kemal. Ich weiß nicht, was ich mit ihm machen soll, Jeff. Ich musste heute mit seinem Rektor sprechen, und außerdem haben schon wieder zwei Haushaltshilfen wegen ihm gekündigt.«

»Er ist ein klasse Kerl«, sagte Jeff. »Er braucht bloß ein bisschen Zeit zum Eingewöhnen.«

»Mag sein. Jeff?«

»Ja?«

»Hoffentlich habe ich nicht einen schweren Fehler gemacht, als ich ihn hergebracht habe.«

Kemal wartete bereits, als Dana in ihre Wohnung zurückkehrte.

»Setz dich«, sagte sie. »Wir müssen miteinander reden. Du musst allmählich lernen, dich an die Regeln zu halten, und vor allem müssen diese ewigen Prügeleien aufhören. Ich weiß, dass es dir die anderen Jungs schwer machen, aber du musst dich irgendwie mit ihnen einigen. Wenn du dich weiter mit ihnen herumprügelst, wird dich Mr. Henry von der Schule verweisen.«

»Mir doch wurscht.«

»Das *darf* dir aber nicht gleichgültig sein. Ich möchte, dass du es zu etwas bringst, und ohne Ausbildung geht das nicht. Mr. Henry sieht es dir noch einmal nach, aber –«

»Scheiß drauf.«

»Kemal!« Ohne nachzudenken, versetzte ihm Dana eine Ohrfeige. Sie bereute es auf der Stelle. Kemal starrte sie mit ungläubiger Miene an, stand auf, rannte ins Arbeitszimmer und knallte die Tür zu.

Das Telefon klingelte. Dana nahm ab. Es war Jeff. »Dana –«

»Liebling, ich – ich kann jetzt nicht mit dir reden. Ich bin zu verstört.«

»Was ist passiert?«

»Es geht um Kemal. Er benimmt sich unmöglich!«

»Dana …«

»Ja?«

»Versetz dich in seine Lage.«

»Was?«

»Denk drüber nach. Tut mir Leid, ich habe gleich Redaktionsschluss. Ich liebe dich, und über alles Weitere reden wir später.«

Versetz dich in seine Lage? Das ist doch Unsinn, dachte Dana. *Woher soll ich wissen, wie Kemal zu Mute ist? Ich bin kein zwölfjähriges Waisenkind, das im Krieg einen Arm verloren hat, ich habe nicht das Gleiche durchgemacht wie er.* Dana saß eine ganze Zeit lang da und dachte nach. *Versetz dich in seine Lage.* Sie stand auf, ging ins Schlafzimmer, schloss die Tür und machte den Kleiderschrank auf. Bevor Kemal eingezogen war, hatte Jeff ein paar Mal pro Woche hier übernachtet und einige Kleidungsstücke im Schrank verstaut, unter anderem ein paar Hosen, Hemden, Krawatten, einen Pullover und ein Sportsakko.

Dana nahm einen Teil der Sachen heraus und legte sie aufs Bett. Sie ging zu einer Kommode und holte eine von Jeffs Boxershorts und ein Paar Socken heraus. Dann zog sie sich splitternackt aus. Mit der linken Hand griff sie nach Jeffs Boxershorts und wollte hineinsteigen. Sie verlor das Gleichgewicht und fiel hin. Sie musste es noch zweimal versuchen, bis sie sie endlich hochgezogen hatte. Danach nahm sie eins von Jeffs Hemden. Wieder nahm sie nur die linke Hand zu Hilfe und mühte sich drei Minuten lang damit ab, bis sie endlich hineingeschlüpft war und es zugeknöpft hatte. Sie musste sich aufs

Bett setzen, um die Hose anzuziehen, und trotzdem plagte sie sich mit dem Reißverschluss ab. Noch weitere zwei Minuten kämpfte sie mit dem Pullover.

Als Dana endlich angezogen war, musste sie sich hinsetzen und erst einmal verschnaufen. Das also machte Kemal jeden Morgen durch. Und es war noch lange nicht alles. Er musste sich baden, die Zähne putzen und die Haare kämmen. Und dabei ging es ihm jetzt noch gut. Wie aber mochte es ihm früher ergangen sein? Als er die Schrecken des Kriegs erlebt hatte, mit ansehen musste, wie seine Mutter, sein Vater, seine Schwester und seine Freunde umgekommen waren.

Jeff hat Recht, dachte sie. *Ich erwarte zu viel. Er braucht mehr Zeit, um sich anzupassen. Ich könnte ihn niemals im Stich lassen. Mein Vater hat meine Mutter und mich sitzen lassen, und im Grunde meines Herzens habe ich ihm das nie verziehen. Es sollte ein dreizehntes Gebot geben: Du sollst nicht jene verlassen, die dich lieben.*

Langsam zog Dana wieder ihre eigenen Sachen an, dachte dabei an die Songs, die sich Kemal dauernd anhörte. Die CDs von Britney Spears, den Backstreet Boys, Lim Biskit. *»Baby One More Night«, »Don't Wanna Lose You Now«, »I Need You Tonight«, »As Long As You Love Me«, »Nobody Loves Me.«*

Sämtliche Texte handelten von Einsamkeit und Sehnsucht.

Dana nahm sich Kemals Zeugnis vor. Sicher, in den meisten Fächern versagte er, aber in Mathematik hatte er eine Eins. *Auf diesen Einser kommt es an,* dachte Dana. *Das zeichnet ihn aus. Darauf kann er aufbauen. In den anderen Fächern wird uns schon etwas einfallen.*

Als Dana die Tür des Arbeitszimmers öffnete, lag Kemal mit geschlossenen Augen und tränennassem Gesicht im Bett. Dana betrachtete ihn einen Moment lang, beugte sich dann vor und küsste ihn auf die Wange. »Tut mir Leid, Kemal«, flüsterte sie. »Vergib mir.«

Morgen wird alles besser.

Am nächsten Morgen fuhr Dana mit Kemal in aller Frühe zu Dr. William Wilcox, einem bekannten Orthopäden und Chirurgen. Nach der Untersuchung sprach Dr. Wilcox mit Dana unter vier Augen.

»Miss Evans, wir könnten ihm eine Prothese anpassen, aber das würde rund zwanzigtausend Dollar kosten. Und es kommt noch etwas hinzu. Kemal ist erst zwölf, das heißt, dass er noch wachsen wird, bis zu seinem siebzehnten oder achtzehnten Lebensjahr. Er bräuchte alle paar Monate eine neue Prothese, weil die alte nicht mehr passt. Ich fürchte, so etwas ist finanziell nicht machbar.«

Dana verlor jeden Mut. »Ich verstehe. Vielen Dank. Doktor.«

»Keine Sorge, mein Schatz«, sagte Dana zu Kemal, als sie wieder draußen waren. »Uns wird schon etwas einfallen.«

Dana setzte Kemal vor der Schule ab und fuhr zum Studio. Sie war nur mehr ein paar Straßen davon entfernt, als ihr Handy klingelte. Sie meldete sich. »Hallo?«

»Matt hier. Heute Mittag findet im Polizeipräsidium eine Pressekonferenz zum Mordfall Winthrop statt. Ich möchte, dass Sie darüber berichten. Ich schicke ein Kamerateam hin. Die Polizei steht gewaltig unter Druck. Die Sache wird immer brisanter, und die haben noch nicht die geringste Spur.«

»In Ordnung, Matt.«

Polizeichef Dan Burnett saß in seinem Büro und telefonierte, als seine Sekretärin hereinkam. »Der Bürgermeister ist auf Anschluss zwei.«

»Sagen Sie ihm, dass ich auf Anschluss eins gerade mit dem

Gouverneur spreche«, knurrte Burnett. Er wandte sich wieder dem Telefon zu.

»Ja, Sir. Das weiß ich ... Ja, Sir. Ich glaube schon ... Ich bin davon überzeugt, dass wir das schaffen ... Sobald wir ... Gut. Wiederhören, Sir.« Er knallte den Hörer auf.

»Das Pressebüro des Weißen Hauses möchte Sie auf Anschluss vier sprechen.«

So ging das schon den ganzen Morgen.

Zur Mittagsstunde drängten sich zahllose Pressevertreter im Konferenzraum des Municipal Center an der Indiana Avenue im Zentrum von Washington. Polizeichef Burnett trat ein und begab sich zur Stirnseite des Raumes.

»Wenn ich um Ruhe bitten dürfte.« Er wartete, bis alle schwiegen. »Bevor ich auf Ihre Fragen eingehe, möchte ich eine Erklärung abgeben. Der grausame Mord an Gary Winthrop ist nicht nur ein schwerer Schlag für diese Stadt, sondern für die ganze Welt, und wir werden ohne Unterlass weiter ermitteln, bis wir diejenigen, die für dieses schreckliche Verbrechen verantwortlich sind, dingfest gemacht haben. Jetzt dürfen Sie Ihre Fragen stellen.«

Ein Reporter stand auf. »Mr. Burnett, hat die Polizei schon irgendwelche Anhaltspunkte?«

»Gegen drei Uhr morgens sah ein Zeuge zwei Männer, die auf der Zufahrt zu Mr. Winthrops Haus irgendetwas in einen weißen Kleinbus luden. Da ihm ihr Verhalten verdächtig vorkam, notierte er sich das polizeiliche Kennzeichen des Wagens. Wie wir herausfanden, wurden die Nummernschilder von einem Lastwagen gestohlen.«

»Weiß die Polizei bereits, was aus dem Haus entwendet wurde?«

»Etwa ein Dutzend wertvolle Bilder.«

»Wurde außer den Bildern noch etwas gestohlen?«

»Nein.«

»Wie steht's mit Bargeld und Schmuck?«

»Das Bargeld und der Schmuck wurden nicht angerührt. Die Diebe hatten es nur auf die Bilder abgesehen.«

»Mr. Burnett, gab es in dem Haus eine Alarmanlage, und wenn ja, war sie eingeschaltet?«

»Nach Aussage des Butlers wurde sie abends immer eingeschaltet. Die Einbrecher müssen sie irgendwie außer Betrieb gesetzt haben. Wir wissen noch nicht genau, wie sie das bewerkstelligt haben.«

»Wie haben sich die Einbrecher Zugang zum Haus verschafft?«

Polizeichef Burnett zögerte einen Moment. »Eine interessante Frage. Es gibt keinerlei Spuren, die auf Gewaltanwendung hindeuten.«

»Wäre es möglich, dass sie Helfershelfer im Haus hatten?«

»Wir gehen nicht davon aus. Das Personal steht schon seit vielen Jahren in Gary Winthrops Diensten.«

»War Gary Winthrop allein zu Hause?«

»Soweit wir wissen, ja. Das Personal hatte frei.«

»Haben Sie eine Auflistung der gestohlenen Bilder?«, rief Dana.

»Jawohl. Es sind lauter bekannte Werke. Wir haben die Liste an sämtliche Museen, Kunsthändler und Sammler weitergegeben. Sobald eines dieser Bilder irgendwo auftaucht, können wir den Fall lösen.«

Verdutzt nahm Dana wieder Platz. *Die Mörder müssen sich doch darüber im Klaren gewesen sein, dass sie es nicht wagen können, diese Bilder zu verkaufen. Aber aus welchem Grund haben sie sie dann gestohlen? Und zudem einen Mord begangen? Und wieso haben sie das Geld und den Schmuck nicht mitgehen lassen? Irgendwas stimmt da nicht.*

Die Trauerfeier zu Ehren von Gary Winthrop fand in der National Cathedral statt, dem sechstgrößten Gotteshaus der Welt. Die Wisconsin und die Massachusetts Avenue waren abgesperrt, Polizei- und Pressehubschrauber kreisten am Himmel, und der Secret Service wie auch die Stadtpolizei von Washington waren in voller Mannschaftsstärke angerückt. Denn zu den Trauergästen, die darauf warteten, dass der Gottesdienst endlich anfing, zählten unter anderem der Vizepräsident der Vereinigten Staaten, ein gutes Dutzend Senatoren und Kongressabgeordnete, ein Vertreter des Obersten Gerichtshofs, zwei Kabinettsmitglieder und zahlreiche Würdenträger aus aller Welt. Draußen auf der Straße versammelten sich unterdessen hunderte von Schaulustigen, teils aus Hochachtung vor dem Toten, teils aber auch nur, um den einen oder anderen Prominenten zu Gesicht zu bekommen.

Dana hatte den Eindruck, als ob die Menschen nicht nur Gary die letzte Ehre erweisen wollten, sondern seiner ganzen Familie, dieser vom Unglück geschlagenen Dynastie. Sie hatte zwei Kamerateams im Einsatz. Eines draußen, das andere drinnen im Kirchenraum, in dem Totenstille herrschte.

»Gottes Wille stellt uns mitunter vor ein Rätsel«, hob der Pfarrer an. »Die Winthrops haben ihr Leben der Hoffnung gewidmet. Sie gaben Millionen von Dollar für Schulen und Gotteshäuser, für die Obdachlosen und die Hungrigen. Und sie scheuten dabei weder Zeit noch Mühe. Vor allem Gary Winthrop war es, der diese Tradition fortführte. Umso weniger vermögen wir zu begreifen, weshalb ausgerechnet diese Familie, die so engagiert und großzügig war, so grausam dahingerafft wurde. Aber in gewisser Weise sind sie gar nicht von uns gegangen, denn sie leben in dem Vermächtnis weiter, das sie uns hinterlassen haben. Wir dürfen stolz sein auf sie und alles, was sie für uns getan haben ...«

Gott sollte nicht zulassen, dass solche Menschen eines so schrecklichen Todes sterben, dachte Dana bedrückt.

Danas Mutter rief an. »Meine Freunde und ich haben deinen Bericht von der Trauerfeier gesehen, Dana. Als du über die Verdienste der Winthrops gesprochen hast, dachte ich einen Moment lang, du würdest gleich weinen.«

»Ich auch, Mutter. Ich auch.«

Dana konnte an diesem Abend kaum einschlafen. Und als sie endlich zur Ruhe kam, träumte sie wirres Zeug – von Feuersbrünsten, Autounfällen und Schießereien. Mitten in der Nacht fuhr sie plötzlich hoch und setzte sich auf. *Fünf Menschen, die alle der gleichen Familie entstammten, sind innerhalb von anderthalb Jahren ums Leben gekommen. Das kann nicht mit rechten Dingen zugegangen sein.*

4

Worauf wollen Sie hinaus, Dana?«

»Matt, ich will damit sagen, dass es kein reiner Zufall sein kann, wenn in anderthalb Jahren fünf Mitglieder einer Familie gewaltsam zu Tode kommen.«

»Dana, wenn ich Sie nicht kennen würde, würde ich einen Psychiater rufen und ihm erklären, dass sich eine Verrückte in meinem Büro aufhält, die behauptet, der Himmel stürzt ein. Meinen Sie etwa, wir haben es hier mit einer Art Verschwörung zu tun? Wer soll denn dahinter stecken? Fidel Castro? Die CIA? Oliver Stone? Um Himmels willen, ist Ihnen denn nicht klar, dass es jedes Mal, wenn irgendein Prominenter umkommt, hunderte von Verschwörungstheorien gibt? Letzte Woche kam jemand hier herein und hat behauptet, er könnte beweisen, dass Lyndon Johnson Abraham Lincoln umgebracht hat. Washington erstickt förmlich in Verschwörungstheorien.«

»Matt, wir bereiten gerade *Alibi* vor. Sie wollen doch, dass wir mit einem Hammer anfangen? Also, wenn ich Recht habe, könnte das einer sein.«

Matt Baker saß einen Moment lang da und musterte sie. »Sie verschwenden Ihre Zeit.«

»Danke, Matt.«

Das Archiv der *Washington Tribune*, in dem tausende von Aufzeichnungen früherer Sendungen lagerten, alle ordentlich erfasst und verzeichnet, befand sich im Keller des Gebäudes.

Laura Lee Hill, eine attraktive Brünette um die vierzig, saß an ihrem Schreibtisch und trug neue Videobänder in ihr Verzeichnis ein. Sie blickte auf, als Dana eintrat.

»Hi, Dana. Ich habe Ihren Bericht von der Beerdigung gesehen. Meiner Meinung nach haben Sie das großartig gemacht.«

»Vielen Dank.«

»Ist das nicht eine schreckliche Tragödie?«

»Furchtbar«, pflichtete Dana bei.

»Man weiß eben nie, wie's kommt«, sagte Laura Lee düster. »Nun denn, was kann ich für Sie tun?«

»Ich möchte mir ein paar Bänder über die Familie Winthrop ansehen.«

»Irgendwas Spezielles?«

»Nein. Ich möchte mir nur einen Eindruck davon verschaffen, wie sie waren.«

»Ich kann Ihnen sagen, wie die waren. Die reinsten Heiligen waren sie.«

»Das höre ich ständig«, erwiderte Dana.

Laura Lee Hill stand auf. »Ich hoffe, Sie haben viel Zeit, meine Liebe. Wir haben tonnenweise Material über sie.«

»Gut. Ich hab's nicht eilig.«

Laura Lee Hill führte Dana zu einem Schreibtisch, auf dem ein Fernsehgerät stand. »Bin gleich wieder da«, sagte sie. Fünf Minuten später kehrte sie mit einem Arm voller Bänder zurück. »Sie können schon mal mit denen anfangen«, sagte sie. »Es kommen noch mehr.«

Dana betrachtete den Stapel Videobänder. *Vielleicht bin ich ja wirklich verrückt,* dachte sie. *Aber wenn ich Recht habe...*

Dana legte ein Band ein, worauf ein geradezu atemberaubend gut aussehender Mann am Bildschirm auftauchte. Er hatte ein ausgeprägtes, markantes Gesicht, dichte dunkle Haare, klare blaue Augen und ein kräftiges Kinn. Neben ihm stand ein kleiner Junge. »Taylor Winthrop hat ein weiteres Freizeitlager für Kinder aus bedürftigen Familien gegründet. Sein Sohn Paul, der ihn begleitet, freut sich bereits aufs Mitspielen. Dies ist bereits das zehnte derartige Lager, das Taylor Winthrop aufgebaut hat. Mindestens ein Dutzend weiterer sind in Planung.«

Dana wechselte das Band. Die nächste Aufnahme war auf dem Rasen vor dem Weißen Haus gefilmt worden. Taylor Winthrop stand neben dem Präsidenten, der gerade sagte: »... und ich habe ihn zum Leiter der FRA ernannt, der Federal Research Agency. Diese Behörde soll Entwicklungsländern in aller Welt Unterstützung gewähren, und ich wüsste nicht, wer besser für die Führung eines solchen Unternehmens geeignet wäre als Taylor Winthrop ...«

Dana drückte auf eine Taste, worauf das Bild wechselte. Ein älter wirkender Taylor Winthrop mit grau meliertem Haar schüttelte einer Reihe von Würdenträgern die Hand. »... hat soeben bestätigt, dass er zum Nato-Berater ernannt wurde. Taylor Winthrop wird innerhalb der nächsten Wochen nach Brüssel abreisen, um ...«

Das nächste Bild flackerte über den Monitor, aufgenommen am Aeroporto Leonardo da Vinci bei Rom, wo Taylor Winthrop gerade aus einem Flugzeug stieg. »Mehrere Staatsoberhäupter sind hier anwesend, um Taylor Winthrop zu empfangen, der ein neues Wirtschaftsabkommen zwischen Italien und den Vereinigten Staaten aushandeln wird. Die Tatsache, dass Mr. Winthrop vom Präsidenten ausgewählt wurde, um diese Verhandlungen zu führen, zeigt, welche Bedeutung ihnen zukommt ...«

Der Mann war ja überall dabei, dachte Dana.

Sie wechselte das Band. Taylor Winthrop und der französische Staatspräsident, die sich vor dem Elyséepalast die Hand schütteln. »Soeben besiegelte Taylor Winthrop ein Handelsabkommen mit Frankreich, das ein Meilenstein …«

Ein weiteres Band. Taylor Winthrops Frau Madeline stand mit einer Gruppe von Jungen und Mädchen vor einem umzäunten Grundstück. »Madeline Winthrop weihte heute ein neues Fürsorgeheim für missbrauchte Kinder ein –«

Auf einem anderen Band waren die Kinder der Winthrops zu sehen, die auf dem Gelände ihrer Farm in Manchester in Vermont spielten.

Dana legte das nächste Band ein. Taylor Winthrop im Weißen Haus. Im Hintergrund standen seine Frau, die beiden gut aussehenden Söhne Paul und Gary und seine nicht minder schöne Tochter Julie. Der Präsident verlieh Taylor Winthrop gerade die Freiheitsmedaille. »… und für die hervorragenden Leistungen und all die selbstlosen Dienste, die er für sein Land erbracht hat, freue ich mich, Taylor Winthrop den höchsten zivilen Orden zu verleihen, den wir zu vergeben haben – die Freiheitsmedaille.«

Danach kam eine Aufnahme von Julie beim Skilaufen …

Dann von Gary, der soeben eine Stiftung zur Förderung junger Künstler ins Leben gerufen hatte …

Dann wieder eine Szene aus dem Oval Office. Die Presse war vollzählig vertreten. Ein grauhaariger Taylor Winthrop und seine Frau standen neben dem Präsidenten. »Ich habe Taylor Winthrop soeben zu unserem neuen Botschafter in Russland ernannt. Sie alle wissen um die zahllosen Dienste, die Mr. Winthrop unserem Land bereits erwiesen hat. Umso mehr freue ich mich, dass er diesen Posten angenommen hat, statt seine Tage auf dem Golfplatz zu verbringen.« Die Pressevertreter lachten.

»Sie haben mich noch nicht beim Golfen gesehen, Mr. President«, frotzelte Taylor Winthrop.

Wieder Gelächter …

Danach kamen die Unglücksfälle.

Dana schob ein neues Band ein. Es war vor einem ausgebrannten Haus in Aspen in Colorado aufgenommen worden. Eine Nachrichtenreporterin deutete auf das ausgeglühte Gemäuer. »Der Polizeichef von Aspen hat bestätigt, dass sowohl Botschafter Winthrop als auch seine Frau Madeline bei dem schrecklichen Brand ums Leben kamen. Die Feuerwehr wurde heute in den frühen Morgenstunden alarmiert und traf innerhalb von fünfzehn Minuten am Brandort ein, doch jede Rettung kam zu spät. Nach Auskunft von Polizeichef Nagel wurde das Feuer durch einen elektrischen Defekt verursacht. Der Botschafter und Mrs. Winthrop waren weltweit bekannt für ihren karitativen Einsatz und die Dienste, die sie unserer Regierung geleistet haben.«

Dana legte ein weiteres Band ein. Eine Küstenstraße an der Französischen Riviera. Ein Reporter sagte: »Dies ist die Kurve, in der Paul Winthrops Wagen von der Straße abkam und einen Hang hinabstürzte. Nach Auskunft des Leichenbeschauers wurde er bei dem Aufprall auf der Stelle getötet. Er saß allein in dem Fahrzeug. Die Polizei versucht derzeit die Ursache des Unfalls zu ermitteln. Dieser Unglücksfall mutet wie eine grausame Ironie des Schicksals an, denn erst vor zwei Monaten sind Paul Winthrops Eltern beim Brand ihres Hauses in Aspen, Colorado, ums Leben gekommen.«

Dana griff zum nächsten Band. Eine Skipiste bei Juneau in Alaska. Dazu ein dick eingemummter Reporter: »... und das ist die Stelle, an der sich gestern Abend der tragische Skiunfall ereignete. Die Behörden wissen noch nicht, weshalb Julie Winthrop, eine erfahrene Skiläuferin, abends allein auf dieser Piste unterwegs war, zumal sie gesperrt war, doch die Ermittlungen dauern an. Erst vor sechs Wochen, im September, kam Julies Bruder Paul bei einem Verkehrsunfall ums Leben, und im Juli dieses Jahres starben ihre Eltern, Botschafter Taylor Winthrop und seine Frau, bei einem Brand. Der Präsident hat sein tiefstes Mitgefühl bekundet.«

Das nächste Band. Gary Winthrops Haus im Nordwesten von Washington, D.C. Rund um die Stadtvilla wimmelte es von Reportern. Vor dem Haus stand ein Nachrichtensprecher und sagte: »Vermutlich durch eine Verkettung unglücklicher Umstände wurde Gary Winthrop, das letzte überlebende Mitglied der allseits beliebten Familie Winthrop, von Einbrechern erschossen. In den frühen Morgenstunden bemerkte ein Wachmann, dass die Alarmanlage abgestellt war, worauf er das Haus betrat und Mr. Winthrops Leiche fand. Er war von zwei Schüssen getroffen worden. Offenbar hatten es die Diebe auf die wertvollen Bilder im Haus abgesehen und wurden dabei gestört. Gary Winthrop ist das fünfte und letzte Mitglied der Familie, das gewaltsam ums Leben kam.«

Dana schaltete den Fernseher aus und saß eine ganze Zeit lang da. *Wer könnte eine so wunderbare Familie auslöschen wollen? Wer? Und warum?*

Dana verabredete sich mit Perry Leff im Hart Senate Office Building. Leff war Anfang fünfzig, ein ernster und engagierter Mann.

Er erhob sich, als Dana in sein Büro geführt wurde. »Womit kann ich Ihnen dienen, Miss Evans?«

»Soweit ich weiß, haben Sie eng mit Taylor Winthrop zusammengearbeitet, Senator.«

»Ja. Wir waren im Auftrag des Präsidenten gemeinsam in mehreren Ausschüssen tätig.«

»Ich kenne zwar den Eindruck, den er in der Öffentlichkeit hinterlassen hat, Senator Leff, aber wie war er als Mensch?«

Senator Leff musterte Dana einen Moment lang. »Das will

ich Ihnen gern sagen. Taylor Winthrop war einer der feinsten Männer, die ich jemals kennen gelernt habe. Am bemerkenswertesten fand ich die Art, wie er zu anderen Menschen stand. Ihm war wirklich etwas an ihnen gelegen. Er wollte, dass diese Welt lebenswerter wird. Ich werde ihn immer vermissen, und was ihm und seiner Familie zugestoßen ist, ist so schrecklich, dass ich gar nicht daran denken darf.«

Dana sprach mit Nancy Patchin, einer von Taylor Winthrops Sekretärinnen, einer Frau um die sechzig mit runzligem Gesicht und traurigen Augen.

»Waren Sie lange für Mr. Winthrop tätig?«

»Fünfzehn Jahre.«

»Ich kann mir vorstellen, dass Sie Mr. Winthrop in diesem Zeitraum ziemlich gut kennen gelernt haben.«

»Ja, natürlich.«

»Ich versuche mir ein Bild davon zu machen, was für ein Mensch er war«, sagte Dana. »War er –?«

»Ich kann Ihnen ganz genau sagen, was für ein Mensch er war«, unterbrach sie Nancy Patchin. »Als man feststellte, dass mein Sohn Lou an der Gehrigschen Krankheit litt, brachte ihn Taylor Winthrop zu seinen Ärzten und übernahm sämtliche Behandlungskosten. Als mein Sohn trotzdem starb, kam Mr. Winthrop für die Bestattungskosten auf und schickte mich zur Erholung nach Europa.« Tränen traten ihr in die Augen. »Er war der wunderbarste und großzügigste Mann, den ich je kennen gelernt habe.«

Danach verabredete sich Dana mit General Victor Booster, dem Direktor der FRA, der Federal Research Agency, die einstmals Taylor Winthrop geleitet hatte. Zunächst hatte Booster Dana nicht empfangen wollen, doch als er erfuhr, worüber sie mit ihm reden wollte, erklärte er sich zu einem Gespräch bereit.

Am späten Vormittag fuhr Dana zur Federal Research Agency in der Nähe von Fort Mead in Maryland. Die Zentrale der Behörde befand sich auf einem streng bewachten, rund dreißig Hektar großen Grundstück. Der dichte Baumbestand rundum verhinderte jeden Blick auf den Wald aus Antennen und Satellitenschüsseln.

Dana fuhr vor den zweieinhalb Meter hohen, von Natodraht gekrönten Maschendrahtzaun. Sie nannte dem bewaffneten Posten an der Pforte ihren Namen und zeigte ihm ihren Führerschein, worauf sie eingelassen wurde. Eine Minute später näherte sie sich einem geschlossenen Tor, über dem eine Überwachungskamera angebracht war. Wieder nannte sie ihren Namen, worauf das Tor automatisch aufging. Auf dem Fahrweg gelangte sie zu dem riesigen weißen Verwaltungsgebäude.

Ein Mann in Zivil nahm Dana draußen in Empfang. »Ich bringe Sie zu General Boosters Büro, Miss Evans.«

Sie fuhren mit einem Fahrstuhl in den fünften Stock und gingen einen langen Korridor entlang, bis sie zu einer Büroflucht am anderen Ende kamen.

Sie betraten ein großes Empfangsbüro mit zwei Schreibtischen für die Sekretärinnen. »Der General erwartet Sie bereits, Miss Evans«, sagte eine der Sekretärinnen. »Gehen Sie bitte rein.« Sie drückte auf einen Knopf, und die Tür zum Chefbüro sprang auf.

Dana gelangte in ein geräumiges Büro mit dickem Schallschutz an Decke und Wänden. Sie wurde von einem großen, schlanken und attraktiven Mann um die vierzig empfangen, der ihr mit ausgestreckter Hand entgegenkam. »Major Jack Stone«, sagte er. »Ich bin General Boosters Adjutant.« Er deutete auf einen Mann, der an einem Schreibtisch saß. »Das ist General Booster.«

Victor Booster war Afroamerikaner. Er hatte ein scharf geschnittenes Gesicht und harte, wie aus Obsidian wirkende Augen. Sein glatt rasierter Schädel glänzte im Schein der Deckenlampen.

»Setzen Sie sich«, sagte er mit tiefem, grollendem Bass.

Dana nahm Platz. »Danke, dass Sie mich empfangen, General.«

»Sie sagten, es geht um Taylor Winthrop?«

»Ja. Ich wollte –«

»Arbeiten Sie an einer Story über ihn, Miss Evans?«

»Nun ja, ich –«

Er schlug einen härteren Tonfall an. »Könnt ihr Scheißjournalisten die Toten nicht in Frieden lassen? Ihr seid doch alle eine Bande von Aasgeiern und Leichenschändern, die bloß im Dreck rumwühlen wollen.«

Dana saß da wie vom Donner gerührt.

Jack Stone wirkte betreten.

Dana riss sich zusammen. »General Booster, ich versichere Ihnen, dass mir nicht daran gelegen ist, irgendwelchen Dreck aufzuwühlen. Bislang kenne ich nur all die sagenhaften Geschichten, die man sich über Taylor Winthrop erzählt. Aber ich möchte mir ein Bild davon machen, was für ein Mensch er persönlich war. Ich wäre Ihnen sehr dankbar, wenn Sie mir darüber etwas erzählen könnten.«

General Booster beugte sich vor. »Ich weiß nicht, worauf Sie aus sind, aber eins kann ich Ihnen sagen: Der Mann *war* sagenhaft. Ich habe unter Taylor Winthrop gearbeitet, als er Leiter der FRA war. Er war der beste Direktor, den diese Behörde jemals hatte. Alle haben ihn bewundert. Was ihm und seiner Familie zugestoßen ist, ist die reinste Tragödie. Ich kann es immer noch nicht fassen.« Mit verkniffener Miene blickte er sie an. »Offen gestanden, Miss Evans, kann ich die Presse nicht leiden. Meiner Meinung nach seid ihr alle außer Rand und Band geraten. Ich habe mir Ihre Berichte aus Sarajevo angeschaut. Ihre Herz-Schmerz-Reportagen waren alles andere als nützlich für uns.«

Mühsam unterdrückte Dana ihren Unmut. »Ich war auch nicht dort, um Ihnen nützlich zu sein, General. Ich war dort, um zu berichten, was den unschuldigen –«

»Was auch immer. Nur damit Sie es wissen: Taylor Winthrop war einer der größten Politiker, die dieses Land jemals hatte.« Mit stechendem Blick schaute er sie an. »Falls Sie vorhaben sollten, sein Andenken in den Dreck zu ziehen, werden Sie sich eine Menge Feinde einhandeln. Lassen Sie sich eins gesagt sein: Wenn Sie Ärger machen, kriegen Sie's mit mir zu tun. Das verspreche ich Ihnen. Ich warne Sie, lassen Sie die Finger davon. Auf Wiedersehen, Miss Evans.«

Dana starrte ihn einen Moment lang an, dann stand sie auf. »Ich danke Ihnen vielmals, General.« Forschen Schrittes verließ sie das Büro.

Jack Stone hastete ihr hinterher. »Ich bringe Sie raus.«

Auf dem Korridor atmete Dana tief durch und sagte wütend: »Ist er immer so?«

Jack Stone seufzte. »Ich möchte mich für ihn entschuldigen. Er kann manchmal ein bisschen schroff werden. Er meint es nicht so.«

»Wirklich?«, versetzte Dana gepresst. »Ich hatte das Gefühl, dass er es todernst meint.«

»Jedenfalls bitte ich Sie meinerseits um Entschuldigung«, sagte Jack Stone. Er wollte sich abwenden.

Dana fasste ihn am Ärmel. »Warten Sie. Ich möchte mit Ihnen reden. Es ist zwölf Uhr. Könnten wir irgendwo zu Mittag essen?«

Jack Stone warf einen kurzen Blick auf die Tür zum Büro des Generals. »Na schön. In einer Stunde in Sholl's Colonial Cafeteria an der K Street?«

»Bestens. Vielen Dank.«

»Bedanken Sie sich nicht zu früh, Miss Evans.«

Dana erwartete ihn bereits, als er in die halb leere Cafeteria kam. Jack Stone blieb einen Moment lang in der Tür stehen und überzeugte sich davon, dass ihn in dem Restaurant niemand kannte, dann setzte er sich an Danas Tisch.

»General Booster würde mir an den Kragen gehen, wenn er wüsste, dass ich mit Ihnen spreche. Er ist ein prima Kerl. Er hat eine harte und heikle Aufgabe, und er erfüllt sie sehr, sehr gut.« Er zögerte kurz. »Aber die Presse kann er leider nicht ausstehen.«

»Das dachte ich mir schon«, versetzte Dana trocken.

»Ich muss etwas klarstellen, Miss Evans. Dieses Gespräch muss streng vertraulich bleiben.«

»Verstehe.«

Sie nahmen sich zwei Tabletts und suchten sich ihr Essen aus. »Ich möchte nicht, dass Sie einen falschen Eindruck von unserer Behörde bekommen«, sagte Jack Stone, als sie wieder Platz nahmen. »Wir sind die Guten. Deswegen machen wir die Sache ja überhaupt. Wir haben die Aufgabe, unterentwickelten Ländern zu helfen.«

»Das weiß ich wohl zu würdigen«, sagte Dana.

»Was soll ich Ihnen denn über Taylor Winthrop erzählen?«

»Bislang habe ich nur lauter Heiligenlegenden gehört. Der Mann muss doch auch ein paar *Schwächen* gehabt haben.«

»Hat er auch«, räumte Jack Stone ein. »Aber ich will Ihnen erst mal die guten Seiten aufzählen. Ich habe noch nie einen Mann kennen gelernt, der so viel für andere Menschen übrig hatte wie Taylor Winthrop.« Er hielt inne. »Und ich meine damit, dass er *wirklich* etwas für sie übrig hatte. Der hat an jeden Geburtstag oder Hochzeitstag gedacht, und alle, die unter ihm arbeiteten, haben ihn verehrt. Er hatte einen messerscharfen Verstand, war entschlussfreudig und einfallsreich, wenn es irgendein Problem zu lösen gab. Und obwohl er sich bei allem, was er machte, mit Leib und Seele ins Zeug gelegt hat, war er doch im Grunde seines Herzens ein Familienmensch. Er liebte seine Frau und seine Kinder.« Er stockte.

»Und die schlechte Seite?«, sagte Dana.

Jack Stone zögerte einen Moment. »Taylor Winthrop war ein Mann, auf den die Frauen fliegen. Er hatte Ausstrahlung, sah gut aus, war reich und mächtig. Die Frauen fanden das offenbar unwiderstehlich. Und daher«, fuhr er fort, »ist Taylor ab und zu … fremdgegangen. Er hatte ein paar Verhältnisse, aber ich kann Ihnen versichern, dass nichts Ernstes dabei war, zumal er sehr diskret war. Er hätte niemals etwas getan, was seinem Familienleben hätte schaden können.«

»Major Stone, fällt Ihnen irgendjemand ein, der einen Grund gehabt haben könnte, Taylor Winthrop und seine Familie zu töten?«

Jack Stone legte seine Gabel hin. »*Was?*«

»Jemand, der es so weit bringt, muss sich doch irgendwann einmal ein *paar* Feinde gemacht haben.«

»Miss Evans – wollen Sie damit etwa andeuten, dass die Winthrops *ermordet* wurden?«

»Ich frage ja nur«, erwiderte Dana.

Jack Stone überlegte einen Moment lang. Dann schüttelte er den Kopf. »Nein«, sagte er. »Das kann ich mir nicht vorstellen. Taylor Winthrop hat in seinem ganzen Leben niemandem etwas zu Leide getan. Wenn Sie mit irgendeinem seiner Freunde oder Bekannten gesprochen hätten, wäre Ihnen das klar.«

»Ich will Ihnen mal verraten, was ich bislang erfahren habe«, sagte Dana. »Taylor Winthrop war –«

Jack Stone hob die Hand. »Miss Evans, je weniger ich weiß, desto besser. Ich möchte mich da lieber raushalten. Dadurch kann ich Ihnen am ehesten helfen, falls Sie wissen, was ich meine.«

Dana blickte ihn verständnislos an. »Ich bin mir nicht ganz sicher.«

»Offen gesagt, Miss Evans, wünschte ich, Sie würden die Sache sausen lassen – auch zu Ihrem eigenen Wohl. Wenn nicht, dann seien Sie bitte vorsichtig.« Damit stand er auf und ging.

Dana saß da und dachte über seine Worte nach. *Taylor Winthrop hatte also keine Feinde. Vielleicht packe ich die Sache falsch an. Womöglich war es ja gar nicht Taylor Winthrop, der sich jemanden zum Todfeind gemacht hat? Was ist, wenn es eines seiner Kinder war? Oder seine Frau?*

Dana erzählte Jeff von dem Mittagessen mit Major Jack Stone.

»Interessant. Was nun?«

»Ich möchte mit ein paar Leuten sprechen, die Winthrops Kinder näher kannten. Paul Winthrop war zum Beispiel mit einer jungen Frau namens Harriet Berk verlobt. Sie waren fast ein Jahr lang liiert.«

»Ich kann mich erinnern, dass ich mal irgendwo über sie gelesen habe«, sagte Jeff. Er zögerte einen Moment. »Liebling, du weißt doch, dass ich hundertprozentig zu dir stehe ...«

»Natürlich, Jeff.«

»Hast du dir schon mal überlegt, ob du dich bei dieser Sache nicht verrennst? Unfälle passieren nun mal. Wie viel Zeit willst du denn noch dafür aufwenden?«

»Nicht mehr allzu viel«, versicherte ihm Dana. »Ich will nur noch ein paar Recherchen anstellen.«

Harriet Berk wohnte in einem schmucken Doppelhaus im Nordwesten von Washington. Sie war eine schlanke Blondine, etwa Anfang dreißig, die sie mit einem unsicheren, aber dennoch einladenden Lächeln empfing.

»Ich danke Ihnen, dass Sie bereit sind, mit mir zu sprechen.«

»Ich bin mir nicht ganz darüber im Klaren, worüber ich mit Ihnen sprechen sollte, Miss Evans. Sie haben gesagt, es ginge um Paul.«

»Ja.« Dana wählte ihre Worte mit aller Sorgfalt. »Ich möchte nicht in Ihr Privatleben eindringen, aber Sie und Paul waren verlobt und wollten heiraten. Daher gehe ich davon aus, dass Sie ihn vermutlich besser kannten als irgendjemand sonst.«

»Das hoffe ich.«

»Ich möchte gern ein bisschen mehr über ihn erfahren, darüber, wie er wirklich war.«

Harriet Berk schwieg. Sie klang sanft, beinahe zärtlich, als sie schließlich antwortete. »Paul war anders als alle Männer, die ich jemals kennen gelernt habe. Er war so lebenslustig. Er war immer freundlich und rücksichtsvoll zu anderen Menschen. Aber er konnte auch sehr komisch sein. Er hat sich nicht allzu ernst genommen. Es hat einfach einen Riesenspaß gemacht, mit ihm zusammen zu sein. Vorigen Oktober wollten wir heiraten.« Sie stockte. »Als Paul bei dem Unfall ums Leben kam, habe ich – hatte ich das Gefühl, als ob mein Leben vorbei ist.« Sie blickte Dana an und sagte leise: »Und es kommt mir immer noch so vor.«

»Mein tiefstes Beileid«, sagte Dana. »Ich möchte Sie auch nicht weiter bedrängen, aber wissen Sie vielleicht, ob er irgendwelche Feinde hatte, ob jemand einen Grund gehabt haben könnte, ihn zu töten?«

Harriet Berk schaute sie mit tränennassen Augen an. »Paul

töten?«, sagte sie mit erstickter Stimme. »Wenn Sie ihn gekannt hätten, hätten Sie diese Frage niemals gestellt.«

Danach sprach Dana mit Steve Rexford, dem Butler, der in Julie Winthrops Diensten gestanden hatte. Er war ein eleganter Engländer mittleren Alters.

»Womit kann ich Ihnen dienen, Miss Evans?«

»Dürfte ich Ihnen ein paar Fragen über Julie Winthrop stellen?«

»Ja, Madam.«

»Wie lange standen Sie in ihren Diensten?«

»Vier Jahre und neun Monate.«

»Und wie war sie zu den Menschen, die in ihren Diensten standen?«

Er lächelte versonnen. »Sie war überaus freundlich, eine bezaubernde Dame in jeder Hinsicht. Ich – ich konnte es kaum glauben, als ich die Nachricht von ihrem Unfall hörte.«

»Hatte Julie Winthrop irgendwelche Feinde?«

Er runzelte die Stirn. »Wie bitte?«

»Hat sich Julie Winthrop möglicherweise mit jemandem eingelassen, den sie dann – sitzen ließ? Oder mit jemandem, der ihr oder ihrer Familie womöglich etwas antun wollte?«

Steve Rexford schüttelte nachdenklich den Kopf. »Das sieht Miss Julie gar nicht ähnlich. Niemals hätte sie jemandem wehtun können. Nein. Sie war sehr großzügig, hatte für alle Zeit und für jeden etwas übrig.«

Dana musterte ihn einen Moment lang. Er meinte es ernst. Alle meinten es ernst. *Was zum Teufel, mache ich hier?*, fragte sie sich. *Allmählich komme ich mir vor wie Dana Quichote. Nur dass es keine Windmühlen mehr gibt.*

Danach nahm sie sich Morgan Ormond vor, den Direktor des Georgetown Museum of Art.

»Soweit ich weiß, wollen Sie mich über Gary Winthrop ausfragen.«

»Ja. Ich wollte gern wissen –«

»Sein Tod ist ein schwerer Schlag für uns. Unser Land hat einen seiner bedeutendsten Kunstmäzene verloren.«

»Mr. Ormond, ist die Konkurrenz auf dem Kunstmarkt nicht ziemlich groß?«

»Konkurrenz?«

»Kommt es nicht mitunter vor, dass etliche Interessenten hinter dem gleichen Kunstwerk her sind und sich auf –«

»Selbstverständlich. Aber das gilt doch nicht für Mr. Winthrop. Er besaß eine fabelhafte Privatsammlung, doch zugleich war er Museen gegenüber sehr großzügig. Nicht nur diesem, sondern Museen in aller Welt. Er hatte sich vorgenommen, große Kunstwerke für jedermann zugänglich zu machen.«

»Wissen Sie, ob er irgendwelche Feinde –«

»Gary Winthrop? Nie und nimmermehr.«

Zu guter Letzt traf sich Dana mit Rosalind Lopez, die fünfzehn Jahre lang Madeline Winthrops Zofe gewesen war. Sie arbeitete jetzt bei einem Partyservice, der ihr und ihrem Mann gehörte.

»Danke, dass Sie mich empfangen, Mrs. Lopez«, sagte Dana. »Ich möchte mit Ihnen über Madeline Winthrop sprechen.«

»Die arme Frau. Sie – sie war der netteste Mensch, den ich jemals kennen gelernt habe.«

Allmählich klingt es wie eine Schallplatte, die einen Sprung hat, dachte Dana.

»Einfach schrecklich, dass sie auf so grausame Weise ums Leben kommen musste.«

»Ja«, pflichtete Dana ihr bei. »Sie waren lange bei ihr angestellt.«

»O ja, Ma'am.«

»Wissen Sie, ob sie irgendetwas getan haben könnte, mit dem sie jemanden beleidigt oder sich zum Feind gemacht hat?«

Rosalind Lopez blickte Dana verdutzt an. »Zum Feind? Nein, Ma'am. Jeder hat sie gemocht.«

Die Platte *hat* einen Sprung, befand Dana.

Vermutlich habe ich mich geirrt, dachte Dana auf dem Rückweg ins Büro. *So unwahrscheinlich es auch sein mag, aber es muss ein Zufall sein, dass sie alle in anderthalb Jahren ums Leben gekommen sind.*

Dana begab sich zu Matt Baker. Sie wurde von Abbe Lasmann empfangen.

»Hi, Dana.«

»Ist Matt zu sprechen?«

»Ja. Sie können reingehen.«

Matt Baker blickte auf, als Dana in sein Büro kam. »Wie geht's unserem Sherlock Holmes heute?«

»Ganz einfach, mein lieber Watson. Ich habe mich geirrt. Das gibt keine Story her.«

5

Der Anruf von Danas Mutter kam völlig unverhofft.

»Dana, mein Schatz, ich habe eine tolle Neuigkeit für dich!«

»Ja, Mutter?«

»Ich heirate wieder.«

Dana war wie vom Donner gerührt. »Was?«

»Ja. Ich bin rauf nach Connecticut gefahren, nach Westport, um eine Freundin zu besuchen, und sie hat mich mit einem ganz bezaubernden Mann bekannt gemacht.«

»Ich – ich freue mich für dich, Mutter. Das ist ja wunderbar.«

»Er – er ist so ...« Sie kicherte. »Ich kann's nicht beschreiben, aber er ist reizend. Du wirst ihn mögen.«

»Wie lang kennst du ihn denn schon?«, fragte Dana vorsichtig.

»Lang genug, Liebes. Wir sind wie füreinander geschaffen. Ich bin ja so glücklich.«

»Hat er einen Job?«, fragte Dana.

»Führ dich nicht auf wie mein Vater. Selbstverständlich hat er einen Job. Er ist ein sehr erfolgreicher Versicherungsvertreter. Peter Tomkins heißt er. Er hat ein wunderschönes Haus in Westport, und ich kann's kaum erwarten, dass du und Kimbal raufkommt und ihn kennen lernt. Ihr kommt doch?«

»Natürlich.«

»Peter möchte dich unbedingt kennen lernen. Er hat jedem erzählt, wie berühmt du bist. Bist du sicher, dass ihr es schafft?«

»Ja.« Dana hatte am Wochenende keine Sendung, daher

konnte sie jederzeit weg. »Kemal und ich freuen uns schon darauf.«

»Du wirst deine Großmutter kennen lernen«, sagte Dana, als sie Kemal von der Schule abholte. »Wir werden noch eine richtige Familie, mein Schatz.«

»Mega.«

Dana lächelte. »Ganz recht, mega.«

Am frühen Samstagmorgen fuhren Dana und Kemal nach Connecticut. Dana freute sich auf den Abstecher nach Westport.

»Es wird bestimmt ganz wunderbar«, versicherte sie Kemal. »Großeltern brauchen ihre Enkel, damit sie jemanden haben, den sie verwöhnen können. Das ist ja das Gute daran, wenn man Kinder hat. Und du wirst eine Zeit lang bei ihnen bleiben können.«

»Bist du auch dabei?«, fragte Kemal nervös.

Dana drückte seine Hand. »Ich bin auch da.«

Peter Tomkins' Haus war ein entzückendes altes Cottage an der Blind Brook Road, an dem ein schmaler Bachlauf vorüberfloss.

»Hey, das ist cool«, sagte Kemal.

Dana zerzauste Kemals Haare. »Freut mich, dass es dir gefällt. Wir werden noch öfter hierher kommen.«

Die Haustür ging auf, und Eileen Evans stand vor ihnen. Wenn man genau hinsah, konnte man noch ein paar Hinweise darauf erkennen, wie schön sie einst gewesen sein musste, doch die Verbitterung hatte tiefe Spuren hinterlassen. Ihre ganze Schönheit war auf Dana übergegangen. Neben Eileen stand ein älterer Mann mit freundlichem Gesicht, der sie mit einem breiten Lächeln empfing.

Eileen stürzte auf sie zu und schloss Dana in die Arme. »Dana, mein Schatz! Und da ist ja auch Kimbal!«

»Mutter …«

»Das ist also die berühmte Dana Evans, was? Ich hab schon meinen sämtlichen Kunden von Ihnen erzählt.« Er wandte sich an Kemal. »Und das ist der Junge.« Er bemerkte, dass Kemal nur einen Arm hatte. »Hey, ihr habt mir ja gar nicht erzählt, dass er ein Krüppel ist.«

Dana stockte das Blut. Sie sah Kemals verstörte Miene.

Peter Tomkins schüttelte den Kopf. »Wenn er bei uns versichert gewesen wäre, bevor das passiert ist, wär er jetzt stinkreich.« Er wandte sich zur Tür. »Kommt rein, ihr seid bestimmt hungrig.«

»Nicht mehr«, versetzte Dana gepresst. Sie wandte sich an Eileen. »Entschuldige, Mutter, aber Kemal und ich fahren zurück nach Washington.«

»Tut mir Leid, Dana. Ich –«

»Mir auch. Ich hoffe nur, du machst keinen Fehler. Ich wünsche dir eine schöne Hochzeit.«

»Dana –«

Bestürzt sah Danas Mutter zu, wie Dana und Kemal in den Wagen stiegen und wegfuhren.

Peter Tomkins schaute ihnen verdutzt hinterher. »Hey, was hab ich denn gesagt?«

Eileen Evans seufzte. »Nichts, Peter. Gar nichts.«

Auf der Heimfahrt schwieg Kemal. Dana warf ihm von Zeit zu Zeit einen Blick zu.

»Tut mir Leid, mein Schatz. Manche Menschen haben einfach keine Ahnung.«

»Er hat Recht«, sagte Kemal verbittert. »Ich bin ein Krüppel.«

»Du bist *kein* Krüppel«, versetzte Dana scharf. »Man beurteilt Menschen nicht danach, wie viele Arme oder Beine sie haben. Man darf sie nur danach beurteilen, was sie sind.«

»Aha? Und was bin ich?«

»Du bist ein Überlebender. Und ich bin stolz auf dich. Weißt du, in einer Hinsicht hatte der reizende Bräutigam Recht – ich bin hungrig. Vermutlich interessiert es dich nicht, aber ich sehe ein McDonald's vor uns.«

Kemal lächelte. »Stark.«

Nachdem Kemal zu Bett gegangen war, begab sich Dana ins Wohnzimmer und setzte sich hin, um nachzudenken. Sie schaltete den Fernseher ein und zappte durch sämtliche Nachrichtenkanäle. Alle brachten Hintergrundberichte über den Mord an Gary Winthrop.

»... hoffen, dass der gestohlene Kleinbus ein paar Hinweise auf die Mörder liefert ...«

»... zwei Kugeln aus einer Beretta. Die Polizei überprüft sämtliche Waffengeschäfte, um ...«

»... und der brutale Mord an Gary Winthrop im vornehmen Nordwesten der Stadt ist wieder einmal ein Beweis dafür, dass niemand ...«

Irgendetwas ließ Dana keine Ruhe. Es dauerte stundenlang, bis sie endlich einschlief. Als Dana am nächsten Morgen aufwachte, wurde ihr mit einem Mal bewusst, was ihr so zu schaffen gemacht hatte: *Das Geld und der Schmuck lagen offen herum. Wieso haben die Mörder nichts davon mitgenommen?*

Dana stand auf und kochte sich eine Kanne Kaffee, während sie noch einmal die Aussagen von Polizeichef Burnett durchging.

Haben Sie eine Auflistung der gestohlenen Bilder?

Jawohl. Es sind lauter bekannte Werke. Wir haben die Liste an sämtliche Museen, Kunsthändler und Sammler weitergegeben. Sobald eines dieser Bilder irgendwo auftaucht, können wir den Fall lösen.

Die Einbrecher müssen doch gewusst haben, dass sie die Bilder nicht so leicht verkaufen können, dachte Dana. *Was nur bedeuten kann, dass der Diebstahl von einem reichen Sammler in Auftrag gegeben wurde, der die Bilder für sich behalten will. Aber warum sollte sich so ein Mann mit zwei mörderischen Gaunern einlassen?*

Als Kemal am Montagmorgen aufwachte, bereitete ihm Dana das Frühstück zu und setzte ihn an der Schule ab.

»Ich wünsche dir einen schönen Tag, mein Schatz.«

»Bis später, Dana.«

Dana blickte Kemal hinterher, bis er durch die Tür des Schulhauses verschwunden war, und fuhr dann zum Polizeipräsidium an der Indiana Avenue.

Es schneite wieder und ein scharfer Wind pfiff durch die Straßen.

Detective Phoenix Wilson, der die Ermittlungen im Mordfall Gary Winthrop leitete, war ein ausgefuchster Menschenfeind, dessen Narben verrieten, weshalb er so geworden war. Er blickte auf, als Dana in sein Büro kam.

»Keine Interviews«, knurrte er. »Wenn wir im Mordfall Winthrop irgendwelche neuen Erkenntnisse haben, erfahren Sie das wie alle anderen in der Pressekonferenz.«

»Danach wollte ich Sie gar nicht fragen«, sagte Dana.

Er musterte sie skeptisch. »Ach, wirklich?«

»Wirklich. Mich interessieren die gestohlenen Bilder. Sie haben doch eine Auflistung, nehme ich an.«

»Na und?«

»Könnten Sie mir eine Kopie überlassen?«

»Warum?«, fragte Detective Wilson misstrauisch. »Was haben Sie damit vor?«

»Ich möchte mir mal ansehen, was die Mörder mitgenommen haben. Möglicherweise bringe ich einen Bericht darüber.«

Detective Wilson musterte Dana einen Moment lang. »Keine schlechte Idee. Je bekannter die Bilder sind, desto schwerer wird es für die Mörder, sie zu verkaufen.« Er stand auf. »Sie haben zwölf Bilder mitgenommen und einen ganzen Haufen weiterer zurückgelassen. Ich nehme an, sie waren zu faul, sie alle rauszuschleppen. Gutes Personal ist heutzutage schwer zu kriegen. Ich besorg Ihnen eine Kopie von dem Bericht.«

Ein paar Minuten später kam er mit zwei Fotokopien zurück. Er reichte sie Dana. »Hier ist die Liste mit denen, die sie mitgenommen haben. Hier ist die andere Liste.«

Dana blickte ihn fragend an. »Was für eine andere Liste?«

»Mit sämtlichen Bildern, die Gary Winthrop besessen hat, darunter auch diejenigen, die die Mörder zurückgelassen haben.«

»Oh. Vielen Dank. Sehr zuvorkommend.«

Draußen auf dem Korridor ging Dana die beiden Listen durch. Verdutzt blickte sie auf. Dann trat sie hinaus in die eisige Luft und steuerte Christie's an, das weltberühmte Auktionshaus. Es schneite inzwischen heftiger, und die Menschen hasteten die Straßen entlang, um rasch ihre Besorgungen zu erledigen und wieder in ihre warmen Häuser und Büros zurückzukehren.

Der Geschäftsführer von Christie's erkannte Dana auf Anhieb. »Oh! Welche Ehre, Miss Evans. Womit können wir Ihnen dienen?«

»Ich habe hier zwei Auflistungen von Gemälden. Ich wäre Ihnen sehr dankbar, wenn mir jemand sagen könnte, was diese Bilder wert sind.«

»Aber natürlich. Mit Vergnügen. Hier entlang, bitte…«

Zwei Stunden später war Dana wieder in Matt Bakers Büro.

»Irgendwas Merkwürdiges geht da vor«, begann Dana.

»Wir sind doch nicht etwa schon wieder bei der alten Verschwörungstheorie, oder?«

»Sagen Sie mir, was Sie davon halten.« Dana reichte Matt die längere der beiden Listen. »Hier stehen *sämtliche* Kunstwerke drauf, die Gary Winthrop besaß. Ich war gerade bei Christie's und habe die Bilder schätzen lassen.«

Matt Baker überflog die Liste. »Hey, da sind ja ein paar schwere Brocken dabei, van Gogh, Hals, Matisse, Monet, Picasso, Manet.« Er blickte auf. »Und?«

»Und jetzt sehen Sie sich mal *diese* Liste an«, sagte Dana. Sie reichte Matt die kürzere Liste, auf der die gestohlenen Kunstwerke verzeichnet waren.

Matt las sie laut vor: »Camille Pissaro, Marie Laurencin, Paul Klee, Maurice Utrillo, Henry Lebasque. Worauf wollen Sie hinaus?«

»Auf der Gesamtliste sind etliche Bilder, die pro Stück über zehn Millionen Dollar wert sind«, sagte Dana bedächtig. Sie hielt inne. »Die meisten Bilder auf der anderen Liste, die gestohlenen also, sind allenfalls zweihunderttausend pro Stück wert, wenn nicht weniger.«

Matt Baker blickte sie mit verkniffenen Augen an. »Die Einbrecher haben die weniger wertvollen Bilder mitgehen lassen?«

»Ganz genau.« Dana beugte sich vor. »Matt, wenn das wirklich Einbrecher gewesen wären, hätten sie auch das Geld und den Schmuck mitgenommen, der offen herumlag. Wir sollten annehmen, dass jemand sie engagiert hat, damit sie nur die wertvolleren Bilder stehlen. Aber diesen Listen nach zu schließen, hatten sie keine Ahnung von Kunst. Wozu hat man sie also engagiert? Gary Winthrop war nicht bewaffnet. Wieso haben sie ihn umgebracht?«

»Wollen Sie etwa sagen, dass der Raub nur zur Tarnung diente und dass es bei dem Einbruch von vornherein um Mord ging?«

»Das ist die einzige Erklärung, die mir einfällt.«

Matt schluckte. »Nehmen wir uns die Sache noch mal genauer vor. Angenommen, Taylor Winthrop hat sich tatsächlich jemanden zum Feind gemacht und wurde ermordet – wieso sollte dieser Jemand dann die ganze Familie auslöschen?«

»Ich weiß es nicht«, sagte Dana. »Aber genau das möchte ich herausfinden.«

Dr. Armand Deutsch, ein imposant wirkender Mann um die siebzig, mit breiter Stirn und forschenden blauen Augen, war einer der angesehensten Psychiater von Washington. Er blickte auf, als Dana eintrat.

»Miss Evans?«

»Ja. Ich danke Ihnen, dass Sie mich empfangen, Doktor. Ich muss Sie in einer sehr wichtigen Sache sprechen.«

»Und worum handelt es sich bei dieser sehr wichtigen Sache?«

»Sie haben doch von den Todesfällen in der Familie Winthrop gehört?«

»Natürlich. Eine schreckliche Tragödie. So viele Unfälle.«

»Und wenn es keine Unfälle wären?«, sagte Dana.

»Was? Was wollen Sie damit sagen?«

»Es besteht die Möglichkeit, dass sie alle ermordet wurden.«

»Die Winthrops sollen *ermordet* worden sein? Das kommt mir etwas weit hergeholt vor, Miss Evans. *Sehr* weit hergeholt sogar.«

»Aber durchaus möglich.«

»Wie kommen Sie darauf, dass sie ermordet worden sein könnten?«

»Es ist – es ist nur so eine Ahnung«, räumte Dana ein.

»Aha. Eine Ahnung.« Dr. Deutsch musterte sie. »Ich habe mir Ihre Berichte aus Sarajevo angesehen. Sie sind eine ausgezeichnete Reporterin.«

»Vielen Dank.«

Dr. Deutsch schob sich auf den Ellbogen nach vorn und heftete den Blick noch eindringlicher auf sie. »Sie waren also vor nicht allzu langer Zeit mitten in einem schrecklichen Krieg. Ja?«

»Ja.«

»Und haben darüber berichtet, wie Menschen vergewaltigt und getötet wurden. Dass man sogar Kleinkinder ermordete …«

Misstrauisch hörte Dana ihm zu.

»Sie standen offensichtlich unter starkem Stress.«

»Ja«, sagte Dana.

»Seit wann sind Sie wieder zurück – seit fünf, sechs Monaten?«

»Seit drei Monaten«, erwiderte Dana.

Er nickte zufrieden. »Dass ist nicht viel Zeit, um sich wieder an ein friedliches Dasein zu gewöhnen, nicht wahr? Sie haben sicher Albträume von all den schrecklichen Gewalttaten, die Sie miterlebten, und Ihr Unterbewusstsein bildet sich nun –«

Dana unterbrach ihn. »Doktor, ich leide nicht unter Wahnvorstellungen. Ich kann nichts beweisen, aber ich habe Grund zu der Annahme, dass die Winthrops nicht durch Unfälle ums

Leben gekommen sind. Ich wollte Sie sprechen, weil ich gehofft hatte, Sie könnten mir vielleicht helfen.«

»Ihnen helfen? Inwiefern?«

»Ich brauche ein Motiv. Aus welchem Grund könnte jemand eine ganze Familie auslöschen wollen?«

Dr. Deutsch blickte Dana an und drückte die Fingerspitzen aneinander. »Natürlich sind Fälle bekannt, in denen es zu einer Reihung solcher Gewalttaten kam. Bei einer Vendetta zum Beispiel … einem Rachefeldzug. Die italienische Mafia ist dafür bekannt, dass sie ganze Familien auslöscht. Auch bei Drogengeschäften kann sich derlei ereignen. Es könnte sich um eine Racheaktion für ein schreckliches Leid handeln, das die Familie verursacht hat. Oder ein Wahnsinniger steckt dahinter, der keinerlei nachvollziehbaren Grund hat –«

»Ich glaube nicht, dass das hier der Fall ist«, sagte Dana.

»Dann gibt es natürlich noch den ältesten Grund der Welt – Geld?«

Geld. Daran hatte Dana bereits gedacht.

Walter Calkin, das Oberhaupt der Kanzlei Calkin, Taylor & Anderson, war seit über fünfundzwanzig Jahren der Anwalt der Familie Winthrop. Er war bereits alt und gebrechlich und litt unter heftiger Arthritis, doch sein Verstand zeigte keinerlei Verfallserscheinungen.

Er musterte Dana einen Moment lang. »Sie haben meiner Sekretärin erklärt, dass Sie mit mir über die Vermögensverhältnisse der Familie Winthrop sprechen möchten?«

»Ja.«

Er seufzte. »Für mich ist es noch immer unfassbar, was dieser wunderbaren Familie widerfahren ist. Einfach unfassbar.«

»Soweit ich weiß, haben Sie sich um ihre rechtlichen und finanziellen Angelegenheiten gekümmert«, sagte Dana.

»Ja.«

»Mr. Calkin, ist im letzten Jahr irgendetwas Ungewöhnliches vorgefallen?«

Er blickte Dana verwundert an. »In welcher Hinsicht ungewöhnlich?«

»Es ist etwas heikel«, sagte Dana behutsam, »aber – hätten Sie etwas bemerkt, wenn irgendein Mitglied der Familie … erpresst worden wäre?«

Einen Moment lang herrschte Stille. »Meinen Sie damit, ob ich Bescheid wissen würde, wenn einer von ihnen regelmäßig größere Geldbeträge an jemanden bezahlt hätte?«

»Ja.«

»Das nehme ich doch an.«

»Und *war* das der Fall?«, hakte Dana nach.

»Nein. Ich nehme an, Sie wollen unterstellen, dass irgendetwas nicht mit rechten Dingen zuging? Ich muss Ihnen sagen, dass ich das absolut lächerlich finde.«

»Aber sie sind alle tot«, sagte Dana. »Der Besitz muss doch Milliarden von Dollar wert sein. Ich wäre Ihnen sehr verbunden, wenn Sie mir mitteilen könnten, auf wen das alles übergeht.«

Sie sah, wie der Anwalt ein Fläschchen mit Tabletten öffnete, eine nahm und sie mit einem Schluck Wasser hinunterspülte. »Miss Evans, wir sprechen grundsätzlich nicht über die Angelegenheiten unserer Mandanten.« Er zögerte kurz. »In diesem Fall allerdings kann es meiner Ansicht nach nicht schaden, da wir morgen diesbezüglich ohnehin eine Presseerklärung herausgeben.«

Dann gibt es natürlich noch den ältesten Grund der Welt – Geld.

Walter Calkin blickte Dana an. »Nach dem Tod von Gary Winthrop, dem letzten Spross der Familie –«

»Ja?« Dana hielt den Atem an.

»Fällt das gesamte Vermögen der Familie Winthrop an karitative Einrichtungen.«

6

Die Redaktion bereitete sich auf die Abendnachrichten vor.

Dana saß in Studio A am Moderatorenpult und sah die letzten Änderungen im Text durch. Den ganzen Tag über waren von den Presseagenturen und von der Polizei die neuesten Nachrichten eingegangen, überprüft und ausgewählt oder verworfen worden.

Neben Dana saßen Jeff Connors und Richard Melton. Anastasia Mann zählte mit ausgestreckten Fingern die Sekunden bis Sendebeginn ab. Dann blinkte das rote Licht an der Kamera auf.

»Es ist dreiundzwanzig Uhr«, ertönte die Stimme des Ansagers. »Hier sind die neuesten Nachrichten, live auf WTN mit Dana Evans« – Dana lächelte in die Kamera – »und Richard Melton.« Melton blickte in die Kamera und nickte. »Dazu Jeff Connors mit dem Neuesten vom Sport und Marvin Greer mit dem Wetter. Hier sind die Ereignisse des Tages.«

Dana schaute in die Kamera. »Guten Abend. Ich bin Dana Evans.«

Richard Melton lächelte. »Und ich bin Richard Melton.«

Dana las vom Teleprompter ab. »Zunächst unser heutiges Hauptthema. Nach einer Verfolgungsjagd stellte die Polizei heute zwei Männer, die ein Spirituosengeschäft in der Innenstadt überfallen wollten.«

»Band ab.«

Auf dem Monitor war die Kabine eines Hubschraubers von innen zu sehen. Norman Bronson, ein ehemaliger Pilot der

Marineinfanterie, steuerte den WTN-Helikopter. Neben ihm saß Alyce Barker. Dann schwenkte die Kamera nach unten, zum Boden, wo drei Polizeiwagen um eine Limousine herumstanden, die einen Baum gerammt hatte.

»Zu der Verfolgungsjagd kam es, nachdem zwei Männer den Haley Liquor Store an der Pennsylvania Avenue betreten und die Tageseinnahmen verlangt hatten. Der Verkäufer weigerte sich, drückte den Alarmknopf und verständigte dadurch die Polizei. Die Räuber ergriffen die Flucht, worauf die Polizei die Verfolgung aufnahm, bis die Verdächtigen nach rund sechs Kilometern mit ihrem Wagen gegen einen Baum stießen.«

Die wilde Jagd war vom neuen Hubschrauber des Senders aus aufgenommen worden. *Wirklich toll, dass Matt Elliot dazu gebracht hat, einen neuen Helikopter zu kaufen,* dachte Dana. *Damit stehen uns ganz andere Möglichkeiten zur Verfügung.*

Danach kamen drei weitere Beiträge, ehe ihnen die Regisseurin das Zeichen gab, dass eine Werbepause anstand. »Wir sind gleich wieder für Sie da«, sagte Dana.

Der erste Werbespot kam.

Richard Melton wandte sich an Dana. »Hast du mal rausgeschaut? Da draußen ist der Deibel los.«

»Ich weiß.« Dana lachte. »Unser armer Wetterfrosch kriegt bestimmt wieder jede Menge böser Briefe.«

Das rote Licht an der Kamera ging wieder an. Der Teleprompter war einen Moment lang dunkel, dann liefen die ersten Zeilen über den Bildschirm. Dana las sie vor. »Ich möchte, dass wir an Silvester –« Sie stockte verdutzt, las dann den weiteren Text, der da lautete: *...heiraten. Dann haben wir jedes neue Jahr einen Grund mehr zum Feiern.*

Grinsend stand Jeff neben dem Teleprompter.

Dana blickte betreten in die Kamera. »Wir –«, sagte sie stockend, »wir machen jetzt eine weitere kurze Werbepause.« Das rote Licht ging aus.

Dana stand auf. »Jeff!«

Sie gingen aufeinander zu und schlossen sich in die Arme. »Was sagst du dazu?«, fragte er.

Sie hielt ihn eng umschlungen. »Ich sage Ja«, flüsterte sie.

Rundum ertönten die Hochrufe der Mitarbeiter.

»Wie möchtest du's denn gern, Liebling?«, fragte Jeff, als sie nach der Sendung endlich allein waren. »Eine große Hochzeit, eine kleine Hochzeit oder irgendwas dazwischen?«

Schon von klein auf hatte sich Dana überlegt, wie sie eines Tages heiraten wollte. Stets hatte sie sich vorgestellt, dass sie in einem prachtvollen Kleid aus weißer Spitze mit einer endlos langen Schleppe vor den Traualtar trat. Im Kino hatte sie gesehen, wie hektisch und aufgeregt es zuging, wenn man eine Hochzeit vorbereiten musste ... die Gästeliste zusammenstellen ... für das Bankett sorgen ... die Brautjungfern aussuchen ... die richtige Kirche wählen ... All ihre Freundinnen und Freunde sollten dabei sein, ihre Mutter. Es sollte der schönste Tag ihres Lebens werden. Und jetzt war es soweit.

»Dana ...?«, sagte Jeff. Er wartete auf ihre Antwort.

Wenn ich eine große Hochzeit mit allem Drum und Dran feiere, dachte Dana, *muss ich meine Mutter und ihren Mann einladen. Aber das kann ich Kemal nicht antun.*

»Lass uns irgendwo hinfahren«, sagte Dana.

Jeff nickte verdutzt. »Von mir aus, wenn du das möchtest.«

Kemal war schier aus dem Häuschen, als er die Neuigkeit erfuhr. »Du meinst, Jeff ist dann ständig bei uns?«

»Ganz recht. Wir sind alle zusammen. Dann hast du eine richtige Familie, mein Schatz.« Dana saß eine Stunde lang an

Kemals Bett und unterhielt sich mit ihm über ihr zukünftiges Dasein. Sie würden alle drei zusammen leben, gemeinsam in Urlaub fahren, immer füreinander da sein.

Als Kemal schlief, begab sich Dana in ihr Zimmer und schaltete den Computer ein. *Wohnungen, Wohnungen. Wir brauchen zwei Schlafzimmer, zwei Badezimmer, ein Wohnzimmer, Küche, Esszimmer und nach Möglichkeit ein, zwei Arbeitszimmer. Das sollte nicht allzu schwer zu finden sein.* Dana dachte an Gary Winthrops leer stehende Stadtvilla und prompt schweiften ihre Gedanken ab. *Was ist in dieser Nacht wirklich geschehen? Wer hat die Alarmanlage ausgeschaltet? Und wie sind die Einbrecher in das Haus gelangt, wenn es keinerlei Hinweis auf Gewaltanwendung gibt?* Unwillkürlich gab sie den Namen »Winthrop« ein. *Was, zum Teufel, ist mit mir los?* Am Bildschirm tauchte die gleiche Auskunft auf, die Dana bereits zuvor gesehen hatte.

> Regional > US-Staaten > Washington D. C. > Regierung > Politik > Federal Research Agency
> • *Winthrop, Taylor* – diente als Botschafter in Russland und handelte bedeutende Wirtschaftsabkommen mit Italien aus …
> • *Winthrop, Taylor* – Unternehmer und Milliardär, der sich um sein Land verdient machte …
> • *Winthrop, Taylor* – die Familie Winthrop begründete zahlreiche karitative Stiftungen, mit denen Schulen, öffentliche Bibliotheken und Förderprogramme für innerstädtische Wohngebiete unterstützt wurden …

Im Internet tauchten die Winthrops auf vierundfünfzig Websites auf. Dana wollte gerade wieder auf *Wohnungen* umschalten, als ihr eine weitere Eintragung auffiel.

- *Winthrop, Taylor* – Rechtsstreit. Joan Sinisi, ehemalige Sekretärin von Taylor Winthrop, reichte Klage gegen ihn ein, zog sie später aber wieder zurück.

Dana las die Eintragung noch einmal. *Was für ein Rechtsstreit?*, fragte sie sich.

Sie suchte weiter unter dem Stichwort *Winthrop*, stieß aber auf keinen weiteren Hinweis. Dana gab den Namen *Joan Sinisi* ein. Keine weiteren Meldungen.

»Ist diese Verbindung sicher?«

»Ja.«

»Ich möchte eine Zusammenstellung der Websites, die diese Person ansurft.«

»Wir werden uns der Sache unverzüglich annehmen.«

Als Dana am Morgen darauf in ihr Büro kam, nachdem sie Kemal zur Schule gebracht hatte, schlug sie im Telefonbuch von Washington nach. Keine Joan Sinisi. Sie versuchte es im Telefonbuch von Maryland… Virginia… Vergebens. *Vermutlich ist sie weggezogen*, dachte Dana.

Tom Hawkins, der Produzent ihrer Sendung, kam in Danas Büro. »Gestern Abend haben wir die Konkurrenz wieder abgehängt.«

»Großartig.« Dana dachte einen Moment lang nach. »Tom, kennen Sie jemanden bei der Telefongesellschaft?«

»Klar. Wollen Sie einen neuen Anschluss?«

»Nein. Ich möchte feststellen, ob jemand möglicherweise eine Geheimnummer hat. Meinen Sie, Sie könnten das in Erfahrung bringen?«

»Wie lautet der Name?«

»Sinisi. Joan Sinisi.«

Er runzelte die Stirn. »Wieso kommt mir der Name irgendwie bekannt vor?«

»Sie war in einen Rechtsstreit mit Taylor Winthrop verwickelt.«

»Ach ja. Jetzt fällt's mir wieder ein. Ist vielleicht ein, zwei Jahre her. Sie waren damals in Jugoslawien. Ich dachte, das gibt eine heiße Story, aber die Sache wurde ziemlich rasch beigelegt. Vermutlich steckt sie mittlerweile irgendwo in Europa, aber ich will mal sehen, ob ich was rausfinde.«

Eine Viertelstunde später meldete sich Olivia Watkins. »Tom möchte Sie sprechen.«

»Tom?«

»Joan Sinisi wohnt nach wie vor in Washington. Wenn Sie wollen, kann ich Ihnen ihre Geheimnummer geben.«

»Wunderbar«, sagte Dana. Sie nahm einen Stift. »Schießen Sie los.«

»Fünf-fünf-fünf-zwo-sechs-neun-null.«

»Vielen Dank.«

»Schenken Sie sich das Dankeschön. Laden Sie mich lieber zum Lunch ein.«

»Wird gemacht.«

Die Bürotür ging auf, und Dean Ulrich, Robert Fenwick und Maria Toboso, drei Autoren, die für die Fernsehnachrichten tätig waren, kamen herein.

»Das wird heute Abend eine ziemlich blutrünstige Nachrichtensendung«, sagte Robert Fenwick. »Wir haben zwei Eisenbahnunglücke, einen Flugzeugabsturz und einen schweren Erdrutsch.«

Alle vier nahmen sich die eingehenden Nachrichten vor. Als die Besprechung zwei Stunden später vorüber war, griff Dana zu dem Zettel mit Joan Sinisis Nummer und rief an.

Eine Frauenstimme meldete sich. »Bei Miss Sinisi.«

»Könnte ich bitte Miss Sinisi sprechen? Mein Name ist Dana Evans.«

»Mal sehen, ob sie an den Apparat kommen kann. Einen Moment bitte.«

Dana wartete. Kurz darauf meldete sich eine andere Frauenstimme, leise und zaghaft. »Hallo ...«

»Miss Sinisi?«

»Ja.«

»Dana Evans hier. Ich wollte fragen, ob –«

»*Die* Dana Evans?«

»Äh – ja.«

»Oh! Ich sehe mir jeden Abend Ihre Sendung an. Ich bin ein großer Fan von Ihnen.«

»Vielen Dank«, sagte Dana. »Sehr schmeichelhaft. Ich wollte Sie fragen, ob Sie vielleicht ein paar Minuten Zeit für mich hätten, Miss Sinisi. Ich möchte mit Ihnen sprechen.«

»Wirklich?« Sie klang angenehm überrascht, fast freudig.

»Ja. Könnten wir uns irgendwo treffen?«

»Na ja, sicher. Möchten Sie hierher kommen?«

»Das wäre bestens. Wann würde es Ihnen passen?«

Ein kurzes Zögern. »Jederzeit. Ich bin den ganzen Tag über hier.«

»Wie wäre es mit morgen Nachmittag, sagen wir gegen zwei Uhr?«

»In Ordnung.« Sie nannte Dana die Adresse.

»Dann bis morgen«, sagte Dana. Sie legte den Hörer auf. *Wieso mache ich überhaupt weiter? Na ja, dieses eine Gespräch noch, dann ist Schluss damit.*

Am folgenden Nachmittag um vierzehn Uhr fuhr Dana vor dem Hochhaus an der Prince Street vor, in dem Joan Sinisi wohnte. Ein Pförtner in Uniform stand an der Tür. Dana blickte zu dem eindrucksvollen Gebäude auf und dachte: *Wie kann sich eine Sekretärin hier eine Wohnung leisten?* Sie stellte ihren Wagen ab, ging in die Eingangshalle und begab sich zu dem Mann an der Rezeption.

»Kann ich Ihnen behilflich sein?«

»Ich bin mit Miss Sinisi verabredet. Dana Evans ist mein Name.«

»Ja, Miss Evans. Sie erwartet Sie. Fahren Sie mit dem Aufzug ins Penthouse. Apartment A.«

Ins Penthouse?

Dana stieg im obersten Stockwerk aus dem Fahrstuhl und klingelte an der Tür von Apartment A. Ein Dienstmädchen in Uniform öffnete ihr.

»Miss Evans?«

»Ja.«

»Treten Sie bitte ein.«

Joan Sinisi lebte in einer Zwölf-Zimmer-Wohnung mit einer riesigen Dachterrasse, von der aus man über die ganze Stadt blicken konnte. Das Dienstmädchen führte Dana durch einen langen Korridor in einen großen Salon, der ganz in Weiß gehalten und herrlich ausgestattet war. Eine kleine, schlanke Frau saß auf der Couch. Sie erhob sich, als Dana eintrat.

Joan Sinisis Anblick überraschte Dana. Sie hatte nicht gewusst, worauf sie sich gefasst machen sollte, doch so jemanden wie die Frau, die soeben aufgestanden war, um sie zu begrüßen, hatte sie gewiss nicht erwartet. Joan Sinisi war schmächtig und unscheinbar, mit stumpfen braunen Augen, die sie hinter einer dicken Brille versteckte. Sie klang schüchtern und war kaum zu verstehen.

»Es ist mir eine große Freude, Sie persönlich kennen zu lernen, Miss Evans.«

»Danke, dass Sie mich empfangen«, sagte Dana. Sie nahm

neben Joan Sinisi auf einer großen weißen Couch vor der Dachterrasse Platz.

»Ich wollte gerade Tee trinken. Möchten Sie vielleicht auch eine Tasse?«

»Vielen Dank.«

Joan Sinisi wandte sich an das Dienstmädchen. »Greta, könnten Sie uns vielleicht eine Kanne Tee bringen?«, sagte sie beinahe unterwürfig.

»Ja, Ma'am.«

»Danke, Greta.«

Irgendwie hat das Ganze hier etwas Unwirkliches an sich, dachte Dana. *Joan Sinisi passt einfach nicht in dieses Penthouse. Wie kann sie sich das leisten? Auf was für einen Vergleich hat Taylor Winthrop sich da eingelassen? Und worum ging es in dem Rechtsstreit überhaupt?*

»... und ich lasse mir Ihre Sendung nie entgehen«, sagte Joan Sinisi gerade mit leiser Stimme. »Ich finde Sie ganz wunderbar.«

»Vielen Dank.«

»Ich weiß noch genau, wie Sie aus Sarajevo berichtet haben, als rundum geschossen wurde und überall Bomben fielen. Ich hatte immerzu Angst, dass Ihnen etwas zustoßen könnte.«

»Ich ehrlich gesagt auch.«

»Es muss eine schreckliche Erfahrung gewesen sein.«

»Ja, in gewisser Hinsicht schon.«

Greta brachte ein Tablett mit einer Teekanne und Kuchen. Sie stellte es auf dem Tisch vor den beiden Frauen ab.

»Ich gieße ein«, sagte Joan Sinisi.

Dana sah zu, wie sie den Tee eingoss.

»Möchten Sie ein Stück Kuchen?«

»Nein, danke.«

Joan Sinisi reichte Dana eine Tasse Tee, dann goss sie sich

ebenfalls eine ein. »Wie gesagt, ich bin ganz begeistert, Sie kennen zu lernen, aber ich – ich habe keine Ahnung, worüber Sie mit mir reden wollen.«

»Ich möchte mit Ihnen über Taylor Winthrop sprechen.«

Joan Sinisi zuckte zusammen und kippte sich etwas Tee über den Schoß. Ihr Gesicht war kreidebleich geworden.

»Ist alles in Ordnung?«

»Ja, mir – mir fehlt nichts.« Sie tupfte sich den Rock mit einer Serviette ab. »Ich – ich wusste nicht, was Sie von mir wollen …« Sie verstummte.

Die Stimmung war mit einem Mal umgeschlagen. »Sie waren Taylor Winthrops Sekretärin, nicht wahr?«, sagte Dana.

»Ja«, sagte Joan Sinisi vorsichtig. »Aber ich bin vor knapp zwei Jahren bei Mr. Winthrop ausgeschieden. Ich fürchte, ich kann Ihnen nicht weiterhelfen.« Die Frau zitterte regelrecht.

»Ich habe so viel Gutes über Taylor Winthrop gehört«, sagte Dana beruhigend. »Ich habe mich nur gefragt, ob Sie ebenfalls etwa dazu beitragen können.«

Joan Sinisi wirkte erleichtert. »O ja, aber natürlich. Mr. Winthrop war ein großer Mann.«

»Wie lange waren Sie für ihn tätig?«

»Fast drei Jahre.«

Dana lächelte. »Es muss eine wunderbare Erfahrung gewesen sein.«

»Ja, ja, das war es, Miss Evans.« Sie klang jetzt weitaus gelöster.

»Aber Sie haben eine Klage gegen ihn angestrengt.«

Wieder warf ihr Joan Sinisi einen furchtsamen Blick zu. »Nein – ich meine, ja. Aber es war ein Fehler, verstehen Sie? Ich habe einen Fehler begangen.«

»Was für einen Fehler?«

Joan Sinisi schluckte. »Ich – ich habe etwas missverstanden, das Mr. Winthrop zu jemand sagte. Ich habe mich dumm benommen. Ich schäme mich dafür.«

»Sie haben ihn verklagt, aber Sie sind damit nicht vor Gericht gegangen?«

»Nein. Er – wir haben uns außergerichtlich geeinigt. Es war ja nichts weiter.«

Dana blickte sich in dem Penthouse um. »Aha. Können Sie mir verraten, wie diese Einigung aussah?«

»Nein, das kann ich leider nicht«, erwiderte Joan Sinisi. »Es ist alles streng vertraulich.«

Dana fragte sich, was es wohl gewesen sein könnte, das diese schüchterne Frau dazu bewegt hatte, eine Klage gegen einen Giganten wie Taylor Winthrop anzustrengen, und wieso sie so davor zurückschreckte, darüber zu sprechen. Wovor hatte sie Angst?

Eine ganze Zeit lang herrschte Schweigen. Joan Sinisi betrachtete Dana, und Dana hatte das Gefühl, dass sie irgendetwas sagen wollte.

»Miss Sinisi –«

Joan Sinisi stand auf. »Tut mir Leid, dass ich Ihnen nicht mehr – wenn das alles war, Miss Evans …«

»Ich verstehe schon«, sagte Dana.

Ich wünschte, es wäre so.

Er legte die Kassette in den Recorder ein, drückte die Abspieltaste.

Ich – ich habe etwas missverstanden, das Mr. Winthrop zu jemand sagte. Ich habe mich dumm benommen. Ich schäme mich dafür.

Sie haben ihn verklagt, aber Sie sind damit nicht vor Gericht gegangen?

Nein. Er – wir haben uns außergerichtlich geeinigt. Es war ja nichts weiter.
Aha. Können Sie mir verraten, wie diese Einigung aussah?
Nein, das kann ich leider nicht. Es ist alles streng vertraulich.
Miss Sinisi –
Tut mir Leid, dass ich Ihnen nicht mehr – wenn das alles war, Miss Evans …
Ich verstehe schon.

Ende der Aufnahme.

Es hatte begonnen.

Dana war am nächsten Morgen mit einem Immobilienmakler verabredet, der ihr ein paar Wohnungen zeigen wollte, doch es war reine Zeitverschwendung. Dana und der Makler gingen etliche Angebote in Georgetown, rund um den Dupont Circle und im Bezirk Adams-Morgan durch. Aber die Wohnungen waren entweder zu klein, zu groß oder zu teuer. Als es auf Mittag zuging, hätte Dana am liebsten aufgegeben.

»Keine Sorge«, beruhigte sie der Immobilienmakler. »Wir werden genau das Richtige für Sie finden.«

»Das will ich doch hoffen«, erwiderte Dana. *Und zwar bald.*

Joan Sinisi ging Dana nicht mehr aus dem Kopf. Was hatte sie gegen Taylor Winthrop in der Hand, womit hatte sie ihn dazu gebracht, dass er sie mit einem Penthouse und wer weiß was sonst noch allem abfand? *Sie wollte mir irgendetwas erzählen,* dachte Dana, *da bin ich mir völlig sicher. Ich muss noch mal mir ihr reden.*

Dana rief in Joan Sinisis Wohnung an. »Guten Tag«, meldete sich Greta.

»Greta, Dana Evans noch mal. Ich möchte bitte mit Miss Sinisi sprechen.«

»Tut mir Leid. Miss Sinisi ist nicht zu sprechen.« Die Verbindung wurde unterbrochen.

Eine blasse Sonne kam gelegentlich zwischen eisgrauen Wolken heraus, als Dana Kemal am folgenden Morgen vor der Schule absetzte. An den Straßenecken in der ganzen Stadt bimmelten Weihnachtsmänner mit ihren Glocken und baten um milde Gaben.

Ich muss bis Silvester eine Wohnung für uns drei finden, dachte Dana.

Im Studio angekommen, setzte sich Dana mit den Mitgliedern der Nachrichtenredaktion zusammen und besprach mit ihnen den ganzen Morgen lang die Themen, die sie behandeln wollten, und die Schauplätze, an denen sie dafür Videobänder aufnehmen mussten. Im einen Fall ging es um einen besonders brutalen Mord, der noch immer ungelöst war, und Dana musste einmal mehr an die Winthrops denken.

Wieder rief sie bei Joan Sinisi an.

»Guten Tag.«

»Greta, ich muss unbedingt mit Miss Sinisi sprechen. Bestellen Sie ihr, dass Dana Evans –«

»Sie will nicht mit Ihnen sprechen, Miss Evans.« Die Verbindung wurde unterbrochen.

Was geht da vor sich?, fragte sich Dana.

Dana suchte Matt Baker auf. Abbe Lasmann begrüßte sie.

»Herzlichen Glückwunsch! Soweit ich weiß, steht der Termin für die Hochzeit fest.«

Dana lächelte. »Ja.«

Abbe seufzte. »Was für ein romantischer Antrag.«

»So ist mein Zukünftiger eben.«

»Dana, unsere Ratgeberin in Sachen Liebeskummer sagt, man soll nach der Hochzeit losziehen, ein paar Tüten mit Lebensmittelkonserven kaufen und sie im Kofferraum des Wagens verstauen.«

»Wozu, um Himmels willen …?«

»Sie sagt, wenn man irgendwann im Laufe der Zeit mal Lust auf ein bisschen Spaß außer der Reihe kriegt, zu spät nach Hause kommt und der liebe Gatte dann fragt, wo man gewesen ist, kann man einfach die Tüten vorweisen und sagen: ›Einkaufen‹. Dann –«

»Besten Dank, meine gute Abbe. Ist Matt zu sprechen?«

»Ich sage ihm Bescheid, dass Sie da sind.«

Kurz darauf trat Dana in Matts Büro.

»Setzen Sie sich, Dana. Gute Nachrichten. Wir haben gerade die neuesten Nielsen-Quoten erhalten. Wir haben die Konkurrenz gestern Abend wieder um Längen geschlagen.«

»Großartig, Matt. Ich habe mit einer ehemaligen Sekretärin von Taylor Winthrop gesprochen, und sie –«

Er grinste. »Ihr Jungfrauen lasst wohl nie locker, was? Sie haben mir doch gesagt, dass Sie –«

»Ich weiß, aber hören Sie mal zu. Sie hat Taylor Winthrop seinerzeit verklagt, als sie noch für ihn gearbeitet hat. Die Sache kam nie vor Gericht, weil er sich vorher mit ihr geeinigt hat. Sie wohnt in einem riesigen Penthouse, das sie sich mit einem Sekretärinnengehalt niemals leisten könnte, folglich muss sie eine gewaltige Abfindung bekommen haben. Als ich den Namen Winthrop erwähnte, war die Frau mit einem Mal verängstigt, völlig verängstigt. Sie benahm sich so, als ob sie um ihr Leben fürchtet.«

»Hat sie gesagt, dass sie um ihr Leben fürchtet?«, sagte Matt Baker geduldig.

»Nein.«

»Hat sie gesagt, dass sie Angst vor Taylor Winthrop hatte?«

»Nein, aber –«

»Dann könnte sie also genauso gut Angst vor einem gewalttätigen Freund haben oder vor Einbrechern unter ihrem Bett. Sie haben nicht das Geringste in der Hand, oder?«

»Na ja, ich –« Dana sah seinen Gesichtsausdruck. »Nichts Konkretes.«

»Genau. Also, was die Nielsens angeht …«

Joan Sinisi sah sich die Abendnachrichten auf WTN an. »… und nun zu dem Neuesten aus dem Inland«, sagte Dana gerade. »Die Zahl der in den Vereinigten Staaten begangenen Straftaten ist in den letzten zwölf Monaten um siebenundzwanzig Prozent gesunken. Den größten Rückgang in der Verbrechensstatistik haben Los Angeles, San Francisco und Detroit zu verzeichnen …«

Joan Sinisi musterte Danas Gesicht, betrachtete ihre Augen und versuchte eine Entscheidung zu treffen. Sie schaute sich die ganze Nachrichtensendung an, und als sie vorüber war, hatte sie einen Entschluss gefasst.

7

Guten Morgen«, sagte Olivia, als Dana am Montagmorgen in ihr Büro kam. »Eine Frau hat schon dreimal angerufen und wollte Sie sprechen. Sie wollte ihren Namen nicht nennen.«

»Hat sie eine Nummer hinterlassen?«

»Nein. Sie sagte, sie ruft noch mal an.«

Eine halbe Stunde später meldete sich Olivia bei ihr. »Die Frau ist wieder dran. Möchten Sie mit ihr sprechen?«

»In Ordnung.« Dana nahm den Hörer ab. »Hallo, Dana Evans hier. Wer ist –«

»Hier ist Joan Sinisi.«

Danas Herz schlug einen Takt schneller. »Ja, Miss Sinisi ...«

»Möchten Sie immer noch mit mir reden?« Sie klang nervös.

»Ja. Unbedingt.«

»Na schön.«

»Ich komme in ein paar Minuten bei Ihnen –«

»Nein!« Panik schwang in ihrer Stimme mit. »Wir müssen uns irgendwo anders treffen. Ich – ich glaube, ich werde beobachtet.«

»Von mir aus. Wo?«

»Beim Vogelhaus im Zoo. Können Sie in einer Stunde dort sein?«

»Ich werde da sein.«

Der Park war völlig verlassen. Der eisige Dezemberwind, der über die Stadt hinwegfegte, hielt die Menschen fern, die sich ansonsten in Scharen hier tummelten. Zitternd vor Kälte stand Dana vor den Volieren und wartete auf Joan Sinisi. Sie warf einen Blick auf ihre Uhr. Sie war schon seit über einer Stunde da. *Ich gebe ihr noch fünfzehn Minuten.*

Eine Viertelstunde später sagte sich Dana: *Noch eine halbe Stunde, dann ist Schluss.* Nach weiteren dreißig Minuten dachte sie: *Verdammt! sie hat es sich anders überlegt.*

Nass und ausgefroren kehrte Dana in ihr Büro zurück. »Irgendwelche Anrufe?«, fragte sie Olivia erwartungsvoll.

»Ein halbes Dutzend. Liegt alles auf Ihrem Schreibtisch.«

Dana ging die Liste durch. Joan Sinisis Name stand nicht darauf. Dana rief bei ihr an. Sie ließ das Telefon über zehnmal klingeln, ehe sie auflegte. *Vielleicht ändert sie ihre Meinung wieder.* Dana versuchte es noch zweimal, aber niemand ging ran. Sie überlegte hin und her, ob sie bei ihr vorbeifahren sollte, entschied sich aber dagegen. *Ich muss warten, bis sie auf mich zugeht,* beschloss sie.

Joan Sinisi ließ nichts mehr von sich hören.

Am nächsten Morgen um sechs Uhr sah sich Dana die Nachrichten an, während sie sich ankleidete. »... unterdessen hat sich die Lage in Tschetschenien weiter zugespitzt. Wieder wurden die Leichen von einem Dutzend russischer Soldaten aufgefunden, und trotz aller Beteuerungen von Seiten der russischen Regierung, dass die Rebellen besiegt seien, dauern die Kämpfe noch immer an ... Zu den Lokalnachrichten. Eine Frau ist aus ihrer Penthousewohnung im dreizehnten Stock eines Apartmenthauses zu Tode gestürzt. Bei dem Opfer handelt es sich um Joan Sinisi, eine ehemalige Sekretärin von Botschafter Taylor Winthrop. Die Polizei untersucht zurzeit noch, wie es zu dem Unfall kommen konnte.«

Dana war wie gelähmt.

»Matt, ich habe Ihnen doch von der Frau erzählt, die ich besucht habe – Joan Sinisi, Taylor Winthrops ehemalige Sekretärin?«

»Ja. Was ist mit ihr?«

»Sie ist tot. Es kam heute Morgen in den Nachrichten.«

»*Was?*«

»Sie rief gestern Morgen an und wollte sich dringend mit mir treffen. Sie sagte, sie müsste mir etwas Wichtiges mitteilen. Ich habe über eine Stunde im Zoo auf sie gewartet, aber sie ist nicht gekommen.«

Matt starrte sie an.

»Als ich am Telefon mit ihr gesprochen habe, sagte sie, dass sie glaubt, sie werde beobachtet.«

Matt Baker saß da und kratzte sich am Kinn. »Herrgott. Was, zum Teufel, haben wir da aufgetan?«

»Ich weiß es nicht. Ich möchte mit Joan Sinisis Dienstmädchen sprechen.«

»Dana …«

»Ja?«

»Seien Sie vorsichtig. Sehr vorsichtig.«

Als Dana die Eingangshalle des Apartmenthauses betrat, empfing sie ein anderer Portier.

»Kann ich Ihnen behilflich sein?«

»Mein Name ist Dana Evans. Ich bin wegen Miss Sinisi hier, die gestern ums Leben gekommen ist. Ein schrecklicher Unglücksfall.«

Der Portier blickte sie mit bedrückter Miene an. »Ja, so ist es. Sie war eine reizende Dame. Immer ruhig und zurückhaltend.«

»Hatte sie viele Besucher?«, fragte Dana wie beiläufig.

»Nein, eigentlich nicht. Sie lebte sehr zurückgezogen.«

»Waren Sie gestern im Dienst, als sich der« – Dana stolperte über das Wort – »*Unfall* ereignete?«

»Nein, Ma'am.«

»Dann wissen Sie also nicht, ob jemand bei ihr war?«

»Nein, Ma'am.«

»Aber *irgendjemand* hatte doch Dienst?«

»O ja. Dennis. Die Polizei hat ihn bereits vernommen. Er war gerade unterwegs, um etwas zu besorgen, als Miss Sinisi runtergefallen ist.«

»Ich möchte mit Greta sprechen, Miss Sinisis Dienstmädchen.«

»Ich fürchte, das ist nicht möglich.«

»Nicht möglich? Wieso?«

»Sie ist weg.«

»Wohin?«

»Sie hat gesagt, sie will nach Hause. Sie war völlig außer sich.«

»Wo wohnt sie?«

Der Portier schüttelte den Kopf. »Keine Ahnung.«

»Ist im Augenblick jemand in der Wohnung?«

»Nein, Ma'am.«

Dana ließ sich rasch etwa einfallen. »Mein Chef möchte, dass ich für WTN einen Bericht über Miss Sinisis Tod mache. Dürfte ich mir die Wohnung noch mal ansehen? Ich war vor ein paar Tagen da.«

Er dachte einen Moment lang nach, dann zuckte er die Achseln. »Ich wüsste nicht, was dagegen spricht. Ich muss aber mit Ihnen raufgehen.«

»Ist mir recht«, erwiderte Dana.

Schweigend fuhren sie hinauf ins Penthouse. Im dreizehnten Stock angelangt, zückte der Portier einen Passepartout und schloss die Tür von Apartment A auf.

Dana ging hinein. Die Wohnung sah noch genau so aus wie beim letzten Mal, als Dana hier gewesen war. *Abgesehen davon, dass Joan Sinisi nicht mehr da ist.*

»Möchten Sie irgendetwas Bestimmtes sehen, Miss Evans?«

»Nein«, log Dana. »Ich wollte nur mein Gedächtnis etwas auffrischen.«

Sie ging den Flur entlang zum Wohnzimmer und begab sich in Richtung Dachterrasse.

»Dort ist die arme Frau runtergefallen«, sagte der Portier.

Dana trat hinaus auf die riesige Dachterrasse und ging bis zum äußersten Rand. Eine knapp anderthalb Meter hohe Mauer zog sich rund um die ganze Terrasse. Völlig unmöglich, dass da jemand aus Versehen herunterfallen konnte.

Dana blickte auf die Straße hinab, auf den dichten Verkehr und das geschäftige vorweihnachtliche Treiben. *Wer ist so skrupellos, um so was fertig zu bringen?*, dachte sie. Sie erschauderte.

Der Portier kam zu ihr. »Ist alles in Ordnung?«

Dana atmete tief durch. »Ja, bestens. Vielen Dank.«

»Möchten Sie sonst noch was anschauen?«

»Nein, ich habe genug gesehen.«

Im Eingangsbereich des Polizeireviers in der Innenstadt wimmelte es von Straftätern, Betrunkenen, Prostituierten und verzweifelten Touristen, deren Brieftaschen auf rätselhafte Art und Weise abhanden gekommen waren.

»Ich möchte Detective Marcus Abrams sprechen«, erklärte Dana dem diensthabenden Sergeant.

»Dritte Tür rechts.«

»Vielen Dank.« Dana ging den Korridor entlang.

Detective Abrams' Tür war offen.

»Detective Abrams?«

Er stand vor dem Aktenschrank – ein großer, stämmiger Mann mit dickem Bauch und müde wirkenden braunen Augen. Er blickte zu Dana. »Ja?« Dann erkannte er sie. »Miss Evans. Womit kann ich Ihnen dienen?«

»Man hat mir gesagt, dass Sie Joan Sinisis« – wieder dieses Wort –»Unfall bearbeiten.«

»Ganz recht.«

»Können Sie mir etwas dazu sagen?«

Er ging zu seinem Schreibtisch, legte einen Stapel Akten ab und setzte sich. »Dazu gibt's nicht viel zu sagen. Es war entweder ein Unfall oder Selbstmord. Nehmen Sie Platz.«

Dana zog sich einen Stuhl heran. »War jemand bei ihr, als es passiert ist?«

»Nur das Dienstmädchen. Sie war zur fraglichen Zeit in der Küche. Laut ihrer Aussage war sonst niemand da.«

»Haben Sie eine Ahnung, wo ich das Dienstmädchen erreichen kann?«, fragte Dana.

Er dachte darüber nach. »Sie soll heute Abend in den Nachrichten etwas dazu sagen, was?«

Dana lächelte ihn an. »Genau.«

Detective Abrams ging wieder zum Aktenschrank und kramte in den Unterlagen herum. Er zog eine Karteikarte heraus. »Da hätten wir's. Greta Miller. Connecticut Avenue Nummer elfachtzig. Reicht das?«

Zwanzig Minuten später fuhr Dana die Connecticut Avenue entlang und suchte die Hausnummern ab: 1170... 1172... 1174... 1176... 1178 ...

Nummer 1180 war ein Parkplatz.

»Glaubst du wirklich, dass diese Sinisi von der Dachterrasse geworfen wurde?«, fragte Jeff.

»Jeff, man ruft nicht bei jemandem an, um sich dringend mit

ihm zu verabreden, und begeht dann Selbstmord. Irgendjemand wollte nicht, dass sie mir etwas erzählt. Es ist zum Verzweifeln. Das ist genau wie mit dem Hund von Baskerville. Niemand hört ihn bellen. Keiner weiß irgendwas.«

»Die Sache wird langsam unheimlich«, sagte Jeff. »Ich bin mir nicht sicher, ob du weiter dranbleiben solltest.«

»Ich kann jetzt nicht aufhören. Ich muss mehr herausfinden.«

»Wenn du Recht hast, Dana, dann sind bereits sechs Menschen ermordet worden.«

Dana schluckte. »Ich weiß.«

»... und das Dienstmädchen hat der Polizei eine falsche Adresse angegeben und ist untergetaucht«, sagte Dana zu Matt Baker. »Als ich mit Joana Sinisi gesprochen habe, wirkte sie zwar nervös, aber wie eine Selbstmordkandidatin kam sie mir ganz bestimmt nicht vor. Irgendjemand hat nachgeholfen, als sie über die Brüstung fiel.«

»Aber wir haben keinen Beweis dafür.«

»Nein. Aber ich weiß, dass ich Recht habe. Als ich mich zum ersten Mal mit Joan Sinisi traf, war sie bester Dinge, bis zu dem Moment, als ich Taylor Winthrops Namen erwähnte. Da bekam sie es mit der Angst zu tun. Zum ersten Mal habe ich einen Riss in diesem wunderbaren Bild bemerkt, das Taylor Winthrop von sich geschaffen hat. Ein Mann wie Winthrop findet eine Sekretärin nicht mit einer hohen Geldsumme ab, wenn sie nicht irgendetwas Schwerwiegendes gegen ihn in der Hand hat. Es muss eine Art Erpressung gewesen sein. Irgendetwas Unheimliches geht da vor. Matt, kennen Sie jemanden, der mit Taylor Winthrop zusammengearbeitet hat, der möglicherweise mal mit ihm aneinander geraten ist und der keine Angst hat, den Mund aufzumachen?«

Matt Baker dachte einen Moment lang nach. »Sie sollten sich vielleicht an Roger Hudson wenden. Er war Vorsitzender der stärksten Fraktion im Senat, ehe er in Ruhestand ging, und er arbeitete mit Taylor Winthrop in ein, zwei Ausschüssen zusammen. Der könnte etwas wissen. Und er hat vor nichts und niemandem Angst.«

»Könnten Sie für mich einen Termin mit ihm vereinbaren?«

»Ich will mal sehen, was sich tun lässt.«

Eine Stunde später war Matt am Apparat. »Roger Hudson ist bereit, Sie am Donnerstagmittag in seinem Haus in Georgetown zu empfangen.«

»Danke, Matt. Ich bin Ihnen sehr verbunden.«

»Ich muss Sie warnen, Dana ...«

»Ja?«

»Hudson kann ziemlich bissig sein.«

»Ich werde zusehen, dass ich ihm nicht zu nahe trete.«

Matt Baker wollte gerade sein Büro verlassen, als Elliot Cromwell hereinkam.

»Ich möchte mir Ihnen über Dana sprechen.«

»Liegt irgendwas vor?«

»Nein, und ich möchte auch nicht, dass es dazu kommt. Es geht um diese Recherchen über Taylor Winthrop, die sie gerade anstellt –«

»Ja.«

»Ihre Fragen gehen einigen Leuten gehörig gegen den Strich, und meiner Meinung nach vergeudet sie nur ihre Zeit. Ich kannte Taylor Winthrop und seine Familie. Das waren lauter wunderbare Menschen.«

»Gut«, sagte Matt Baker. »Dann kann es ja nichts schaden, wenn Dana weitermacht.«

Elliot Cromwell musterte Matt einen Moment lang, dann

zuckte er die Achseln. »Halten Sie mich auf dem Laufenden.«

»Ist die Verbindung sicher?«

»Ja, Sir.«

»Gut. Wir verlassen uns voll und ganz auf die Mitteilungen von WTN. Sind Sie sicher, dass Ihre Informationen zuverlässig sind?«

»Absolut. Sie stammen direkt aus der Chefetage des Verwaltungsgebäudes.«

8

Dana wollte am Mittwochmorgen gerade das Frühstück zubereiten, als draußen ein Heidenlärm losbrach. Sie blickte aus dem Fenster und sah zu ihrer Überraschung den Lastwagen einer Umzugsfirma vor dem Haus stehen, dazu mehrere Männer, die Möbel einluden.

Wer könnte denn hier ausziehen?, fragte sich Dana. Sämtliche Wohnungen im Haus waren vergeben, und die Mieter hatten allesamt langfristige Verträge.

Dana stellte gerade Haferflocken auf den Tisch, als es an der Tür klopfte. Es war Dorothy Wharton.

»Dana, bei uns hat sich was ganz Neues ergeben«, sagte sie aufgeregt. »Howard und ich ziehen nach Rom. Wir reisen noch heute ab.«

Dana starrte sie erstaunt an. »*Nach Rom? Heute noch?*«

»Ist das nicht *unglaublich?* Letzte Woche wurde Howard von einem Mann angesprochen. Das Ganze war sehr vertraulich. Howard hat mir gesagt, dass ich niemand was verraten dürfte. Na ja, und gestern Abend hat der Mann dann angerufen und Howard einen Posten bei seiner Firma in Italien angeboten, bei der er dreimal so viel verdient wie bisher.« Dorothy strahlte.

»Na, das ist – das ist ja wunderbar«, sagte Dana. »Sie werden uns fehlen.«

»Wir werden Sie ebenfalls vermissen.«

Howard kam an die Tür. »Ich nehme an, Dorothy hat Ihnen schon alles erzählt.«

»Ja. Und ich freue mich für Sie. Aber ich dachte, Sie wollten nie mehr von hier weg. Und mit einem Mal –«

Howard ging gar nicht darauf ein. »Ich kann's immer noch nicht glauben. Es kam wie aus heiterem Himmel. Außerdem ist es eine erstklassige Firma. Italiano Ripristino heißt sie. Eines der größten Unternehmen von ganz Italien. Eine Tochtergesellschaft davon restauriert antike Bauwerke. Ich weiß nicht, wie die auf mich gekommen sind, aber sie haben eigens jemand hier einfliegen lassen, um mit mir handelseinig zu werden. In Rom gibt's jede Menge Altertümer, die dringend überholt werden müssen. Sie übernehmen sogar für ein Jahr lang die Miete hier, sodass wir unsere Kaution zurückkriegen. Die einzige Bedingung dabei ist, dass wir bis morgen in Rom sein müssen. Was bedeutet, dass wir noch heute unsere Wohnung räumen müssen.«

»Das ist doch sehr ungewöhnlich, nicht?«, wandte Dana vorsichtig ein.

»Ich nehme an, die haben's ziemlich eilig.«

»Brauchen Sie irgendwelche Hilfe beim Packen?«

Dorothy schüttelte den Kopf. »Nein. Wir haben die ganze Nacht durchgearbeitet. Der Großteil der Sachen geht an die Fürsorge. Mit Howards neuem Einkommen können wir uns allerhand leisten.«

Dana lachte. »Melden Sie sich mal bei mir, Dorothy.«

Eine Stunde später hatten die Whartons ihre Wohnung geräumt und waren auf dem Weg nach Rom.

»Könnten Sie mir einen Gefallen tun und sich nach einer Firma erkundigen?«, sagte Dana zu Olivia, als sie ins Büro kam.

»Selbstverständlich.«

»Sie heißt Italiano Ripristino. Ich glaube, die Zentrale befindet sich in Rom.«

»In Ordnung.«

Eine halbe Stunde später reichte ihr Olivia ein Blatt Papier. »Da steht alles drauf. Es ist eins der größten Unternehmen in ganz Europa.«

Dana war zutiefst erleichtert. »Gut. Das freut mich.«

»Übrigens«, sagte Olivia, »ist die Firma nicht im Privatbesitz.«

»Aha?«

»Nein. Sie gehört dem italienischen Staat.«

Als Dana Kemal an diesem Nachmittag von der Schule nach Hause brachte, zog ein Mann mittleren Alters, der eine dicke Brille trug, in die Wohnung der Whartons ein.

Am Donnerstag, dem Tag, an dem Dana mit Roger Hudson verabredet war, ging von Anfang an alles schief.

»Sieht so aus, als ob wir mit unserer Sendung heute Abend in die Bredouille kommen«, sagte Robert Fenwick bei der morgendlichen Konferenz.

»Lassen Sie hören«, sagte Dana.

»Es geht um das Team, das wir nach Irland geschickt haben. Wir wollten doch heute Abend den Film bringen, den die dort gemacht haben.«

»Ja?«

»Sie sind festgenommen worden. Außerdem hat man ihre gesamte Ausrüstung beschlagnahmt.«

»Meinen Sie das ernst?«

»Ich scherze niemals, wenn es um Iren geht.« Er reichte Dana ein Blatt Papier. »Hier ist unser Aufmacher über den Banker aus Washington, den man wegen Betrugs belangen will.«

»Eine erstklassige Story«, sagte Dana. »Und wir haben sie exklusiv.«

»Unsere Rechtsabteilung hat sie gerade abgewürgt.«

»*Was?*«

»Sie befürchten, dass man uns verklagen könnte.«

»Na wunderbar«, versetzte Dana säuerlich.

»Und das ist noch nicht alles. Der Zeuge in dem Mordfall, den wir heute Abend interviewen wollten –«

»Ja ...«

»Er hat es sich anders überlegt. Er kommt nicht.«

Dana stöhnte auf. Es war noch nicht einmal zehn Uhr. Das Einzige, worauf sie sich heute noch freuen konnte, war das Gespräch mit Roger Hudson.

»Es ist bereits elf Uhr, Miss Evans«, sagte Olivia, als Dana aus der Redaktionskonferenz kam. »Bei dem Wetter sollten Sie jetzt vielleicht aufbrechen, wenn Sie rechtzeitig bei Mr. Hudson sein wollen.«

»Danke, Olivia.« Dana blickte aus dem Fenster. Es fing wieder an zu schneien. Sie zog ihren Mantel an, legte den Schal um und wollte gerade zur Tür gehen, als das Telefon klingelte.

»Miss Evans ...«

Dana drehte sich um.

»Ein Anruf für Sie auf Anschluss drei.«

»Jetzt nicht«, sagte Dana. »Ich muss los.«

»Es ist jemand von Kemals Schule.«

»Was?« Dana stürmte zu ihrem Schreibtisch. »Hallo?«

»Miss Evans?«

»Ja.«

»Hier ist Thomas Henry.«

»Ja, Mr. Henry. Ist mit Kemal alles in Ordnung?«

»Ich weiß wirklich nicht, was ich darauf antworten soll. So Leid es mir tut, Ihnen das mitteilen zu müssen, aber Kemal wird von der Schule verwiesen.«

Erschrocken stand Dana da. »*Von der Schule verwiesen.* Weshalb? Was hat er getan?«

»Vielleicht sollten wir das besser persönlich besprechen. Ich wäre Ihnen dankbar, wenn Sie vorbeikommen und ihn abholen würden.«

»Mr. Henry –«

»Ich erkläre es Ihnen, wenn Sie hier sind, Miss Evans. Besten Dank.«

Benommen legte Dana den Hörer auf. *Was könnte da nur wieder vorgefallen sein?*

»Ist alles in Ordnung?«, fragte Olivia.

»Na großartig.« Dana stöhnte auf. »Das hat mir heute gerade noch gefehlt.«

»Kann ich irgendetwas tun?«

»Sprechen Sie ein Gebet für mich.«

Als Dana Kemal an diesem Morgen vor der Schule abgesetzt und ihm ein letztes Mal zugewinkt hatte und dann weggefahren war, hatte Ricky Underwood sie beobachtet.

»Hey, der Kriegsheld«, sagte Ricky, als Kemal an ihm vorbeigehen wollte. »Deine Mama muss ja einen schweren Frust schieben. Wo du doch bloß einen Arm hast, und wenn du mit ihr Stinkefinger spielen –«

Kemal reagierte so schnell, dass man kaum sah, wie er sich bewegte. Er rammte Ricky den Fuß in den Unterleib, und als Ricky aufschrie und sich vornüber krümmte, riss Kemal das linke Knie hoch und brach ihm das Nasenbein. In hohem Bogen spritzte das Blut durch die Luft.

Kemal beugte sich über die stöhnende Gestalt am Boden. »Das nächste Mal bring ich dich um.«

Dana fuhr so schnell sie konnte zur Theodore Roosevelt Middle School, wobei sie sich unterwegs die ganze Zeit fragte, was wohl vorgefallen sein mochte. *Egal, was es war, ich muss Henry überreden, dass er Kemal auf der Schule lässt.*

Thomas Henry erwartete Dana in seinem Büro. Kemal saß ihm auf einem Stuhl gegenüber. Als Dana eintrat, hatte sie das Gefühl, das Ganze schon mal erlebt zu haben.

»Miss Evans.«

»Was ist vorgefallen?«, sagte Dana.

»Ihr Sohn hat einem anderen Jungen die Nase und das Jochbein gebrochen. Er musste mit dem Krankenwagen in die Notaufnahme gebracht werden.«

Ungläubig blickte Dana ihn an. »Wie – wie konnte das denn passieren? Kemal hat doch nur einen Arm.«

»Ja«, versetzte Thomas Henry verkniffen. »Aber er hat zwei Beine. Er hat ihm das Nasenbein mit dem Knie gebrochen.«

Kemal betrachtete die Decke.

Dana wandte sich an ihn. »Kemal, wie konntest du das nur tun?«

Er blickte zu Boden. »Es war ganz einfach.«

»Verstehen Sie, was ich meine, Miss Evans«, sagte Thomas Henry. »Seine ganze Haltung ist – ich … ich weiß nicht, wie ich es beschreiben soll. Ich fürchte, wir können Kemals Benehmen nicht länger dulden. Ich schlage vor, dass Sie eine andere Schule suchen, die eher für ihn geeignet ist.«

»Mr. Henry«, sagte Dana ernst, »Kemal legt es nicht auf Streit an. Wenn er trotzdem in eine Prügelei gerät, muss er einen guten Grund dafür gehabt haben, da bin ich mir völlig sicher. Sie können doch nicht –«

»Wir haben unsere Entscheidung getroffen, Miss Evans«, erwiderte Mr. Henry in einem Tonfall, der keinen Widerspruch zuließ.

Dana atmete tief durch. »Na schön. Dann suchen wir uns eben eine Schule, in der man mehr Verständnis hat. Komm, Kemal.«

Kemal stand auf, warf Mr. Henry einen wütenden Blick zu und verließ hinter Dana das Büro. Schweigend gingen sie hinaus auf den Bürgersteig. Dana blickte auf ihre Uhr. Sie kam jetzt zu spät zu ihrem Termin, und außerdem wusste sie nicht, wo sie Kemal unterbringen sollte. *Ich muss ihn mitnehmen.*

»Na schön, Kemal«, sagte Dana, als sie im Wagen saßen. »Was war los?«

Nie und nimmer konnte er ihr erzählen, was Ricky Underwood gesagt hatte. »Es tut mir sehr, sehr Leid, Dana. Es war meine Schuld.«

Krass, dachte Dana.

Die Hudsons wohnten auf einem zwei Hektar großen Grundstück in einer vornehmen Gegend von Georgetown. Eine lange, geschwungene Auffahrt führte hügelan zu dem weißen zweistöckigen Herrenhaus im georgianischen Stil, das von der Straße aus nicht zu sehen war.

Dana hielt vor dem Haus. Sie blickte zu Kemal. »Du kommst mit rein.«

»Wieso?«

»Weil es hier draußen zu kalt ist. Komm schon.«

Dana ging zur Haustür, worauf Kemal ihr widerwillig folgte.

Dana wandte sich an ihn. »Kemal, ich mache hier ein wichtiges Interview. Ich möchte, dass du ruhig und höflich bist. Okay?«

»Okay.«

Dana klingelte. Die Tür wurde von einem freundlich wirkenden, hünenhaften Mann geöffnet, der eine Butleruniform trug. »Miss Evans?«

»Ja.«

»Ich bin Cesar. Mr. Hudson erwartet Sie.« Er blickte zu Kemal, dann wieder zu Dana. »Darf ich Ihnen die Mäntel abnehmen?« Kurz darauf hängte er sie in eine Gästegarderobe in der Eingangshalle. Kemal starrte fortwährend zu Cesar auf, der ihn turmhoch überragte.

»Wie groß sind Sie?«

»Kemal!«, sagte Dana. »Sei nicht so unhöflich.«

»Ach, ist schon in Ordnung, Miss Evans. Ich bin das gewohnt.«

»Sind Sie größer als Michael Jordan?«, fragte Kemal.

»Ich fürchte ja.« Der Butler lächelte. »Ich bin zwei Meter sechzehn groß. Hier entlang bitte.«

Die Eingangshalle war riesig, ein langer Saal mit Hartholzboden, alten Spiegeln und Marmortischen. Die Wände waren von Regalen gesäumt, in denen kostbare Figurinen aus der Ming-Dynastie und Chihuly-Statuen aus mundgeblasenem Glas standen.

Dana und Kemal folgten Cesar den Flur entlang zu einem tiefer liegenden Wohnzimmer mit hellgelben Wänden und weißem Gebälk. Der Raum war mit bequemen Sofas, Queen-Anne-Tischchen und hellgelben Sheraton-Ohrensesseln eingerichtet.

Senator Roger Hudson und seine Frau Pamela saßen an einem Backgammon-Tisch. Sie erhoben sich, als Cesar Dana und Kemal ankündigte.

Roger Hudson war ein streng wirkender Mann Ende fünfzig mit kühlen grauen Augen und einem verhaltenen Lächeln. Er strahlte eine gewisse Unnahbarkeit aus, so als wäre er ständig auf der Hut.

Pamela Hudson, etwas jünger als ihr Mann, war eine Schönheit. Sie wirkte herzlich, aufgeschlossen und natürlich. Sie hatte aschblonde Haare mit ein paar grauen Strähnen, die sie nicht zu kaschieren versuchte.

»Tut mir Leid, dass ich zu spät komme«, entschuldigte sich Dana. »Ich bin Dana Evans. Das ist mein Sohn Kemal.«

»Roger Hudson. Das ist meine Frau Pamela.«

Dana hatte per Internet Erkundigungen über Roger Hudson eingeholt. Sein Vater hatte eine kleine Stahlhütte besessen, die Hudson Industries, die Roger Hudson zu einem Konzern von Weltgeltung aufgebaut hatte. Er war Milliardär, war einst Vorsitzender der Mehrheitsfraktion im Senat und des Wehr- und Streitkräfteausschusses gewesen. Er hatte sich mittlerweile aus dem Geschäftsleben zurückgezogen und war nur mehr als politischer Berater für das Weiße Haus tätig. Vor fünfundzwanzig Jahren hatte er Pamela Donnelly geheiratet, eine begehrte Schönheit aus guter Familie. Die beiden waren in der Washingtoner Gesellschaft sehr beliebt und politisch überaus einflussreich.

»Kemal, das sind Mr. und Mrs. Hudson«, sagte Dana. Sie wandte sich an Roger. »Entschuldigen Sie bitte, dass ich ihn mitgebracht habe, aber –«

»Das ist doch völlig in Ordnung«, sagte Pamela Hudson. »Wir wissen über Kemal Bescheid.«

Dana blickte sie erstaunt an. »Ja?«

»Ja. Man hat viel über Sie geschrieben, Miss Evans. Sie haben Kemal in Sarajevo gerettet. Das war großartig von Ihnen.«

Roger Hudson stand schweigend daneben.

»Was dürfen wir Ihnen anbieten?«, fragte Pamela Hudson.

»Danke, ich möchte nichts«, sagte Dana.

Sie blickten Kemal an. Er schüttelte den Kopf.

»Nehmen Sie bitte Platz.« Roger Hudson und seine Frau ließen sich auf der Couch nieder. Dana und Kemal setzten sich auf zwei Lehnsessel, die ihnen gegenüber standen.

»Ich weiß nicht genau, weshalb Sie hier sind, Miss Evans«, sagte Roger Hudson schroff. »Matt Baker hat mich gebeten, mit Ihnen zu sprechen. Was kann ich für Sie tun?«

»Ich möchte mit Ihnen über Taylor Winthrop reden.«

Roger Hudson runzelte die Stirn. »In welchem Zusammenhang?«

»Soweit ich weiß, kannten Sie ihn?«

»Ja. Ich habe Taylor kennen gelernt, als er unser Botschafter in Russland war. Seinerzeit war ich Vorsitzender des Wehr- und Streitkräfteausschusses. Ich ging nach Russland, um die Schlagkraft der russischen Waffen zu begutachten. Taylor begleitete unseren Ausschuss zwei, drei Tage lang.«

»Was für einen Eindruck hatten Sie von ihm, Mr. Hudson?«

Er dachte kurz nach. »Ganz offen gesagt, Miss Evans, war ich von all seinem Charme nicht übermäßig beeindruckt. Aber ich muss zugeben, dass ich ihn für einen ausgesprochen fähigen Mann hielt.«

Kemal blickte sich gelangweilt um, stand auf und schlenderte ins Zimmer nebenan.

»Wissen Sie, ob Botschafter Winthrop irgendwelche Unannehmlichkeiten hatte, als er in Russland war?«

Roger Hudson warf ihr einen verdutzten Blick zu. »Ich bin mir nicht sicher, ob ich Sie recht verstanden habe. Was für Unannehmlichkeiten?«

»Irgendetwas … irgendwas, durch das er sich Feinde gemacht haben könnte. Ich meine, regelrechte Todfeinde.«

Bedächtig schüttelte Roger Hudson den Kopf. »Miss Evans, wenn etwas Derartiges vorgefallen wäre, wüsste nicht nur ich es, sondern alle Welt hätte davon erfahren. Taylor Winthrop stand ständig im Blickpunkt der Öffentlichkeit. Darf ich fragen, worauf Sie mit diesen Fragen hinauswollen?«

»Ich dachte mir«, sagte Dana verlegen, »dass Taylor Winthrop womöglich irgendjemandem irgendetwas angetan hat, das so schlimm war, dass es ein Motiv abgäbe, warum jemand ihn und seine sämtlichen Angehörigen umgebracht haben könnte.«

Hudson und seine Frau starrten sie an.

»Ich weiß«, fuhr Dana rasch fort, »das klingt weit hergeholt, aber dass sie alle in anderthalb Jahren ums Leben gekommen sind, ist nicht minder merkwürdig.«

»Miss Evans«, sagte Roger Hudson barsch, »ich bin alt genug, um mir darüber im Klaren zu sein, dass *nichts* unmöglich ist, aber das ist – worauf gründet sich Ihr Verdacht?«

»Falls Sie damit handfeste Beweise meinen – da habe ich keine.«

»Das wundert mich nicht.« Er zögerte einen Moment. »Ich habe gehört, dass...« Er verstummte. »Lassen wir das.«

Die beiden Frauen blickten ihn an.

»Sei nicht so schofelig zu Miss Evans, Schatz«, wandte Pamela behutsam ein. »Was wolltest du gerade sagen?«

Er zuckte die Achseln. »Ist nicht weiter wichtig.« Er wandte sich an Dana. »Als ich in Moskau war, ging das Gerücht, dass Winthrop sich auf private Geschäfte mit den Russen eingelassen haben soll. Aber ich gebe nichts auf Gerüchte, und Sie sicherlich auch nicht, Miss Evans.« Es klang beinahe vorwurfsvoll.

Ehe Dana etwas darauf erwidern konnte, ertönte ein lautes Krachen aus der angrenzenden Bibliothek.

Pamela Hudson stand auf und ging eiligen Schrittes nach nebenan. Roger und Dana folgten ihr. In der Tür blieben sie stehen. Eine blaue Ming-Vase war zu Boden gefallen und zerbrochen. Kemal stand neben dem Scherbenhaufen.

»Oh, mein Gott«, sagte Dana erschrocken. »Entschuldigen Sie vielmals. Kemal, wie konntest du nur –?«

»Es war ein Versehen.«

Betreten und mit schamrotem Gesicht wandte sich Dana an die Hudsons. »Das tut mir furchtbar Leid. Ich komme natürlich dafür auf. Ich –«

»Ach, machen Sie sich darum bitte keine Sorgen«, erwiderte Pamela Hudson mit einem aufmunternden Lächeln. »Unsere Hunde stellen noch viel schlimmere Sachen an.«

Roger Hudson zog eine grimmige Miene. Er wollte etwas sagen, doch ein Blick von seiner Frau brachte ihn zum Schweigen.

Dana blickte auf die Überreste der Vase. *Die war vermutlich mehr wert, als ich in zehn Jahren verdiene,* dachte sie.

»Gehen wir doch wieder ins Wohnzimmer«, schlug Pamela Hudson vor.

Dana zitierte Kemal zu sich und folgte ihnen. »Du bleibst bei mir«, murmelte sie wütend. Sie nahmen wieder Platz.

Roger Hudson musterte Kemal. »Wodurch hast du deinen Arm verloren, mein Junge?«

Dana war überrascht über die offene, unverblümte Art, mit der er diese Frage stellte, doch Kemal ging bereitwillig darauf ein.

»Durch eine Bombe.«

»Aha. Und was ist mit deinen Eltern passiert, Kemal?«

»Die kamen beide bei einem Luftangriff um, und meine Schwester.«

Roger Hudson schniefte. »Verfluchter Krieg.«

In diesem Augenblick kam Cesar herein. »Das Essen ist aufgetragen.«

Das Essen war köstlich. Dana fand Pamela freundlich und umgänglich, Roger Hudson hingegen eher verschlossen.

»Woran arbeiten Sie gerade?«, fragte Pamela Hudson Dana.

»Wir bereiten eine neue Sendung mit dem Titel *Alibi* vor. Wir wollen darin einerseits Menschen präsentieren, die Straftaten begangen haben, ohne dass sie dafür belangt wurden, und andererseits denen helfen, die unschuldig im Gefängnis sitzen.«

»Washington ist dafür der beste Ausgangspunkt«, sagte Roger Hudson. »Hier wimmelt es von allerlei scheinheiligen Zeitgenossen an höchster Stelle, die jede nur erdenkliche Straftat begangen haben, ohne dass man sie dafür belangt.«

»Roger sitzt in etlichen Ausschüssen, die sich mit Regierungs- und Verwaltungsreformen befassen«, sagt Pamela Hudson stolz.

»Weil das ja viel nützt«, grummelte ihr Mann. »Die Grenzen zwischen Recht und Unrecht verschwimmen anscheinend immer mehr. So was muss man daheim im Familienkreis lernen. Unsere Schulen bringen einem das bestimmt nicht bei.«

Pamela Hudson wandte sich an Dana. »Übrigens, Roger und ich wollen am Sonnabend eine kleine Dinnerparty geben. Hätten Sie Lust, uns dabei Gesellschaft zu leisten?«

Dana lächelte. »Oh, vielen Dank. Herzlich gern.«

»Haben Sie einen Begleiter?«

»Ja. Jeff Connors.«

»Den Sportreporter von Ihrem Sender?«, sagte Roger Hudson.

»Ja.«

»Der ist nicht übel. Ich schau mir ab und zu seine Sendungen an«, sagte er. »Ich möchte ihn gern kennen lernen.«

Dana lächelte. »Jeff kommt sicherlich gern mit.«

Als Dana und Kemal aufbrachen, nahm Roger Hudson Dana beiseite.

»In aller Offenheit, Miss Evans. Ich halte Ihre Verschwörungstheorie für ein reines Hirngespinst. Aber Matt Baker zuliebe bin ich bereit, mich umzuhören und zuzusehen, ob ich irgendetwas herausfinde, das sie womöglich untermauern könnte.«

»Vielen Dank.«

In aller Offenheit, Miss Evans. Ich halte Ihre Verschwörungstheorie für ein reines Hirngespinst. Aber Matt Baker zuliebe bin ich bereit, mich umzuhören und zuzusehen, ob ich irgendetwas herausfinde, das sie untermauern könnte. Vielen Dank.

Ende der Aufnahme.

9

Dana saß wie jeden Morgen in der Redaktionskonferenz und sprach gerade mit einer Hand voll Reporter und Rechercheure über *Alibi,* als Olivia den Kopf durch die Tür steckte.

»Mr. Baker möchte Sie sprechen.«

»Sagen Sie ihm, ich komme gleich.«

»Der Chef erwartet Sie schon.«

»Danke, Abbe. Sie wirken so fröhlich.«

Abbe nickte. »Ich habe endlich mal wieder eine Nacht lang durchgeschlafen. Zum letzten –«

»Dana? Kommen Sie rein«, brüllte Matt.

»Ich erzähl's Ihnen später«, sagte Abbe.

Dana ging in Matts Büro. »Wie ist Ihr Gespräch mit Roger Hudson verlaufen?«

»Ich habe das Gefühl, dass ihn die Sache nicht sonderlich interessiert. Er hält mich für versponnen.«

»Ich habe Ihnen doch gesagt, dass er nicht der Allerfreundlichste ist.«

»Er ist etwas gewöhnungsbedürftig. Seine Frau allerdings ist ganz reizend. Sie sollten mal hören, wie die sich über die Marotten der so genannten besseren Kreise von Washington auslässt. Ganz schön boshaft.«

»Ich weiß. Sie ist eine tolle Frau.«

In der Kantine für die leitenden Angestellten lief Dana Elliot Cromwell über den Weg.

»Leisten Sie mir Gesellschaft«, sagte Elliot Cromwell.

»Vielen Dank.« Dana nahm Platz.

»Wie geht's Kemal?«

Dana zögerte. »Momentan leider nicht so besonders.«

»Ach ja? Was ist los?«

»Kemal wurde von der Schule verwiesen.«

»Warum?«

»Er hat sich auf eine Prügelei eingelassen und einen anderen Jungen krankenhausreif geschlagen.«

»Das sollte genügen.«

»Ich bin davon überzeugt, dass Kemal nicht schuld an der Prügelei war«, sagte Dana abwehrend. »Er wird oft gehänselt, weil er nur einen Arm hat.«

»Ich nehme an, er kommt nur schwer damit zurecht«, sagte Elliot Cromwell.

»So ist es. Ich will zusehen, ob ich ihm eine Prothese beschaffen kann. Aber anscheinend ist das nicht so leicht.«

»In welche Klasse geht Kemal?«

»In die siebte.«

Elliot Cromwell dachte kurz nach. »Kennen Sie die Lincoln Preparatory School?«

»O ja. Aber soweit ich weiß, ist es ziemlich schwierig, dort aufgenommen zu werden. Und außerdem«, fügte sie hinzu, »sind Kemals Noten nicht besonders gut.«

»Ich habe ein paar Beziehungen. Soll ich dort mal mit jemandem sprechen?«

»Ich – das ist sehr freundlich von Ihnen.«

»Es ist mir ein Vergnügen.«

Ein paar Stunden später bestellte Elliot Cromwell Dana zu sich.

»Ich habe eine gute Nachricht für Sie. Ich habe mit der Rektorin der Lincoln Preparatory School gesprochen, und sie ist bereit, Kemal probeweise aufzunehmen. Könnten Sie ihn morgen früh hinbringen?«

»Natürlich. Ich –« Es dauerte einen Moment, bis Dana es begriffen hatte. »Ach, das ist wunderbar! Ich bin ja so froh. Ich danke Ihnen vielmals. Ich weiß das wirklich zu schätzen, Elliot.«

»Ich möchte Ihnen klar machen, dass ich *Sie* sehr schätze, Dana. Meiner Ansicht nach war es einfach großartig, dass Sie Kemal in dieses Land gebracht haben. Sie sind ein ganz besonderer Mensch.«

»Ich – ich danke Ihnen.«

Dazu waren eine Menge guter Beziehungen notwendig, dachte Dana, als sie das Büro verließ. *Und sehr viel Wohlwollen.*

Die Lincoln Preparatory School war ein eindrucksvoller Komplex mit einem großen Hauptgebäude im Stil der Jahrhundertwende, drei kleineren Nebengebäuden, weitläufigen, gepflegten Grünanlagen und ausgedehnten, gut gewarteten Sportplätzen.

»Kemal, das ist die beste Schule in ganz Washington«, sagte Dana, als sie vor dem Haupteingang standen. »Du kannst hier eine Menge lernen, aber du musst die richtige Einstellung dazu mitbringen. Hast du mich verstanden?«

»Top.«

»Und du darfst dich auf keine Prügeleien einlassen.«

Kemal gab keine Antwort.

Dana und Kemal wurden in das Büro von Rowana Trott geleitet, der Rektorin der Schule. Sie war eine attraktive Frau, die ausgesprochen freundlich wirkte.

»Willkommen«, sagte sie. Sie wandte sich an Kemal. »Ich habe viel von dir gehört, junger Mann. Wir freuen uns hier schon alle auf dich.«

Dana wartete darauf, dass Kemal etwas sagte. Als er weiter schwieg, ergriff sie das Wort. »Kemal freut sich auch schon darauf.«

»Gut. Ich glaube, du wirst an unserer Schule ein paar sehr nette Freunde finden.«

Kemal stand da, ohne eine Antwort zu geben.

Eine ältere Frau kam in das Büro. »Das ist Becky«, sagte Mrs. Trott. »Becky, das ist Kemal. Führen Sie ihn doch ein bisschen herum. Dann kann Kemal schon mal ein paar seiner Lehrer kennen lernen.«

»Natürlich. Hier lang, Kemal.«

Kemal warf Dana einen beschwörenden Blick zu, dann drehte er sich um und folgte Becky.

»Ich möchte Ihnen das eine oder andere über Kemal erklären«, setzte Dana an. »Er –«

»Das ist nicht nötig, Miss Evans«, sagte Mrs. Trott. »Elliot Cromwell hat mir geschildert, worum es geht und woher Kemal kommt. Ich bin mir darüber im Klaren, dass er mehr durchgemacht hat, als man einem Kind zumuten sollte, und wir sind bereit, dementsprechend nachsichtig mit ihm zu sein.«

»Vielen Dank«, sagte Dana.

»Ich habe eine Abschrift seines Zeugnisses von der Theodore Roosevelt Middle School vorliegen. Mal sehen, ob sich die eine oder andere Note verbessern lässt.«

Dana nickte. »Kemal ist ein sehr aufgeweckter Junge.«

»Davon bin ich überzeugt. Seine Mathematiknoten beweisen das. Wir werden versuchen, ihm einen Anreiz zu geben, damit er auch in den anderen Fächern gute Leistungen erbringt.«

»Dass er nur einen Arm hat, belastet ihn sehr«, sagte Dana. »Ich hoffe, dass mir dazu noch eine Lösung einfällt.«

Mrs. Trott nickte verständnisvoll. »Natürlich.«

»Ich weiß, dass es dir hier gefallen wird«, sagte Dana, als Kemal von der Führung durch die Schule zurückkehrte und mit ihr zum Wagen ging.

Kemal schwieg.

»Es ist eine herrliche Schule, nicht?«

»Sie ist ätzend«, sagte Kemal. Dana blieb stehen. »Wieso?«

»Die haben hier eine Tennisanlage«, sagte Kemal mit belegter Stimme. »Und einen Fußballplatz, und ich kann nicht –« Die Tränen stiegen ihm in die Augen.

Dana schloss ihn in die Arme. »Tut mir Leid, mein Schatz.« *Ich muss etwas dagegen unternehmen,* dachte sie.

Die Dinnerparty, die am Sonnabend bei den Hudsons stattfand, war ein glanzvolles und elegantes Ereignis. In den prachtvollen Räumen tummelte sich alles, was in der Hauptstadt Rang und Namen hatte, darunter der Verteidigungsminister, etliche Kongressabgeordnete, der Leiter der Notenbank und der deutsche Botschafter.

Roger und Pamela standen in der Tür, als Dana und Jeff eintrafen. Dana stellte Jeff vor.

»Ich freue mich jedes Mal, wenn ich Ihre Sendungen sehe oder Ihre Sportkolumnen lese«, sagte Roger Hudson.

»Ich danke Ihnen.«

»Ich stelle Sie ein paar Gästen vor«, sagte Pamela.

Viele bekannte Gesichter waren darunter, und sie wurden von allen herzlich begrüßt. Anscheinend waren die meisten Gäste Fans von Dana oder Jeff oder von allen beiden.

»Mein Gott«, sagte Dana, als sie einen Moment allein waren. »Die Gästeliste muss das reinste *Who's Who* sein.«

Jeff nahm sie an der Hand. »*Du* bist hier die größte Prominenz, mein Schatz.«

»Nie im Leben«, sagte Dana. »Ich bin bloß –«

In diesem Moment sah Dana General Victor Booster und Jack Stone auf sie zukommen.

»Guten Abend, General«, sagte sie.

Booster musterte sie. »Was, zum Teufel, haben Sie hier verloren?«, fragte er barsch.

Dana errötete.

»Das ist ein geselliger Abend«, herrschte er sie an. »Ich habe nicht gewusst, dass die Presse dazu eingeladen ist.«

Wütend wandte sich Jeff an General Booster. »Moment!«, sagte er. »Wir haben hier genauso viel –«

Victor Booster beachtete ihn nicht. Er beugte sich zu Dana vor. »Denken Sie dran, was Ihnen blüht, wenn Sie Ärger machen.« Damit ging er weg.

Jeff blickte ihm ungläubig hinterher. »Herrgott. Was sollte denn das?«

Jack Stone stand mit hochrotem Gesicht da. »Ich – es tut mir furchtbar Leid. So ist der General eben manchmal. Er ist nicht unbedingt der Taktvollste.«

»Das haben wir bemerkt«, erwiderte Jeff eisig.

Das Essen war fantastisch. Vor jedem Paar lag eine wie gestochen von Hand geschriebene Speisekarte.

Russische Blini mit Beluga-Kaviar und
einer leichten Wodka-Schmandsauce

Fasanenbouillon à la Ambassador
mit einem Parfait von weißen Trüffeln
und grünem Spargel

Gänsestopfleber mit Kopfsalat, Pfefferkörnern und einer Sauce vinaigrette

Maine-Hummer Thermidor, glasiert mit einer Mornay-Champagner-Sauce

Rinderfilet à la Wellington mit Kartoffelgratin und gedünstetem Gemüse

Heißes Schokoladensoufflé mit Orangenlikör und Schokoladenstreuseln in Nougatsauce

Es war ein köstliches Menü.

Dana stellte zu ihrer Überraschung fest, dass sie unmittelbar neben Roger Hudson saß. *Dafür hat Pamela gesorgt,* dachte sie.

»Pamela hat erwähnt, dass Kemal in die Lincoln Preparatory School aufgenommen wurde.«

Dana lächelte. »Ja. Elliot Cromwell hat das gedeichselt. Ein bemerkenswerter Mann.«

Roger Hudson nickte. »Das habe ich auch schon gehört.«

Er zögerte einen Moment. »Es mag nichts weiter zu bedeuten haben, aber kurz bevor Taylor Winthrop Botschafter in Russland wurde, hat er offenbar im engsten Freundeskreis erklärt, dass er sich endgültig aus dem öffentlichen Leben zurückziehen wolle.«

Dana runzelte die Stirn. »Und anschließend hat er den Posten als Botschafter in Moskau angetreten?«

»Ja.«

Seltsam.

»Warum ist General Booster eigentlich so fuchsig auf dich?«, fragte Jeff auf dem Heimweg.

»Er will nicht, dass ich Nachforschungen über die Winthrops anstelle.«

»Warum nicht?«

»Erklärungen gibt er nicht ab. Er bellt nur, wie ein Hund.«

»Aber er kann nicht nur bellen, sondern auch beißen«, sagte Jeff bedächtig. »Den sollte man sich lieber nicht zum Feind machen.«

Sie blickte ihn fragend an. »Wieso?«

»Er ist Leiter der FRA, der Federal Research Agency.«

»Ich weiß. Die sorgen dafür, dass technologisch unterentwickelte Länder moderne Produktionsmaschinen aufbauen können und –«

»Und an den Weihnachtsmann glaubst du wohl auch?«, sagte Jeff trocken.

Dana blickte ihn verdutzt an. »Was willst du damit sagen?«

»Die ganze Behörde ist eine Tarnorganisation. Die eigentliche Aufgabe der FRA besteht darin, ausländische Nachrichtendienste zu überwachen und ihren Funkverkehr abzuhören. Es ist schon komisch. ›Frater‹ heißt auf Lateinisch eigentlich Bruder – nur dass es sich in diesem Fall im wahrsten Sinn des Wortes um einen Big Brother handelt, der alles und jeden überwacht. Die tun noch viel geheimnisvoller als die NSA.«

»Taylor Winthrop war einst Leiter der FRA«, sagte Dana nachdenklich. »Ist ja interessant.«

»Ich kann dir nur raten, dich von General Booster so fern wie irgend möglich zu halten.«

»Das habe ich auch vor.«

»Ich weiß, dass du ein Kindermädchen daheim hast, und wenn du nach Hause musst –«

Dana kuschelte sich an ihn. »Von wegen. Das Kindermädchen kann warten. Ich nicht. Wir fahren zu dir.«
Jeff grinste. »Ich dachte schon, du würdest kneifen.«

Jeff wohnte in einem kleinen Apartment in einem vierstöckigen Haus an der Madison Street. Er geleitete Dana in sein Schlafzimmer.
»Ich freue mich schon darauf, wenn wir in eine große Wohnung ziehen«, sagte Jeff. »Kemal braucht ein Zimmer für sich. Warum nehmen wir nicht –?«
»Wieso hören wir nicht endlich auf mit dem Gerede?«, schlug Dana vor.
Jeff zog sie an sich. »Gute Idee.« Er schlang die Arme um sie, fasste sie um die Hüfte und streichelte sie sanft und zärtlich. Langsam entkleidete er sie.
»Ist dir eigentlich klar, dass du eine klasse Figur hast?«
»Das sagen mir die Männer ständig«, versetzte Dana. »Muss das reinste Stadtgespräch sein. Willst du dich nicht auch ausziehen?«
»Ich überleg's mir gerade.«
Dana schmiegte sich an ihn und fing an, sein Hemd aufzuknöpfen.
»Ist dir klar, dass du dich liederlich benimmst?«
Sie lächelte. »Selbstverständlich.«
Als Jeff endlich ausgezogen war, erwartete Dana ihn bereits im Bett. Sie schmolz in seinen Armen dahin. Er war ein wunderbarer Liebhaber, sinnlich und aufmerksam.
»Ich liebe dich so sehr«, flüsterte Dana.
»Ich dich auch, meine Süße.«
Als Jeff sie an sich ziehen wollte, klingelte ein Handy.
»Deins oder meins?«
Sie lachten. Wieder klingelte es.

»Meins«, sagte Jeff. »Lass es klingeln.«

»Es könnte was Wichtiges sein«, sagte Dana.

»Ach, na gut.« Unwirsch setzte sich Jeff auf. Er griff zum Telefon. »Hallo?« Er schlug einen anderen Tonfall an. »Nein, ist schon in Ordnung… Schieß los… Natürlich… Darüber musst du dir sicher keine Sorgen machen. Vermutlich hast du dich bloß übernommen.«

Gut fünf Minuten ging das Gespräch so weiter. »Genau… Also, nimm's leicht… Prima… Gute Nacht, Rachel.« Er schaltete das Handy ab.

Ist das nicht etwas spät für einen Anruf von Rachel? »Ist irgendwas los, Jeff?«

»Eigentlich nicht. Rachel hat sich ein bisschen übernommen. Sie muss mal wieder zur Ruhe kommen. Das wird schon wieder.« Er nahm Dana in die Arme und sagte leise: »Wo waren wir?« Dann zog er sie an sich, und der Zauber begann.

Dana vergaß die Winthrops und Joan Sinisi, dachte weder über Generäle und Haushälterinnen nach, noch über Kemal und die Schule. Sie genoss nur noch das Leben, das Fest der Leidenschaft.

»Ich fürchte, die Prinzessin muss wieder zum Aschenputtel werden, Liebster«, sagte Dana eine Weile später überaus widerwillig.

»Und welch prachtvolles Aschenputtel du doch abgibst! Ich werde sogleich mein Ross satteln.«

Sie blickte auf ihn herab. »Ich glaube, es ist schon gesattelt. Noch mal von vorn?«

Die Frau von der Kinderbetreuungsagentur wartete bereits ungeduldig, als Dana nach Hause kam.

»Es ist halb zwei«, sagte sie vorwurfsvoll.

»Tut mir Leid. Ich habe mich aufhalten lassen.« Dana steckte der Frau ein paar Scheine zusätzlich zu. »Nehmen Sie sich ein Taxi«, sagte sie. »Da draußen ist es zu gefährlich. Bis morgen Abend dann.«

»Miss Evans«, sagte die Kinderfrau, »meiner Meinung nach sollten Sie wissen ...«

»Ja?«

»Kemal hat den ganzen Abend lang herumlamentiert, wann Sie wieder nach Hause kommen. Der Kleine weiß nicht recht, wie er dran ist.«

»Ich danke Ihnen. Gute Nacht.«

Dana ging in Kemals Zimmer. Er war noch wach und spielte an seinem Computer.

»Hi, Dana.«

»Du solltest längst im Bett liegen, Freundchen.«

»Ich wollte warten, bis du heimkommst. War's schön?«

»Es war zauberhaft, aber du hast mir gefehlt, mein Schatz.«

Kemal schaltete den Computer aus. »Gehst du jetzt jeden Abend aus?«

Dana dachte über all die unausgesprochenen Gefühle nach, die in dieser Frage mitschwangen. »Ich werde zusehen, dass ich künftig mehr Zeit für dich habe, mein Schatz.«

10

Der Anruf am Montagmorgen kam völlig unerwartet.

»Dana Evans?«

»Ja.«

»Hier ist Dr. Joel Hirschberg. Ich bin vom Kinderhilfswerk.«

Dana hörte ihm zunächst verständnislos zu. »Ja?«

»Elliot Cromwell erwähnte mir gegenüber, dass Sie Schwierigkeiten hätten, eine Armprothese für Ihren Sohn zu bekommen.«

Dana musste einen Moment lang nachdenken. »Ja, das habe ich ihm erzählt.«

»Mr. Cromwell hat mir die Vorgeschichte geschildert. Diese Stiftung wurde gegründet, um Kindern zu helfen, deren Heimat im Krieg verwüstet wurde. Nach dem, was Mr. Cromwell sagte, zählt Ihr Sohn sicherlich zu dieser Zielgruppe. Möchten Sie nicht mal mit ihm bei mir vorbeikommen?«

»Na ja, ich – ja, natürlich.« Sie vereinbarten einen Termin.

Als Kemal aus der Schule nach Hause kam, sagte Dana aufgeregt: »Wir zwei besuchen einen Arzt und sehen zu, dass wir einen neuen Arm für dich bekommen können. Was hältst du davon?«

Kemal dachte darüber nach. »Ich weiß nicht. Ein echter Arm wird's nicht.«

»Aber fast so gut wie ein echter Arm, jedenfalls so weit es geht. Okay, mein Bester?«

»Cool.«

Dr. Joel Hirschberg war Ende vierzig, ein attraktiver, ernst wirkender Mann, der Ruhe und Kompetenz ausstrahlte.

»Doktor«, sagte Dana, nachdem sie und Kemal ihn begrüßt hatten, »ich möchte Ihnen von vornherein erklären, dass wir finanziell eine Regelung finden müssten, da Kemal noch wächst und man mir bedeutet hat, dass er alle paar –«

»Wie ich Ihnen bereits am Telefon mitgeteilt habe, Miss Evans«, unterbrach sie Dr. Hirschfeld, »wurde das Kinderhilfswerk eigens dazu gegründet, um Kindern aus kriegszerstörten Ländern zu helfen. Wir kommen für die Kosten auf.«

Dana war zutiefst erleichtert. »Das ist ja wunderbar.« Sie sprach ein stummes Gebet. *Gott segne Elliot Cromwell.*

Dr. Hirschberg wandte sich wieder an Kemal. »Nun, dann lass dich doch mal angucken, junger Mann.«

Eine halbe Stunde später wandte sich Dr. Hirschberg an Dana. »Ich glaube, das können wir weitgehendst beheben.« Er zog eine Schautafel an der Wand herunter. »Wir haben zweierlei Arten von Prothesen zur Verfügung, einen myoelektrischen Arm, das ist die allermodernste Version, und einen per Drahtseil bewegten. Wie Sie hier sehen können, ist der myoelektrische Arm aus Plastik hergestellt und an der Hand mit einem hautartigen Material beschichtet.« Er lächelte Kemal an. »Er sieht fast so aus wie ein echter.«

»Kann man ihn bewegen?«, fragte Kemal.

»Kemal«, sagte Dr. Hirschberg, »willst du manchmal deine Hand bewegen? Ich meine die Hand, die nicht mehr da ist?«

»Ja«, erwiderte Kemal.

Dr. Hirschberg beugte sich vor. »Nun denn, jedes Mal, wenn du diese nicht mehr vorhandene Hand bewegen willst, spannen sich die Muskeln an, die früher eben dazu dienten, und erzeugen automatisch einen myoelektrischen Impuls. Mit anderen

Worten: Du wirst deine Hand durch bloße Willenskraft öffnen und schließen können.«

Kemals Gesicht leuchtete auf. »Ehrlich? Wie – wie kann man so einen Arm an- und wieder ausziehen?«

»Das geht ganz leicht. Du legst ihn einfach an. Er saugt sich dann fest. Er ist mit einer Art dünnem Nylonstrumpf überzogen. Schwimmen kannst du damit nicht, aber ansonsten kannst du so gut wie alles damit machen. Es ist wie bei einem Paar Schuhe. Du nimmst ihn abends ab und legst ihn morgens wieder an.«

»Wie viel wiegt er?«, fragte Dana.

»Das kommt ganz darauf an. Etwa hundertfünfzig Gramm bis ein Pfund.«

Dana wandte sich an Kemal. »Was meinst du, Sportsfreund? Wollen wir's versuchen?«

Kemal versuchte seine Aufregung zu verbergen. »Sieht er auch echt aus?«

Dr. Hirschberg lächelte. »Er wird aussehen wie ein echter.«

»Klingt geil.«

»Notgedrungen bist du Linkshänder geworden, daher musst du erst wieder umlernen. Das wird eine gewisse Zeit dauern, Kemal. Wir können dir die Prothese sofort anpassen, aber dann musst du eine Zeit lang zum Therapeuten gehen, um dich daran zu gewöhnen und zu lernen, wie man damit umgeht und die myoelektrischen Impulse steuert.«

Kemal atmete tief durch. »Cool.«

Dana drückte Kemal an sich. »Es wird bestimmt ganz wunderbar«, sagte sie. Sie kämpfte gegen die Tränen an.

Dr. Hirschberg betrachtete sie einen Moment lang, dann lächelte er. »Machen wir uns an die Arbeit.«

Als Dana ins Studio zurückkehrte, suchte sie Elliot Cromwell auf.

»Elliot, wir kommen gerade von Dr. Hirschberg.«

»Gut. Ich hoffe, er kann Kemal helfen.«

»Sieht ganz so aus. Ich kann Ihnen gar nicht sagen, wie dankbar ich Ihnen dafür bin.«

»Dana, da gibt's nichts zu danken. Ich freue mich, dass ich Ihnen helfen konnte. Sagen Sie mir einfach Bescheid, wie es weitergeht.«

»Wird gemacht.« *Gott segne Sie.*

»Blumen!« Olivia kam mit einem großen Blumenstrauß ins Büro.

»Die sind ja prachtvoll!«, rief Dana.

Sie öffnete den beiliegenden Briefumschlag und las die Karte. *Liebe Miss Evans, unser Freund bellt nur, aber er beißt nicht. Hoffentlich gefallen Ihnen die Blumen. Jack Stone.*

Dana musterte einen Moment lang die Karte. *Interessant,* dachte sie. *Jeff hat gesagt, er kann nicht nur bellen, sondern auch beißen. Wer hat nun Recht?* Dana hatte das Gefühl, dass Jack Stone seine Arbeit nicht ausstehen konnte. Und seinen Vorgesetzten auch nicht. *Ich werd's mir merken.*

Dana rief Jack Stone bei der FRA an.

»Mr. Stone? Ich wollte mich nur für die herrlichen –«

»Sind Sie in Ihrem Büro?«

»Ja. Ich –«

»Ich rufe Sie zurück.« Freizeichen.

Drei Minuten später rief Jack Stone an.

»Miss Evans, es wäre für uns beide besser, wenn unser gemeinsamer Freund nicht erfährt, dass wir miteinander geredet haben. Ich habe versucht, auf ihn einzuwirken, damit er seine

Haltung ändert, aber er ist ein sturer Kopf. Ich gebe Ihnen meine private Handy-Nummer, falls Sie mich mal brauchen sollten – *wirklich brauchen,* meine ich damit. Darüber können Sie mich jederzeit erreichen.«

»Vielen Dank.« Dana schrieb sich die Nummer auf.

»Miss Evans –«

»Ja?«

»Nichts weiter. Seien Sie vorsichtig.«

Als Jack Stone an diesem Morgen zum Dienst angetreten war, hatte ihn General Booster bereits erwartet.

»Jack, ich habe das Gefühl, dass diese Evans Stunk machen könnte. Ich möchte, dass Sie eine Akte über sie anlegen. Und halten Sie mich auf dem Laufenden.«

»Ich kümmere mich gleich darum.« *Nur dass es da nichts Laufendes geben wird.* Danach hatte er Dana Blumen geschickt.

Dana und Jeff waren in der Kantine für die leitenden Angestellten des Senders und unterhielten sich über Kemals Prothese.

»Ich bin so aufgeregt, mein Schatz«, sagte Dana. »Dadurch wird alles ganz anders werden. Er ist nur deshalb so auf Streit aus, weil er sich unterlegen vorkommt. Das wird sich jetzt ändern.«

»Er ist bestimmt total aufgeregt«, sagte Jeff. »Ich jedenfalls wäre es.«

»Und das Wunderbare dabei ist, dass das Kinderhilfswerk für alle Kosten aufkommt. Wenn wir –«

Jeffs Handy klingelte. »Entschuldige, Liebling.« Er drückte auf einen Knopf und meldete sich. »Hallo?... Oh...« Er warf Dana einen kurzen Blick zu. »Nein... Ist schon in Ordnung... Schieß los...«

Dana saß da und versuchte nicht zuzuhören.

»Ja ... Verstehe ... Genau ... Vermutlich ist es nichts Ernstes, aber vielleicht solltest du einen Arzt aufsuchen. Wo bist du im Augenblick? In Brasilien? Dort gibt's ein paar gute Ärzte. Natürlich ... Ich verstehe ... Nein ...« Das Gespräch wollte kein Ende nehmen, bis Jeff endlich sagte: »Pass auf dich auf. Mach's gut.« Er unterbrach die Verbindung.

»Rachel?«, fragte Dana.

»Ja. Sie hat irgendwelche Beschwerden. Hat die Aufnahmen in Rio abgebrochen. Das hat sie noch nie gemacht.«

»Wieso ruft sie dich an, Jeff?«

»Sie hat sonst niemanden, Liebling. Sie ist völlig allein.«

»Tschüss, Jeff.«

Widerwillig legte Rachel auf, riss sich nur ungern los. Sie blickte aus dem Fenster auf den Zuckerhut in der Ferne und den Strand von Ipanema tief unter ihr. Dann ging sie ins Schlafzimmer und legte sich erschöpft und benommen hin. Unablässig kreisten ihre Gedanken um den heutigen Tag. Es hatte so gut angefangen an diesem Morgen am Strand, als sie für eine Werbekampagne von American Express Modell gestanden hatte.

»Die letzte war klasse, Rachel«, hatte der Regisseur gegen Mittag gesagt. »Jetzt noch eine letzte Einstellung.«

»Nein«, hatte sie erwidert, obwohl sie ursprünglich hatte Ja sagen wollen. »Tut mir Leid. Ich kann nicht.«

Überrascht hatte er sie angeschaut. »Was?«

»Ich bin so müde. Sie müssen mich entschuldigen.« Sie hatte sich umgedreht und war kurzerhand ins Hotel geflüchtet, durch das Foyer gestürmt und hatte sich auf ihr Zimmer zurückgezogen. Ihr war übel gewesen und sie hatte am ganzen Leib gezittert. *Was ist mit mir los?* Ihre Stirn hatte sich heiß angefühlt.

Sie hatte zum Telefon gegriffen und Jeff angerufen. Beim bloßen Klang seiner Stimme war es ihr besser gegangen. *Ein Segen. Er ist immer für mich da.* Als das Gespräch vorüber war, lag Rachel im Bett und dachte nach. *Eine Zeit lang hatten wir richtig Spaß miteinander. Er war immer bester Dinge. Wir haben es genossen, wenn wir zusammen etwas unternehmen konnten, gemeinsam etwas erlebt haben. Wie konnte ich ihn nur gehen lassen?* Sie musste wieder daran denken, wie ihre Ehe in die Brüche gegangen war.

Angefangen hatte es mit einem Telefonanruf.

»Rachel Stevens?«

»Ja.«

»Roderick Marshall möchte Sie sprechen.« *Einer der bedeutendsten Regisseure von Hollywood.*

Im nächsten Moment war er auch schon am Apparat. »Miss Stevens?«

»Ja?«

»Roderick Marshall. Wissen Sie, wer ich bin?«

Sie hatte etliche Filme von ihm gesehen. »Selbstverständlich, Mr. Marshall.«

»Ich habe mir Fotos von Ihnen angeschaut. Wir könnten Sie hier bei der Fox gut gebrauchen. Hätten Sie Lust, nach Hollywood zu kommen und ein paar Probeaufnahmen zu machen?«

Rachel zögerte einen Moment lang. »Ich weiß nicht recht. Ich meine, ich weiß nicht, ob ich eine gute Schauspielerin wäre. Ich habe noch nie –«

»Das lassen Sie mal meine Sorge sein. Wir kommen selbstverständlich für sämtliche Kosten auf. Wann können Sie frühestens hier sein?«

Rachel ging in Gedanken ihre Termine durch. »In drei Wochen.«

»Gut. Das Studio wird alles Weitere in die Wege leiten.«

Erst als Rachel auflegte, wurde ihr klar, dass sie sich nicht mit Jeff abgesprochen hatte. *Es macht ihm bestimmt nichts aus,* hatte sie damals gedacht. *Wir sind doch sowieso nur selten zusammen.*

»Hollywood«, hatte Jeff erwidert.

»Das wird der reinste Jux, Jeff.«

Er hatte genickt. »Na schön. Häng dich rein. Wahrscheinlich machst du es großartig.«

»Kannst du nicht mitkommen?«

»Liebes, wir spielen am Montag in Cleveland, danach müssen wir in Washington ran und hinterher in Chicago. Wir haben noch allerhand Spiele vor uns. Und ich glaube, die Mannschaft würde es schon merken, wenn einer ihrer stärksten Pitcher fehlt.«

»Schade.« Sie versuchte so ruhig und beiläufig wie möglich zu klingen. »Irgendwie kommen wir anscheinend nie zusammen, was, Jeff?«

»Jedenfalls nicht oft genug.«

Rachel wollte noch etwas sagen, doch sie verkniff es sich. *Das ist nicht der richtige Zeitpunkt.*

Am Flughafen von Los Angeles wurde Rachel von einem Chauffeur in Diensten des Studios mit einer langen Limousine abgeholt.

»Ich heiße Henry Ford.« Er kicherte. »Bin aber weder verwandt noch verschwägert. Man nennt mich Hank.«

Die Limousine fädelte sich in den Verkehr ein. Unterwegs ließ er sich fortwährend über dies und jenes aus.

»Zum ersten Mal in Hollywood, Miss Stevens?«

»Nein. Ich war schon oft hier. Zum letzten Mal vor zwei Jahren.«

»Tja, seither hat sich allerhand verändert. Alles ist noch größer und gewaltiger geworden. Wenn Sie Glamour mögen, werden Sie begeistert sein.«

Falls ich Glamour mag.

»Das Studio hat Sie im Chateau Marmont untergebracht. Dort steigt die ganze Prominenz ab.«

Rachel gab sich beeindruckt. »*Wirklich?*«

»O ja. John Belushi ist dort gestorben, müssen Sie wissen, nachdem er eine Überdosis genommen hat.«

»Herrje.«

»Gable hat dort gewohnt. Paul Newman. Marilyn Monroe.« Er zählte einen Namen nach dem andern auf, bis Rachel irgendwann nicht mehr zuhörte.

Das Chateau Marmont lag unmittelbar nördlich des Sunset Strip. Es sah aus wie eine Schlossattrappe in einem Filmstudio.

»Ich hol Sie um zwei Uhr ab und bring Sie zum Studio«, sagte Henry Ford. »Dort lernen Sie dann Roderick Marshall kennen.«

»Ich erwarte Sie.«

Zwei Stunden später saß Rachel in Roderick Marshalls Büro. Er war Mitte vierzig, klein und untersetzt, sprühte aber förmlich vor Energie.

»Sie werden noch froh sein, dass Sie hergekommen sind«, sagte er. »Ich werde Sie zu einem großen Star machen. Morgen fangen wir mit den Probeaufnahmen an. Eine meiner Assistentinnen wird Sie zur Garderobe bringen, wo Sie sich irgendwas Nettes aussuchen können. Meiner Meinung nach sollten Sie uns eine Szene aus *Ende vom Lied* vorspielen, einem unserer großen Kinoerfolge. Wenn Sie morgen früh um sieben in der Maske und zum Hairstyling antreten könnten? Ich nehme an, das ist für Sie nichts Neues, was?«

»Nein«, sagte Rachel mit tonloser Stimme.

»Sind Sie allein hier, Rachel?«

»Ja.«

»Warum treffen wir uns dann nicht einfach heute Abend und gehen gemeinsam irgendwo essen?«

Rachel überlegte einen Moment lang. »Von mir aus.«

»Ich hole Sie um acht Uhr ab.«

Aus dem gemeinsamen Abendessen wurde eine turbulente Nacht.

»Wenn man weiß, wo was los ist – und wenn man dort reinkommt«, erklärte Roderick Marshall Rachel, »dann hat L. A. ein paar der schärfsten Clubs auf der ganzen Welt zu bieten.«

Der Zug durch die Gemeinde fing im *Standard* an, einer angesagten Bar samt Restaurant und Hotel am Sunset Boulevard. Als sie an der Rezeption vorbeigingen, blieb Rachel stehen und starrte auf die Mattglasscheibe, hinter der sich ein Nacktmodell in voller Lebensgröße räkelte.

»Ist das nicht toll?«

»Unglaublich«, sagte Rachel.

Sie besuchten einen Club nach dem anderen, alle laut und überlaufen, bis Rachel irgendwann erschöpft war.

Roderick Marshall setzte sie vor dem Hotel ab. »Schlafen Sie gut. Morgen wird sich Ihr ganzes Leben verändern.«

Um sieben Uhr morgens war Rachel in der Maske. Bob Van Dusen, der Maskenbildner, musterte sie mit anerkennendem Blick. »Und dafür bekomme ich auch noch Geld?«, sagte er.

Sie lachte.

»Sie brauchen nicht viel Make-up. Dafür hat Mutter Natur bereits gesorgt.«

»Besten Dank.«

Als Rachel fertig war, half ihr eine Kostümschneiderin beim Anlegen des Kleides, das sie am Nachmittag zuvor anprobiert hatten. Ein Regieassistent brachte sie in das riesige Aufnahmestudio.

Roderick Marshall und das Team erwarteten sie bereits. Der Regisseur musterte Rachel einen Moment lang. »Bestens«, sagte er dann. »Wir machen die Probeaufnahme in zwei Teilen, Rachel. Zunächst setzen Sie sich auf diesen Stuhl, und ich stelle Ihnen aus dem Off ein paar Fragen. Seien Sie ganz natürlich.«

»Gut. Und der zweite Teil?«

»Die kurze Probeszene, die ich bereits erwähnt habe.«

Rachel setzte sich hin, und der Kameramann stellte Schärfe und Belichtung ein. Roderick Marshall stand so, dass er nicht im Bild war. »Sind Sie bereit?«

»Ja.«

»Gut. Ganz locker. Sie machen das bestimmt wunderbar. Kamera ab. Action. Guten Morgen.«

»Guten Morgen.«

»Ich habe gehört, dass Sie Model sind.«

Rachel lächelte: »Ja.«

»Wie sind Sie dazu gekommen?«

»Ich war fünfzehn. Der Besitzer einer Model-Agentur sah mich mit meiner Mutter in einem Restaurant, kam her und hat sie angesprochen, und ein paar Tage später war ich Model.«

Das Interview dauerte eine gute Viertelstunde, die Rachel mit der ihr eigenen Intelligenz und Selbstsicherheit mühelos hinter sich brachte.

»Schnitt! Wunderbar!« Roderick Marshall reichte ihr den Text zu einer kurzen Probeszene. »Wir machen erst mal eine Pause. Lesen Sie das. Wenn Sie so weit sind, sagen Sie mir Bescheid, und wir drehen dann. Das machen Sie mit links, Rachel.«

Rachel las den Text. Es ging um eine Frau, die ihren Mann um die Einwilligung zur Scheidung bat. Rachel las ihn noch einmal.

»Ich bin bereit.«

Rachel wurde Kevin Webster vorgestellt, der ihren Widerpart spielen sollte – ein gut aussehender junger Mann, wie es sie in Hollywood zuhauf gab.

»In Ordnung«, sagte Roderick Marshall. »Dann drehen wir. Kamera ab. Action.«

Rachel schaute Kevin Webster an. »Ich habe heute Morgen mit einem Scheidungsanwalt gesprochen, Cliff.«

»Ich habe es schon gehört. Hättest du nicht erst mit mir reden können?«

»Ich habe mit dir darüber geredet. Ich rede schon seit einem Jahr mit dir darüber. Unsere Ehe besteht doch nur noch auf dem Papier. Du hast bloß nicht zugehört, Jeff.«

»Schnitt«, sagte Roderick. »Rachel, er heißt Cliff.«

»Tut mir Leid«, erwiderte Rachel betreten.

»Machen wir's nochmal. Take two.«

In dieser Szene geht es im Grunde genommen um Jeff und mich, dachte Rachel. *Unsere Ehe besteht doch nur noch auf dem Papier. Wie sollte es auch anders sein? Jeder führt sein eigenes Leben. Wir sehen uns kaum. Wir lernen beide attraktive Menschen kennen, aber wir dürfen uns nicht mit ihnen einlassen, weil es einen Vertrag gibt, der nichts mehr zu bedeuten hat.*

»Rachel!«

»Tut mir Leid.«

Sie fingen noch mal von vorn an.

Als Rachel mit der Probeaufnahme fertig war, hatte sie zwei Entschlüsse gefasst. Erstens, dass sie in Hollywood nichts verloren hatte.

Und außerdem wollte sie sich scheiden lassen …

Ich habe einen Fehler gemacht, dachte sie jetzt, als sie in Rio im Bett lag, sich elend und erschöpft fühlte. *Ich hätte mich niemals von Jeff scheiden lassen sollen.*

Als Kemal am Dienstag aus der Schule kam, brachte Dana ihn zu dem Therapeuten, der mit ihm den Umgang mit der Armprothese übte. Der künstliche Arm wirkte wie echt und funktionierte gut, aber Kemal hatte Schwierigkeiten, sich daran zu gewöhnen, und zwar sowohl körperlich als auch psychisch.

»Er kommt sich vor, als hätte man ihm einen Fremdkörper angeschnallt«, hatte der Therapeut Dana erklärt. »Unsere Aufgabe ist es, ihn soweit zu bringen, dass er ihn als Teil seines Körpers akzeptiert. Er muss sich daran gewöhnen, dass er wieder mit beiden Händen zugreifen kann. Diese Eingewöhnungszeit dauert für gewöhnlich zwei bis drei Monate. Ich muss Sie allerdings vorwarnen – es kann eine sehr schwierige Zeit werden.«

»Wir kommen schon damit zurecht«, versicherte ihm Dana.

Es war nicht so einfach. Am nächsten Morgen kam Kemal ohne seine Prothese aus dem Arbeitszimmer. »Ich bin soweit.«

Dana blickte ihn erstaunt an. »Wo ist dein Arm, Kemal?«

Trotzig hob Kemal die linke Hand. »Hier ist er.«

»Du weißt genau, was ich meine. Wo ist deine Prothese?«

»Die ist ätzend. Ich trag sie nicht mehr.«

»Du wirst dich daran gewöhnen. Ich versprech's dir. Du musst es nur versuchen. Ich helfe dir da –«

»Niemand kann mir helfen. Ich bin ein *fukati,* Krüppel …«

Dana suchte Detective Marcus Abrams noch mal auf. Als sie eintrat, saß Abrams an seinem Schreibtisch und war mit dem Ausfüllen von allerlei Formularen beschäftigt. Mit finsterer Miene blickte er auf.

»Wissen Sie, was ich an diesem verdammten Job nicht ausstehen kann?« Er deutete auf einen Stapel Akten. »*Das* da. Ich wünschte, ich wäre draußen auf der Straße und könnte auf ein paar Kriminelle schießen. Ach, vergessen Sie's. Sie sind Journalistin, nicht wahr? Zitieren Sie mich nicht.«

»Zu spät.«

»Und womit kann ich Ihnen dienen, Miss Evans?«

»Ich wollte Sie noch mal nach dem Fall Sinisi fragen. Hat man eine Autopsie vorgenommen?«

»Pro forma.« Er holte ein paar Papiere aus seiner Schreibtischschublade.

»Stand im Autopsiebericht irgendwas Verdächtiges?«

Sie sah, wie Detective Abrams das Formular überflog. »Kein Alkohol ... keine Drogen ... Nein.« Er blickte auf. »Sieht so aus, als ob die gute Frau Depressionen hatte und einfach beschlossen hat, dem Ganzen ein Ende zu machen. Ist das alles?«

»Das ist alles«, sagte Dana.

Danach schaute sie bei Detective Phoenix Wilson vorbei.

»Guten Morgen, Detective Wilson.«

»Und was führt Sie in mein bescheidenes Büro?«

»Ich wollte wissen, ob es irgendwelche Neuigkeiten in der Mordsache Gary Winthrop gibt.«

Detective Wilson seufzte und kratzte sich an der Nase.

»Nicht das Geringste. Eigentlich hätte mittlerweile eins der Bilder irgendwo auftauchen müssen. Darauf haben wir uns verlassen.«

Das würde ich an Ihrer Stelle nicht tun, hätte Dana am liebsten gesagt. Doch sie hielt den Mund. »Keinerlei Hinweise?«

»Nicht ein einziger. Die Mistkerle haben sich einfach mir nichts, dir nichts abgeseilt. Wir haben hier nicht allzu oft mit Kunstdiebstählen zu tun, aber normalerweise laufen die immer nach dem gleichen Schema ab. Das ist ja das Erstaunliche daran.«

»Erstaunlich?«

»Ja. In diesem Fall sieht das anders aus.«

»Anders... inwiefern?«

»Kunstdiebe bringen keine unbewaffneten Menschen um, und die zwei hatten keinerlei Grund, Gary Winthrop kaltblütig niederzuschießen.« Er hielt inne. »Haben Sie ein besonderes Interesse an diesem Fall?«

»Nein«, log Dana. »Ganz und gar nicht. Reine Neugier. Ich wollte nur –«

»Gut«, sagte Detective Wilson. »Melden Sie sich wieder.«

Als die Konferenz in General Boosters Büro in der hermetisch von der Außenwelt abgeriegelten Zentrale der FRA zu Ende ging, wandte sich der General an Jack Stone. »Was treibt eigentlich diese Evans?«

»Sie läuft durch die Gegend und stellt allerlei Fragen, aber meiner Meinung nach ist sie harmlos. Sie kommt keinen Schritt weiter.«

»Mir passt das nicht, dass die da draußen rumschnüffelt. Leiten Sie Code drei in die Wege.«

»Wann soll ich damit anfangen?«

»Vorgestern.«

Dana war gerade mit den Vorbereitungen für die nächste Sendung beschäftigt, als Matt Baker in ihr Büro kam und sich in einen Sessel sinken ließ.

»Ich habe gerade Ihretwegen einen Anruf erhalten.«

»Meine Fans können nicht genug von mir kriegen, was?« sagte Dana leichthin.

»Der hier hatte genug von Ihnen.«

»Ach ja?«

»Der Anruf kam von der FRA. Die bitten Sie darum, Ihre Recherchen über Taylor Winthrop einzustellen. Nicht offiziell natürlich. Nur ein gut gemeinter Rat, wie die das bezeichnen. Anscheinend wollen sie, dass Sie sich um Ihren eigenen Kram kümmern.«

»Aha, so sieht das also aus«, sagte Dana. Sie ging mit Matt auf Blickkontakt. »Da fragt man sich doch wieso, nicht wahr? Ich denke nicht daran, die Sache sausen zu lassen, nur weil eine Regierungsbehörde das möchte. Es hat in Aspen angefangen, wo Taylor Winthrop und seine Frau bei einem Brand umkamen. Dahin fahre ich zuerst. Und wenn ich dort auf irgendwas stoße, könnte das der große Aufhänger zum Auftakt von *Alibi* werden.«

»Wie viel Zeit brauchen Sie?«

»Nicht mehr als ein, zwei Tage.«

»Dann nichts wie ran.«

11

Rachel fiel jede Bewegung schwer. Sie war schon erschöpft, wenn sie in ihrem Haus in Florida von einem Zimmer zum anderen ging. In ihrem ganzen Leben war sie noch nie so müde gewesen. *Vermutlich habe ich mir eine Grippe eingefangen. Jeff hat Recht. Ich sollte einen Arzt aufsuchen. Ein heißes Bad wird mir gut tun …*

Als Rachel in der Badewanne lag und das belebende heiße Wasser genoss, strich sie mit der Hand beiläufig über ihre Brust und spürte mit einem Mal den Knoten.

Zuerst war sie voll Panik. Dann wollte sie es nicht wahrhaben. *Das ist gar nichts. Es ist kein Krebs. Ich rauche nicht. Ich treibe Sport und achte auf mein körperliches Wohlbefinden. In meiner Familie hatte noch nie jemand Krebs. Mir fehlt nichts. Ich muss es einem Arzt zeigen, aber Krebs ist das nicht.*

Rachel stieg aus der Wanne, trocknete sich ab und griff zum Telefon.

»Model-Agentur Betty Richman.«

»Ich möchte Betty Richman sprechen. Sagen Sie ihr bitte, Rachel Stevens möchte sie sprechen.«

Kurz darauf war Betty Richman am Apparat. »Rachel, prima, dass Sie sich melden. Ist alles in Ordnung?«

»Natürlich. Wieso fragen Sie?«

»Na ja, Sie haben die Aufnahmen in Rio abgebrochen, und ich dachte, vielleicht –«

Rachel lachte. »Nein, nein. Ich war nur ein bisschen abgespannt, Betty. Ich kann's kaum abwarten, wieder zu arbeiten.«

»Großartig. Alle Welt verlangt nach Ihnen.«

»Tja, ich bin bereit. Was für Termine stehen an?«

»Warten Sie einen Moment.«

Eine Minute später war Betty Richman wieder am Apparat. »Die nächsten Aufnahmen finden in Aruba statt. Abflug kommende Woche. Sie haben also reichlich Zeit. Die haben ausdrücklich nach Ihnen verlangt.«

»Ich liebe Aruba. Merken Sie mich dafür vor.«

»Schon geschehen. Freut mich, dass es Ihnen wieder besser geht.«

»Mir geht's großartig.«

»Ich schicke Ihnen alles Erforderliche zu.«

Am folgenden Nachmittag um zwei Uhr hatte Rachel einen Termin bei Dr. Graham Elgin.

»Guten Tag, Dr. Elgin.«

»Was kann ich für Sie tun?«

»Ich habe eine kleine Zyste in der rechten Brust und –«

»Ach, sind Sie schon beim Arzt gewesen?«

»Nein, aber ich weiß, was es ist. Es ist nur eine kleine Zyste. Ich kenne meinen Körper. Ich möchte, dass man sie mikrochirurgisch entfernt.« Sie lächelte. »Ich bin Model. Ich kann mir keine große Narbe leisten. Solange es bei einem kleinen Makel bleibt, kann ich es überschminken. Ließe sich die Operation vielleicht auf morgen oder übermorgen ansetzen? Ich muss nämlich nächste Woche nach Aruba.«

Dr. Elgin musterte sie. In Anbetracht der Umstände wirkte sie ungewöhnlich ruhig. »Erst will ich Sie mal untersuchen, und danach nehme ich eine Biopsie vor. Aber falls es nötig sein sollte, können wir die Operation noch für diese Woche anberaumen.«

Rachel strahlte ihn an. »Wunderbar.«

Dr. Elgin stand auf. »Gehen wir nach nebenan, ja? Ich lasse Ihnen von der Sprechstundenhilfe ein Hemd bringen.«

Eine Viertelstunde später tastete Dr. Elgin unter den prüfenden Blicken einer Sprechstundenhilfe Rachels Brust ab.

»Wie gesagt, Doktor, es ist nur eine Zyste.«

»Nun ja, Miss Stevens, trotzdem würde ich sicherheitshalber gern eine Biopsie vornehmen. Das ist gleich geschehen.«

Rachel versuchte nicht zusammenzuzucken, als Dr. Elgin mit einer dünnen Nadel seitlich in ihre Haut stach und eine Gewebeprobe entnahm.

»Schon vorbei. War doch gar nicht so schlimm, was?«

»Nein. Bis wann …?«

»Ich schicke die Probe sofort ins Labor. Bis morgen früh müsste ich den vorläufigen zytologischen Befund vorliegen haben.«

Rachel lächelte. »Gut. Dann gehe ich jetzt heim und packe meine Sachen, damit alles bereit ist, wenn ich nach Aruba fliege.«

Sobald Rachel nach Hause kam, holte sie zwei Koffer aus der Abstellkammer und legte sie aufs Bett. Dann ging sie zum Kleiderschrank und suchte die Sachen aus, die sie nach Aruba mitnehmen wollte.

Jeanette Rhodes, ihre Putzfrau, kam in ihr Schlafzimmer.

»Fahren Sie schon wieder weg, Miss Stevens?«

»Ja.«

»Und wohin geht's diesmal?«

»Nach Aruba.«

»Wo ist das?«

»Das ist eine herrliche Insel in der Karibik, unmittelbar vor der Nordküste von Venezuela. Ein wahres Paradies. Großartige Strände, wunderbare Hotels und köstliches Essen.«

»Klingt nicht schlecht.«

»Übrigens, Jeanette, es wäre mir lieb, wenn Sie dreimal die Woche kommen könnten, während ich weg bin.«

»Natürlich.«

Am nächsten Morgen um neun Uhr klingelte das Telefon.

»Miss Stevens?«

»Ja.«

»Hier ist Dr. Elgin.«

»Hallo, Doktor. Haben Sie schon einen Operationstermin angesetzt?«

»Miss Stevens, ich habe soeben den zytologischen Befund erhalten. Könnten Sie vielleicht in meine Praxis kommen, damit wir –«

»Nein. Ich will ihn sofort hören, Doktor.«

Ein kurzes Zögern am anderen Ende. »Ich bespreche so etwas ungern am Telefon, aber der zytologische Befund deutet darauf hin, dass Sie Krebs haben.«

Jeff tippte gerade seine regelmäßig erscheinende Sportkolumne, als das Telefon klingelte. Er nahm den Hörer ab. »Hallo?«

»Jeff…« Sie weinte.

»Rachel, bist du das? Was ist los? Was ist passiert?«

»Ich – ich habe Brustkrebs.«

»O mein Gott. Wie weit fortgeschritten?«

»Ich weiß es noch nicht. Ich muss erst noch zur Mammographie. Jeff, ich steh das nicht alleine durch. Ich weiß, dass ich sehr viel von dir verlange, aber könntest du vielleicht runterkommen?«

»Rachel, ich – so leid's mir tut, aber ich –«

»Nur für einen Tag. Bloß bis ich – Bescheid weiß.«

Wieder weinte sie.

»Rachel...« Er war hin- und hergerissen. »Ich werd's versuchen. Ich ruf dich später noch mal an.«

Sie schluchzte so laut, dass sie kein Wort mehr hervorbrachte.

»Olivia«, sagte Dana, als sie aus der Redaktionskonferenz kam, »buchen Sie für mich morgen früh einen Flug nach Aspen in Colorado. Besorgen Sie mir dort ein Hotel. Ach ja, und einen Mietwagen möchte ich auch.«

»Gut. Mr. Connors wartet in Ihrem Büro auf Sie.«

»Danke.« Dana ging hinein. Jeff stand am Fenster und blickte hinaus. »Hallo, mein Schatz.«

Er drehte sich um. »Hi, Dana.«

Er hatte einen sonderbaren Gesichtsausdruck. Dana blickte ihn besorgt an. »Ist alles in Ordnung?«

»Das lässt sich nicht so eindeutig beantworten«, sagte er bedrückt. »Ja und nein.«

»Setz dich doch«, sagte Dana. Sie nahm auf einem Sessel ihm gegenüber Platz. »Was ist los?«

Er atmete tief durch. »Rachel hat Brustkrebs.«

Dana war einen Moment lang wie vor den Kopf geschlagen.

»Ich – das tut mir ja so Leid. Wird sie wieder gesund?«

»Sie hat heute Morgen angerufen. Sie weiß noch nicht, wie ernst es ist. Aber sie ist außer sich vor Angst. Sie möchte, dass ich nach Florida komme und ihr beistehe, wenn sie den Befund erfährt. Ich wollte erst mit dir darüber reden.«

Dana ging zu Jeff und schloss ihn in die Arme. »Natürlich musst du hin.« Dana dachte an das Mittagessen mit Rachel, daran, wie wunderbar sie ihr vorgekommen war.

»Ich bin in ein, zwei Tagen wieder zurück.«

Jeff war in Matt Bakers Büro.

»Ich muss ein paar Tage weg, Matt. Es handelt sich um einen Notfall.«

»Ist mit Ihnen alles in Ordnung, Jeff?«

»Ja. Es geht um Rachel.«

»Ihre Exfrau?«

Jeff nickte. »Sie hat gerade erfahren, dass sie Krebs hat.«

»Tut mir Leid.«

»Jedenfalls braucht sie ein bisschen moralische Unterstützung. Ich will heute Nachmittag nach Florida fliegen.«

»Dann mal los. Maury Falstein wird für Sie einspringen. Sagen Sie mir Bescheid, wie es steht.«

»Wird gemacht. Danke, Matt.«

Zwei Stunden später saß Jeff in einer Maschine nach Miami.

Dana überlegte fieberhaft, was sie mit Kemal machen sollte. *Ich kann nicht nach Aspen fahren, ohne dass ich jemanden an der Hand habe, auf den ich mich verlassen kann,* dachte sie. *Aber wer soll das schaffen – die Wohnung sauber halten, die Wäsche waschen und sich nebenbei um den trotzigsten kleinen Jungen auf der ganzen Welt kümmern?*

Sie rief Pamela Hudson an. »Tut mir Leid, dass ich Sie behellige, aber ich muss eine Weile weg und bräuchte jemanden, der bei Kemal bleibt. Kennen Sie zufällig eine gute Haushälterin, die überdies eine Engelsgeduld hat?«

Einen Moment lang herrschte Schweigen. »Zufällig wüsste ich da jemanden. Sie heißt Mary Rowane Daley und stand vor etlichen Jahren in unseren Diensten. Sie ist ein Schatz. Mal sehen, ob ich sie erreichen kann. Ich sage ihr, dass sie sich bei Ihnen melden soll.«

»Danke«, sagte Dana.

»Dana«, sagte Olivia eine Stunde später, »eine Mary Daley ist am Apparat und möchte Sie sprechen.«

Dana nahm den Hörer ab. »Mrs. Daley?«

»Ja. Höchstpersönlich.« Sie sprach mit breitem irischem Zungenschlag. »Mrs. Hudson hat gesagt, Sie bräuchten jemand, der für Ihren Sohn sorgt.«

»So ist es«, sagte Dana. »Ich muss ein, zwei Tage wegfahren. Könnten Sie vielleicht morgen früh – sagen wir um sieben Uhr – vorbeikommen, damit wir alles besprechen können?«

»Selbstverständlich. Zufällig bin ich nämlich momentan frei.«

Dana nannte Mrs. Daley ihre Adresse.

»Ich komme vorbei, Miss Evans.«

Am nächsten Morgen um Punkt sieben Uhr stand Mary Daley vor der Tür. Sie war allem Anschein nach um die fünfzig, rundlich und untersetzt, wirkte munter und fröhlich und strahlte über das ganze Gesicht. Sie gab Dana die Hand.

»Freut mich sehr, Sie mal kennen zu lernen, Miss Evans. Ich schau mir immer Ihre Sendungen an, wenn ich dazu komme.«

»Vielen Dank.«

»Und wo ist der junge Herr des Hauses?«

»Kemal«, rief Dana lauthals.

Kurz darauf kam Kemal aus seinem Zimmer. Er musterte Mrs. Daley mit einer Miene, als wollte er sagen, *ätzend*.

Mrs. Daley lächelte ihn an. »Kemal, nicht wahr? Ich hab noch nie jemand mit Namen Kemal kennen gelernt. Du siehst aus, als ob du's faustdick hinter den Ohren hast.« Sie ging zu ihm. »Du musst mir unbedingt verraten, was deine Leibspeisen sind. Ich bin nämlich eine prima Köchin. Wir wollen uns doch eine schöne Zeit machen, Kemal.«

Hoffentlich, dachte Dana beschwörend. »Mrs. Daley, können Sie bei Kemal bleiben, solange ich weg bin?«

»Selbstverständlich, Miss Evans.«

»Wunderbar«, antwortete Dana dankbar. »Leider haben wir nicht allzu viel Platz. Was die Schlafgelegenheiten angeht –«

Mrs. Daley strahlte sie mit breitem Lächeln an. »Nur keine Sorge. Die Klappcouch da tut's für mich vollkommen.«

Dana atmete erleichtert auf. Sie warf einen Blick auf ihre Uhr. »Ich muss Kemal zur Schule bringen. Kommen Sie doch einfach mit. Sie können ihn dann um Viertel vor zwei wieder abholen.«

»Soll mir recht sein.«

Kemal wandte sich an Dana. »Du kommst doch wieder zurück, Dana, oder?«

Dana schloss ihn in die Arme. »Natürlich komme ich wieder zurück, mein Schatz.«

»Wann?«

»In ein paar Tagen.« *Wenn ich etwas mehr weiß.*

Als Dana ins Studio kam, lag ein kleines, hübsch verpacktes Päckchen auf ihrem Schreibtisch. Neugierig betrachtete sie es, dann riss sie es auf. Darin befand sich ein goldener Kugelschreiber. »Liebe Dana«, stand auf der beiliegenden Karte, »wir wünschen Ihnen eine angenehme Reise.« Unterzeichnet war sie mit *Die Bande.*

Sehr aufmerksam. Dana steckte den Stift in ihre Handtasche.

Als Dana ins Flugzeug stieg, klingelte ein Mann in Arbeitskleidung an der Wohnung der Whartons. Der Nachmieter öffnete die Tür, warf ihm einen kurzen Blick zu, nickte und schloss sie wieder. Daraufhin ging der Mann zu Danas Apartment und klingelte.

Mrs. Daley öffnete die Tür. »Ja?«

»Miss Evans hat mich herbestellt. Ich soll ihren Fernseher reparieren.«

»Wenn das so ist. Kommen Sie rein.«

Mrs. Daley sah dem Mann zu, als er zum Fernsehgerät ging und sich an die Arbeit machte.

12

Rachel Stevens wartete bereits am Miami International Airport, als die Ankunft von Jeffs Maschine bekannt gegeben wurde.

Mein Gott, sie ist wunderschön, dachte Jeff. *Kaum zu glauben, dass sie krank ist.*

Rachel warf sich in seine Arme. »O Jeff! Danke, dass du gekommen bist.«

»Du siehst blendend aus«, versicherte er ihr, als sie zu der bereitstehenden Limousine gingen.

»Mir fehlt auch nichts weiter. Du wirst schon sehen.«

»Selbstverständlich.«

»Wie geht's Dana?«, fragte Rachel auf der Heimfahrt.

Er zögerte kurz. Wollte aus Rücksicht auf Rachels Krankheit nicht allzu überschwänglich wirken. »Der geht's gut.«

»Du kannst froh sein, dass du jemanden wie sie hast. Weißt du, wo ich nächste Woche bin? Ich habe einen Fototermin auf Aruba.«

»Auf *Aruba*?«

»Ja. Weißt du auch, weshalb ich den Auftrag angenommen habe?«, fuhr sie fort. »Weil wir dort unsere Flitterwochen verbracht haben. Wie hieß doch gleich das Hotel, in dem wir gewohnt haben?«

»Das Oranjestad.«

»Es war herrlich, nicht? Und wie hieß dieser Berg, auf den wir gestiegen sind?«

»Der Hooiberg.«

Rachel lächelte. »Du hast es nicht vergessen, was?«

»Die Flitterwochen vergisst man nicht, Rachel.«

Sie legte die Hand auf Jeffs Arm. »Es war himmlisch, nicht? Ich habe noch nie so unglaublich weiße Strände gesehen.«

Jeff lächelte. »Und du hattest solche Angst, dass du zu braun werden könntest. Du hast dich immerzu eingemummt wie eine Mumie.«

Einen Moment lang schwiegen sie beide. »Eins bereue ich wirklich bitter, Jeff.«

Er schaute sie verständnislos an. »Was?«

»Dass wir kein – ach, ist ja auch egal.« Sie blickte ihn an und sagte: »Es war wunderschön mit dir auf Aruba.«

»Ist ja auch ein schönes Fleckchen Erde«, erwiderte Jeff ausweichend. »Dort kann man allerhand machen, Fische fangen, Windsurfen, Schnorcheln, Tennis oder Golf spielen ...«

»Und wir sind gar nicht dazu gekommen, was?«

Jeff lachte. »Nein.«

»Ich muss morgen früh zur Mammographie. Ich möchte da nicht allein hingehen. Kommst du mit?«

»Selbstverständlich, Rachel.«

Als sie vor Rachels Haus hielten, holte Jeff seine Reisetaschen aus dem Kofferraum, trug sie in das große Wohnzimmer und blickte sich um. »Hübsch. Sehr hübsch sogar.«

Sie schloss ihn in die Arme. »Danke, Jeff.«

Er spürte, dass sie am ganzen Leib zitterte.

Die Mammographie wurde im Tower Imaging in der Innenstadt von Miami vorgenommen. Jeff blieb im Wartezimmer sitzen, nachdem eine Schwester Rachel in den Umkleideraum gebracht hatte, wo sie sich ein Krankenhaushemd überzog, und sie dann in das Röntgenzimmer führte.

»Es wird etwa eine Viertelstunde dauern, Miss Stevens. Sind Sie bereit?«

»Ja. Bis wann liegt der Befund vor?«

»Dafür ist unser Onkologe zuständig. Er müsste ihn aber spätestens morgen haben.«

Morgen.

Der Onkologe hieß Scott Young. Jeff und Rachel gingen in sein Sprechzimmer und nahmen Platz.

Der Arzt musterte Rachel einen Moment lang. »So Leid es mir tut«, sagte er dann, »aber ich muss Ihnen eine schlechte Nachricht überbringen, Miss Stevens.«

Rachel griff nach Jeffs Hand. »Ja?«

»Der Biopsiebefund wie auch die Mammographie deuten darauf hin, dass Sie ein überaus aggressives Karzinom haben.«

Rachel wurde kreidebleich. »Was – was heißt das?«

»Ich fürchte, wir müssen Ihre Brust amputieren.«

»Nein!«, versetzte sie unwillkürlich. »Das geht nicht – ich meine, es muss doch eine andere Möglichkeit geben.«

»Ich fürchte«, sagte Dr. Young behutsam, »dafür ist die Wucherung bereits zu weit fortgeschritten.«

Rachel schwieg einen Moment lang. »Ich kann das sowieso nicht gleich machen lassen. Ich habe nächste Woche einen Fototermin auf Aruba, verstehen Sie? Danach können wir es behandeln.«

Jeff sah die besorgte Miene des Arztes. »Wann sollte sie es Ihrer Meinung nach machen lassen, Doktor Young?«

Er wandte sich an Jeff. »So schnell wie möglich.«

Jeff musterte Rachel. Sie kämpfte mit aller Macht gegen die Tränen an. »Ich möchte noch eine andere Meinung einholen«, sagte sie schließlich mit bebender Stimme.

»Natürlich.«

»Ich kann Dr. Youngs Diagnose leider nur bestätigen«, sagte Dr. Aaron Cameron. »Ich rate zu einer Brustamputation.«

Rachel versuchte so gefasst wie möglich zu klingen. »Besten Dank, Doktor.« Sie griff nach Jeffs Hand und drückte sie. »Ich glaube, das war's dann, was?«

Dr. Young erwartete sie bereits.

»Sie haben offenbar Recht«, sagte Rachel. »Ich konnte einfach nicht –«. Sie schwieg eine Weile. »Na schön«, flüsterte sie schließlich. »Wenn Sie meinen, dass es – dass es notwendig ist.«

»Wir werden so schonend wie möglich vorgehen«, sagte Dr. Young. »Vor der Operation werden wir einen Spezialisten für plastische Chirurgie hinzuziehen, der Ihnen genau erklären wird, wie man die Brust wieder aufbauen kann. Heutzutage kann man da wahre Wunder vollbringen.«

Jeff nahm Rachel in die Arme, als sie in Tränen ausbrach.

Es gab keinen Direktflug von Washington nach Aspen. Daher flog Dana zunächst mit Delta Airlines nach Denver, wo sie auf eine Maschine der United Express umstieg. Später konnte sie sich nicht mehr an die Reise erinnern. All ihre Gedanken drehten sich um Rachel und die Pein, die sie durchleiden musste. *Ich bin froh, dass Jeff dort ist und ihr beisteht.* Und sie machte sich Sorgen um Kemal. *Was ist, wenn Mrs. Daley kündigt, bevor ich zurück bin? Ich habe –*

Die Flugbegleiterin meldete sich über Lautsprecher. »In wenigen Minuten landen wir in Aspen. Achten Sie bitte darauf, dass Ihr Sitzgurt angelegt und die Rückenlehne aufgerichtet ist.«

Dana konzentrierte sich auf die Aufgabe, die vor ihr lag.

Elliot Cromwell kam in Matt Bakers Büro.

»Ich habe gehört, dass Dana heute Abend nicht auf Sendung geht.«

»Ganz recht. Sie ist in Aspen.«

»Wegen ihres Verdachts in Sachen Taylor Winthrop?«

»Jawohl.«

»Ich möchte auf dem Laufenden gehalten werden.«

»Gut.« Matt blickte Cromwell nach, als er wieder ging. *Der hat ja wirklich was für Dana übrig,* dachte er.

Unmittelbar nach der Landung begab sich Dana zum Mietwagenschalter im Flughafengebäude. Dort hatte Dr. Carl Ramsey gerade eine Auseinandersetzung mit einem der Angestellten. »Aber ich habe schon vor einer Woche einen Wagen reservieren lassen«, sagte er.

»Ich weiß, Dr. Ramsey«, erwiderte der Angestellte entschuldigend, »aber leider ist uns ein Versehen unterlaufen. Wir haben keinen Wagen zur Verfügung. Draußen steht ein Flughafenbus, aber ich kann Ihnen auch ein Taxi rufen, wenn –«

»Nur keine Umstände«, sagte der Doktor und stürmte hinaus.

Dana betrat das Flughafengebäude und steuerte den Schalter an. »Ich habe einen Wagen reservieren lassen«, sagte sie. »Für Dana Evans.«

Der Angestellte lächelte. »Ja, Miss Evans. Wir haben Sie bereits erwartet.« Er legte ihr ein Formular zur Unterschrift vor und reichte ihr die Schlüssel. »Es ist ein weißer Lexus. Er steht auf Parkplatz Nummer eins.«

»Vielen Dank. Können Sie mir sagen, wie ich zum Little Nell Hotel komme?«

»Das können Sie nicht verfehlen. Es liegt mitten in der Stadt. East Durant Avenue Nummer sechs-fünfundsiebzig. Es wird Ihnen sicher gefallen.«

»Vielen Dank«, sagte Dana.

Der Angestellte blickte ihr nach, als sie aus der Tür ging. *Was, zum Teufel, geht hier vor?*, fragte er sich.

Das Little Nell Hotel war ein elegantes Chalet am Fuß der malerischen Berge, die rund um Aspen aufragten. Im Foyer gab es einen vom Boden bis zur Decke reichenden offenen Kamin, in dem im Winter ständig ein anheimelndes Feuer brannte, und durch die großen Fenster konnte man die schneebedeckten Rocky Mountains sehen. Gäste in Skikleidung saßen auf Sofas und schweren Sesseln und spannten aus. *Jeff würde das gefallen*, dachte Dana, während sie sich umblickte. *Vielleicht sollten wir mal hierher kommen …*

»Wissen Sie zufällig, wo sich das Haus von Taylor Winthrop befindet?«, fragte sie den Mann an der Rezeption, nachdem sie sich eingetragen hatte.

Er warf ihr einen sonderbaren Blick zu. »Das Haus von Taylor Winthrop? Das gibt's nicht mehr. Es ist abgebrannt.«

»Ich weiß«, sagte Dana. »Ich wollte nur sehen –«

»Davon ist nur noch ein Haufen Asche übrig, aber wenn Sie es sich ansehen wollen, müssen Sie nach Osten zum Conundrum Creek Valley fahren. Das ist etwa sechs Meilen von hier entfernt.«

»Vielen Dank«, sagte Dana. »Können Sie mir bitte mein Gepäck auf mein Zimmer bringen lassen?«

»Selbstverständlich, Miss Evans.«

Dana kehrte zum Wagen zurück.

Taylor Winthrops Anwesen im Conundrum Creek Valley lag inmitten von Wäldern, die der staatlichen Forstverwaltung unterstanden. Es war ein einstöckiges Gebäude aus heimischem Felsgestein und Redwood gewesen, das auf einem zauberhaften, abgeschiedenen Stück Land mit einem Biberteich und einem Bachlauf stand, der durch das Grundstück führte. Der Anblick war atemberaubend. Und inmitten dieses prachtvollen Panoramas ragten die ausgebrannten Überreste des Hauses auf, in dem zwei Menschen ums Leben gekommen waren.

Dana schlenderte auf dem Grundstück herum und versuchte sich vorzustellen, wie es hier einstmals ausgesehen hatte. Offensichtlich war es ein weitläufiges Haus mit zahlreichen Türen und Fenstern gewesen, alle auf ebener Erde.

Und dennoch waren die Winthrops nicht herausgekommen. *Ich glaube, ich statte lieber mal der Feuerwehr einen Besuch ab.*

Als Dana in die Feuerwache ging, kam ihr ein Mann entgegen. Er war um die dreißig, groß, braun gebrannt und wirkte ausgesprochen sportlich. *Vermutlich ist er auf den Skipisten zu Hause,* dachte Dana.

»Kann ich Ihnen behilflich sein, Ma'am?«

»Ich habe gelesen, dass Taylor Winthrops Haus abgebrannt ist und wollte mehr darüber erfahren.«

»Ja. Das war doch vor anderthalb Jahren. Vermutlich das Schlimmste, was in dieser Stadt jemals passiert ist.«

»Zu welcher Tageszeit ist es passiert?«

Er ließ sich nicht anmerken, ob er ihre Frage sonderbar fand. »Es war mitten in der Nacht. Der Notruf ging um drei Uhr morgens ein. Unsere Wagen waren um Viertel nach drei draußen, aber da war es schon zu spät. Das ganze Haus stand in Flammen. Wir wussten nicht, ob jemand drin war, bis wir den Brand gelöscht hatten und die beiden Leichen fanden. Es war ein herzzerreißender Anblick, das kann ich Ihnen sagen.«

»Haben Sie eine Ahnung, wodurch der Brand ausgebrochen ist?«

Er nickte. »O ja. Es war ein elektrischer Defekt.«

»Was für ein Defekt?«

»Das wissen wir nicht genau, aber am Tag vor dem Brand hat jemand einen Elektriker ins Haus bestellt, der irgendwas an der Stromleitung reparieren sollte.«

»Wissen Sie, was nicht funktioniert hat?«

»Ich glaube, mit dem Feueralarm war irgendwas nicht in Ordnung.«

Dana versuchte so beiläufig wie möglich zu klingen. »Wissen Sie zufällig den Namen des Elektrikers, der den Auftrag ausgeführt hat?«

»Nein. Aber ich nehme an, die Polizei kennt ihn.«

»Danke.«

Er warf Dana einen forschenden Blick zu. »Warum interessiert Sie das so?«

»Ich schreibe eine Reportage über Brandkatastrophen in Skigebieten.«

Das Polizeirevier von Aspen war ein flacher Ziegelbau, der etwa fünf Straßen von Danas Hotel entfernt war.

Der Polizist am Empfangsschalter blickte auf. »Sind Sie etwa Dana Evans, die Frau aus dem Fernsehen?«, rief er.

»Ja.«

»Ich bin Captain Turner. Was kann ich für Sie tun, Miss Evans?«

»Ich möchte etwas über den Brand erfahren, bei dem Taylor Winthrop und seine Frau umgekommen sind.«

»Mein Gott, was für eine Tragödie. Die Leute hier können es immer noch nicht fassen.«

»Das kann ich verstehen.«

»Jawoll. Ein Jammer, dass man sie nicht retten konnte.«

»Meines Wissens wurde das Feuer durch einen elektrischen Defekt ausgelöst.«

»Ganz recht.«

»Könnte es sich um Brandstiftung gehandelt haben?«

Captain Turner runzelte die Stirn. »Brandstiftung? Nein, nein. Es lag an einer schadhaften Stromleitung.«

»Ich möchte gern mit dem Elektriker sprechen, der am Tag vor dem Brand dort war. Wissen Sie, wie er hieß?«

»Das haben wir sicher irgendwo in unseren Akten. Soll ich nachsehen?«

»Da wäre ich Ihnen dankbar.«

Captain Turner griff zum Telefon und erteilte kurz den entsprechenden Auftrag, dann wandte er sich wieder Dana zu. »Sind Sie zum ersten Mal in Aspen?«

»Ja.«

»Großartig hier. Fahren Sie Ski?«

»Nein.« *Aber Jeff. Wenn wir hierher kommen...*

Ein Sekretär kam zu ihnen und reichte Captain Turner ein Blatt Papier. Er gab es Dana. *Al Larson Electrical Company, Bill Kelly* stand darauf.

»Das ist nur ein paar Häuser weiter.«

»Ich danke Ihnen vielmals, Captain Turner.«

»Gern geschehen.«

Als Dana das Gebäude verließ, wandte sich ein Mann auf der anderen Straßenseite ab und sprach in sein Handy.

Die Al Larson Electrical Company war in einem kleinen grauen Zementbau untergebracht. Ein Doppelgänger des Mannes aus der Feuerwache, braun gebrannt und sportlich wirkend, saß an einem Schreibtisch. Er stand auf, als Dana hereinkam. »Morgen.«

»Morgen«, sagte Dana. »Ich hätte gern Bill Kelly gesprochen.«

Der Mann schniefte. »Ich auch.«

»Wie meinen Sie das?«

»Kelly ist vor über einem Jahr verschwunden.«

»Verschwunden?«

»Ja, einfach abgehauen. Ohne ein Wort zu sagen. Hat nicht mal seinen Lohn abgeholt.«

»Wissen Sie noch genau, wann das war?«, fragte Dana bedächtig.

»Klar doch. Am Tag nach dem Brand. Dem großen. Sie wissen schon, bei dem die Winthrops ums Leben gekommen sind.«

Dana fröstelte mit einem Mal. »Aha. Und Sie haben keine Ahnung, wo Mr. Kelly ist?«

»Nee. Wie gesagt, der ist einfach verschwunden.«

Auf der kleinen Insel vor der Südspitze von Südamerika waren den ganzen Morgen Düsenmaschinen eingetroffen. Jetzt war der Zeitpunkt für die Zusammenkunft gekommen, und die rund zwanzig Teilnehmer hatten bereits in dem bewachten Neubau Platz genommen, der unmittelbar nach der Sitzung abgerissen werden sollte. Der Sprecher trat nach vorn.

»Willkommen. Ich freue mich, so viele bekannte Gesichter und auch ein paar neue Freunde hier zu sehen. Bevor wir uns dem Geschäftlichen widmen, möchte ich kurz auf die Sorgen eingehen, die sich manche von Ihnen wegen eines gewissen Problems machen. Wir haben einen Verräter in unseren Reihen, der uns bloßzustellen droht. Wir wissen noch nicht, um wen es sich handelt. Aber ich versichere Ihnen, dass er in Bälde dingfest gemacht werden und das gleiche Schicksal erleiden wird wie alle Verräter. Nichts und niemand darf uns im Weg stehen.«

Überraschtes Stimmengewirr erhob sich unter den Versammelten.

»Wenn ich nun um Ruhe bitten dürfte, damit wir uns der

Versteigerung widmen können. Heute stehen sechzehn Posten zu Gebot. Wollen wir bei zwei Milliarden beginnen? Höre ich ein erstes Angebot? Ja. Zwei Milliarden Dollar. Bietet jemand drei?«

13

Als Dana an diesem Abend in ihr Zimmer zurückkehrte, blieb sie in der Tür stehen und sah sich unruhig um. Alles sah unverändert aus, und dennoch … sie hatte das Gefühl, dass irgendetwas anders war. Waren vielleicht ihre Sachen umgeräumt worden? *Du fängst schon wieder an zu spinnen,* dachte Dana spöttisch. Sie griff zum Telefon und rief zu Hause an.

Mrs. Daley meldete sich. »Bei Evans.«

Gott sei Dank, sie ist noch da. »Mrs. Daley?«

»Miss Evans!«

»Guten Abend. Wie geht's Kemal?«

»Na ja, der hat's ganz schön faustdick hinter den Ohren, aber ich komm schon mit ihm klar. Meine Jungs waren genauso.«

»Dann ist also alles … in Ordnung?«

»O ja.«

Dana seufzte erleichtert auf. »Könnte ich ihn vielleicht sprechen?«

»Selbstverständlich.« Dana hörte sie rufen. »Kemal, deine Mutter ist dran.«

Kurz darauf war Kemal am Apparat. »Hi, Dana.«

»Hi, Kemal. Wie geht es dir, mein Guter?«

»Cool.«

»Wir war's in der Schule?«

»Ganz okay.«

»Und mit Mrs. Daley kommst du einigermaßen zurecht?«

»Ja, die ist mega.«

Sie ist mehr als mega, dachte Dana. *Sie ist das reinste Wunder.*

»Wann kommst du wieder heim, Dana?«

»Morgen bin ich wieder da. Hast du schon zu Abend gegessen?«

»Ja. War nicht übel, ehrlich gesagt.«

Bist du das wirklich, Kemal?, hätte Dana am liebsten gefragt. Sie war begeistert von der Veränderung.

»Na schön, mein Schatz. Wir sehen uns morgen. Gute Nacht.«

»Gute Nacht, Dana.«

Als Dana zu Bett gehen wollte, klingelte ihr Handy. Sie ging ran. »Hallo?«

»Dana?«

Sie freute sich unbändig. »Jeff! Ach, Jeff!« *Gelobt sei der Tag, an dem ich mir das Handy zugelegt habe.*

»Ich musste einfach anrufen, weil du mir ganz fürchterlich fehlst.«

»Du mir auch. Bist du noch in Florida?«

»Ja.«

»Wie sieht es aus?«

»Nicht gut.« Sie hörte, wie er kurz zögerte. »Genau genommen sogar ziemlich schlecht. Rachel hat morgen einen OP-Termin. Sie muss sich die Brust abnehmen lassen.«

»O nein!«

»Sie kommt damit nicht gut klar.«

»Das tut mir schrecklich Leid.«

»Ich weiß. Es ist ein elender Mist. Mein Liebes, ich kann's kaum erwarten, wieder bei dir zu sein. Habe ich dir schon mal gesagt, dass ich verrückt nach dir bin?«

»Mir geht's genauso, mein Liebster.«

»Brauchst du irgendwas, Dana?«

Dich. »Nein.«

»Was macht Kemal?«

»Der kommt prima zurecht. Ich habe eine neue Haushälterin, die er mag.«

»Das ist ja eine gute Nachricht. Ich kann's kaum erwarten, bis wir wieder alle beisammen sind.«

»Ich auch nicht.«

»Pass gut auf dich auf.«

»Mach ich. Ich kann dir gar nicht sagen, wie Leid es mir wegen Rachel tut.«

»Ich werd's ihr ausrichten. Gute Nacht, Liebste.«

»Gute Nacht.«

Dana öffnete ihren Koffer und nahm ein Hemd von Jeff heraus, das sie aus ihrer Wohnung mitgenommen hatte. Sie zog es unter ihrem Nachthemd an und kuschelte sich hinein. *Gute Nacht, mein Liebster.*

Am nächsten Morgen flog Dana in aller Frühe nach Washington zurück. Bevor sie ins Büro ging, fuhr sie kurz zu ihrer Wohnung, wo sie fröhlich von Mrs. Daley begrüßt wurde.

»Ist ja großartig, dass Sie wieder da sind, Mrs. Evans. Ihr Junge liefert mich sonst noch.« Aber sie sagte es mit einem Augenzwinkern.

»Ich hoffe, er macht Ihnen nicht zu viel Ärger.«

»Ärger? Ganz und gar nicht. Ich freue mich, dass er mit seinem neuen Arm so gut zurechtkommt.«

Dana blickte sie erstaunt an. »*Trägt* er ihn etwa?«

»Selbstverständlich. Er trägt ihn in der Schule.«

»Das ist ja wunderbar. Das freut mich sehr.« Sie blickte auf ihre Uhr. »Ich muss ins Studio. Ich komme heute Nachmittag vorbei und kümmere mich um Kemal.«

»Der wird aber froh sein, wenn er Sie wieder sieht. Er hat Sie vermisst, wissen Sie? Machen Sie nur weiter. Ich packe Ihre Sachen aus.«

»Vielen Dank, Mrs. Daley.«

Dana ging in Matts Büro und berichtete ihm, was sie in Aspen erfahren hatte.

Ungläubig schaute er sie an. »Am Tag nach dem Brand ist der Elektriker einfach *verschwunden?*«

»Ohne den ausstehenden Lohn abzuholen.«

»Und am Tag bevor der Brand ausbrach, war er im Haus der Winthrops?«

»Ja.«

Matt schüttelte den Kopf. »Das wird ja immer merkwürdiger.«

»Matt, Paul Winthrop war das nächste Familienmitglied, das ums Leben kam. Kurz nach dem Brand ist er in Frankreich mit dem Auto tödlich verunglückt. Ich möchte dort hinfahren. Mal sehen, ob es irgendwelche Zeugen des Unfalls gibt.«

»Gut. Elliot Cromwell hat sich nach Ihnen erkundigt«, fügte er dann hinzu. »Er möchte, dass Sie gut auf sich aufpassen.«

»Da ist er nicht der Einzige«, erwiderte Dana.

Dana wartete bereits, als Kemal aus der Schule nach Hause kam. Kemal trug seine Armprothese, und Dana hatte den Eindruck, dass er viel ruhiger wirkte.

»Da bist du ja wieder.« Er umarmte sie.

»Hallo, mein Schatz. Du hast mir gefehlt. Wie war's in der Schule?«

»Nicht schlecht. Wie war die Reise?«

»Die war prima. Ich habe dir etwas mitgebracht.« Sie gab Kemal den handgewebten indianischen Beutel und die Mokassins, die sie in Aspen erstanden hatte. Danach kam der schwierige Teil. »Kemal, ich muss leider noch mal ein paar Tage weg.«

Dana wappnete sich bereits für das Schlimmste, doch Kemal sagte lediglich: »Okay.«

Nicht einmal die Andeutung eines Wutanfalls.

»Ich bringe dir wieder was Schönes mit.«

»Ein Geschenk für jeden Tag, den du weg bist?«

Dana lächelte. »Hör mal, du gehst doch erst in die siebte Klasse, aber du klingst wie ein angehender Anwalt.«

Er saß gemütlich in einem Lehnsessel, hatte ein Glas Scotch in der Hand und ließ den Fernseher laufen. Auf dem Bildschirm vor ihm sah er Dana und Kemal am Tisch sitzen, während Mrs. Daley das Abendessen auftrug, offenbar Irish Stew.

»Das ist ja köstlich«, sagte Dana gerade.

»Besten Dank. Freut mich, dass es Ihnen schmeckt.«

»Ich hab dir doch gesagt, dass sie eine prima Köchin ist«, sagte Kemal.

Das ist ja fast so, als ob man bei ihnen im Zimmer sitzt, dachte er, *statt sie nur von der Wohnung nebenan aus zu beobachten.*

»Erzähl mir, wie es in der Schule läuft«, sagte Dana.

»Ich mag meine neuen Lehrer. Mein Mathelehrer ist schwer auf Zack…«

»Großartig.«

»Die Jungs in dieser Schule sind auch viel netter. Die finden meinen neuen Arm geil.«

»Ganz bestimmt.«

»Ein Mädchen in meiner Klasse ist ziemlich hübsch. Ich glaub, sie mag mich. Lizzy heißt sie.«

»Magst du sie auch, mein Schatz?«

»Klar. Sie ist echt knies.«

Er wird älter, dachte Dana, und wider Erwarten versetzte ihr das einen Stich. Als Kemal im Bett lag, ging sie in die Küche und sprach mit Mrs. Daley.

»Kemal kommt mir so… so ausgeglichen vor. Ich kann Ihnen gar nicht sagen, wie dankbar ich Ihnen bin«, sagte Dana.

»Sie tun *mir* einen Gefallen.« Mrs. Daley lächelte. »Ich komm mir vor, als ob ich eins von meinen Kindern wieder hätte. Die sind jetzt alle erwachsen, müssen Sie wissen. Kemal und ich haben mächtig Spaß miteinander.«

»Ich bin ja so froh.«

Dana wartete bis nach Mitternacht, und als Jeff bis dahin immer noch nicht angerufen hatte, ging sie zu Bett. Sie lag da und fragte sich, was Jeff wohl machen mochte, ob er vielleicht mit Rachel schlief, und im gleichen Moment schämte sie sich für ihre Gedanken.

Der Mann in der Wohnung nebenan erstattete Bericht. »Alles ruhig.«

Ihr Handy klingelte.

»Jeff, mein Schatz. Wo bist du?«

»Ich bin im Doctors Hospital in Florida. Die Brustamputation ist überstanden. Der Onkologe ist noch dabei, das Gewebe zu untersuchen.«

»Ach Jeff! Hoffentlich hat es sich nicht schon ausgebreitet.«

»Das hoffe ich auch. Rachel möchte, dass ich noch ein bisschen länger bei ihr bleibe. Ich wollte dich fragen, ob –«

»Natürlich. Du musst.«

»Es handelt sich nur um ein paar Tage. Ich rufe Matt an und sage ihm Bescheid. Läuft droben bei euch irgendwas Spannendes?«

Einen Moment lang war Dana versucht, Jeff von Aspen zu

erzählen und dass sie weitere Nachforschungen anstellen wollte. *Er hat genug um die Ohren.* »Nein«, sagte Dana. »Nichts Neues.«

»Gib Kemal einen Kuss von mir. Die übrigen sind für dich.«

Als Jeff den Hörer auflegte, kam eine Schwester auf ihn zu.

»Mr. Connors? Dr. Young möchte Sie sprechen.«

»Die Operation ist gut verlaufen«, teilte Dr. Young Jeff mit, »aber sie wird viel seelischen Beistand brauchen. Sie wird das Gefühl haben, sie wäre keine richtige Frau mehr. Wenn sie aufwacht, wird sie zunächst panisch reagieren. Sie müssen ihr klar machen, dass es völlig normal ist, Angst zu zeigen.«

»Schon verstanden«, sagte Jeff.

»Und die Angst und die Depressionen werden wiederkehren, wenn wir mit der Bestrahlung beginnen, damit sich der Krebs nicht weiter ausbreitet. So etwas kann sehr belastend sein.«

Jeff saß da und dachte über all das nach.

»Hat Sie jemanden, der für sie sorgt?«

»Mich.« Und im gleichen Moment war Jeff klar, dass er der einzige Mensch war, den Rachel hatte.

Der Flug mit der Air France nach Nizza verlief ohne besondere Vorkommnisse. Dana schaltete ihren Laptop ein und ging noch einmal sämtliche Informationen durch, die sie bislang zusammengetragen hatte. Aufregend, aber noch keineswegs schlüssig. *Beweise,* dachte Dana. *Ohne handfeste Beweise keine Story.*

»Angenehmer Flug, nicht?«

Dana drehte sich zu dem Mann um, der neben ihr saß. Er war groß, attraktiv und sprach mit französischem Akzent.

»Ja, durchaus.«

»Sind Sie schon mal in Frankreich gewesen?«

»Nein«, sagte Dana. »Das ist das erste Mal.«

Er lächelte. »Ah, Sie werden Ihre Freude haben. Es ist ein wunderbares Land.« Er lächelte versonnen und beugte sich zu ihr. »Haben Sie Freunde, die Ihnen Land und Leute zeigen können?«

»Ich treffe mich mit meinem Mann und den drei Kindern«, sagte Dana.

»*Dommage.*« Er nickte, wandte sich ab und griff zu seiner *France-Soir.*

Dana widmete sich wieder ihrem Computer. Ein Artikel erregte ihre Aufmerksamkeit. Paul Winthrop, der bei einem Verkehrsunfall ums Leben gekommen war, hatte ein Hobby gehabt.

Autorennen.

Als die Maschine der Air France auf dem Flughafen von Nizza gelandet war, ging Dana in die belebte Ankunftshalle und begab sich zum Büro der Mietwagenfirma. »Mein Name ist Dana Evans. Ich habe einen –«

Der Angestellte blickte auf. »Ah! Miss Evans. Ihr Wagen steht bereit.« Er reichte ihr ein Formular. »Sie müssen das nur noch unterschreiben.«

Na, das ist ein Service, dachte Dana. »Ich brauche eine Karte von Südfrankreich. Hätten Sie zufällig –«

»Natürlich, *mademoiselle.*« Er griff hinter den Schalter und suchte eine Karte hervor. »*Voilá.*« Er blickte Dana nach, als sie wegging.

»Wo ist Dana gerade, Matt?«, fragte Elliot Cromwell in der Chefetage des Verwaltungshochhauses von WTN.

»Sie ist in Frankreich.«

»Kommt sie voran?«

»Dafür ist es noch zu früh.«

»Ich mache mir Sorgen um sie. Meiner Meinung nach ist sie zu viel unterwegs. Reisen kann heutzutage gefährlich sein.« Er zögerte kurz. »Viel zu gefährlich.«

In Nizza war es empfindlich kühl, und Dana fragte sich, welche Witterung an dem Tag geherrscht hatte, an dem Paul Winthrop umkam. Sie stieg in den Citroën, der für sie bereitstand, und fuhr die Grande Corniche hinauf, vorbei an malerischen kleinen Küstendörfern.

Der Unfall hatte sich etwas nördlich von Beausoleil ereignet, auf der Landstraße bei Roquebrune-Cap-Martin, einem Ferienort hoch über dem Mittelmeer.

Dana bremste ab, als sie sich der Ortschaft näherte und die scharfen Kurven und den steilen Abhang unmittelbar daneben sah. Sie fragte sich, an welcher Stelle Paul Winthrop von der Fahrbahn abgekommen war. Was hatte er hier überhaupt gemacht? Hatte er sich mit jemandem getroffen? Hatte er an einem Rennen teilgenommen? War er hier im Urlaub gewesen? Auf Geschäftsreise?

Roquebrune-Cap-Martin ist eine mittelalterliche Ortschaft mit einer alten Burg, einer Kirche, urzeitlichen Höhlen und luxuriösen Villen, die hie und da in der Landschaft verstreut sind. Dana fuhr zur Ortsmitte, stellte ihren Wagen ab und begab sich auf die Suche nach dem Polizeirevier. Sie sprach einen Mann an, der aus einem Geschäft kam.

»Entschuldigen Sie, können Sie mir sagen, wo das Polizeirevier ist?«

»*Je ne parle pas anglais, j'ai peur de ne pouvoir vous aider, mais –*«

»*Police. Police.*«

»*Ah, oui.*« Er deutete mit dem Finger nach links vorn. »*La deuxième rue à gauche.*«

»*Merci.*«

»*De rien.*«

Das Polizeirevier war ein altes, weiß getünchtes Gebäude, von dem der Putz abbröckelte. Drinnen saß ein etwa fünfzig Jahre alter Polizist in Uniform an einem Schreibtisch. Er blickte auf, als Dana hereinkam.

»*Bonjour, Madame.*«

»*Bonjour.*«

»*Comment puis-je vous aider?*«

»Sprechen Sie Englisch?«

Er dachte kurz nach. »Ja«, sagte er unwillig.

»Ich möchte mit dem Leiter Ihrer Polizeidienststelle sprechen.«

Er musterte sie einen Moment lang mit fragender Miene. Dann lächelte er mit einem Mal. »Ah, Commandant Frasier. *Oui.* Einen Moment.« Er griff zum Telefon und sprach hinein. Dann nickte er und wandte sich wieder an Dana. Er deutete den Flur entlang. »*La première porte.*«

»Vielen Dank.« Dana ging den Flur entlang, bis sie auf die erste Tür stieß. Commandant Frasiers Büro war klein, aber ordentlich. Der Commandant war ein schmucker Mann mit einem schmalen Schnurrbart und forschenden braunen Augen. Er stand auf, als Dana eintrat.

»Guten Tag, Commandant.«

»*Bonjour, mademoiselle.* Was kann ich für Sie tun?«

»Mein Name ist Dana Evans. Ich arbeite für den Fernsehsender WTN in Washington D. C., und möchte eine Reportage über die Familie Winthrop machen. Meines Wissens wurde Paul Winthrop hier in der Gegend bei einem Autounfall getötet.«

»*Oui. Terrible! Terrible.* Auf der Grande Corniche muss man vorsichtig fahren. Es kann sein *très dangereux.*«

»Ich habe gehört, dass Paul Winthrop bei einem Rennen umkam und –«

»*Non.* An dem Tag war kein Rennen.«

»Nein?«

»*Non, mademoiselle.* Ich hatte persönlich Dienst, als sich der Unfall ereignete.«

»Aha. Saß Mr. Winthrop allein in dem Wagen?«

»*Oui.*«

»Commandant Frasier, hat man eine Autopsie vorgenommen?«

»*Oui.* Natürlich.«

»Hatte Paul Winthrop Alkohol im Blut?«

Commandant Frasier schüttelte den Kopf. »*Non.*«

»Drogen?«

»*Non.*«

»Wissen Sie noch, welche Witterungsverhältnisse an diesem Tag herrschten?«

»*Oui. Il pleuvait.* Es regnete.«

Dana hatte noch eine letzte Frage, aber sie versprach sich nicht viel davon. »Ich nehme an, es gab keine Zeugen?«

»*Mais oui, il y en avait.* Doch, doch.«

Dana starrte ihn an, spürte wie ihr Puls schneller ging. »Es gab welche?«

»Einen Zeugen. Er fuhr hinter Winthrops Wagen und sah, wie der Unfall sich ereignete.«

Dana war erregt. »Ich wäre Ihnen sehr dankbar, wenn Sie mir den Namen des Zeugen nennen könnten. Ich möchte mit ihm sprechen.«

Er nickte. »Das kann nichts schaden. Alexandre!«, rief er lauthals, und kurz darauf kam sein Assistent angestürmt.

»*Oui, Commandant?*«

»*Apportez-moi le dossier de l'accident Winthrop.*«

»*Toute de suite.*« Er eilte aus dem Zimmer.

Commandant Frasier wandte sich wieder an Dana. »Solch eine unglückliche Familie. Das Leben ist *très fragile.*« Er blickte Dana an und lächelte. »Jeder muss die Freuden genießen, solange er kann.« Verschmitzt fügte er hinzu: »Beziehungsweise, solange sie kann. Sind Sie allein hier, *mademoiselle?*«

»Nein, mein Mann und meine Kinder erwarten mich.«

»*Dommage.*«

Commandant Frasiers Assistent kehrte mit einem Stapel Akten zurück, worauf der Commandant die Papiere überflog, nickte und dann zu Dana aufblickte.

»Der Zeuge des Unfalls war ein amerikanischer Tourist, ein gewisser Ralph Benjamin. Laut seiner Aussage fuhr er hinter Paul Winthrop, als er sah, wie ein *chien* – ein Hund – vor Winthrops Wagen lief. Winthrop riss das Steuer herum, um ihn nicht zu überfahren, geriet dabei ins Schleudern, kam von der Straße ab und stürzte über den Steilhang hinab ins Meer. Dem Bericht des Leichenbeschauers zufolge war Winthrop auf der Stelle tot.«

»Haben Sie Mr. Benjamins Adresse?«, fragte Dana gespannt.

»*Oui.*« Wieder warf er einen Blick in die Akte. »Er lebt in Amerika. Richfield in Utah. Turk Street Nummer vierhundertundzwanzig.« Commandant Frasier schrieb die Adresse auf und reichte sie Dana.

Sie versuchte ihre Erregung zu bezähmen. »Ich danke Ihnen vielmals.«

»*Il m'y a pas de quoi.*« Er blickte auf Danas schmucklosen Ringfinger. »Und, *madame?*«

»Ja?«

»Grüßen Sie Ihren Mann und die Kinder von mir.«

Dana rief Matt an.

»Matt«, sagte sie aufgeregt. »Ich habe einen Zeugen aufgetrieben, der Paul Winthrops Unfall gesehen hat. Ich will ihn interviewen.«

»Großartig. Wo steckt er?«

»In den Vereinigten Staaten. In Richfield, Utah. Hinterher komme ich gleich nach Washington zurück.«

»In Ordnung. Übrigens, Jeff hat angerufen.«

»Ja?«

»Sie wissen ja, dass er bei seiner Exfrau in Florida ist.« Er klang unwirsch.

»Ich weiß. Sie ist schwer krank.«

»Wenn Jeff länger dort bleiben will, muss ich ihn darum bitten, unbezahlten Urlaub zu nehmen.«

»Er kommt sicher bald zurück.« Wenn sie das nur glauben könnte.

»Gut. Viel Glück bei dem Zeugen.«

»Danke, Matt.«

Danas nächster Anruf galt Kemal. Mrs. Daley meldete sich am Telefon.

»Bei Miss Evans.«

»Guten Abend, Mrs. Daley. Ist alles in Ordnung?« Dana hielt unwillkürlich den Atem an.

»Na ja, Ihr Sohn hätte gestern fast die Küche in Brand gesetzt, als er mir beim Abendessen geholfen hat.« Sie lachte. »Aber ansonsten ist er brav.«

Dana sprach ein stummes Dankgebet. »Großartig.« *Die Frau bewirkt wahre Wunder,* dachte sie.

»Kommen Sie heute heim? Ich kann uns was zum Abendessen machen und –«

»Ich muss noch einen Zwischenstopp einlegen«, sagte Dana.

»In zwei Tagen bin ich wieder zu Hause. Kann ich Kemal sprechen?«

»Er schläft. Soll ich ihn aufwecken?«

»Nein, nein.« Dana blickte auf ihre Uhr. In Washington war es erst vier Uhr nachmittags. »Hält er etwa Mittagsschlaf?«

Sie hörte Mrs. Daley herzlich lachen. »Ja. Der Junge hat einen langen Tag hinter sich. Er hat sich mächtig verausgabt, beim Lernen und beim Spielen.«

»Bestellen Sie ihm alles Liebe von mir. Ich bin bald wieder da.«

Ich muss noch einen Zwischenstopp einlegen. In zwei Tagen bin ich wieder zu Hause.
Kann ich Kemal sprechen?
Er schläft. Soll ich ihn aufwecken?
Nein, nein. Hält er etwa Mittagsschlaf?
Ja. Der Junge hat einen langen Tag hinter sich. Er hat sich mächtig verausgabt, beim Lernen und beim Spielen.
Bestellen Sie ihm alles Liebe von mir. Ich bin bald wieder da.

Ende der Aufnahme.

Richfield war eine gemütliche amerikanische Kleinstadt, in einem Talkessel inmitten der Monroe Mountains gelegen. Dana hielt an einer Tankstelle an und erkundigte sich nach der Adresse, die Commandant Frasier ihr gegeben hatte.

Ralph Benjamin wohnte in einem verwitterten Flachbau, der genauso aussah wie all die anderen Häuser, die links und rechts der Straße standen.

Dana parkte ihren Mietwagen, ging zur Haustür und klingelte. Eine weißhaarige Frau mittleren Alters, die eine Schürze trug, öffnete die Tür. »Kann ich Ihnen behilflich sein?«

»Ich möchte Ralph Benjamin sprechen«, sagte Dana.

Die Frau musterte Dana neugierig. »Erwartet er Sie?«

»Nein. Ich – ich bin nur zufällig vorbeigekommen und dachte, ich suche ihn kurz auf. Ist er da?«

»Ja. Kommen Sie rein.«

»Vielen Dank.« Dana trat ein und folgte der Frau ins Wohnzimmer.

»Ralph, du hast Besuch.«

Ralph Benjamin erhob sich aus einem Schaukelstuhl und kam auf Dana zu. »Hallo? Kenne ich Sie?«

Dana stand wie erstarrt da. Ralph Benjamin war blind.

14

Dana und Matt Baker saßen im Konferenzraum von WTN.

»Ralph Benjamin hat in Frankreich seinen Sohn besucht«, erklärte Dana. »Eines Tages war seine Brieftasche aus dem Hotelzimmer verschwunden. Tags darauf tauchte sie wieder auf, aber sein Pass fehlte. Matt, der Mann, der ihn gestohlen, sich als Benjamin ausgegeben und der Polizei erzählt hat, er sei Zeuge des Unfalls gewesen, hat Winthrop ermordet.«

Matt Baker schwieg eine ganze Weile. »Wir sollten allmählich die Polizei einschalten«, sagte er schließlich. »Wenn Sie Recht haben, hat irgendjemand kaltblütig sechs Menschen ermordet. Ich möchte nicht, dass Sie das siebte Opfer werden. Elliot macht sich ebenfalls Sorgen um Sie. Er meint, Sie steigen zu tief in die Sache ein.«

»Wir können die Polizei noch nicht hinzuziehen«, wandte Dana ein. »Wir haben nichts Konkretes. Keinerlei Beweise. Wir haben keine Ahnung, wer der Mörder ist und welches Motiv er hat.«

»Mir ist dabei ganz und gar nicht wohl. Die Sache wird mir zu gefährlich. Ich möchte nicht, dass Ihnen irgendwas zustößt.«

»Ich auch nicht«, entgegnete Dana.

»Wie wollen Sie weiter vorgehen?«

»Feststellen, wie Julie Winthrop tatsächlich umkam.«

»Die Operation ist erfolgreich verlaufen.«

Rachel schlug langsam die Augen auf. Sie lag in einem kühlen weißen Krankenhausbett. Benommen blickte sie zu Jeff auf. »Ist sie ab?«

»Rachel –«

»Ich will nicht hinfassen.« Sie kämpfte gegen die Tränen an. »Ich bin keine richtige Frau mehr. So mag mich doch kein Mann mehr.«

Er nahm ihre Hand. »Irrtum. Ich habe dich schon geliebt bevor ich deine Brust überhaupt gesehen habe. Ich habe dich geliebt, weil du ein warmherziger, wunderbarer Mensch bist.«

Rachel rang sich ein schmales Lächeln ab. »Wir haben uns wirklich geliebt, was, Jeff?«

»Ja.«

»Ich wünschte…« Sie warf einen Blick auf ihre Brust und kniff den Mund zusammen.

»Darüber reden wir später.«

Sie drückte seine Hand. »Ich will nicht allein sein, Jeff. Nicht, bis das alles ausgestanden ist, Jeff. Geh bitte nicht weg.«

»Rachel. Ich muss doch –«

»Noch nicht. Ich weiß nicht, was ich machen soll, wenn du weggehst.«

Eine Schwester kam in das Krankenzimmer. »Wenn Sie uns einen Moment entschuldigen würden, Mr. Connors.«

Rachel wollte Jeffs Hand nicht loslassen. »Geh nicht.«

»Ich komm ja wieder.«

Mitten in der Nacht klingelte Danas Handy. Sie sprang auf und meldete sich.

»Dana.« Jeff war dran.

Sie zuckte kurz zusammen, als sie seine Stimme hörte. »Hallo. Wie geht's dir, mein Liebster?«

»Mir geht's gut.«

»Was macht Rachel?«

»Die Operation ist gut verlaufen, aber Rachel möchte so nicht weiterleben.«

»Jeff – das Selbstwertgefühl einer Frau hängt doch nicht von den Brüsten oder –«

»Ich weiß, aber Rachel ist keine Frau wie jede andere. Seit ihrem fünfzehnten Lebensjahr wird sie nach ihrem Äußeren beurteilt. Sie ist eins der höchst bezahlten Models der Welt. Und nun meint sie, das alles wäre für sie vorbei. Sie kommt sich vor wie ein Krüppel. Sie glaubt, sie hat nichts mehr, für das es sich zu leben lohnt.«

»Was willst du denn jetzt tun?«

»Ich bleibe noch ein paar Tage bei ihr und helfe ihr dabei, sich daheim wieder halbwegs einzufinden. Ich habe mit dem Arzt gesprochen. Er wartet noch auf die Untersuchungsergebnisse, um festzustellen, ob sie alles erwischt haben. Aber er hält eine anschließende Chemotherapie für notwendig.«

Dana fiel dazu nichts ein.

»Du fehlst mir«, sagte Jeff.

»Du mir auch, mein Liebster. Ich habe ein paar Weihnachtsgeschenke für dich.«

»Heb sie mir auf.«

»Wird gemacht.«

»Hast du genug von der Weltgeschichte gesehen?«

»Noch nicht.«

»Dann sieh zu, dass dein Handy angestellt ist«, sagte Jeff. »Ich habe vor, das eine oder andere unsittliche Gespräch mit dir zu führen.«

Dana lächelte. »Versprochen?«

»Versprochen. Pass auf dich auf, mein Schatz.«

»Du auch.« Damit endete das Gespräch. Dana unterbrach die Verbindung, saß aber noch eine ganze Weile da und dachte über Jeff und Rachel nach. Dann stand sie auf und ging in die Küche.

»Noch einen Pfannkuchen?«, sagte Mrs. Daley gerade zu Kemal.

»Ja, danke.«

Dana stand da und betrachtete die beiden. In der kurzen Zeit, seitdem Mrs. Daley da war, hatte sich Kemal ungemein verändert. Er wirkte ruhig, ausgeglichen und fröhlich. Dana verspürte plötzlich heftige Eifersucht. *Vielleicht bin ich die falsche Bezugsperson für ihn.* Schuldbewusst dachte sie an die langen Arbeitstage, wenn sie bis spätnachts im Studio war. *Vielleicht hätte ihn jemand wie Mrs. Daley adoptieren sollen.* Sie riss sich zusammen. *Was ist nur mit mir los? Kemal liebt mich doch.*

Dana setzte sich an den Tisch.»Macht dir die neue Schule immer noch Spaß?«

»Die ist cool.«

Dana ergriff seine Hand. »Kemal, ich muss leider noch mal weg.«

»Ist schon okay«, erwiderte er ungerührt.

Wieder regte sich die Eifersucht.

»Wo geht's denn diesmal hin, Miss Evans?«, fragte Mrs. Daley.

»Nach Alaska.«

Mrs. Daley wirkte einen Moment lang nachdenklich. »Passen Sie auf die Grizzlybären auf«, riet sie ihr dann.

Der Flug von Washington nach Juneau mit einer Zwischenlandung in Seattle dauerte neun Stunden. Im Flughafengebäude von Juneau begab sich Dana sofort zum Mietwagenschalter.

»Mein Name ist Dana Evans. Ich –«

»Ja, Miss Evans. Wir haben einen hübschen Landrover für Sie. Stellplatz Nummer 10. Unterschreiben Sie hier.«

Der Angestellte reichte ihr die Schlüssel, worauf Dana zur

Rückseite des Gebäudes ging. Dort standen ein gutes Dutzend Fahrzeuge auf nummerierten Stellplätzen. Dana ging zu Stellplatz zehn. Ein Mann kniete hinter einem weißen Landrover und arbeitete am Auspuff. Er blickte auf, als Dana näher kam.

»Hab grade das Auspuffrohr festgeschraubt, Miss. Sie können losfahren.« Er stand auf.

»Vielen Dank«, sagte Dana.

Er schaute ihr nach, als sie wegfuhr.

Im Keller eines Verwaltungsgebäudes der Bundesregierung blickte ein Mann auf einen Computermonitor, auf dem eine digitale Landkarte abgebildet war. Er sah, wie der weiße Landrover nach rechts abbog.

»Zielperson fährt in Richtung Starr Hill.«

Die Hauptstadt von Alaska war für Dana eine einzige Überraschung. Auf den ersten Blick wirkte Juneau wie eine große Stadt, doch die engen, gewundenen Straßen erzeugten eine fast ländliche Stimmung, sodass man sich beinahe vorkam wie in einem Dorf mitten in einer eiszeitlichen Wildnis.

Dana stieg in dem beliebten Inn at The Waterfront ab, einem ehemaligen Bordell in der Innenstadt.

»Sie kommen gerade rechtzeitig zu einem großartigen Skiurlaub«, erklärte ihr der Mann an der Hotelrezeption. »Wir haben hervorragende Schneeverhältnisse. Haben Sie Ihre Skier dabei?«

»Nein, ich –«

»Na ja, nebenan ist ein Skigeschäft. Die haben bestimmt was Passendes für Sie.«

»Vielen Dank«, sagte Dana. *Das ist kein schlechter Ansatzpunkt.* Dana packte ihre Sachen aus und ging in das Skigeschäft.

Der Verkäufer legte sofort los, kaum dass Dana den Laden

betreten hatte. »Hi. Ich bin Chad Donohoe. Also, bei uns sind Sie garantiert richtig.« Er deutete auf einen Haufen Skier. »Wir haben grade die Freerider hier reingekriegt. Damit kommt man auf jeder Buckelpiste zurecht.« Er deutete auf den nächsten Stapel. »Oder die hier – das sind Salomon X-Scream 9s. Die sind schwer gefragt. Letztes Jahr sind sie uns ausgegangen, und wir haben keine Nachlieferung mehr gekriegt.« Er sah Danas ungeduldige Miene und begab sich hastig zum nächsten Ständer. »Wenn Sie lieber was anderes möchten, hätten wir hier den Vocal Vertigo G30 oder den Atomic 10.20.« Erwartungsvoll blickte er Dana an. »Welche wären Ihnen denn –?«

»Ich möchte ein paar Auskünfte.«

Die Enttäuschung stand ihm ins Gesicht geschrieben. »Auskünfte?«

»Ja. Hat Julie Winthrop ihre Skier hier gekauft?«

Er musterte Dana genauer. »Ja. Und ich weiß sogar, welche. Sie fuhr am liebsten diese spitzenmäßigen Volant TI, reine Rennski. Hat drauf geschworen. Schreckliche Sache, was ihr da droben am Eaglecrest passiert ist.«

»War Miss Winthrop eine gute Skifahrerin?«

»Gut? Sie war die Beste. Sie hatte einen ganzen Schrank voller Pokale.«

»Wissen Sie, ob sie allein hier war?«

»Soweit ich weiß, ja.« Er schüttelte den Kopf. »Und das Sonderbarste dabei ist, dass sie den Eaglecrest kannte wie ihre Westentasche. Ist jedes Jahr hier Ski gefahren. Da möchte man doch meinen, dass so ein Unfall gar nicht hätte passieren können, oder?«

»Ja, vermutlich«, sagte Dana bedächtig.

Das Polizeipräsidium von Juneau war nur zwei Straßen vom Hotel entfernt.

Dana trat in den kleinen Empfangsraum, in dem die Flagge des Staates Alaska, die Flagge von Juneau und das Sternenbanner hingen. Der Teppichboden war blau, ebenso die Couch und der einzige Sessel.

»Kann ich Ihnen irgendwie behilflich sein?«, fragte ein Polizist in Uniform.

»Ich hätte gern ein paar Auskünfte zum Tod von Julie Winthrop.«

Er runzelte die Stirn. »Da müssten Sie sich an Bruce Bowler wenden. Er leitet den Rettungsdienst. Sein Büro ist einen Stock höher. Aber im Moment ist er nicht da.«

»Wissen Sie, wo ich ihn finden könnte?«

Der Polizist warf einen Blick auf seine Armbanduhr. »Um die Zeit müssten Sie ihn am ehesten im Hanger of The Wharf antreffen können. Das ist zwei Straßen weiter, drunten am Marine Way.«

»Ich danke Ihnen vielmals.«

Das Hanger on The Wharf war ein großes Restaurant, das zur Mittagszeit bis auf den letzten Platz besetzt war.

»Tut mir Leid«, sagte die Oberkellnerin zu Dana, »aber im Augenblick ist kein Tisch frei. Wenn Sie zwanzig Minuten warten –«

»Ich suche einen Mr. Bruce Bowler. Wissen Sie, ob –?«

Die Oberkellnerin nickte. »Bruce? Der sitzt da drüben.«

Dana blickte hin. Ein freundlich wirkender Mann mit einem markanten, wettergegerbten Gesicht saß allein an einem Tisch.

»Vielen Dank.« Dana ging zu ihm. »Mr. Bowler?«

Er blickte auf. »Ja?«

»Ich bin Dana Evans. Man hat mich an Sie verwiesen.«

Er lächelte. »Sie haben Glück, wir haben ein Zimmer frei. Ich ruf gleich an und sag Judy Bescheid.«

Dana blickte ihn verdutzt an. »Wie bitte?«

»Wollen Sie etwa gar nicht ins Cozy Log, unsere Pension?«

»Nein. Ich möchte mit Ihnen über Julie Winthrop sprechen.«

»Oh«, sagte er verlegen. »Tut mir Leid. Nehmen Sie doch bitte Platz. Judy und ich besitzen eine kleine Pension außerhalb der Stadt. Ich dachte, Sie suchen ein Zimmer. Haben Sie schon zu Mittag gegessen?«

»Nein, ich –«

»Leisten Sie mir Gesellschaft.« Einladend lächelte er sie an.

»Vielen Dank«, sagte Dana.

»Was wollen Sie denn über Julie Winthrop wissen?«, fragte Bruce Bowler, als Dana bestellt hatte.

»Es geht um ihren Tod. Könnte es sein, dass es sich nicht um einen Unfall gehandelt hat?«

Bruce Bowler runzelte die Stirn. »Wollen Sie von mir etwa wissen, ob sie womöglich Selbstmord begangen haben könnte?«

»Nein. Mir geht es darum, ob ... ob jemand sie ermordet haben könnte.«

Er blinzelte. »Ermordet? Julie? Nie und nimmer. Es war ein Unfall.«

»Können Sie mir sagen, wie es dazu kam?«

»Klar.« Bruce Bowler überlegte einen Moment lang, womit er anfangen sollte. »Hier gibt's dreierlei Abfahrtsstrecken. Zunächst mal die Anfängerpisten: Muskeg, Dolly Varden und Sourdough ... Dann die schwierigeren, Sluice Box, Mother Lode und Sundance ... Und danach kommen die richtig schweren, die Insane, Spurce Chute und Hang Ten ... Und dann gibt's da noch die Steep Chutes. Das ist die allerschwerste.«

»Und Julie Winthrop fuhr auf der ...?«

»Steep Chutes.«

»Dann war sie also eine erfahrene Skiläuferin?«

»Mit Sicherheit«, erwiderte Bruce Bowler. Er zögerte einen Moment. »Das ist ja das Sonderbare daran.«

»Was?«

»Na ja, wir machen hier jeden Donnerstag von vier Uhr nachmittags bis neun Uhr abends Nachtabfahrten. An dem Tag waren allerhand Skifahrer unterwegs. Und Punkt neun waren alle wieder da, bis auf Julie. Wir haben uns seinerzeit auf die Suche gemacht. Wir haben ihre Leiche unten im Auslauf der Steep Chutes gefunden. Sie war gegen einen Baum geprallt. Muss auf der Stelle tot gewesen sein.«

Dana schloss einen Moment lang die Augen, meinte das jähe Erschrecken und den Schmerz förmlich spüren zu können. »Sie – sie war also allein, als der Unfall passierte?«

»Ja. Normalerweise sollten Skifahrer niemals allein losziehen, aber die Könner machen es mitunter trotzdem, damit sie mal so richtig die Sau rauslassen können. Wir achten hier darauf, dass die Pisten genau markiert sind, und jeder, der sich nicht dran hält, ist auf eigene Gefahr unterwegs. Julie Winthrop ist außerhalb der markierten Strecke abgefahren, auf einer gesperrten Piste. Hat eine ganze Weile gedauert, bis wir ihre Leiche gefunden haben.«

»Mr. Bowler, was unternehmen Sie, wenn ein Skifahrer nicht rechtzeitig zurückkehrt?«

»Sobald die Meldung eingeht, dass jemand vermisst wird, leiten wir die Schnapsleichensuche ein.«

»Was ist denn eine Schnapsleichensuche?«

»Wir rufen bei Freunden und Bekannten an und erkundigen uns, ob der vermisste Skifahrer womöglich bei ihnen steckt. Klappern ein paar Bars ab. Das ist keine große Sache. Und unsere Leute müssen dann nicht eigens ausrücken, um einen Besoffenen zu suchen, der zugedröhnt in irgendeiner Kneipe hängt.«

»Und wenn jemand wirklich vermisst wird?«, fragte Dana.

»Dann besorgen wir uns die Beschreibung der betreffenden Person, erkundigen uns, wie gut sie Ski fahren konnte und wo man sie zuletzt gesehen hat. Außerdem fragen wir immer, ob sie eine Kamera dabei hatte.«

»Wieso?«

»Weil wir durch die Bilder womöglich einen Hinweis erhalten, wo der betreffende Skifahrer am liebsten abgefahren ist. Außerdem erkundigen wir uns, wie und womit er wieder in die Stadt zurückgelangen wollte. Wenn wir damit nicht weiterkommen, gehen wir davon aus, dass der vermisste Skifahrer außerhalb der markierten Pisten abgefahren ist. Dann verständigen wir die Staatspolizei von Alaska, worauf die eine Such- und Rettungsaktion in die Wege leitet und etliche Suchtrupps und einen Hubschrauber losschickt. Außerdem unterstützen uns die ganzen Privatflieger.«

»Das ist ja ein ziemlich starkes Aufgebot.«

»Na klar. Aber Sie müssen bedenken, dass wir hier ein rund zweihundertsechzig Hektar großes Skigebiet haben und pro Jahr im Schnitt etwa vierzig Suchaktionen durchführen müssen. Die meisten übrigens mit Erfolg.« Bruce Bowler blickte aus dem Fenster auf den kalten, schneeverhangenen Himmel. »Ich wünschte, es wäre auch in diesem Fall so gewesen.« Er wandte sich wieder an Dana. »Und außerdem ist jeden Tag eine Skipatrouille unterwegs, die sämtliche Pisten abfährt, sobald die Lifte geschlossen haben.«

»Man hat mir erzählt«, sagte Dana, »dass Julie Winthrop sich am Eaglecrest gut auskannte.«

Er nickte. »Das stimmt. Aber das will gar nichts heißen. Da können plötzlich Wolken aufziehen, sodass man die Orientierung verliert, oder man hat einfach Pech. Die arme Miss Winthrop hat einfach Pech gehabt.«

»Wie hat man sie gefunden?«

»Mayday hat sie gefunden.«

»Mayday?«

»Das ist unser bester Suchhund. Die Skipatrouille ist mit schwarzen Labrador- und Schäferhunden unterwegs. Unglaublich, was die Hunde bringen. Sie laufen immer gegen den Wind, bis sie menschliche Witterung aufnehmen, folgen der Duftspur und tasten sich dann allmählich immer näher ran. Wir haben eine Kettenkatze zum Unfallort rausgeschickt, und als –«

»Eine Kettenkatze?«

»Unser Schneemobil. Wir haben Julie Winthrops Leiche auf einem Rettungsschlitten zurückgeschafft. Die drei Sanitäter haben ein EKG gemacht, Fotos aufgenommen und einen Bestattungsunternehmer verständigt. Ihre Leiche wurde ins Bartlett Regional Hospital gebracht.«

»Und niemand weiß, wie es zu dem Unfall kam?«

Er zuckte die Achseln. »Wir wissen lediglich, dass ihr eine mächtige Fichte in die Quere gekommen ist. Ich hab's mit eigenen Augen gesehen. War kein schöner Anblick.«

Dana musterte Bruce Bowler einen Moment lang. »Könnte ich mir die Abfahrtsstrecke am Eaglecrest vielleicht mal ansehen?«

»Warum nicht? Aber wir sollten erst aufessen, dann bring ich Sie persönlich rauf.«

Sie fuhren mit einem Jeep zu einer am Fuß der Berge gelegenen Hütte.

»Hier treffen wir uns immer und sprechen ab, wie wir die Such- und Rettungsaktion durchziehen wollen«, erklärte Bruce Bowler. »Wir verleihen Skiausrüstung, und wir stellen hier auch Skilehrer, falls jemand einen haben will. Wir nehmen den Lift da.«

Dana zitterte vor Kälte, als sie mit dem Ptarmigan-Sessellift hinauf zum Eaglecrest fuhren.

»Ich hätte Sie vorwarnen sollen. Bei diesem Wetter brauchen Sie festes Überzeug und warme Unterkleidung, und Sie müssen möglichst viele Schichten übereinander tragen.«

»Ich werd's mir m-merken«, versetzte Dana bibbernd.

»Mit diesem Sessellift ist auch Julie Winthrop raufgefahren. Sie hatte ihren Rucksack dabei.«

»Ihren Rucksack?«

»Ja. In diesen Rucksäcken sind eine Lawinenschaufel, ein Sender mit einer Reichweite von bis zu fünfzig Metern und eine Stange, mit der man notfalls durch den Schnee stoßen kann.« Er seufzte. »Das nützt einem natürlich nicht viel, wenn man gegen einen Baum prallt.«

Sie näherten sich dem Gipfel. Ein Mann empfing sie, als sie oben ankamen und mit steifen Knochen aus den Sesseln stiegen.

»Was führt dich denn hier rauf, Bruce? Wird etwa jemand vermisst?«

»Nein. Ich will bloß mal einer Bekannten zeigen, wie's hier oben aussieht. Das ist Miss Evans.«

Sie begrüßten einander. Dana blickte sich um. Hier oben gab es eine Schutzhütte, die beinahe in den Wolken verschwand. *Ist Julie Winthrop dort reingegangen, bevor sie abgefahren ist? Ist ihr vielleicht jemand gefolgt? Jemand, der sie töten wollte?*

Bruce Bowler wandte sich an Dana. »Das hier ist der höchste Punkt. Von hier aus geht's nur noch bergab.«

Dana drehte sich um, blickte den schier endlosen Steilhang hinab und erschauderte.

»Sie sehen ja völlig erfroren aus. Ich bring Sie lieber wieder runter.«

»Vielen Dank.«

Dana war kaum wieder ins Inn at The Waterfront zurückgekehrt, als es an ihrer Tür klopfte. Dana machte auf. Ein hoch aufgeschossener Mann mit blassem Gesicht stand davor.

»Miss Evans?«

»Ja.«

»Hallo. Mein Name ist Nicholas Verdun. Ich bin vom *Juneau Empire,* der hiesigen Zeitung.«

»Ja?«

»So weit ich weiß, stellen Sie hier Recherchen wegen des tödlichen Unfalls von Julie Winthrop an. Wir möchten gern darüber berichten.«

Augenblicklich war Dana auf der Hut. »Ich fürchte, da liegt ein Irrtum vor. Ich bin nicht zu Recherchen hier.«

Der Mann blickte sie skeptisch an. »Aber ich habe gehört, dass –«

»Wir wollen eine Reportage über die besten Skigebiete der Welt machen. Das hier ist nur eine Station auf unserer Tour.«

Er stand einen Moment lang unschlüssig da. »Aha. Dann entschuldigen Sie bitte die Störung.«

Dana blickte ihm nach, als er ging. *Woher weiß er, was ich hier mache?* Sie rief beim *Juneau Empire* an. »Hallo. Ich möchte mit einem Ihrer Reporter sprechen, Nicholas Verdun …« Sie hörte einen Moment lang zu. »Bei Ihnen gibt es niemanden, der so heißt? Verstehe. Danke.«

Innerhalb von zehn Minuten hatte Dana gepackt. *Ich muss hier schleunigst weg und mir eine andere Unterkunft besorgen.* Mit einem Mal fiel ihr etwas ein. *Wollen Sie etwa gar nicht ins Cozy Log, unsere Pension? Sie haben Glück, wir haben ein Zimmer frei.* Dana ging hinunter ins Foyer und zahlte ihre Rechnung. Der Mann an der Rezeption erklärte ihr den Weg und malte ihr eine kleine Karte.

»Zielperson verlässt den Innenstadtbereich und fährt in Richtung Westen«, sagte der Mann, der im Keller des Regierungsgebäudes vor dem Computer saß.

Das Cozy Log Bed & Breakfast Inn war ein schmuckes, einstöckiges Blockhaus im typischen Alaska-Stil, das etwa eine halbe Stunde vom Stadtzentrum von Juneau entfernt war. *Bestens.* Dana klingelte an der Haustür, worauf ihr eine attraktive, freundliche Frau Mitte dreißig öffnete.

»Hallo. Kann ich Ihnen helfen?«

»Ja. Ich habe Ihren Mann kennen gelernt, und er erwähnte, dass Sie ein Zimmer frei hätten.«

»So ist es. Ich bin Judy Bowler.«

»Dana Evans.«

»Kommen Sie rein.«

Dana trat ein und blickte sich um. Die Pension bestand aus einem großen, gemütlichen Wohnzimmer mit einem steinernen Kamin, einem Esszimmer, in dem die Gäste verköstigt wurden, und zwei Schlafräumen mit Badezimmern.

»Ich mache hier die Küche«, sagte Judy Bowler. »Und zwar ziemlich gut.«

Dana lächelte. »Ich freue mich schon darauf.«

Judy Bowler führte Dana zu ihrem Zimmer. Es war sauber und wirkte heimelig. Dana packte ihre Sachen aus.

Außer ihr wohnte noch ein Ehepaar hier, mit dem Dana ein kurzes, zwangloses Gespräch führte. Keiner der beiden erkannte sie.

Nach dem Mittagessen fuhr Dana in die Stadt zurück. Sie ging in die Bar des Cliff House und bestellte sich einen Cocktail. Das gesamte Personal war braun gebrannt und wirkte kerngesund. *Natürlich.*

»Herrliches Wetter«, sagte Dana zu dem jungen, blonden Barkeeper.

»Jawohl. Hervorragendes Wetter zum Skifahren.«

»Sind Sie viel auf Skiern unterwegs?«

Er lächelte. »Jedes Mal, wenn ich mir hier frei nehmen kann.«

»Mir ist das zu gefährlich.« Dana seufzte. »Eine Freundin von mir ist hier vor einem Jahr umgekommen.«

Er stellte das Glas ab, das er gerade polierte. »Umgekommen?«

»Ja. Julie Winthrop.«

Er zog ein betrübtes Gesicht. »Sie ist immer hier reingekommen. Nette Frau.«

Dana beugte sich vor. »Ich habe gehört, dass es gar kein Unfall gewesen sein soll.«

Er bekam große Augen. »Was meinen Sie damit?«

»Ich habe gehört, dass sie ermordet wurde.«

»Ermordet?«, sagte er ungläubig. »Niemals. Es war ein Unfall.«

Zwanzig Minuten später redete Dana mit dem Barkeeper des Prospector Hotel.

»Herrliches Wetter.

»Gut zum Skifahren«, sagte der Barkeeper.

Dana schüttelte den Kopf. »Ist mir zu gefährlich. Eine Freundin von mir ist hier beim Skifahren umgekommen. Vielleicht sind Sie ihr mal begegnet. Julie Winthrop hieß sie.«

»Oh, na klar. Hab sie sehr gemocht. Die hat sich nicht so aufgespielt wie manche anderen. Ist immer schön am Boden geblieben.«

Dana beugte sich vor. »Ich habe gehört, dass es gar kein Unfall gewesen sein soll.«

Die Miene des Barkeeper veränderte sich jäh. Er senkte die Stimme. »Ich weiß ganz genau, dass es keiner war.«

Danas Herz schlug einen Takt schneller. »Ja?«

»Klar doch.« Mit verschwörerischem Blick beugte er sich vor. »Diese verdammten Marsmenschen…«

Sie stand auf Skiern oben am Ptarmigan Mountain, spürte den schneidend kalten Wind. Sie blickte hinab ins Tal, überlegte gerade, ob sie nicht lieber umkehren sollte, als sie plötzlich von hinten einen Schubs bekam und den Steilhang hinunterraste, schneller und immer schneller, genau auf einen mächtigen Baum zu. Kurz vor dem Aufprall fuhr sie schreiend hoch.

Zitternd setzte sich Dana im Bett auf. *Ist es Julie Winthrop etwa so ergangen? Aber wer hat ihr den tödlichen Stoß versetzt?*

Elliot Cromwell war ungehalten.

»Matt, wann, zum Teufel, kommt eigentlich Jeff Connors zurück? Wir brauchen ihn.«

»Bald. Er meldet sich regelmäßig.«

»Und was ist mit Dana?«

»Sie ist in Alaska. Warum?«

»Ich möchte, dass sie beide schleunigst wieder hier antanzen. Die Quoten unserer Abendnachrichten sind zurückgegangen.«

Worauf Matt Baker ihn nur anblickte und sich fragte, ob dies der wahre Anlass für Elliot Cromwells Ausbruch war.

Dana stand frühmorgens auf, zog sich an und fuhr ins Stadtzentrum.

Als sie am Flughafen darauf wartete, dass ihre Maschine ausgerufen wurde, bemerkte sie einen Mann, der in der hintersten Ecke saß und von Zeit zu Zeit zu ihr blickte. Er trug einen dunkelgrauen Anzug und erinnerte sie an irgendwen. Dann fiel ihr ein, an wen. An einen anderen Mann, am Flughafen von Aspen. Er hatte ebenfalls einen dunkelgrauen Anzug getragen. Doch nicht wegen der Kleidung erinnerte sie sich an ihn, es lag an ihrer Haltung: Beide strahlten eine unangenehm nassforsche Arroganz aus. Die Blicke, die dieser Mann ihr hin und wieder zuwarf, waren geradezu verächtlich. Sie erschauderte.

Nachdem sich Dana an Bord der Maschine begeben hatte, meldete er sich per Handy und verließ den Flughafen.

15

Als Dana nach Hause kam, stand im Wohnzimmer ein wunderschöner kleiner Christbaum, den Mrs. Daley besorgt und geschmückt hatte.

»Schauen Sie sich den Schmuck an«, sagte Mrs. Daley voller Stolz. »Den hat Kemal gemacht.«

Der Nachbar saß unterdessen vor dem Fernseher und beobachtete die ganze Szene auf dem Bildschirm.

Dana küsste die Haushälterin auf die Wange. »Sie sind ein Schatz, Mrs. Daley.«

Mrs. Daley lief rot an. »Ach, das ist doch nicht der Rede wert.«

»Wo ist Kemal?«

»Der ist in seinem Zimmer. Zwei Leute haben für Sie angerufen, Miss Evans. Sie sollen sich bei Mrs. Hudson melden. Die Nummer hab ich Ihnen auf Ihre Kommode gelegt. Und außerdem hat Ihre Mutter angerufen.«

»Vielen Dank.«

Kemal saß an seinem Computer, als Dana ins Arbeitszimmer trat.

Er blickte auf. »Hey, da bist du ja wieder.«

»Da bin ich wieder«, sagte Dana.

»Ist ja super. Ich habe mir gewünscht, dass du Weihnachten wieder da bist.«

Dana drückte ihn an sich. »Aber natürlich. Das hätte ich mir doch um nichts in der Welt entgehen lassen. Wie bist du hier klargekommen?«

»Spitzenmäßig.«

Gut. »Magst du Mrs. Daley?«

Er nickte. »Die ist cool.«

Dana lächelte. »Ich weiß. Ich muss ein paar Anrufe erledigen. Bin gleich wieder da.«

Das Unangenehme zuerst, dachte Dana. Sie rief bei ihrer Mutter an. Seit dem Vorfall in Westport hatte sie nicht mehr mit ihr gesprochen. *Wie konnte sie nur so einen Mann heiraten?* Dana ließ es mehrmals klingeln, dann meldete sich ihre Mutter über Anrufbeantworter.

»Wir sind derzeit nicht zu Hause, aber wenn Sie eine Nachricht hinterlassen, rufen wir Sie zurück. Warten Sie auf den Piepton.«

Dana wartete. »Frohe Weihnachten, Mutter.« Sie legte wieder auf.

Danach rief sie Pamela Hudson an.

»Dana, ich bin ja so froh, dass Sie wieder da sind!«, rief Pamela Hudson. »Wir haben zwar gehört, dass Jeff weg ist, aber Roger und ich haben für morgen ein paar Leute zu einem kleinen Weihnachtsessen eingeladen, und ich möchte Sie und Kemal gern dabei haben. Sagen Sie bitte nicht, dass Sie schon etwas anderes vorhaben.«

»Nein«, erwiderte Dana. »Ganz und gar nicht. Und wir kommen. Vielen Dank, Pamela.«

»Wunderbar. Wir erwarten Sie gegen fünf Uhr. Es geht ganz leger zu.« Sie hielt kurz inne. »Wie kommen Sie voran?«

»Ich weiß es nicht«, erklärte Dana in aller Offenheit. »Ich weiß nicht, ob ich überhaupt vorankomme.«

»Nun ja, vergessen Sie das Ganze einfach eine Weile. Ruhen Sie sich aus. Wir sehen uns dann morgen.«

Dana und Kemal wurden von Cesar in Empfang genommen, als sie am Heiligabend bei den Hudsons eintrafen. Er strahlte, als er Dana sah.

»Miss Evans. Freut mich, Sie zu sehen.« Er lächelte Kemal zu. »Und Kemal ebenfalls.«

»Hi, Cesar«, sagte Kemal.

Dana überreichte Cesar ein kleines, bunt verpacktes Geschenk. »Frohe Weihnachten, Cesar.«

»Ich weiß nicht, was ich –« Er geriet ins Stottern. »Ich, äh – sehr zuvorkommend, Miss Evans!«

Der sanfte Hüne, wie Dana ihn insgeheim bezeichnete, lief puterrot an. Dana reichte ihm zwei weitere Päckchen. »Die sind für Mr. und Mrs. Hudson.«

»Sehr wohl, Miss Evans. Ich werde sie unter den Baum legen. Mr. und Mrs. Hudson sind im Salon.« Cesar brachte sie hin.

»Da sind Sie ja!«, sagte Pamela. »Wir freuen uns so, dass Sie zu uns gekommen sind.«

»Wir uns auch«, versicherte ihr Dana.

Pamela blickte auf Kemals rechten Arm. »Dana, Kemal hat eine – das ist ja großartig!«

Dana grinste. »Nicht wahr? Mein Chef hat dafür gesorgt. Ein toller Kerl. Ich glaube, für Kemal sieht das Leben jetzt ganz anders aus.«

»Ich kann Ihnen gar nicht sagen, wie sehr ich mich darüber freue.«

Roger nickte. »Meinen Glückwunsch, Kemal.«

»Danke, Mr. Hudson.«

»Bevor die anderen Gäste eintreffen, möchte ich Ihnen noch etwas mitteilen. Sie erinnern sich doch sicher daran, dass ich Ihnen gesagt habe, Taylor Winthrop hätte alten Freunden gegenüber erklärt, er wolle sich aus dem öffentlichen Leben zurückziehen, und danach wurde er Botschafter in Russland?«

»Ja. Ich nehme an, der Präsident hat ihn dazu gedrängt, den –«

»Genau das dachte ich auch. Aber allem Anschein nach war es Winthrop, der den Präsidenten dazu drängte, ihn zum Botschafter zu ernennen. Die Frage ist nur, warum?«

Nach und nach trafen die anderen Gäste ein. Alles in allem waren es nur zwölf weitere Personen, und entsprechend besinnlich verlief auch der Abend.

Nach dem Dessert begaben sich alle in den Salon. Vor dem offenen Kamin stand ein ausladender Christbaum, und für jeden lagen Geschenke darunter, doch Kemal bekam den Löwenanteil – Computerspiele, Roller-Blades, einen Pullover, Handschuhe und Videokassetten.

Die Zeit verging wie im Flug. Nach der Anspannung der letzten Tage war Dana überglücklich, den heiligen Abend im Kreise derart freundlicher Menschen verbringen zu dürfen. *Ich wünschte nur, Jeff wäre hier.*

Dana Evans saß an ihrem Moderatorenpult und wartete auf den Beginn der Spätnachrichten um dreiundzwanzig Uhr. Neben ihr war Richard Melton, ihr Ko-Moderator. Maury Falstein nahm den Platz ein, an dem normalerweise Jeff saß. Dana versuchte nicht darüber nachzudenken.

»Du hast mir gefehlt«, sagte Richard Melton zu Dana.

Dana lächelte. »Danke, Richard. Du mir auch.«

»Du warst ganz schön lange weg. Ist alles in Ordnung?«

»Bestens sogar.«

»Dann lass uns hinterher irgendwo was essen gehen.«

»Ich muss erst nachsehen, ob mit Kemal alles in Ordnung ist.«

»Wir können uns ja irgendwo treffen.«

Wir müssen uns irgendwo anders treffen. Beim Vogelhaus im Zoo.

»Angeblich recherchierst du irgendeiner großen Sache hinterher. Hast du Lust, drüber zu reden?«

»Da gibt's nichts drüber zu reden, Richard.«

»Ich habe gerüchteweise mitbekommen, dass es Cromwell nicht gern sieht, wenn du so oft weg bist. Hoffentlich kriegst du keinen Ärger mit ihm.«

Lassen Sie sich eins gesagt sein: Wenn Sie Ärger machen, kriegen Sie's mit mir zu tun. Das verspreche ich Ihnen. Dana konnte sich kaum darauf konzentrieren, was Richard Melton sagte.

»Der feuert die Leute, ohne mit der Wimper zu zucken, wenn ihm der Hut brennt«, sagte Melton gerade.

Bill Kelly ist am Tag nach dem Brand verschwunden. Einfach abgehauen. Hat nicht mal seinen Lohn abgeholt.

Richard Melton redete ungerührt weiter. »Und ich habe weiß Gott keine Lust, mit einer neuen Moderatorin zu arbeiten.«

Der Zeuge des Unfalls war ein amerikanischer Tourist, ein gewisser Ralph Benjamin. Ein Blinder.

»Fünf – vier – drei – zwo ...« Anastasia Mann deutete mit dem Finger auf Dana. Das rote Licht an der Kamera blinkte auf.

Die Stimme des Ansagers ertönte. »Es ist dreiundzwanzig Uhr. Hier sind die Spätnachrichten auf WNT mit Dana Evans und Richard Melton.«

Dana lächelte in die Kamera. »Guten Abend. Ich bin Dana Evans.«

»Und ich bin Richard Melton.«

Sie waren wieder auf Sendung.

»In Arlington wurden heute drei Schülter der Wilson High School festgenommen, nachdem die Polizei bei der Durchsuchung ihrer Spinde rund zweihundert Gramm Marihuana und diverse Waffen gefunden hatte, unter anderem eine scharfe Pistole. Holly Rapp weiß mehr darüber zu berichten.«

Band ab.

Wir haben hier nicht allzu oft mit Kunstdiebstählen zu tun, aber normalerweise laufen die immer nach dem gleichen Schema ab. In diesem Fall sieht das anders aus.

Die Sendung war vorüber. Richard Melton wandte sich an Dana.

»Sehen wir uns später noch?«

»Heute Abend nicht mehr, Richard. Ich muss noch etwas erledigen.«

Er stand auf. »Okay.« Dana hatte das Gefühl, dass er sich nach Jeff erkundigen wollte. »Dann bis morgen«, sagte er stattdessen.

Dana erhob sich ebenfalls. »Gute Nacht allerseits.«

Sie verließ das Studio und begab sich in ihr Büro, setzte sich an den Computer, klinkte sich ins Internet ein und ging die zahllosen Beiträge über Taylor Winthrop durch. Auf einer der Websites stieß sie auf einen Eintrag über Marcel Falcon, der seinerzeit die Interessen der französischen Regierung bei der Nato vertreten hatte. In dem Artikel hieß es, Marcel Falcon habe mit Taylor Winthrop über ein Wirtschaftsabkommen verhandelt. Mitten in den Verhandlungen aber habe Falcon sein Amt niedergelegt und sich aus den Regierungsgeschäften zurückgezogen. *Mitten in einer hochoffiziellen Verhandlung? Was könnte da vorgefallen sein?*

Dana versuchte ihr Glück auf weiteren Websites, fand aber keine weiteren Hinweise auf Marcel Falcon. *Sehr seltsam. Das muss ich weiter verfolgen,* beschloss sie.

Um zwei Uhr morgens war Dana mit allem fertig. Zu früh für einen Telefonanruf in Europa. Sie fuhr zu ihrer Wohnung zurück, wo Mrs. Daley noch auf sie wartete.

»Tut mir Leid, dass ich so spät komme«, sagte Dana. »Aber ich –«

»Das macht doch nichts. Ich habe mir Ihre Sendung heute Abend angeschaut. Ich fand sie wie immer ganz wunderbar, Miss Evans.«

»Vielen Dank.«

Mrs. Daley seufzte. »Wenn die Nachrichten bloß nicht immer so schrecklich wären. In was für einer Welt leben wir bloß?«

»Gute Frage. Wie geht's Kemal?«

»Dem kleinen Teufelskerl geht's prima. Ich hab mich im Rommé von ihm schlagen lassen.«

Dana lächelte. »Gut. Vielen Dank, Mrs. Daley. Wenn Sie morgen etwas später kommen möchten –«

»Nein, nein. Ich bin in aller Frühe wieder da und sorge dafür, dass ihr zwei rechtzeitig zur Arbeit und zur Schule kommt.«

Dana blickte Mrs. Daley hinterher, als sie ging. *Ein Schatz,* dachte sie dankbar. Dann klingelte ihr Handy. Sie lief zu ihrer Tasche und ging ran. »Jeff?«

»Frohe Weihnachten, meine Liebste.« Beim Klang seiner Stimme lebte sie auf. »Ruf ich zu spät an?«

»Ganz und gar nicht. Wie geht's Rachel?«

»Sie ist wieder daheim.«

Jeff meint, dass sie wieder in ihrem Haus ist.

»Eine Schwester betreut sie, aber Rachel will sie nur bis morgen um sich haben.«

»Und danach?« Dana stellte die Frage nur ungern.

»Die Untersuchungsergebnisse deuten darauf hin, dass sich

der Krebs bereits ausgebreitet hat. Rachel möchte mich noch nicht gehen lassen.«

»Aha. Ich will ja nicht selbstsüchtig sein, aber gibt es denn sonst keinen, der –?«

»Sie hat niemanden, mein Schatz. Sie ist völlig allein und total außer sich. Sie will niemand anderen um sich haben. Ich weiß ehrlich gesagt nicht, was aus Rachel werden soll, wenn ich weggehe.«

Und ich weiß nicht, was aus mir werden soll, wenn du bleibst.

»Die Ärzte wollen sofort mit der Chemotherapie anfangen.«

»Wie lange dauert so was?«

»Sie muss vier Monate lang alle drei Wochen zur Behandlung.«

Vier Monate lang.

»Matt hat mich aufgefordert, unbezahlten Urlaub zu nehmen. Mit tut das alles so Leid, Liebling.«

Wie meint er das? Was tut ihm Leid? Dass er seinen Job vernachlässigt? Dass es Rachel so schlecht geht? Oder leidet er darunter, dass wir so auseinander gerissen wurden? Wieso bin ich nur so egoistisch?, fragte sich Dana. *Die Frau ist möglicherweise sterbenskrank.*

»Mir tut es auch Leid«, erwiderte Dana schließlich. »Ich hoffe, alles wird wieder gut.« *Fragt sich nur, für wen? Für Rachel oder Jeff? Oder für Jeff und mich?*

Jeff blickte auf, als er den Hörer auflegte, und sah Rachel in der Tür stehen. Sie hatte ein Nachthemd an und darüber einen hauchzarten Umhang. Sie sah bezaubernd aus, beinahe überirdisch schön.

»Hast du mit Dana gesprochen?«

»Ja.«

Rachel ging zu ihm. »Mein armer Schatz. Ich weiß, wie sehr ihr beide darunter leidet. Aber ich – ohne dich hätte ich das alles nicht durchgestanden. Ich habe dich gebraucht, Jeff. Und ich brauche dich noch.«

Dana war in aller Frühe in ihrem Büro und klinkte sich ins Internet ein. Zwei Eintragungen waren es, die ihr auffielen. Für sich besehen, besagten sie überhaupt nichts, aber zusammen wirkten sie doch mehr als rätselhaft.

Der erste Eintrag lautete: »Der italienische Wirtschaftsminister Vincente Mancino ist mitten in den Verhandlungen mit Taylor Winthrop, dem Vertreter der Vereinigten Staaten, über ein Wirtschaftsabkommen zwischen beiden Ländern überraschend zurückgetreten. Mancinos Staatssekretär Iva Yale übernahm die Amtsgeschäfte.«

Der zweite Eintrag lautete: »Taylor Winthrop, Sonderberater der Nato in Brüssel, hat um seine Ablösung ersucht und ist nach Washington zurückgekehrt.«

Marcel Falcon war zurückgetreten, Vincente Mancino war zurückgetreten, Taylor Winthrop hatte überraschend den Dienst quittiert. Bestand da ein Zusammenhang? Oder war es reiner Zufall?

Interessant.

Danas erster Anruf galt Dominick Romano, der für den Fernsehsender Italia 1 in Rom arbeitete.

»Dana! Schön, dass du mal wieder was von dir hören lässt. Was gibt's?«

»Ich komme nach Rom, und ich würde gern mit dir reden.«

»*Bene!* Worum geht es?«

Dana zögerte. »Darüber möchte ich erst sprechen, wenn ich da bin.«

»Wann kommst du?«

»Ich treffe am Samstag ein.«

»Ich werde zur Begrüßung eine Pasta auftischen.«

Danach rief Dana Jean Somville an, der in der Pressezentrale der Nato an der Rue des Chapeliers in Brüssel arbeitete.

»Jean? Dana Evans hier.«

»Dana! Wir haben uns seit Sarajevo nicht mehr gesehen. Das waren vielleicht Zeiten. Willst du etwa wieder dorthin?«

Sie verzog das Gesicht. »Nicht unbedingt, wenn ich's irgendwie verhindern kann.«

»Was kann ich für dich tun, *chérie?*«

»Ich komme in den nächsten Tagen nach Brüssel. Bist du da?«

»Für dich immer. Selbstverständlich. Geht es um irgendwas Bestimmtes?«

»Nein«, sagte Dana rasch.

»Gut. Du willst dir also bloß die Stadt ansehen, was?« Sein Tonfall klang eher skeptisch.

»So was Ähnliches«, sagte Dana.

Er lachte. »Ich freue mich darauf. *Au revoir.*«

»Au revoir.«

»Matt Baker möchte Sie sprechen.«

»Sagen Sie ihm, ich komme gleich, Olivia.«

Nachdem sie zwei weitere Anrufe erledigt hatte, war Dana unterwegs zu Matts Büro.

»Wir sind möglicherweise zufällig auf etwas gestoßen«, sagte er ohne lange Vorrede. »Ich habe gestern Abend eine Geschichte gehört, die uns einen Hinweis zu der Sache liefern könnte, die wir recherchieren.«

Dana spürte, wie ihr Herz einen Takt schneller schlug. »Ja?«

»Es gibt da einen Mann namens« – er zog ein Blatt Papier zu Rate, das auf seinem Schreibtisch lag – »Dieter Zander. Er wohnt in Düsseldorf und hatte geschäftlich irgendwie mit Taylor Winthrop zu tun.«

Dana war ganz Ohr.

»Ich kenne nicht die ganze Geschichte, aber offenbar ist irgendetwas Schlimmes zwischen den beiden vorgefallen. Es kam zu einem schweren Zerwürfnis, worauf Zander schwor, er werde Winthrop umbringen. Klingt so, als ob es sich lohnen könnte, der Sache nachzugehen.«

»Ganz gewiss. Ich kümmere mich gleich darum, Matt.«

Sie plauderten noch ein paar Minuten, dann ging Dana.

Wie könnte ich mehr darüber erfahren? Plötzlich musste sie an Jack Stone und die FRA denken. *Er könnte etwas wissen.* Sie suchte die Privatnummer heraus, die er ihr gegeben hatte, und rief an.

Er meldete sich sofort. »Jack Stone.«

»Dana Evans hier.«

»Hallo, Miss Evans. Was kann ich für Sie tun?«

»Ich versuche etwas über einen Mann namens Zander herauszufinden. Er lebt in Düsseldorf.«

»Dieter Zander?«

»Ja. Kennen Sie ihn?«

»Wir wissen, wer er ist.«

Dana bemerkte das *wir.* »Können Sie mir etwas über ihn erzählen?«

»Steht das in Zusammenhang mit Taylor Winthrop?«

»Ja.«

»Taylor Winthrop und Dieter Zander waren Geschäftspartner. Zander wurde wegen irgendwelchen Aktienmanipulationen zu einer Haftstrafe verurteilt, und während er im Gefängnis saß, brannte sein Haus nieder, wobei seine Frau und die drei

Kinder ums Leben kamen. Er gibt Taylor Winthrop die Schuld daran.«

Und Taylor Winthrop und seine Frau sind ebenfalls bei einem Brand umgekommen. Erschrocken hörte Dana zu. »Ist Zander noch im Gefängnis?«

»Nein. Ich glaube, er ist letztes Jahr freigekommen. Sonst noch was?«

»Nein. Ich danke Ihnen vielmals.«

»Das bleibt aber unter uns.«

»Ist mir klar.«

Die Verbindung wurde unterbrochen.

Jetzt gibt es also drei Möglichkeiten, dachte Dana.

Dieter Zander in Düsseldorf.

Vincente Mancino in Rom.

Marcel Falcon in Brüssel.

Ich fliege zuerst nach Düsseldorf.

»Mrs. Hudson ist auf Anschluss drei«, sagte Olivia.

»Vielen Dank.« Dana nahm den Hörer ab. »Pamela?«

»Hallo, Dana. Ich weiß, es kommt etwas plötzlich, aber ein guter Freund von uns ist gerade in der Stadt eingetroffen und Roger und ich wollen nächsten Mittwoch eine kleine Party für ihn geben. Ich weiß, dass Jeff noch nicht zurück ist, aber wir hätten Sie gern bei uns. Haben Sie Zeit?«

»Leider nicht. Ich fliege heute Abend nach Düsseldorf.«

»Oh. Schade.«

»Und noch was, Pamela –«

»Ja?«

»Jeff ist möglicherweise noch eine Weile weg.«

Daraufhin herrschte zunächst Schweigen. »Ich hoffe doch, dass alles in Ordnung ist.«

»Ja. Ganz bestimmt.« *Das muss es einfach.*

16

An diesem Abend begab sich Dana an Bord einer Lufthansa-Maschine nach Düsseldorf. Sie hatte zuvor Stefan Müller angerufen, der bei Kabel-Network arbeitete, und ihm ihren Besuch angekündigt. Immer wieder gingen ihr Matt Bakers Worte durch den Kopf. *Wenn Dieter Zander Taylor Winthrop die Schuld daran gab, dass –*

»Guten Abend. Ich heiße Hermann Friedrich. Reisen Sie zum ersten Mal nach Deutschland?«

Dana drehte sich um und musterte den Mann auf dem Nebensitz. Er war um die fünfzig, schlank, trug eine Augenklappe und einen buschigen Schnurrbart.

»*Good evening*«, sagte Dana.«

»Ah, Sie sind Amerikanerin?«

»Ja.«

»Viele Amerikaner kommen nach Düsseldorf. Ist ja auch eine wunderschöne Stadt.«

»Das habe ich schon gehört.« *Und seine Familie kam bei einem Brand ums Leben.*

»Ist das Ihr erster Besuch?«

»Ja.« *Könnte es ein Zufall gewesen sein?*

»Es ist eine wunder-, wunderschöne Stadt. Mitten durch Düsseldorf fließt der Rhein. Der ältere Teil der Stadt liegt am rechten Ufer des Flusses –«

Stefan Müller kann mir bestimmt mehr über Dieter Zander erzählen.

»– und die Neustadt befindet sich am linken Ufer. Sechs Brücken verbinden die beiden Stadtteile miteinander.« Hermann Friedrich rückte ein Stück näher. »Besuchen Sie etwa Freunde in Düsseldorf?«

Allmählich fügt sich eins zum anderen.

Friedrich beugte sich zu ihr. »Wenn Sie allein sein sollten, wüsste ich ein –«

»Was? Ach so. Nein, ich treffe mich dort mit meinem Mann.«

Hermann Friedrichs Lächeln verschwand. »Schade. Ihr Mann kann sich glücklich schätzen.«

Vor dem internationalen Flughafen in Düsseldorf Lohausen stand eine lange Schlange Taxis. Dana ließ sich von einem zum Breidenbacher Hof im Stadtzentrum bringen. Es war ein elegantes altes Hotel mit einem prachtvollen Foyer.

»Wir haben Sie bereits erwartet, Miss Evans«, sagte der Mann an der Rezeption. »Willkommen in Düsseldorf.«

»Vielen Dank.« Dana trug sich ins Gästebuch ein.

Der Empfangschef griff zum Telefon und sprach hinein. »Das Zimmer muss in Ordnung gebracht werden. Und zwar schleunigst.« Er legte den Hörer auf und wandte sich wieder an Dana. »Tut mir Leid, Miss Evans, aber Ihr Zimmer ist noch nicht fertig. Betrachten Sie sich bitte als Gast des Hauses, wenn Sie unterdessen einen Happen essen wollen. Ich sage Ihnen Bescheid, wenn das Mädchen mit dem Aufräumen fertig ist.«

Dana nickte. »Von mir aus.«

»Ich zeige Ihnen das Restaurant.«

Droben in Danas Zimmer bauten zwei Elektronikspezialisten eine Kamera in die Wanduhr ein.

Eine halbe Stunde später war Dana auf ihrem Zimmer und packte ihre Sachen aus. Anschließend rief sie bei Kabel-Network an.

»Ich bin soeben eingetroffen, Stefan«, sagte sie.

»Dana! Ich habe nicht geglaubt, dass du wirklich kommst. Was hast du heute Abend vor?«

»Ich hatte gehofft, mit dir essen zu gehen.«

»Dann machen wir das. Wir gehen ins Schiffchen. Um acht Uhr?«

»Bestens.«

Dana hatte sich umgezogen und wollte gerade aus der Tür, als ihr Handy klingelte. Hastig holte sie es aus ihrer Handtasche.

»Hallo?«

»Hallo, Liebling. Wie geht's dir?«

»Mir geht's gut, Jeff.«

»Und wo steckst du?«

»Ich bin in Deutschland. In Düsseldorf. Ich glaube, ich bin endlich auf etwas gestoßen.«

»Dana, sei vorsichtig. Herrgott, ich wünschte, ich könnte bei dir sein.«

Ich auch, dachte Dana. »Wie geht's Rachel?«

»Die Chemotherapie schlaucht sie ziemlich. Die ist ganz schön happig.«

»Wird sie wieder –« Sie konnte den Satz nicht zu Ende bringen.

»Das kann man jetzt noch nicht sagen. Wenn die Chemotherapie anspricht, ist es gut möglich, dass sie wieder gesund wird.«

»Jeff, richte ihr bitte aus, dass mir die Sache sehr zu Herzen geht.«

»Mach ich. Kann ich irgendwas für dich tun?«

»Danke, mir fehlt nichts.«

»Ich ruf dich morgen wieder an. Ich wollte dir nur sagen, wie sehr ich dich liebe, meine Süße.«

»Ich liebe dich auch, Jeff. Mach's gut.«

»Du auch.«

Rachel kam aus ihrem Schlafzimmer. Sie trug Morgenmantel und Hausschuhe und hatte ein Handtuch um den Kopf geschlungen.

»Wie geht's Dana?«

»Der geht's gut, Rachel. Sie hat mich gebeten, dir auszurichten, wie sehr ihr die Sache zu Herzen geht.«

»Sie liebt dich sehr.«

»Ich sie auch.«

Rachel trat näher zu ihm. »Wir zwei haben uns auch geliebt, nicht wahr, Jeff? Was hat uns nur auseinander gebracht?«

Er zuckte die Achseln. »Das Leben. Oder besser gesagt, unser beider Leben. Denn jeder von uns hat sein eigenes geführt.«

»Ich war zu sehr mit meiner Karriere als Model beschäftigt.« Sie versuchte die Tränen zu unterdrücken. »Tja, das passiert mir bestimmt nicht noch mal, was?«

Er legte ihr den Arm um die Schulter. »Rachel, du wirst wieder gesund werden. Die Chemotherapie spricht bestimmt an.«

»Ich weiß. Mein Schatz, ich danke dir, dass du bei mir geblieben bist. Allein hätte ich das nicht durchgestanden. Ich weiß nicht, was ich ohne dich anfangen würde.«

Dazu fiel Jeff keine Antwort ein.

Das Schiffchen war ein Gourmet-Restaurant in einem noblen Vorort von Düsseldorf. Stefan Müller grinste, als er hereinkam und Dana sah.

»Dana! Mein Gott, wir haben uns seit Sarajevo nicht mehr gesehen.«

»Es kommt mir vor wie eine halbe Ewigkeit, dir nicht?«

»Was machst du hier? Bist du wegen der Messe gekommen?«

»Nein. Jemand hat mich gebeten, einen alten Freund von ihm ausfindig zu machen, Stefan.« Ein Kellner kam an ihren Tisch und fragte sie, was sie trinken wollten.

»Wer ist dieser Freund?«

»Er heißt Dieter Zander. Hast du schon mal von ihm gehört?«

Stefan Müller nickte. »Den kennt jeder. Ein ziemlich zwielichtiger Typ. War in einen Riesenskandal verwickelt. Er ist Milliardär, hat aber irgendwelche Aktionäre übers Ohr gehauen und war so dumm, sich dabei erwischen zu lassen. Normalerweise wäre er dafür mindestens zehn Jahre in den Bau gegangen, aber er hat seine Beziehungen spielen lassen, sodass man ihn nach drei Jahren wieder rausgelassen hat. Er behauptet, er wäre unschuldig.«

Dana musterte ihn. »Stimmt das?«

»Wer weiß. Vor Gericht sagte er aus, Taylor Winthrop hätte ihn reingeritten und Millionen von Dollar auf die Seite geschafft. Es war ein spannender Prozess. Nach Aussage von Dieter Zander bot Taylor Winthrop ihm eine Beteiligung an einer Zinkmine an, die angeblich Milliarden wert war. Winthrop soll Zander vorgeschoben haben, und Zander verkaufte Aktien im Wert von etlichen Millionen Dollar. Doch dann stellte sich heraus, dass die Mine gespickt war.«

»Gespickt?«

»Es gab gar kein Zink. Winthrop hat das Geld kassiert und Zander ist eingefahren.«

»Das Gericht hat ihm also nicht geglaubt?«

»Wenn er nicht ausgerechnet Taylor Winthrop bezichtigt hätte, wäre er vielleicht durchgekommen. Aber Winthrop war eine Art Halbgott.« Stefan warf ihr einen neugierigen Blick zu. »Wieso interessierst du dich dafür?«

»Wie ich schon sagte«, erwiderte Dana ausweichend. »Ein Freund von mir hat mich darum gebeten, Zander ausfindig zu machen.«

Danach gaben sie ihre Bestellung auf.

Das Essen war köstlich. »Morgen früh mache ich mir bestimmt Vorwürfe«, sagte Dana hinterher. »Aber das war es wert.«

»Weißt du, dass der Teddybär hier in Deutschland erfunden wurde, von einer Frau namens Margarete Steiff?«, fragte Stefan, als er Dana vor ihrem Hotel absetzte. »Ein kleines Kuscheltier, das die ganze Welt eroberte.«

Dana fragte sich, worauf er hinauswollte.

»Doch Bären können gefährlich werden, Dana. Sei vorsichtig, wenn du dich mit Dieter Zander triffst. Er wirkt wie ein Teddybär, aber das ist er nicht. Er ist ein wilder Bär.«

Das riesige Firmengebäude der Zander Electronics International lag in einem Industriegebiet am Stadtrand von Düsseldorf. Dana ging durch das Foyer, in dem ein ständiges Kommen und Gehen herrschte, und sprach eine der drei Empfangsdamen an der Rezeption an.

»Ich möchte Mr. Zander sprechen.«

»Sind Sie mit ihm verabredet?«

»Ja. Dana Evans ist mein Name.«

»Einen Moment bitte.« Die Empfangsdame griff zum Telefon, sagte etwas und blickte dann auf. »Wann haben Sie den Termin vereinbart, Miss Evans?«

»Vor ein paar Tagen«, log sie.

»Tut mir Leid. Seine Sekretärin hat das nicht vermerkt.« Wieder sprach sie ins Telefon, dann legte sie den Hörer auf. »Ohne vorherige Verabredung können Sie Mr. Zander leider nicht sprechen.«

Die Empfangsdame wandte sich an einen Botenjungen, der an der Rezeption stand. Dana entfernte sich unauffällig, schloss sich einer Gruppe von Angestellten an, die gerade durch die Tür kamen, und drängte sich in ihre Mitte. Gemeinsam stiegen sie in den Fahrstuhl.

»Ach herrje«, sagte Dana, als er sich in Bewegung setzte. »Jetzt habe ich vergessen, in welchem Stockwerk Mr. Zander sitzt.«

»Im vierten«, erwiderte eine Frau.

»Danke«, sagte Dana. Sie stieg in der vierten Etage aus und ging zu einem Schreibtisch, an dem eine junge Frau saß. »Ich möchte Dieter Zander sprechen. Mein Name ist Dana Evans.«

Die Frau runzelte die Stirn. »Sind Sie mit ihm verabredet, Miss Evans?«

Dana beugte sich vor. »Bestellen Sie Mr. Zander«, sagte sie ruhig, »dass ich in den USA eine Fernsehsendung über ihn und seine Familie machen werde, und zwar unabhängig davon, ob er mit mir spricht oder nicht. Und dass es in seinem eigenen Interesse ist, wenn er mich *augenblicklich* empfängt.«

Die Sekretärin musterte sie verdutzt. »Einen Moment bitte.« Dana ließ sie nicht aus den Augen, als sie aufstand, zu einer Tür mit der Aufschrift PRIVAT ging, kurz anklopfte und eintrat.

Dana blickte sich im Vorzimmer um. An den Wänden hingen gerahmte Fotos von den Fabriken der Zander Electronics in aller Welt. Die Firma hatte Niederlassungen in Amerika, in Frankreich und Italien... *alles Länder, in denen Angehörige der Familie Winthrop ermordet wurden.*

Kurz darauf kam die Sekretärin wieder heraus. »Mr. Zander ist bereit, Sie zu empfangen«, sagte sie mit einem missbilligenden Unterton. »Aber er hat nur ein paar Minuten Zeit. Das alles ist höchst – höchst ungewöhnlich.«

Dana wurde in ein großes, holzgetäfeltes Büro geführt. »Das ist Miss Evans.«

Dieter Zander saß an einem riesigen Schreibtisch. Er war um die sechzig, ein großer, breitschultriger Mann mit einem treuherzigen Gesicht und sanften braunen Augen. Dana musste an Stefans Vergleich mit einem Teddybär denken.

»Ich kenne Sie«, sagte er, als er zu Dana aufblickte. »Sie waren als Korrespondentin in Sarajevo.«

»Ja.«

»Mir ist nicht ganz klar, was Sie von mir wollen. Sie haben meiner Sekretärin gegenüber etwas von meiner Familie erwähnt.«

»Darf ich Platz nehmen?«

»Bitte.«

»Ich möchte mit Ihnen über Taylor Winthrop sprechen.«

Zander musterte sie mit verkniffener Miene. »In welchem Zusammenhang?«

»Ich stelle derzeit Recherchen an, Mr. Zander. Meiner Meinung nach wurden Taylor Winthrop und seine Angehörigen ermordet.«

Dieter Zander warf ihr einen kalten Blick zu. »Ich glaube, Sie sollten jetzt lieber gehen, Miss Evans.«

»Sie hatten geschäftlich mit ihm zu tun«, sagte Dana. »Und außerdem –«

»Gehen Sie!«

»Mr. Zander, meiner Meinung nach wäre es besser, wenn Sie die Sache mit mir unter vier Augen besprechen. Andernfalls müssten Sie und Ihre Freunde sich das Ganze nämlich im Fernsehen angucken. Mir geht es um eine faire Darstellung. Ich möchte auch Ihre Version der Geschichte hören.«

Dieter Zander schwieg eine ganze Weile. Er klang zutiefst verbittert, als er schließlich das Wort ergriff. »Taylor Winthrop war ein Scheißkerl. Ach ja, schlau war er schon, sehr schlau sogar. Er hat mich reingelegt. Und als ich im Gefängnis saß, Miss Evans, sind meine Frau und die Kinder umgekommen. Wenn ich zu Hause gewesen wäre … hätte ich sie vielleicht retten können.« Einen Moment lang war seine Stimme schmerzerfüllt. »Es stimmt schon, ich habe den Mann gehasst. Aber *ermordet* habe ich ihn nicht.« Er lächelte wieder wie ein kuscheliger Teddybär. »Auf Wiedersehen, Miss Evans.«

Dana telefonierte mit Matt Baker. »Matt, ich bin in Düsseldorf. Sie hatten Recht. Ich bin da womöglich auf etwas gestoßen. Dieter Zander hatte geschäftlich mit Taylor Winthrop zu tun. Er behauptet, dass Winthrop ihn reingelegt und ins Gefängnis gebracht hat. Zanders Frau und seine Kinder sind bei einem Brand umgekommen, als er hinter Gittern saß.«

Sie hörte, wie Baker einen Moment lang die Luft anhielt. »Sie sind bei einem *Brand* umgekommen?«

»Ganz recht«, sagte Dana.

»Genau wie Taylor und Madeline Winthrop.«

»Ja. Sie hätten Zanders Miene sehen sollen, als ich auf Mord zu sprechen kam.«

»Da passt doch eins zum anderen, nicht wahr? Zander hatte durchaus einen Grund, die ganze Familie Winthrop auszulöschen. Sie hatten von Anfang an Recht – sie sind ermordet worden. Ich kann es kaum glauben.«

»Die Sache lässt sich ganz gut an, Matt, aber noch können wir nichts nachweisen. Ich muss noch zwei Zwischenstationen einlegen. Morgen früh fliege ich nach Rom«, sagte Dana. »In ein paar Tagen bin ich wieder daheim.«

»Passen Sie gut auf sich auf.«

»Mache ich.«

In der Zentrale der FRA saßen drei Männer vor einem großen Wandbildschirm und sahen zu, wie Dana von ihrem Hotelzimmer aus telefonierte.

»Ich muss noch zwei Zwischenstationen einlegen«, sagte sie gerade. »Morgen früh fliege ich nach Rom. In ein paar Tagen bin ich wieder daheim.«

Die Männer sahen zu, wie Dana den Hörer auflegte, sich erhob und ins Badezimmer ging. Der Bildschirm wurde kurz dunkel, dann schaltete sich die im Badezimmerspiegel angebrachte Kamera ein. Dana zog sich langsam aus. Sie streifte ihre Bluse und den BH ab.

»Mann, schau dir die Titten an!«

»Phantastisch.«

»Moment. Jetzt zieht sie sich ganz aus.«

»Jungs, schaut euch den Arsch an. Der ist doch zum Reinbeißen.«

Sie sahen, wie Dana in die Duschkabine ging und die Tür zuschob. Dann beschlug das Glas von innen.

Einer der Männer seufzte: »Das war's vorerst. Film ab um elf.«

Die Chemotherapie war die reinste Hölle. Vier Stunden lang musste sich Rachel Giftstoffe in den Leib pumpen lassen, Chemikalien wie Adriamycin und Taxotere, die ihr intravenös verabreicht wurden.

»Das wird ihr eine Zeit lang schwer zu schaffen machen«, sagte Dr. Young zu Jeff. »Sie wird unter Übelkeit und Erschöpfung leiden, und außerdem werden ihr die Haare ausfallen. Für eine Frau ist das womöglich die unangenehmste Nebenwirkung.«

»Bestimmt.«

»Zieh dich an«, sagte Jeff am nächsten Nachmittag zu Rachel. »Wir unternehmen eine Spritztour.«

»Jeff, mir ist wirklich nicht danach zu Mute –«

»Keine Widerrede.«

Eine halbe Stunde später waren sie in einem Geschäft, das sich auf Perücken spezialisiert hatte. Rachel probierte eine nach der anderen auf und wandte sich dann lächelnd an Jeff. »Die sind ja herrlich. Gefällt dir die lange oder die kurze besser?«

»Ich finde beide gut«, erwiderte Jeff. »Und wenn du die satt hast, kannst du jederzeit hierher kommen und dir eine dunkelbraune oder rote aussuchen. Ich persönlich«, sagte er leise, »mag dich am liebsten so, wie du bist.«

Rachel stiegen die Tränen in die Augen. »Ich dich auch.«

17

Jede Stadt hat ihren eigenen Rhythmus, und Rom lässt sich auch diesbezüglich mit keiner anderen Stadt der Welt vergleichen. Es ist eine moderne Metropole, eingebunden in ihre jahrtausendealte ruhmreiche Geschichte. In Rom bewegt man sich gemessenen Schrittes, denn es gibt keinerlei Grund zur Eile. Und was heute nicht wird, wird eben morgen.

Dana war seit ihrem zwölften Lebensjahr, als ihre Eltern sie dorthin mitgenommen hatten, nicht mehr in Rom gewesen. Bei der Landung auf dem Aeroporto Leonardo da Vinci kamen ihr zahllose Erlebnisse wieder in den Sinn. Sie erinnerte sich an ihren ersten Tag in Rom, als sie das Kolosseum erkundet hatte, wo einst die Christen den wilden Löwen zum Fraß vorgeworfen worden waren. Danach hatte sie eine Woche lang nicht schlafen können.

Sie hatte mit ihren Eltern den Vatikan besichtigt und die Spanische Treppe, hatte Lire-Münzen in die Fontana di Trevi geworfen und sich dabei gewünscht, ihre Eltern möchten mit der ständigen Streiterei aufhören. Als ihr Vater verschwunden war, hatte sie das Gefühl gehabt, der Brunnen hätte sie im Stich gelassen.

Sie hatte in den Terme di Caracalla, den alten römischen Bädern, eine Aufführung der Oper *Othello* gesehen – ein Abend, den sie nie vergessen würde.

Sie hatte im berühmten Doney's an der Via Veneto Eiscreme

gegessen und die belebten Straßen in Trastevere erkundet. Dana schwärmte für Rom und die Menschen, die dort lebten. *Wer hätte gedacht, dass ich nach all den Jahren auf der Suche nach einem mehrfachen Mörder hierher zurückkehre?*

Dana stieg im Hotel Ciceroni an der Piazza Navona ab.

»*Buon giorno*«, begrüßte sie der Geschäftsführer des Hotels. »Wir sind entzückt, dass Sie bei uns wohnen, Miss Evans. Soweit ich weiß, bleiben Sie zwei Tage hier?«

Dana zögerte. »Ich weiß es noch nicht genau.«

Er lächelte. »Spielt keine Rolle. Wir haben eine wunderschöne Suite für Sie. Sagen Sie uns Bescheid, wenn wir irgendetwas für Sie tun können.«

Italien ist so ein freundliches Land. Dana musste an Dorothy und Howard Wharton denken, ihre ehemaligen Nachbarn. *Ich weiß nicht, wie die auf mich gekommen sind, aber sie haben eigens jemand hier einfliegen lassen, um mit mir handelseinig zu werden.*

Dana beschloss, die Gelegenheit zu nutzen und die Whartons anzurufen. Sie ließ sich von der Vermittlung mit der Italiano Ripristino Corporation verbinden.

»Ich möchte bitte Howard Wharton sprechen.«

»Könnten Sie den Namen buchstabieren?«

Dana buchstabierte ihn.

»Vielen Dank. Einen Moment.«

Es dauerte ganze fünf Minuten, bis sich die Frau wieder meldete.

»Tut mir Leid. Hier gibt es keinen Howard Wharton.«

Die einzige Bedingung dabei ist, dass wir bis morgen in Rom sein müssen.

Dana rief Dominick Romano an, den Nachrichtenmoderator beim Fernsehsender Italia 1.

»Ich bin's, Dana. Ich bin hier, Dominick.«

»Dana! Wie schön! Wo wollen wir uns treffen?«

»Schlag du was vor.«

»Wo wohnst du?«

»Im Hotel Ciceroni.«

»Nimm ein Taxi und sag dem Fahrer, er soll dich zum Toula bringen. Ich bin in einer halben Stunde dort.«

Das Toula an der Via Della Lupa war eins der berühmtesten Restaurants von Rom. Als Dana dort eintraf, wartete Romano bereits.

»*Buon giorno.* Schön, dich wieder zu sehen, ohne dass ringsum Bomben fallen.«

»Ganz meinerseits, Dominick.«

»Was für ein sinnloser Krieg.« Er schüttelte den Kopf. »Vermutlich noch sinnloser als die meisten anderen. *Bene!* Was machst du in Rom?«

»Ich möchte hier mit einem Mann sprechen.«

»Und wie heißt der Glückliche?«

»Vincente Mancino.«

Dominick Romano wurde mit einem Mal ernst. »Weshalb willst du mit ihm sprechen?«

»Vermutlich springt nichts dabei heraus, aber ich stelle gerade ein paar Recherchen an. Erzähl mir was über Mancino.«

Dominick Romano dachte scharf nach, ehe er das Wort ergriff. »Mancino war Wirtschaftsminister. Er hat Beziehungen zur Mafia. Hat allerhand auf dem Kerbholz. Jedenfalls gab er plötzlich und unerwartet einen wichtigen Posten auf, ohne dass jemand weiß, weshalb.« Romano blickte Dana neugierig an. »Wieso interessierst du dich für ihn?«

Dana ging nicht auf die Frage ein. »Meines Wissens hatte Mancino mit Taylor Winthrop über ein Wirtschaftsabkommen verhandelt, als er abtrat.«

»Ja. Winthrop brachte die Verhandlungen mit jemand anderem zum Abschluss.«

»Wie lange war Taylor Winthrop in Rom?«

Romano dachte kurz nach. »Etwa zwei Monate. Mancino und Winthrop haben sich im Laufe der Zeit angefreundet, zumindest gingen sie oft einen trinken.« Und dann fügte er hinzu: »Irgendwas muss schief gegangen sein.«

»Was?«

»Wer weiß. Darüber sind allerlei Geschichten im Umlauf. Mancino hatte nur ein Kind, eine Tochter namens Pia, und die ist verschwunden. Mancinos Frau erlitt einen Nervenzusammenbruch.«

»Seine Tochter ist verschwunden? Wie meinst du das? Wurde sie entführt?«

»Nein. Sie ist einfach irgendwie« – er versuchte vergeblich, das richtige Wort zu finden – »verschwunden. Niemand weiß, was aus ihr geworden ist.« Er seufzte. »Pia war eine Schönheit, das kann ich dir sagen.«

»Wo hält sich Mancinos Frau auf?«

»Es geht das Gerücht, dass sie sich in einem Sanatorium befindet.«

»Weißt du, wo?«

»Nein. Und dich sollte es besser auch nicht interessieren.« Ihr Kellner kam an den Tisch. »Ich kenne dieses Restaurant«, sagte Dominick Romano. »Soll ich für dich mitbestellen?«

»Gern.«

»*Bene.*« Er wandte sich an den Kellner. »*Primo, pasta e fagioli. Dopo, abbacchio arrosto con polenta.*«

»*Grazie.*«

Das Essen war hervorragend, und während sie es genossen, plauderten sie locker und zwanglos miteinander. Doch als sie aufstanden und gehen wollten, sagte Romano: »Dana, halte dich von Mancino fern. Er ist nicht der Mann, dem man Fragen stellt.«

»Aber wenn er –«

»Vergiss ihn. Ich sage nur ein Wort – *omertà*.«

»Vielen Dank, Dominick. Ich weiß deinen Rat zu schätzen.«

Vincente Mancinos Büroräume befanden sich in einem modernen Gebäude an der Via Sardegna, das ihm gehörte. Ein stämmiger Wachmann saß an der Rezeption in dem marmorgetäfelten Foyer.

Er blickte auf, als Dana eintrat. »*Buon giorno. Posso aiutarla, signorina?*«

»Mein Name ist Dana Evans. Ich möchte Signor Vincente Mancino sprechen.«

»Haben Sie einen Termin?«

»Nein.«

»Dann tut es mir Leid.«

»Sagen Sie ihm, es geht um Taylor Winthrop.«

Der Wachmann musterte Dana einen Moment lang, dann griff er zum Telefon und sagte etwas. Er legte den Hörer auf. Dana wartete.

Was, in aller Welt, werde ich herausfinden?

Das Telefon klingelte, worauf der Wachmann den Hörer abnahm und einen Moment lang lauschte. Er wandte sich an Dana. »Zweiter Stock. Dort wird Sie jemand abholen.«

»Vielen Dank.«

»*Prego.*«

Vincente Mancinos Büro war klein und unscheinbar, ganz und gar nicht das, was Dana erwartet hatte. Mancino saß an einem alten, zerschrammten Schreibtisch. Er war um die sechzig, mittelgroß, mit breiter Brust, schmalen Lippen, weißem Haar und einer Hakennase. Er hatte die kältesten Augen, die Dana je gesehen hatte. Auf dem Schreibtisch stand in einem Goldrahmen ein Foto von einem bildschönen Teenager.

»Sie kommen also wegen Taylor Winthrop?«, fragte Mancino, als Dana eintrat. Er sprach mit tiefer, schnarrender Stimme.

»Ja. Ich wollte mit Ihnen darüber reden, was –«

»Da gibt es nichts zu bereden, *signorina*. Er ist bei einem Brand umgekommen. Er schmort in der Hölle, und seine Frau und seine Kinder schmoren ebenfalls in der Hölle.«

»Darf ich mich hinsetzen, Mr. Mancino?«

Er holte zu einem barschen Nein aus, sagte dann jedoch: »*Scusi*. Wenn ich mich aufrege, vergesse ich manchmal meine Manieren. *Prego, si accomodi*. Bitte nehmen Sie Platz.«

Dana ließ sich auf einem Sessel ihm gegenüber nieder. »Sie und Taylor Winthrop haben ein Wirtschaftsabkommen zwischen Ihren Regierungen ausgehandelt.«

»Ja.«

»Und Sie haben sich miteinander angefreundet?«

»Eine Zeit lang, *forse*.«

Dana warf einen Blick auf das Foto am Schreibtisch. »Ist das Ihre Tochter?«

Er antwortete nicht.

»Sie ist bildschön.«

»Ja, sie war sehr schön.«

Dana blickte ihn verdutzt an. »Lebt sie nicht mehr?« Sie sah, wie er sie musterte, sich überlegte, ob er mit ihr reden sollte.

»Ob sie noch lebt?«, sagte er, als er schließlich das Wort ergriff. »Wer weiß.« Er klang mit einem Mal leidgeprüft. »Ich habe ihren amerikanischen Freund, diesen Taylor Winthrop, in mein Haus eingeladen. Er hat bei uns gegessen. Ich habe ihn meinen Freunden vorgestellt. Wissen Sie, wie er es mir vergolten hat? Er hat meine wunderschöne, jungfräuliche Tochter geschwängert. *Sie war sechzehn Jahre alt.* Sie hatte Angst, es mir zu beichten, weil sie wusste, dass ich ihn töten würde, daher … ließ sie sich auf eine *Abtreibung* ein.« Er stieß das Wort aus wie einen Fluch. »Winthrop hatte Angst, dass es bekannt werden könnte, deshalb schickte er Pia nicht zu einem Arzt. Nein. Er … er schickte sie zu einem Metzger.« Tränen traten ihm in die Augen. »Einem Metzger, der ihr die Gebärmutter herausgerissen hat. Meine sechzehnjährige Tochter, *signorina* …« Mit erstickter Stimme fuhr er fort. »Taylor Winthrop hat nicht nur das Leben meiner Tochter zerstört, er hat auch meine Enkel ermordet und deren Kinder und Kindeskinder. Er hat die gesamte Familie Mancino für alle Zeiten ausgelöscht.« Er atmete tief durch, um sich zu beruhigen. »Jetzt haben er und seine ganze Familie für seinen Sündenfall gebüßt.«

Dana saß stumm da, sprachlos.

»Meine Tochter ist in einem Kloster, *signorina*. Ich werde sie nie wieder sehen. Ja, ich habe mich mit Taylor Winthrop eingelassen.« Er warf Dana einen stechenden Blick aus seinen kalten, stahlgrauen Augen zu. »Aber es war ein Pakt mit dem Teufel.«

Damit wären es also schon zwei, dachte Dana. *Und das Treffen mit Marcel Falcon steht mir noch bevor.*

Dana flog mit einer Maschine der KLM nach Brüssel, als sie mit einem Mal wahrnahm, dass sich jemand auf dem Sitz neben ihr niederließ. Sie blickte auf. Es war ein attraktiver, freundlich wirkender Mann, der die Stewardess offenbar gefragt hatte, ob er den Platz wechseln dürfte.

Lächelnd blickte er Dana an. »Guten Morgen. Gestatten Sie, dass ich mich vorstelle. Meine Name ist David Haynes.« Er sprach mit englischem Akzent.

»Dana Evans.«

Er verzog keine Miene, kannte sie offenbar nicht. »Ein zauberhaftes Flugwetter, nicht wahr?«

»Herrlich«, pflichtete Dana ihm bei.

Er musterte sie bewundernd. »Sind Sie geschäftlich nach Brüssel unterwegs?«

»Teils geschäftlich, teils zum Vergnügen.«

»Haben Sie dort Freunde?«

»Ein paar.«

»Ich kenne Brüssel wie meine Westentasche.«

Warte, wenn ich das Jeff erzähle, dachte Dana. Und dann fiel es ihr wieder ein. *Er ist bei Rachel.*

Er musterte sie. »Sie kommen mir irgendwie bekannt vor.«

Dana lächelte. »Das passiert mir öfter. Muss irgendwie an meinem Gesicht liegen.«

Als die Maschine am Flughafen von Brüssel gelandet war und Dana in die Haupthalle kam, griff ein Mann, der etwas abseits stand, zu seinem Handy und machte Meldung.

»Haben Sie ein Fahrzeug hier?«, fragte David Haynes.

»Nein, aber ich kann –«

»Wenn Sie bitte erlauben möchten.« Er geleitete Dana zu einer ellenlangen Limousine samt Chauffeur. »Ich lasse Sie bei Ihrem Hotel absetzen«, erklärte er Dana. Er sagte dem Chauffeur Bescheid, worauf sich die Limousine in den Verkehr einfädelte. »Sind Sie zum ersten Mal in Brüssel?«

»Ja.«

Sie kamen an einer großen, lichtdurchfluteten Kaufhalle vorbei. »Falls Sie sich hier etwas Schönes besorgen wollen«, sagte Haynes, »kann ich Ihnen das hier nur empfehlen – die Galeries Saint Hubert.«

»Das sieht ja verlockend aus.«

»Halten Sie kurz an, Charles«, sagte Haynes zum Fahrer. Dann wandte er sich wieder Dana zu. »Dort steht der Brunnen mit dem Manneken Pis.« Es war eine Bronzefigur, ein kleiner Junge, der in einer Muschelschale stand und herunterpinkelte. »Eine der berühmtesten Statuen der Welt.«

Als ich im Gefängnis saß, sind meine Frau und die Kinder umgekommen. Wenn ich zu Hause gewesen wäre, hätte ich sie vielleicht retten können.

»Falls Sie heute Abend Zeit haben«, sagte David Haynes gerade, »würde ich Sie gern –«

»Tut mir Leid«, erwiderte Dana. »Aber ich habe schon etwas vor.«

Matt wurde in Elliot Cromwells Büro zitiert.

»Uns fehlen zwei unserer wichtigsten Leute, Matt. Wann kommt Jeff endlich zurück?«

»Kann ich nicht genau sagen, Elliot. Er ist bei seiner Exfrau, wie Sie sicher wissen, und leistet ihr Beistand. Ich habe ihm geraten, unbezahlten Urlaub zu nehmen.«

»Aha. Und wann kommt Dana aus Brüssel zurück?«

Matt musterte Elliot Cromwell. *Ich habe ihm nicht gesagt, dass Dana in Brüssel ist,* dachte er.

18

Das Hauptquartier der Nato befindet sich in einem nach Leopold III. benannten Gebäude, auf dessen Dach die belgische Flagge mit den senkrechten schwarz-rot-goldenen Streifen weht.

Dana war davon ausgegangen, dass sich hier bei der Nato ohne weiteres herausfinden ließe, weshalb Taylor Winthrop von seinem Posten zurückgetreten war, sodass sie anschließend nach Hause zurückkehren könnte. Doch der Buchstabensalat auf den Hinweisschildern zu den einzelnen Organisationsbereichen erwies sich als ein wahrer Albtraum. Sechzehn Mitgliedsstaaten waren hier vertreten, und daneben gab es Abteilungen mit der Bezeichnung NAC, EAPC, NACC, ESDI, CJTF, CSCE sowie ein gutes Dutzend weiterer Abkürzungen.

Dana begab sich ins Pressezentrum der Nato an der Rue des Chapeliers, wo sie Jean Somville im Presseraum vorfand.

Er stand auf und begrüßte sie. »Dana!«

»Hallo, Jean.«

»Also, was führt dich nach Brüssel?«

»Ich arbeite an einer Story«, sagte Dana. »Ich brauche ein paar Auskünfte.«

»Ah. Eine weitere Story über die Nato.«

»Gewissermaßen«, erwiderte Dana vorsichtig. »Taylor Winthrop war doch eine Zeit lang als Berater der Vereinigten Staaten hier bei der Nato tätig.«

»Ja. Hat hervorragende Arbeit geleistet. Ein großartiger

Mann. Ein Jammer, was ihm und seiner Familie zugestoßen ist.« Neugierig blickte er Dana an. »Und was willst du wissen?«

Dana wählte ihre Worte mit Bedacht. »Er hat seinen Posten vorzeitig niedergelegt. Ich habe mich gefragt, was wohl der Grund dafür gewesen sein mag.«

Jean Somville zuckte die Achseln. »Ganz einfach. Er hatte den Auftrag erledigt, wegen dem er hier war.«

Dana war tief enttäuscht. »Als Winthrop hier tätig war, ist da irgendetwas ... Ungewöhnliches vorgefallen? Gab es irgendeinen Skandal um seine Person?«

Jean Somville musterte sie erstaunt. »Mit Sicherheit nicht! Hat irgendjemand behauptet, dass Taylor Winthrop bei der Nato in einen Skandal verwickelt gewesen wäre?«

»Nein«, wandte Dana rasch ein. »Ich habe nur gehört, dass es ... dass es Streit gegeben haben soll, irgendeine Meinungsverschiedenheit zwischen Winthrop und jemand anderem hier.«

Somville runzelte die Stirn. »Meinst du einen persönlichen Streit?«

»Ja.«

Er schürzte die Lippen. »Ich weiß von nichts. Aber das lässt sich möglicherweise herausfinden.«

»Dafür wäre ich dir sehr verbunden.«

Tags drauf rief Dana Jean Somville an.

»Hast du etwas mehr über Taylor Winthrop herausgefunden?«

»Tut mir Leid, Dana. Ich hab's versucht. Ich fürchte, da gibt es nichts herauszufinden.« Dana hatte bereits mit einer solchen Antwort gerechnet.

»Trotzdem danke.« Dana war unzufrieden mit sich und der Welt.

»Gern geschehen. Tut mir Leid, dass du die Reise umsonst gemacht hast.«

»Jean, ich habe gelesen, dass Marcel Falcon, der französische Gesandte bei der Nato, unerwartet zurückgetreten und nach Frankreich heimgekehrt ist. Ist das nicht ungewöhnlich?«

»Mitten in der Amtszeit schon. Doch, ja.«

»Weshalb ist er zurückgetreten?«

»Daran ist nichts Geheimnisvolles. Es war wegen eines Unfalls. Sein Sohn wurde von einem Autofahrer getötet, der anschließend vom Unfallort flüchtete.«

»Ein Unfallflüchtiger? Hat man ihn gefasst?«

»O ja. Er stellte sich kurz nach dem Unfall der Polizei.«

Wieder eine Sackgasse. »Aha.«

»Es war ein Chauffeur, ein gewisser Antonio Persico. Er hat für Taylor Winthrop gearbeitet.«

Dana fröstelte mit einem Mal. »Ach? Und wo ist dieser Persico jetzt?«

»In der Haftanstalt Saint Gilles, hier in Brüssel. Tut mir Leid, dass ich dir nicht weiterhelfen konnte«, fügte Somville entschuldigend hinzu.

Dana ließ sich eine Kurzfassung des Zeitungsberichts aus Washington faxen. *Antonio Persico, der Chauffeur von Botschafter Taylor Winthrop, wurde heute von einem belgischen Gericht zu einer zehnjährigen Freiheitsstrafe verurteilt, nachdem er sich für schuldig bekannt hatte, Gabriel Falcon, den Sohn des französischen Gesandten bei der Nato, bei einem Verkehrsunfall getötet und sich anschließend vom Unfallort entfernt zu haben.*

Die Haftanstalt St. Gilles, ein altes, mit Türmen bewehrtes weißes Gebäude, das einer Burg ähnelt, liegt fast in der Stadtmitte von Brüssel. Dana hatte vorher angerufen und die Erlaubnis zu einem Gespräch mit Antonio Persico eingeholt. Jetzt wurde sie in den Gefängnishof eingelassen und zum Büro des Direktors geleitet.

»Sie wollen also mit Persico sprechen?«

»Ja.«

»Nun gut.«

Nach einer kurzen Durchsuchung wurde Dana von einem Aufseher in den Besuchsraum gebracht, wo Antonio Persico bereits auf sie wartete. Er war ein kleiner Mann mit weit auseinander stehenden grünen Augen und einem blassen Gesicht, in dem es fortwährend zuckte.

»Gott sei Dank, endlich kommt jemand«, lauteten Persicos erste Worte, als Dana eintrat. »Sie holen mich jetzt hier raus.«

Dana blickte ihn verdutzt an. »Ich – tut mir Leid, aber das kann ich nicht.«

Persico kniff die Augen zusammen. »Warum sind Sie dann hier? Man hat mir versprochen, dass jemand vorbeikommt und mich rausholt.«

»Ich wollte mit Ihnen über den Tod von Gabriel Falcon sprechen.«

Persico hob die Stimme. »Damit hatte ich nichts zu tun. Ich bin unschuldig.«

»Aber Sie haben doch ein Geständnis abgelegt.«

»Ich habe gelogen.«

»Weshalb sollten Sie …?«, setzte Dana an.

Antonio Persico schaute ihr in die Augen. »Man hat mich dafür bezahlt«, sagte er mit bitterem Unterton. »Taylor Winthrop hat ihn überfahren.« Danach schwieg er eine ganze Weile.

»Erzählen Sie mir etwas darüber.«

Das Zucken wurde schlimmer. »Es ist an einem Freitagabend passiert. Mr. Winthrops Frau war an diesem Wochenende in

London.« Seine Stimme klang angespannt. »Mr. Winthrop war allein unterwegs. Er ist ins Ancienne Belgique gegangen, einen Nachtclub. Ich habe ihm angeboten, ihn zu chauffieren, aber er hat gesagt, er will selber fahren.« Persico stockte, von der Erinnerung übermannt.

»Was ist danach passiert?«

»Mr. Winthrop kam spät nach Hause, stockbetrunken. Er erzählte mir, dass ihm ein Junge vor den Wagen gelaufen war. Er – er hat ihn überfahren. Mr. Winthrop wollte einen Skandal vermeiden, deshalb fuhr er weiter. Danach bekam er Angst, dass jemand den Unfall gesehen und der Polizei die Autonummer genannt haben könnte. Als Diplomat genoss er zwar strafrechtliche Immunität, aber er sagte, wenn die Sache rauskäme, würde dadurch das russische Vorhaben zunichte gemacht.«

Dana runzelte die Stirn. »Das russische Vorhaben?«

»Ja. Genau das hat er gesagt.«

»Was ist das russische Vorhaben?«

Er zuckte die Achseln. »Weiß ich nicht. Ich habe nur gehört, wie er's am Telefon gesagt hat. Er war wie von Sinnen.« Persico schüttelte den Kopf. »Er hat am Telefon nur ständig gesagt: ›Das russische Vorhaben muss durchgeführt werden. Wir sind schon zu weit gegangen, als dass wir uns jetzt noch von irgendetwas aufhalten lassen dürfen.‹«

»Und Sie haben keine Ahnung, wovon er gesprochen hat?«

»Nein.«

»Können Sie sich noch an irgendetwas anderes erinnern, was er gesagt hat?«

Persico dachte einen Moment lang nach. »Er hat irgend so was ähnliches gesagt wie ›Alle Einzelheiten sind geregelt‹.« Er blickte Dana an. »Worum es auch immer gegangen sein mag, es klang jedenfalls sehr wichtig.«

Dana merkte sich jedes einzelne Wort. »Mr. Persico, weshalb sollten Sie die Schuld an dem Unfall auf sich nehmen?«

Persico kniff den Mund zusammen. »Das habe ich Ihnen doch schon gesagt. Ich bin dafür bezahlt worden. Taylor Winthrop sagte, wenn ich gestehen würde, dass ich am Steuer gesessen hätte, würde er mir eine Million Dollar geben und sich um meine Familie kümmern, solange ich im Gefängnis sitze. Er hat gesagt, er könnte dafür sorgen, dass ich nur eine kurze Freiheitsstrafe bekomme.« Er knirschte mit den Zähnen. »Und ich Trottel habe ja gesagt.« Er biss sich auf die Unterlippe. »Und jetzt ist er tot, und ich sitze noch jahrelang hier drin.« Aus seinen Augen sprach die schiere Verzweiflung.

Sprachlos und erschrocken über das, was sie soeben gehört hatte, stand Dana da. »Haben Sie das schon jemandem erzählt?«, fragte sie schließlich.

»Natürlich«, versetzte Persico bitter. »Sobald ich gehört habe, dass Taylor Winthrop tot ist, habe ich der Polizei von unserer Abmachung erzählt.«

»Und?«

»Die haben mich ausgelacht.«

»Mr. Persico, ich werde Sie jetzt etwas sehr Wichtiges fragen. Denken Sie genau nach, bevor Sie antworten. Haben Sie Marcel Falcon jemals erzählt, dass es Taylor Winthrop war, der seinen Sohn getötet hat?«

»Selbstverständlich. Ich dachte, er würde mir helfen.«

»Was hat Marcel Falcon gesagt, als Sie es ihm erzählt haben?«

»Seine genauen Worte lauteten: ›Möge ihm seine ganze Familie in der Hölle Gesellschaft leisten‹.«

Mein Gott, dachte Dana. *Nun sind es schon drei.*

Ich muss unbedingt mit Marcel Falcon in Paris sprechen.

Der Zauber von Paris war bereits zu spüren, als sie zum Landeanflug ansetzten. Es war die Stadt des Lichts, die Stadt der Liebenden. Hierher sollte man nicht allein kommen. Umso mehr sehnte sich Dana nach Jeff.

Dana war im Relais des Hotels Plaza Athénée und redete mit Jean-Paul Hubert vom Fernsehsender Metro 6.

»Marcel Falcon? Natürlich. Den kennt doch jeder.«

»Was kannst du mir über ihn erzählen?«

»Er ist eine ziemlich bedeutende Persönlichkeit. Das, was ihr Amerikaner einen ›großen Macher‹ nennt.«

»Was macht er?«

»Falcon besitzt ein großes pharmazeutisches Unternehmen. Vor ein paar Jahren wurde er beschuldigt, kleinere Firmen vom Markt zu drängen, aber er hat politische Beziehungen, daher ist nichts dabei herausgekommen. Der französische Premierminister ernannte ihn sogar zum Gesandten bei der Nato.«

»Aber er ist abgetreten«, sagte Dana. »Wieso?«

»Das ist eine traurige Geschichte. Sein Sohn wurde in Brüssel von einem betrunkenen Autofahrer getötet, und Falcon konnte das nicht verwinden. Er verließ die Nato und kehrte nach Paris zurück. Seine Frau erlitt einen Nervenzusammenbruch. Sie ist in einem Sanatorium in Cannes.« Jean-Paul blickte sie an. »Dana«, sagte er ernst, »sei sehr vorsichtig, wenn du vorhast, eine Story über Falcon zu machen. Er gilt als ausgesprochen nachtragend.«

Es dauerte einen Tag, bis Dana einen Termin bei Marcel Falcon bekam.

»Ich habe mich bereiterklärt, Sie zu empfangen«, sagte er, als sie schließlich in sein Büro geführt wurde, »weil ich Ihre Arbeit bewundere, *mademoiselle*. Ihre Beiträge vom Krieg auf dem Balkan waren sehr couragiert.«

»Vielen Dank.«

Marcel Falcon war ein imposanter Mann, stämmig, mit markanten Zügen und stechenden blauen Augen. »Bitte nehmen Sie Platz. Womit kann ich Ihnen dienen?«

»Ich möchte Sie etwas über Ihren Sohn fragen.«

»Ah ja.« Tiefe Trauer sprach aus seinen Augen. »Gabriel war ein prächtiger Junge.«

»Der Mann, der ihn überfahren hat –«, setzte Dana an.

»Der Chauffeur.«

Dana blickte ihn erstaunt an.

Denken Sie genau nach, bevor Sie antworten. Haben Sie Marcel Falcon jemals erzählt, dass es Taylor Winthrop war, der seinen Sohn getötet hat?

Selbstverständlich. Ich dachte, er würde mir helfen.

Was hat Marcel Falcon gesagt?

Seine genauen Worte lauteten: »Möge ihm seine ganze Familie in der Hölle Gesellschaft leisten.«

Und jetzt tat Marcel Falcon so, als wüsste er von nichts.

»Mr. Falcon, als Sie bei der Nato waren, war auch Taylor Winthrop dort.« Dana musterte Falcons Gesicht, achtete auf jedes Mienenspiel. Er zeigte keine Regung.

»Ja. Wir sind uns begegnet.«

Ist das alles?, fragte sich Dana. *Ja. Wir sind uns begegnet. Was hat er zu verbergen?*

»Mr. Falcon, ich würde gern mit Ihrer Frau sprechen, falls –«

»Die ist derzeit leider verreist.«

Seine Frau erlitt einen Nervenzusammenbruch. Sie ist in einem Sanatorium in Cannes.

Entweder wollte sich Marcel Falcon die Wahrheit einfach nicht eingestehen, oder er schützte aus irgendeinem finsteren Grund Unwissenheit vor.

Dana telefonierte von ihrem Zimmer im Plaza Athénée aus mit Matt.

»Dana, wann kommen Sie wieder zurück?«

»Ich muss noch einer Spur nachgehen, Matt. Taylor Winthrops Chauffeur hat mir in Brüssel erzählt, dass Winthrop von irgendeinem geheimen russischen Vorhaben gesprochen hat, das nicht zunichte gemacht werden dürfte. Ich will sehen, ob ich herausfinden kann, was er damit gemeint hat. Ich möchte mit ein paar seiner Bekannten in Moskau sprechen.«

»Na schön. Aber Cromwell möchte Sie so schnell wie möglich wieder hier im Studio sehen. Tim Drew ist unser Korrespondent in Moskau. Ich sage ihm, dass er Sie in Empfang nehmen soll. Er kann Ihnen sicher weiterhelfen.«

»Danke. Vermutlich bin ich nicht länger als ein, zwei Tage in Russland.«

»Dana?«

»Ja?«

»Ach, nichts weiter. Wiederhören.«

Danke. Vermutlich bin ich nicht länger als ein, zwei Tage in Russland.

Dana?

Ja?

Ach, nichts weiter. Wiederhören.

Ende der Aufnahme.

Dana rief zu Hause an.

»Guten Abend, Mrs. Daley – besser gesagt, guten Tag.«

»Miss Evans! Ist ja großartig, dass Sie sich melden.«

»Wie läuft alles?«

»Einfach wunderbar.«

»Wie geht's Kemal? Gibt es irgendwelche Schwierigkeiten?«

»Ganz und gar nicht. Aber er vermisst Sie ganz schön.«

»Ich ihn auch. Geben Sie ihn mir mal kurz.«

»Er macht gerade ein Nickerchen. Soll ich ihn aufwecken?«

»Er macht ein Nickerchen«, sagte Dana erstaunt. »Als ich neulich angerufen habe, hat er ebenfalls geschlafen.«

»Ja. Der Junge kam aus der Schule und war müde, deshalb hab ich gedacht, ein kleines Nickerchen würde ihm gut tun.«

»Aha ... Na ja, bestellen Sie ihm alles Liebe von mir. Ich rufe morgen wieder an. Sagen Sie ihm, dass ich ihm aus Russland einen Bären mitbringe.«

»Einen Bären? Na, da wird er aber begeistert sein.«

Dana rief Roger Hudson an.

»Roger, ich belästige Sie nur ungern, aber ich möchte Sie um einen Gefallen bitten.«

»Wenn ich irgendetwas tun kann.«

»Ich fliege morgen nach Moskau und möchte dort mit Edward Hardy sprechen, dem amerikanischen Botschafter. Ich hatte gehofft, dass Sie ihn vielleicht kennen.«

»Das ist tatsächlich der Fall.«

»Ich bin gerade in Paris. Ich wäre Ihnen sehr dankbar, wenn Sie mir ein Empfehlungsschreiben zufaxen könnten.«

»Ich weiß etwas Besseres. Ich rufe ihn an und bereite ihn auf Ihren Besuch vor.«

»Vielen Dank, Roger. Ich bin Ihnen sehr verbunden.«

Heute war Silvester. Bestürzt dachte sie daran, das dies ihr Hochzeitstag hätte sein sollen. *Bald,* dachte sich Dana. *Bald.* Sie zog ihren Mantel an und ging hinaus.

»Ein Taxi, Miss Evans?«, fragte der Portier.

»Nein, danke.« Sie hatte kein bestimmtes Ziel. Jean-Paul

Hubert war zu seiner Familie gefahren. *Das ist keine Stadt, in der man allein sein sollte,* beschloss Dana.

Sie lief los, versuchte nicht an Jeff und Rachel zu denken. Versuchte an überhaupt nichts zu denken. Sie kam an einer kleinen Kirche vorbei, die geöffnet war, und einer spontanen Eingebung folgend, ging sie hinein. Das kühle, stille Gewölbe ließ sie zur Ruhe kommen. Sie setzte sich auf eine Bank und sprach ein stummes Gebet.

Um Mitternacht spazierte Dana immer noch durch die Straßen von Paris, als ringsum das Geknatter der Feuerwerkskörper losbrach und ein Konfettiregen auf die Stadt niederging. Sie fragte sich, was Jeff wohl gerade machte. *Schlafen er und Rachel miteinander? Er hat nicht angerufen. Wie konnte er nur vergessen, dass dies eine ganz besondere Nacht sein sollte?*

Auf dem Boden neben der Kommode in Danas Zimmer klingelte das Handy, das aus ihrer Handtasche gefallen war.

Es war drei Uhr morgens, als Dana ins Plaza Athénée zurückkehrte. Sie ging auf ihr Zimmer und kroch ins Bett. Erst ihr Vater und nun Jeff. Von zwei Menschen, die sie liebte, war sie verlassen worden – es war, als zöge sich dieser dunkle Faden durch ihr ganzes Leben. *Ich werde nicht in Selbstmitleid versinken,* schwor sie sich. *Was ist schon dabei, dass dies meine Hochzeitsnacht werden sollte? Ach, Jeff, wieso rufst du mich nicht an?*

Sie weinte sich in den Schlaf.

19

Der Flug mit der Sabena nach Moskau dauerte dreieinhalb Stunden. Dana bemerkte, dass die meisten Passagiere warme Kleidung trugen und dass in der Gepäckablage lauter Pelzmäntel, Mützen und Schals lagen.

Ich hätte mich wärmer anziehen sollen, dachte sie. *Na ja, ich will ja nur ein, zwei Tage in Moskau bleiben.*

Immer wieder musste sie an Antonio Persicos Worte denken. *Winthrop war wie von Sinnen. Er hat am Telefon nur ständig gesagt: »Das russische Vorhaben muss durchgeführt werden. Wir sind schon zu weit gegangen, als dass wir uns jetzt noch von irgendetwas aufhalten lassen dürfen.«*

Mit was für einem wichtigen Vorhaben war Winthrop beschäftigt gewesen? Welche Einzelheiten waren geregelt? Und kurz darauf hat ihn der Präsident zum Botschafter in Moskau ernannt.

Je mehr ich erfahre, desto weniger werde ich aus dem Ganzen schlau, stellte Dana fest.

Scheremetjewo II, der internationale Flughafen der russischen Hauptstadt, war zu Danas Erstaunen voller Touristen. *Wie kann ein vernünftiger Mensch nur im Winter nach Russland reisen?*, fragte sie sich.

Als Dana zur Gepäckausgabe kam, fiel ihr ein Mann auf, der sie verstohlen betrachtete. Dana stockte das Herz. *Die haben gewusst, dass ich komme*, dachte sie. *Aber woher nur?*

Der Mann kam auf sie zu. »Dana Evans?« Er sprach mit schwerem slawischem Akzent.

»Ja …«

Er lächelte über das ganze Gesicht und sagte begeistert: »Sie mein größtes Fan. Sie mich immerzu im Fernsehen anschauen.«

Dana fiel ein Stein vom Herzen. »Oh. Ja. Vielen Dank.«

»Ob Sie wohl könnten so freundschaftlich sein und mir ein Autogramm geben?«

»Natürlich.«

Er hielt ihr ein Blatt Papier hin. »Ich nicht haben Stift.«

»Aber ich.« Dana zückte ihren goldenen Kugelschreiber und gab ihm ein Autogramm.

»*Spasiba! Spasiba!*«

Als Dana ihren Kuli wieder in die Handtasche stecken wollte, rempelte sie jemand an, und der Stift fiel auf den Betonboden. Dana bückte sich und hob ihn auf. Das Gehäuse war gesprungen.

Hoffentlich lässt sich das wieder reparieren, dachte Dana. Dann besah sie sich den Schaden genauer. Ein dünner Draht ragte aus dem Sprung. Verdutzt zog sie daran. Ein winziger Sender hing daran. Ungläubig betrachtete ihn Dana. *Deshalb haben die ständig gewusst, wo ich mich aufhalte! Aber wer hat ihn angebracht und warum?* Dann fiel ihr die Karte ein, die dem Geschenk beigelegt war.

Liebe Dana, wir wünschen Ihnen eine angenehme Reise. Die Bande.

Wütend riss Dana den Sender heraus, warf ihn zu Boden und zertrat ihn mit dem Absatz ihres Schuhs.

In einem hermetisch von der Außenwelt abgeschirmten Laboratorium verschwand plötzlich der Markierungspunkt auf der Landkarte am Computermonitor.

»Verdammter Mist.«

»Dana?«

Sie drehte sich um. Der WTN-Korrespondent in Moskau stand hinter ihr.

»Ich bin Tim Drew. Tut mir Leid, dass ich zu spät komme. Der Verkehr da draußen ist der reinste Albtraum.«

Tim Drew war um die vierzig, ein großer, rothaariger Mann mit einem freundlichen Lächeln. »Mein Wagen steht draußen. Matt sagt, dass Sie nur ein, zwei Tage bleiben wollen.«

»Stimmt.«

Sie holten Danas Gepäck vom Förderband und begaben sich nach draußen.

Die Fahrt in die Innenstadt kam Dana vor wie eine Szene aus *Doktor Schiwago*. Ganz Moskau, so schien es, lag unter einer dicken Schneedecke.

»Das ist ja herrlich!«, rief Dana. »Wie lange sind Sie schon hier?«

»Zwei Jahre.«

»Gefällt es Ihnen?«

»Es ist ein bisschen unheimlich. Jelzin kriegt nichts mehr auf die Reihe, und keiner weiß, was er von Wladimir Putin erwarten soll. Das reinste Tollhaus.« Er trat abrupt auf die Bremse und ließ ein paar Fußgänger vorbei, die einfach die Straße überquerten, ohne nach links oder rechts zu blicken. »Sie sind im Hotel Sewastopol untergebracht.«

»Ja. Wie ist es dort?«

»Eins der typischen Intourist-Hotels. Sie können davon ausgehen, dass irgendjemand auf Ihrer Etage Sie ständig im Auge behält.«

Die Straßen waren voller Menschen mit Pelzmützen, dicken Pullovern und Wintermänteln. Tim Drew warf Dana einen kurzen Blick zu. »Sie sollten sich lieber ein paar wärmere Klamotten besorgen, sonst frieren Sie hier fürchterlich.«

»Ich komme schon klar. Morgen, spätestens übermorgen will ich wieder auf dem Heimweg sein.«

Vor ihnen lag der Rote Platz, und daneben, auf einer Anhöhe über dem linken Ufer der Moskwa, ragten die Türme des Kreml auf.

»Mein Gott, ist das eindrucksvoll«, sagte Dana.

»Ja. Wenn diese Mauern sprechen könnten, würden einem vor lauter Geschrei die Ohren klingeln. Es ist eins der berühmtesten Bauwerke der Welt«, fuhr Tim Drew fort. »Er wurde auf dem Borowizkij-Hügel am nördlichen Ufer der Moskwa erbaut und …«

Dana hörte gar nicht mehr zu. *Und wenn Antonio Persico gelogen hat?*, dachte sie. *Wenn er sich die ganze Geschichte, dass Taylor Winthrop den Jungen überfahren hat, nur zusammengereimt hat? Wenn dieses ganze russische Vorhaben nichts als ein Hirngespinst ist?*

»Dort, vor der östlichen Kremlmauer, befindet sich der Rote Platz. Am Kutafja-Turm dort ist der Eingang für Besucher an der Westmauer.«

Aber wieso wollte dann Taylor Winthrop unbedingt nach Russland? Der Posten als Botschafter kann ihm doch nicht so viel bedeutet haben.

»Von hier aus ist Russland jahrhundertelang regiert worden«, sagte Tim Drew gerade. »Hier haben Iwan der Schreckliche und Stalin residiert, desgleichen Lenin und Chruschtschow.«

Alle Einzelheiten sind geregelt. Ich muss herausfinden, was er damit gemeint hat.

Sie hielten vor einem riesigen Hotel. »Da wären wir«, sagte Tim Drew.

»Danke, Tim.« Eisige Luft schlug Dana entgegen, als sie aus dem Wagen stieg.

»Gehen Sie schon mal rein«, rief Tim. »Ich bringe Ihnen Ihre Koffer. Übrigens, falls Sie heute Abend noch nichts vorhaben sollten, würde ich Sie gern zum Essen ausführen.«

»Ich danke Ihnen vielmals.«

»Es gibt da einen Privatclub, der eine ziemlich gute Küche hat. Ich glaube, der wird Ihnen gefallen.«

»Fein.«

Das prunkvolle Foyer des Hotels Sewastopol war riesengroß und voller Menschen. Etliche Portiers waren an der Rezeption im Einsatz. Dana ging zu einem von ihnen.

»Ich bin Dana Evans. Ich habe ein Zimmer reservieren lassen.«

Der Mann blickte sie einen Moment lang an. »Ah, ja. Miss Evans«, sagte er dann nervös. Er reichte ihr die Anmeldekarte. »Wenn Sie die bitte ausfüllen möchten. Und außerdem bräuchte ich Ihren Pass.«

Als Dana sich einschrieb, warf der Hotelbedienstete einem Mann, der am anderen Ende des Foyers stand, einen Blick zu und nickte. Dana reichte ihm die Anmeldekarte.

»Ich lasse Sie von jemandem auf Ihr Zimmer bringen.«

»Vielen Dank.«

Das Zimmer kündete von einstiger Pracht und Größe, auch wenn das Mobiliar zerschrammt und abgewetzt war und ein muffiger Geruch in der Luft hing.

Eine stämmige Frau in einer unförmigen Kluft brachte Danas Gepäck. Dana gab ihr ein paar Dollar Trinkgeld, worauf die Frau einmal kurz schniefte und sich verzog. Dana griff zum Telefon und wählte die Nummer 252-2451.

»Amerikanische Botschaft.«

»Botschafter Hardy bitte.«

»Einen Moment.«

»Botschaftsbüro.«

»Hallo. Dana Evans hier. Könnte ich den Botschafter sprechen?«

»Botschafter Hardys Büro.«

»Hallo. Hier ist Dana Evans. Kann ich den Botschafter sprechen?«

»Könnten Sie mir sagen, worum es geht?«

»Es – es geht um ein persönliches Anliegen.«

»Einen Moment bitte.«

Dreißig Sekunden später war Botschafter Hardy am Apparat. »Miss Evans?«

»Ja.«

»Willkommen in Moskau.«

»Vielen Dank.«

»Roger Hudson hat Sie bereits angekündigt. Womit kann ich Ihnen dienen?«

»Dürfte ich vielleicht vorbeikommen und mit Ihnen sprechen?«

»Aber gewiss doch. Ich bin – einen Moment mal.« Kurz darauf meldete sich der Botschafter zurück. »Wie wär's mit morgen früh? Um zehn Uhr?«

»Von mir aus gern. Ich danke Ihnen vielmals.«

Dana blickte aus dem Fenster auf die Menschen, die eiligen Schrittes in der bitteren Kälte draußen vorüberhasteten. *Tim hat Recht,* dachte sie. *Ich sollte mir lieber ein paar warme Sachen besorgen.*

Das berühmte GUM war nicht weit von Danas Hotel entfernt. Es war ein riesiges Kaufhaus, in dem allerlei billiger Ramsch feilgeboten wurde.

Dana ging in die Abteilung für Damenkonfektion, wo etliche Ständer voller dicker Wintermäntel hingen. Sie suchte sich einen roten Wollmantel aus und einen dazu passenden roten Schal. Es dauerte zwanzig Minuten, bis sie jemanden fand, bei dem sie bezahlen konnte.

Danas Handy klingelte, als sie ins Hotel zurückkehrte. Jeff war dran.

»Hallo, meine Liebste. Ich habe an Silvester bei dir angerufen, aber über Handy hast du dich nicht gemeldet, und ich wusste nicht, wie ich dich anderweitig erreichen kann.«

»Tut mir Leid, Jeff.« *Er hat es also nicht vergessen. Gottlob.*

»Wo steckst du?«

»In Moskau.«

»Ist alles in Ordnung, Liebling?«

»Bestens. Sag mal, Jeff, wie geht es Rachel?«

»Das kann man noch nicht sagen. Die Ärzte wollen morgen eine neue Behandlungsmethode anwenden. Irgendwas, das bisher noch in der Erprobungsphase ist. In ein paar Tagen müssten die ersten Ergebnisse vorliegen.«

»Hoffentlich spricht es an«, sagte Dana.

»Ist es drüben bei dir kalt?«

Dana lachte. »Das kannst du dir gar nicht vorstellen. Ich komme mir vor wie ein Eiszapfen.«

»Ich wünschte, ich wäre da und könnte dich zum Schmelzen bringen.«

Fünf Minuten lang redeten sie miteinander, dann hörte Dana im Hintergrund, wie Rachel nach Jeff rief.

»Ich muss Schluss machen, Liebling«, sagte Jeff. »Rachel braucht mich.«

Ich brauche dich ebenfalls, dachte Dana. »Ich liebe dich.«

»Ich dich auch.«

Die amerikanische Botschaft am Nowinskij Bulvar war ein altes, heruntergekommenes Gebäude, vor dem russische Posten in Schilderhäuschen Wache standen. Eine lange Schlange geduldig wartender Menschen hatte sich davor gebildet. Dana ging daran vorbei und nannte einem Posten ihren Namen. Er warf einen Blick auf eine Liste und winkte sie durch.

Am Eingang stand ein amerikanischer Marineinfanterist in einem Kabuff aus kugelsicherem Glas. Eine weibliche Sicherheitskraft, auch sie eine Amerikanerin, überprüfte den Inhalt von Danas Handtasche.

»Okay.«

»Vielen Dank.« Dana ging zur Rezeption. »Dana Evans.«

»Der Botschafter erwartet Sie bereits, Miss Evans«, sagte ein Mann, der am Schalter stand. »Wenn Sie bitte mitkommen möchten.«

Dana stieg hinter ihm die Marmortreppe hinauf und folgte ihm zu einem Empfangsraum am Ende eines langen Flurs. Eine attraktive Frau, etwa Anfang vierzig, lächelte, als Dana eintrat. »Miss Evans«, sagte sie, »wie nett. Ich bin Lee Hopkins, die Sekretärin des Botschafters. Sie dürfen gleich hineingehen.«

Dana ging in das eigentliche Büro. Botschafter Edward Hardy erhob sich, als sie sich dem Schreibtisch näherte.

»Guten Morgen, Miss Evans.«

»Guten Morgen«, sagte Dana. »Danke, dass Sie mich empfangen.«

Der Botschafter war ein großer, gesund und kräftig wirkender Mann, der sich betont herzlich gab – ein typischer Politiker.

»Sehr erfreut, Sie kennen zu lernen. Darf ich Ihnen etwas anbieten?«

»Nein, danke.«

»Bitte nehmen Sie Platz.«

Dana setzte sich.

»Ich war begeistert, als Roger Hudson mir Ihren Besuch ankündigte. Sie sind zu einem höchst interessanten Zeitpunkt gekommen.«

»Ach ja?«

»Ich sage das nur ungern, aber ich fürchte, unter uns gesagt, dass sich dieses Land im freien Fall befindet.« Er seufzte. »Ehrlich, ich habe keine Ahnung, was hier als nächstes geschehen wird, Miss Evans. Dieses Land hat eine über achthundertjährige Geschichte, und wir müssen hier mit ansehen, wie es den Bach runtergeht. Die Kriminellen haben hier zu Lande das Sagen.«

Dana blickte ihn fragend an. »Wie meinen Sie das?«

Der Botschafter lehnte sich zurück. »Laut Gesetz darf kein Mitglied der Duma – das ist das Parlament – wegen einer Straftat verfolgt werden. Was darauf hinausläuft, dass in der Duma lauter Leute sitzen, die alles Mögliche auf dem Kerbholz haben – teils sind es ehemalige Sträflinge, teils Gauner, die weiterhin ihren kriminellen Machenschaften frönen. Keiner von ihnen kann belangt werden.«

»Das ist ja unglaublich«, versetzte Dana.

»Ja. Die Menschen in Russland sind wunderbar, aber ihre Regierung... Nun gut, womit kann ich Ihnen dienen, Miss Evans?«

»Ich möchte Ihnen ein paar Fragen über Taylor Winthrop stellen. Ich arbeite an einer Reportage über seine Familie.«

Botschafter Hardy schüttelte bekümmert den Kopf. »Es kommt einem vor wie eine griechische Tragödie, nicht wahr?«

»Ja.« *Schon wieder diese Formulierung.*

Botschafter Hardy musterte Dana neugierig. »Diese Geschichte ist doch schon zig Male abgehandelt worden. Meiner Meinung nach gibt es dazu nichts mehr zu sagen.«

»Ich möchte vor allem auf seine Persönlichkeit eingehen. Ich möchte wissen, wie Taylor Winthrop wirklich war, was für ein Mensch er war, was für Freunde er hier hatte, ob er irgendwelche Feinde hatte …«

»Feinde?« Er blickte erstaunt auf. »Keine. Jeder mochte Taylor. Er war vermutlich der beste Botschafter, den wir hier jemals hatten.«

»Haben Sie mit ihm zusammengearbeitet?«

»Ja. Ich war ein Jahr lang sein Stellvertreter.«

»Botschafter Hardy, wissen Sie, ob Taylor Winthrop hier mit irgendetwas beschäftigt war, bei dem –« Sie stockte, wusste nicht genau, wie sie es ausdrücken sollte »– viele Einzelheiten zu regeln waren?«

Botschafter Hardy runzelte die Stirn. »Beziehen Sie sich dabei auf etwas Geschäftliches, oder meinen Sie ein Abkommen auf Regierungsebene?«

»Das weiß ich nicht genau«, räumte Dana ein.

Botschafter Hardy dachte einen Moment lang nach. »Ich auch nicht. Nein, ich habe keine Ahnung, worum es sich dabei handeln könnte.«

»Gibt es unter dem derzeitigen Botschaftspersonal jemanden«, sagte Dana, »der auch für ihn tätig war?«

»O ja. Lee zum Beispiel, meine Sekretärin. Sie war auch Taylors Sekretärin.«

»Hätten Sie etwas dagegen, wenn ich mit ihr spreche?«

»Ganz und gar nicht. Ich stelle Ihnen sogar eine Liste mit einigen Leuten zusammen, die Ihnen eventuell weiterhelfen könnten.«

»Das wäre wunderbar. Vielen Dank.«

Er erhob sich. »Seien Sie vorsichtig, solange Sie sich hier aufhalten, Miss Evans. Es gibt allerhand Straßenkriminalität.«

»Das habe ich schon gehört.«

»Trinken Sie kein Leitungswasser. Nicht mal die Russen rühren es an. Oh, und wenn Sie auswärts essen, müssen Sie ausdrücklich auf einem *tschisti stol* bestehen – das heißt so viel wie reiner Tisch –, sonst finden Sie an Ihrem Platz lauter teure Vorspeisen vor, die Sie nicht wollen. Wenn Sie sich etwas kaufen wollen, halten Sie sich am besten ans Arbat. In den Läden dort gibt es so gut wie alles. Und seien Sie mit den hiesigen Taxis vorsichtig. Nehmen Sie die älteren, zerschrammten. Die Schwindler und Betrüger fahren meistens Neuwagen.«

»Vielen Dank.« Dana lächelte. »Ich werd's mir merken.«

Fünf Minuten später sprach Dana mit Lee Hopkins, der Sekretärin des Botschafters. Sie waren allein in einem kleinen Zimmer und hatten die Tür geschlossen.

»Wie lange waren Sie für Botschafter Winthrop tätig?«

»Achtzehn Monate. Was möchten Sie denn wissen?«

»Hat sich Botschafter Winthrop irgendwelche Feinde gemacht, als er hier war?«

Lee Hopkins schaute Dana verwundert an. »Feinde?«

»Ja. Wenn man so einen Posten innehat, wäre es doch denkbar, dass man auch mal zu jemandem nein sagen muss, der einem das vielleicht übel nimmt. Botschafter Winthrop konnte doch bestimmt nicht jeden Wunsch erfüllen.«

Lee Hopkins schüttelte den Kopf. »Ich weiß nicht, worauf Sie hinauswollen, Miss Evans, aber wenn Sie vorhaben, etwas Schlechtes über Taylor Winthrop zu veröffentlichen, sind Sie bei mir an die falsche Person geraten. Er war der freundlichste, rücksichtsvollste Mensch, den ich je kennen gelernt habe.«

Da wären wir wieder, dachte Dana.

In den nächsten zwei Stunden sprach Dana mit vier weiteren Leuten, die während Taylor Winthrops Amtszeit in der Botschaft tätig gewesen waren.

Er war ein hinreißender Mann …

Er mochte die Menschen wirklich …

Er hat sich eigens dafür eingesetzt, uns zu helfen …

Feinde? Doch nicht Taylor Winthrop …

Ich vergeude meine Zeit, dachte Dana. Sie suchte noch einmal Botschafter Hardy auf.

»Haben Sie etwas in Erfahrung gebracht?«, fragte er. Er wirkte weit weniger freundlich.

Dana zögerte. »Nicht unbedingt«, sagte sie offen.

Er beugte sich vor. »Und meiner Meinung nach werden Sie das auch nicht, Miss Evans. Jedenfalls nicht, wenn Sie darauf aus sind, Taylor Winthrop anzuschwärzen. Sie haben jeden hier im Haus gegen sich aufgebracht. Die Leute haben den Mann geliebt. Das gilt auch für mich. Versuchen Sie keine Leichen auszugraben, die es nicht gibt. Wenn Sie nur zu diesem Zweck hergekommen sind, können Sie gleich wieder abreisen.«

»Vielen Dank«, sagte Dana. »Das werde ich auch.«

Doch Dana dachte nicht daran, wieder abzureisen.

Der unmittelbar gegenüber von Kreml und Manege gelegene VIP National Club war ein Restaurant samt angeschlossenem Casino, das sich in Privatbesitz befand. Tim Drew wartete bereits, als Dana dort eintraf.

»Willkommen«, sagte er. »Ich glaube, das hier wird Ihnen gefallen. Hier verkehrt die gesamte feine Gesellschaft von Moskau. Wenn auf dieses Lokal eine Bombe fiele, wäre wohl die ganze Regierung auf einen Schlag ausgeschaltet.«

Das Essen war köstlich. Sie fingen mit Blini und Kaviar an, ließen sich danach Borschtsch auftischen, gefolgt von georgischem Stör in Walnusssoße, Boeuf Stroganoff mit Reis und Watruschki-Käsetörtchen als Dessert.

»Das ist ja wunderbar«, sagte Dana. »Ich habe bisher immer nur gehört, dass das Essen in Russland fürchterlich wäre.«

»Ist es auch«, versicherte ihr Tim Drew. »Das hier ist nicht Russland. Das ist eine Art Insel der Seligen.«

»Wie ist das Leben hier?«, fragte Dana.

Tim Drew überlegte einen Moment lang. »Es ist, als ob man auf einem Vulkan steht und darauf wartet, dass er ausbricht. Man weiß nie, was demnächst passieren wird. Die Männer, die an der Macht sind, plündern das Land aus und verschieben Milliardenbeträge, und das Volk leidet Hunger. Genau so hat hier die letzte Revolution angefangen. Wer weiß, was diesmal passiert. Aber um gerecht zu sein – das ist nur die eine Seite der Medaille. Das kulturelle Angebot ist unglaublich. Hier gibt es das Bolschoi-Ballett, die große Eremitage, das Puschkin-Museum, den Moskauer Nationalzirkus – und so weiter und so fort. In Russland werden mehr Bücher veröffentlicht als in der ganzen übrigen Welt zusammen, und die Russen lesen im Schnitt etwa dreimal so viele Bücher wie die Amerikaner.«

»Vielleicht lesen sie die falschen Bücher«, versetzte Dana trocken.

»Kann sein. Im Augenblick steckt das ganze Volk irgendwo zwischen Kapitalismus und Kommunismus, und keins von beiden haut hin. Nichts funktioniert, die Kosten explodieren, und die Kriminalität nimmt überhand.« Er blickte zu Dana. »Ich hoffe nur, ich verderbe Ihnen nicht die Laune.«

»Nein. Sagen Sie mal, Tim, haben Sie Taylor Winthrop gekannt?«

»Ich habe ihn ein paar Mal interviewt.«

»Haben Sie mal irgendwas von einem großen Vorhaben gehört, an dem er beteiligt war?«

»Er war an allerhand Projekten beteiligt. Immerhin war er unser Botschafter.«

»Das habe ich nicht gemeint. Mir geht es um etwas anderes. Eine ganz vertrackte Sache – bei der viele Einzelheiten zu regeln waren.«

Tim Drew dachte kurz nach. »Dazu fällt mir nichts ein.«

»Gibt es hier irgendjemanden, mit dem er häufiger zu tun hatte?«

»Ein paar seiner russischen Ansprechpartner, nehme ich an. Mit denen sollten Sie vielleicht mal reden.«

»Gut«, sagte Dana. »Mach ich.«

Der Kellner brachte ihnen die Rechnung. Tim Drew überflog sie und blickte dann zu Dana. »Das ist mal wieder typisch. Auf der Rechnung hier sind drei verschiedene Zuschläge aufgeführt. Und fragen Sie bitte nicht, wofür die sind.« Er bezahlte.

»Haben Sie eine Waffe bei sich?«, sagte Tim Drew zu Dana, als sie draußen auf der Straße standen.

Sie blickte ihn verdutzt an. »Natürlich nicht. Wieso?«

»Weil wir hier in Moskau sind. Da kann man nie wissen, was kommt.« Dann fiel ihm etwas ein. »Wissen Sie was? Wir machen einen kurzen Abstecher.«

Sie stiegen in ein Taxi, und Tim Drew nannte dem Fahrer eine Adresse. Fünf Minuten später hielten sie vor einem Waffengeschäft und stiegen aus.

Dana warf einen Blick in den Laden. »Ich will mir keine Schusswaffe zulegen.«

»Ich weiß«, erwiderte Tim Drew. »Kommen Sie einfach mit.« In den Auslagen des Geschäfts wurde jede nur erdenkliche Waffe angeboten.

Dana blickte sich um. »Kann hier jeder einfach reinschneien und sich eine Knarre kaufen?«

»Man braucht nur das nötige Kleingeld«, sagte Tim Drew.

Der Mann hinter dem Ladentisch grummelte Tim irgendetwas auf Russisch zu. Tim erklärte ihm, was er wollte.

»*Da.*« Er griff unter den Ladentisch und holte eine kleine schwarze Dose hervor.

»Wofür soll das sein?«, fragte Dana.

»Das ist für Sie. Pfefferspray.« Tim Drew nahm die Dose in die Hand. »Sie müssen nur auf den Knopf da oben drücken, dann lassen Sie die bösen Buben in Ruhe, weil das viel zu weh tut.«

»Ich glaube nicht –«, setzte Dana an.

»Nun nehmen Sie sie schon. Sie können mir ruhig glauben.« Er reichte Dana die Dose, drückte dem Mann ein paar Scheine in die Hand und ging mit ihr hinaus.

»Möchten Sie mal einen Moskauer Nachtclub erleben?«, fragte Tim Drew.

»Klingt nicht schlecht.«

»Großartig. Dann nichts wie hin.«

Der Night Flight Club in der Uliza Twerskaja war ebenso plüschig wie prunkvoll und voller gut gekleideter Russen, die hier speisten, zechten und tanzten.

»Den Leuten hier scheint es ja nicht schlecht zu gehen«, stellte Dana fest.

»Nein. Die sorgen schon dafür, dass die Bettler draußen bleiben.«

Um zwei Uhr morgens kehrte Dana todmüde in ihr Hotel zurück. Es war ein langer Tag gewesen. Eine Frau saß an einem Tisch im Flur und führte Buch über das Kommen und Gehen der Gäste.

Dana begab sich in ihr Zimmer und ging ans Fenster, vor dem im Mondlicht leise der Schnee rieselte. Ein malerischer Anblick, fast wie auf einer Ansichtskarte.

Morgen, dachte Dana entschlossen, *morgen werde ich erfahren, weshalb ich hierher gekommen bin.*

Der Düsenlärm des anfliegenden Jets war so laut, dass man meinte, die Maschine würde jeden Augenblick das Haus streifen. Der Mann stand rasch auf, griff zu dem Fernglas auf dem Schreibtisch und trat ans Fenster. Er konnte gerade noch das Heck der Maschine erkennen, die zum Landeanflug auf den kleinen, eine halbe Meile entfernten Flugplatz ansetzte. Von der frisch geräumten Rollbahn einmal abgesehen, war die ganze Einöde ringsum tief verschneit. Immerhin waren sie hier in Sibirien, mitten im Winter.

»Aha«, sagte er zu dem Mann neben ihm. »Die Chinesen sind wieder mal die Ersten.« Eine Bemerkung, auf die es nichts zu erwidern gab. »Wie man mir mitteilte, wird unser alter Freund Ling Wong diesmal nicht dabei sein. Als er von unserer letzten Zusammenkunft mit leeren Händen zurückkehrte, bereitete man ihm einen etwas unangenehmen Empfang. Schade um ihn. Er war ein anständiger Mann.«

In diesem Augenblick donnerte ein weiterer Jet über das Dach hinweg. Er konnte nicht erkennen, woher er stammte, doch sobald die Maschine gelandet war, richtete er das Fernglas auf die Tür und beobachtete die Männer, die von Bord gingen. Ein paar von ihnen machten nicht die geringsten Anstalten, die Maschinenpistolen zu verbergen, die sie unter die Achsel geklemmt hatten.

»Die Palästinenser sind eingetroffen.«

Ein weiterer Jet donnerte über sie hinweg. *Fehlen noch zwölf*, dachte er. *Die morgige Auktion wird die größte Versteigerung aller Zeiten sein. Dabei darf nichts schief gehen.*

Er wandte sich an seinen Begleiter. »Notieren Sie.«

Vertrauliche Mitteilung an alle Einsatzkraefte – Nach Kenntnisnahme sofort vernichten.

Zielperson weiterhin ueberwachen. Berichten Sie ueber Kontaktaufnahmen und halten Sie sich falls noetig bereit zum Liquidieren.

20

Als Dana am nächsten Morgen aufwachte, griff sie zum Telefon und rief Tim Drew an.

»Hat sich Botschafter Hardy noch mal bei Ihnen gemeldet?«, fragte er.

»Nein. Ich glaube, er ist eingeschnappt. Tim, ich muss mit Ihnen reden.«

»Von mir aus. Nehmen Sie sich ein Taxi und kommen Sie zum Boyrskij-Club am Teatralnij Projesd Nummer einviertel.«

»*Wohin*? Ich kann mir –«

»Der Taxifahrer weiß Bescheid. Nehmen Sie sich eine alte Karre.«

»Gut.«

Dana war froh, dass sie ihren neuen Wintermantel übergezogen hatte, als sie hinaus in den eisigen Wind trat. Auf einer Reklametafel am Haus gegenüber war die Temperatur angegeben: minus neunundzwanzig Grad Celsius. *Mein Gott,* dachte sie.

Ein nagelneues Taxi stand vor dem Hotel. Dana wartete, bis ein anderer Gast einstieg, und nahm das nächste, das ziemlich abgehalftert aussah. Der Fahrer warf ihr im Rückspiegel einen fragenden Blick zu.

Dana betonte jedes Wort. »Ich möchte zum Teatr –« Sie stockte. »– ralnij –« Sie holte tief Luft. »– Projesd –«

»Wollen Sie zum Boyrskij-Club?«, fragte der Fahrer ungeduldig.

»*Da.*«

Sie fuhren los, mitten durch den dichten Verkehr auf den langen Boulevards, vorbei an einsamen Fußgängern, die auf den verschneiten Gehsteigen dahinhasteten. Die ganze Stadt wirkte düster und grau. *Und das liegt nicht nur am Wetter,* dachte Dana.

Der Boyrskij-Club mit seinen Ledersesseln und Sofas entsprach durchaus ihrem Geschmack. Tim Drew erwartete sie bereits an einem Fensterplatz.

»Sie haben also hergefunden.«

»Der Taxifahrer hat ein paar Brocken Englisch verstanden.«

»Da haben Sie aber Glück gehabt. Manche können nicht einmal Russisch. Die kommen von wer weiß woher. Schon erstaunlich, dass so ein Land auch nur halbwegs über die Runden kommt. Irgendwie muss ich dabei immer an einen sterbenden Dinosaurier denken. Wissen Sie, wie groß Russland ist?«

»Nicht genau.«

»Fast doppelt so groß wie die Vereinigten Staaten. Dieses Land hat dreizehn Zeitzonen und grenzt an vierzehn Länder. *Vierzehn andere Länder.*«

»Erstaunlich«, sagte Dana. »Tim, ich möchte ein paar Russen sprechen, die möglicherweise geschäftlich mit Taylor Winthrop zu tun hatten.«

»Das betrifft fast die gesamte russische Regierung.«

»Ich weiß«, erwiderte Dana. »Aber mit irgendjemand muss er hier näher zu tun gehabt haben. Der Präsident –«

»Vielleicht eher jemand aus dem zweiten Glied«, versetzte Tim Drew trocken. »Meiner Meinung nach kommt da vor allem Sascha Schdanoff in Frage. Mit dem pflegte er vermutlich den engsten Kontakt.«

»Wer ist dieser Sascha Schdanoff?«

»Er ist Kommissar im Büro für internationale Wirtschaftsentwicklung. Ich glaube, Winthrop hat sich nicht nur dienstlich, sondern auch auf privater Ebene mit ihm getroffen.« Er musterte Dana. »Hinter was sind Sie eigentlich her?«

»Ich weiß es nicht genau«, erwiderte sie. »Ich weiß es wirklich nicht genau.«

Das Büro für internationale Wirtschaftsentwicklung befand sich in einem riesigen roten Ziegelbau an der Uliza Ozernaja. Hinter dem Haupteingang standen zwei russische Polizisten in Uniform, und ein weiterer uniformierter Wachmann saß an einem Empfangsschalter.

Er blickte auf, als Dana vor ihn trat.

»*Dóbrij djen*«, sagte Dana.

»*Sdráwstwujtje. Ne* –«

Dana fiel ihm ins Wort. »Entschuldigen Sie bitte. Ich möchte Kommissar Schdanoff sprechen. Mein Name ist Dana Evans. Ich bin vom Washington Tribune Network.«

Der Wachmann blickte auf ein vor ihm liegendes Blatt Papier und schüttelte den Kopf. »Haben Sie einen Termin?«

»Nein, aber –«

»Dann müssen Sie einen Termin vereinbaren. Sind Sie Amerikanerin?«

»Ja.«

Der Wachmann suchte in den Formularen herum, die auf dem Schalter lagen, und reichte Dana eines. »Füllen Sie das bitte aus.«

»Gut«, sagte Dana. »Könnte ich den Kommissar möglicherweise heute Nachmittag sprechen?«

Er blinzelte. »*Ja ne ponimaju.* Ihr Amerikaner seid immer in Eile. In welchem Hotel wohnen Sie?«

»Im Sewastopol. Ich möchte nur ein paar Min –«

Er machte sich eine Notiz. »Jemand wird Ihnen Bescheid sagen. *Dóbrij djen.*«

»Aber –« Sie sah seinen Gesichtsausdruck. »*Dóbrij djen.*«

Dana blieb den ganzen Nachmittag auf ihrem Zimmer und wartete auf einen Anruf. Um sechs Uhr abends meldete sie sich bei Tim Drew.

»Sind Sie zu Schdanoff vorgedrungen?«, fragte er.

»Nein. Man will mich zurückrufen.«

»Verlassen Sie sich nicht darauf, Dana. Sie haben es hier mit einer Bürokratie zu tun, die nicht von dieser Welt ist.«

Am nächsten Morgen begab sich Dana in aller Frühe zum Büro für internationale Wirtschaftsentwicklung. Derselbe Wachmann saß am Empfang.

»*Dóbrij djen*«, sagte Dana.

Mit versteinerter Miene blickte er auf. »*Dóbrij djen.*«

»Hat Kommissar Schdanoff gestern meine Nachricht erhalten?«

»Ihr Name?«

»Dana Evans.«

»Sie haben eine Nachricht hinterlassen?«

»Ja«, sagte sie tonlos. »Bei Ihnen.«

Der Wachmann nickte. »Dann hat er sie erhalten. Alle Nachrichten kommen an.«

»Kann ich mit Kommissar Schdanoffs Sekretärin sprechen?«

»Haben Sie einen Termin?«

Dana holte tief Luft. »Nein.«

Der Wachmann zuckte die Achseln. »*Isvinitje, njet.*«

»Wann kann ich –?«

»Jemand wird Sie anrufen.«

Auf dem Rückweg zum Hotel kam Dana am Detskij Mir vorbei, einem Kaufhaus für Kinder, und so ging sie hinein und sah sich um. Eine ganze Abteilung war nur für Spiele reserviert. In der einen Ecke befand sich ein Regal voller Computerspiele. *Das wird Kemal bestimmt gefallen*, dachte Dana. Sie kaufte ein Spiel und war erstaunt darüber, wie teuer es war. Anschließend begab sie sich ins Hotel zurück und wartete auf den Anruf. Um sechs Uhr abends gab sie die Hoffnung auf. Sie wollte gerade hinuntergehen und zu Abend essen, als das Telefon klingelte. Dana eilte zum Apparat und nahm ab.

»Dana?« Es war Tim Drew.

»Ja, Tim.«

»Schon was erreicht?«

»Leider nein.«

»Tja, wenn Sie schon mal hier sind, sollten Sie sich die Sachen nicht entgehen lassen, die wirklich großartig sind. Heute ist ein Ballettabend. Sie führen *Giselle* auf. Haben Sie Lust dazu?«

»Sehr große sogar. Vielen Dank.«

»Ich hole Sie in einer Stunde ab.«

Die Ballettaufführung fand in dem im Kreml gelegenen Kongresspalast mit seinen sechstausend Sitzplätzen statt. Es war ein zauberhafter Abend. Die Musik war wunderbar, die Choreographie fantastisch, und der erste Akt verging wie im Flug.

Als zur Pause das Licht anging, stand Tim auf. »Mir nach. Rasch.«

Die Menschenmassen wälzten sich bereits die Treppe hinauf.

»Was ist da los?«

»Das werden Sie gleich sehen.«

Als sie im oberen Stockwerk ankamen, fiel ihr Blick auf ein halbes Dutzend Büfetttische, auf denen Schüsseln voller Kaviar und auf Eis gelagerte Wodkaflaschen angerichtet waren. Die Theaterbesucher, die zuerst eingetroffen waren, bedienten sich bereits tüchtig.

Dana wandte sich an Tim. »Die wissen aber, wie man es sich gut gehen lässt.«

»Das gilt nur für die Oberschicht«, sagte Tim. »Sie müssen bedenken, dass dreißig Prozent der Bevölkerung unterhalb der Armutsgrenze liegen.«

Dana und Tim begaben sich zum Fenster, wo weniger Gedränge herrschte.

Das Licht fing an zu blinken. »Es wird Zeit für den zweiten Akt.«

Der zweite Akt war ebenso hinreißend, doch Dana gingen immer wieder Gesprächsfetzen durch den Kopf.

Taylor Winthrop war ein Scheißkerl. Schlau war er schon, sehr schlau sogar. Er hat mich reingelegt…

Es war ein Unfall. Gabriel war ein prächtiger Junge…

Taylor Winthrop hat die gesamte Familie Mancino für alle Zeiten ausgelöscht…

Als das Ballett zu Ende war und sie wieder im Wagen saßen, wandte sich Tim Drew an sie. »Hätten Sie Lust, auf einen Schlummertrunk mit in meine Wohnung zu kommen?«

Dana drehte sich zu ihm um. Er war attraktiv, intelligent und charmant. Aber er war nicht Jeff. »Vielen Dank, Tim«, erwiderte sie schließlich. »Lieber nicht.«

»Oh.« Er war sichtlich enttäuscht. »Vielleicht morgen?«

»Herzlich gern, aber ich muss morgens früh raus.« *Und außerdem bin ich hoffnungslos in jemand anders verliebt.*

Am nächsten Morgen begab sich Dana in aller Frühe ein weiteres Mal zum Büro für internationale Wirtschaftsentwicklung. Der gleiche Wachmann saß am Empfang.

»*Dóbrij djen.*«

»*Dóbrij djen.*«

»Mein Name ist Dana Evans. Wenn der Kommissar nicht zu sprechen ist, könnte ich dann vielleicht seinen Stellvertreter sprechen?«

»Haben Sie einen Termin?«

»Nein. Ich –«

Er reichte Dana ein Formular. »Füllen Sie das aus …«

Als Dana auf ihr Zimmer zurückkehrte, klingelte ihr Handy. Ihr Herz tat einen Sprung.

»Dana …«

»Jeff!«

Es gab so vieles, was sie einander sagen wollten. Doch Rachel stand wie ein unsichtbarer Schatten zwischen ihnen, sodass sie nicht über das Thema sprechen konnten, das sie am allermeisten beschäftigte: Rachels Krankheit. Unter diesen Umständen mussten sie auf jedes Wort achten.

Der Anruf von Kommissar Schdanoffs Büro kam unerwartet. »Dana Evans?«, meldete sich am nächsten Morgen um acht Uhr ein Mann mit starkem Akzent.

»Ja.«

»Hier spricht Jerik Karbawa, der Assistent von Kommissar Schdanoff. Sie möchten den Kommissar sprechen?«

»Ja!« Sie erwartete fast, dass er sie fragte, ob sie einen Termin hätte. Stattdessen sagte er: »Seien Sie in genau einer Stunde im Büro für internationale Wirtschaftsentwicklung.«

»Gut. Ich danke Ihnen viel –« Die Verbindung wurde unterbrochen.

Eine Stunde später betrat Dana einmal mehr das Foyer des riesigen Ziegelbaus. Sie ging zu dem altbekannten Wachmann, der am Empfang saß.

Er blickte auf. »*Dóbrij djen?*«

Sie rang sich ein Lächeln ab. »*Dóbrij djen.* Mein Name ist Dana Evans, und ich möchte Kommissar Schdanoff sprechen.«

Er zuckte die Achseln. »Tut mir Leid. Wenn Sie keinen Termin –«

Dana ließ sich nicht aus der Ruhe bringen. »Ich habe einen Termin.«

Er musterte sie ungläubig. »*Da?*« Dann griff er zum Telefon und sprach kurz mit jemandem. Er wandte sich an Dana. »Zweiter Stock«, sagte er unwirsch. »Jemand holt Sie dort ab.«

Kommissar Schdanoffs Büro war riesengroß und ziemlich schäbig, und die Einrichtung sah aus, als stammte sie aus den frühen Zwanzigerjahren. Zwei Männer saßen darin.

Als Dana eintrat, standen sie beide auf. »Ich bin Kommissar Schdanoff«, sagte der Ältere.

Sascha Schdanoff war schätzungsweise etwa Mitte fünfzig. Er war klein und untersetzt, hatte schütteres graues Haar, ein blasses, rundliches Gesicht und braune Augen, die fortwährend nach links und rechts zuckten, als suchte er irgendetwas. Er trug einen unförmigen braunen Anzug und abgewetzte schwarze Schuhe. Er sprach mit starkem Akzent, als er auf den zweiten Mann deutete.

»Das ist mein Bruder Boris.«

Boris Schdanoff lächelte. »Wie geht es Ihnen, Miss Evans?«

Boris Schdanoff sah ganz anders aus als sein Bruder. Er musste gut und gern zehn Jahre jünger sein, hatte eine Adlernase und ein energisches Kinn. Er trug einen hellblauen Armani-Anzug und eine graue Hermès-Krawatte. Er sprach nahezu akzentfreies Englisch.

»Boris ist aus Amerika zu Besuch«, sagte Sascha Schdanoff stolz. »Er ist bei der russischen Botschaft in Ihrer Hauptstadt Washington.«

»Ich bin ein großer Verehrer von Ihnen, Miss Evans«, sagte Boris Schdanoff.

»Vielen Dank.«

»Was kann ich für Sie tun?«, fragte Sascha Schdanoff. »Haben Sie irgendwelche Schwierigkeiten?«

»Nein, überhaupt nicht«, erwiderte Dana. »Ich wollte Sie über Taylor Winthrop befragen.«

Er blickte sie verdutzt an. »Was möchten Sie über Taylor Winthrop wissen?«

»Soweit ich weiß, hatten Sie beruflich mit ihm zu tun und haben ihn gelegentlich auch privat getroffen.«

»*Da*«, sagte Sascha Schdanoff zurückhaltend.

»Ich möchte Ihre persönliche Meinung über ihn hören.«

»Was soll ich sagen? Ich glaube, er war ein guter Botschafter Ihres Landes.«

»Soweit ich gehört habe, war er hier sehr beliebt und –«

»O ja«, mischte sich Boris Schdanoff ein. »In den Botschaften hier in Moskau gibt es viele Partys, und Taylor Winthrop war immer –«

Sascha Schdanoff warf seinem Bruder einen finsteren Blick zu. »*Dowolno!*« Dann wandte er sich wieder an Dana. »Botschafter Winthrop ist manchmal zu den Botschaftsempfängen gegangen. Er war gern unter Leuten. Die Menschen hier in Russland haben ihn gemocht.«

Boris Schdanoff ergriff wieder das Wort. »Er hat mir zum Beispiel erzählt, dass er, wenn er könnte –«

»*Molchat!*«, herrschte ihn Sascha Schdanoff an. Er wandte sich wieder um. »Wie gesagt, Miss Evans, er war ein guter Botschafter.«

Dana blickte zu Boris Schdanoff. Offensichtlich versuchte er ihr etwas mitzuteilen. Sie wandte sich wieder an den Kommissar. »Hatte Botschafter Winthrop während seiner Anwesenheit hier irgendwelche Unannehmlichkeiten?«

Sascha Schdanoff runzelte die Stirn. »Unannehmlichkeiten? Nein.« Er wich ihrem Blick aus.

Er lügt, dachte Dana. Sie hakte nach. »Kommissar, fällt Ihnen irgendein Grund dafür ein, weshalb jemand Taylor Winthrop und seine Angehörigen ermordet haben könnte?«

Sascha Schdanoff riss die Augen auf. »*Ermordet?* Die Winthrops. *Njet. Njet.*«

»Ihnen fällt nicht das Geringste dazu ein?«

»Genau genommen –«, setzte Boris Schdanoff an.

Sascha Schdanoff fiel ihm ins Wort. »Es gab keinen Grund. Er war ein hervorragender Botschafter.« Er nahm sich eine Zigarette aus einem Silberetui, worauf ihm Boris rasch Feuer gab.

»Möchten Sie sonst noch etwas wissen?«, fragte Sascha Schdanoff.

Dana musterte die beiden. *Sie verbergen irgendetwas*, dachte sie. *Aber was? Die ganze Sache kommt mir vor wie ein auswegloses Labyrinth.* »Nein.« Sie warf Boris einen kurzen Blick zu. »Falls Ihnen noch etwas einfällt«, sagte sie bedächtig, »können Sie mich bis morgen früh im Hotel Sewastopol erreichen.«

»Kehren Sie nach Hause zurück?«, sagte Boris Schdanoff.

»Ja. Meine Maschine geht morgen Nachmittag.«

»Ich –« Boris Schdanoff wollte etwas sagen, blickte dann zu seinem Bruder und verstummte.

»Wiedersehen«, sagte Dana.

»*Proschtschajte.*«

»*Proschtschajte.*«

Als Dana wieder auf ihrem Zimmer war, rief sie Matt Baker an.

»Irgendetwas ist hier im Gang, Matt, aber verdammt noch mal, ich komme einfach nicht dahinter, worum es sich handelt. Ich habe das Gefühl, dass ich mich monatelang hier aufhalten könnte, ohne dass ich etwas Brauchbares erfahre. Ich komme morgen zurück.«

Irgendetwas ist hier im Gang, Matt, aber verdammt noch mal, ich komme einfach nicht dahinter, worum es sich handelt. Ich habe das Gefühl, dass ich mich monatelang hier aufhalten könnte, ohne dass ich etwas Brauchbares erfahre. Ich komme morgen zurück.

Ende der Aufnahme.

Am Flughafen Scheremetjewo II herrschte an diesem Abend Hochbetrieb. Als Dana auf den Abflug ihrer Maschine wartete, hatte sie das unangenehme Gefühl, beobachtet zu werden. Sie suchte die Menschenmenge ab, konnte aber niemanden entdecken, der sich auffällig verhielt. *Sie sind irgendwo da draußen.* Und bei dem Gedanken lief es ihr eiskalt über den Rücken.

21

Mrs. Daley und Kemal holten Dana am Dulles International Airport ab. Erst jetzt wurde ihr bewusst, wie sehr Kemal ihr gefehlt hatte. Sie schlang die Arme um ihn und drückte ihn an sich.

»Hi, Dana«, sagte Kemal. »Ich bin froh, dass du wieder da bist. Hast du mir aus Russland einen Bären mitgebracht?«

»Hab ich, aber das verflixte Vieh ist ausgebüxt.«

Kemal grinste. »Bleibst du jetzt zu Hause?«

»Ganz bestimmt«, versicherte ihm Dana.

Mrs. Daley lächelte. »Das ist ja eine gute Nachricht, Miss Evans. Wir sind froh, dass Sie wieder da sind.«

»Ich auch«, erwiderte Dana.

»Wie kommst du inzwischen mit deinem neuen Arm zurecht, Kemal?«, fragte Dana, als sie im Wagen saßen und zu ihrer Wohnung fuhren. »Hast du dich allmählich daran gewöhnt?«

»Er ist cool.«

»Das freut mich. Wie kommst du in der Schule klar?«

»Gar nicht schlecht.«

»Keine Prügeleien mehr?«

»Nein.«

»Das ist ja wunderbar, mein Schatz.« Dana musterte ihn einen Moment. Irgendwie kam er ihr anders vor, beinahe zu ruhig. Fast so, als wäre irgendetwas vorgefallen, das ihn verändert hatte, aber trotz alledem wirkte er glücklich.

»Ich muss noch mal ins Studio«, sagte Dana, als sie in der Wohnung waren. »Aber ich komme bald zurück, und danach essen wir gemeinsam zu Abend. Wir gehen zu McDonald's.« *Früher sind wir immer mit Jeff dorthin gegangen.*

Als Dana das große WTN-Gebäude betrat, kam es ihr vor, als wäre sie eine halbe Ewigkeit weggewesen. Auf dem Weg zu Matts Büro wurde sie von einem halben Dutzend Kollegen begrüßt.

»Schön, dass du wieder da bist, Dana. Du hast uns gefehlt.«

»Ich bin auch froh.«

»Na, schau an, wer da kommt. Ist unterwegs alles gut gegangen?«

»Wunderbar. Danke.«

»Ohne dich ist es hier einfach nicht so wie sonst.«

»Sie haben abgenommen«, sagte Matt, als Dana in sein Büro kam. »Sie sehen furchtbar aus.«

»Na, besten Dank.«

»Setzen Sie sich.«

Dana nahm Platz.

»Haben Sie etwa nicht geschlafen?«

»Nicht viel.«

»Unsere Quoten sind übrigens zurückgegangen, seit Sie weg sind.«

»Ich fühle mich geschmeichelt.«

»Elliot wird bestimmt froh darüber sein, dass Sie die Sache aufgegeben haben. Er hat sich Sorgen um Sie gemacht.« Matt erwähnte nicht, dass auch er sich Sorgen um Dana gemacht hatte.

Sie redeten eine halbe Stunde miteinander.

Als Dana in ihr Büro kam, wurde sie von Olivia empfangen. »Willkommen daheim. Es ist –« Das Telefon klingelte. Sie nahm ab. »Büro Miss Evans... Einen Moment bitte.« Sie blickte zu Dana. »Pamela Hudson ist auf Anschluss eins.«

»Ich übernehme.« Dana ging zu ihrem Schreibtisch und nahm den Hörer ab. »Pamela.«

»Dana, Sie sind wieder da! Wir haben uns solche Sorgen gemacht. Russland ist heutzutage nicht gerade der sicherste Aufenthaltsort.«

»Ich weiß.« Sie lachte. »Ein Freund hat mir Pfefferspray besorgt.«

»Wir haben Sie vermisst. Roger und ich möchten Sie heute Nachmittag zum Tee einladen. Haben Sie Zeit?«

»Ja.«

»Um drei Uhr?«

»Bestens.«

In den verbliebenen Vormittagsstunden widmete sie sich den Vorbereitungen für die Abendsendungen.

Um drei Uhr nachmittags wurde Dana von Cesar an der Tür in Empfang genommen.

»Miss Evans!« Er schenkte ihr ein breites Lächeln. »Ich bin ja so froh, Sie wieder zu sehen. Willkommen daheim.«

»Danke, Cesar. Wie ist es Ihnen ergangen?«

»Hervorragend, vielen Dank.«

»Sind Mr. und Mrs. –?«

»Ja. Sie erwarten Sie bereits. Darf ich Ihnen den Mantel abnehmen?«

»Dana!«, riefen Roger und Pamela wie aus einem Mund, als Dana in den Salon kam.

Pamela Hudson umarmte sie. »Die verlorene Tochter ist zurück.«

»Sie sehen müde aus«, sagte Roger Hudson.

»Darin sind sich anscheinend alle einig.«

»Setzen Sie sich, setzen Sie sich«, sagte Roger.

Ein Dienstmädchen brachte ein Tablett mit Tee, kleinen Kuchen, süßen Brötchen und Croissants. Pamela goss ihnen ein.

»Nun denn«, sagte Roger, als sie Platz genommen hatten, »berichten Sie uns, wie es gelaufen ist.«

»Ich fürchte, ich bin kein Stück weitergekommen. Ich bin völlig verzweifelt.« Dana atmete tief durch. »Ich habe mich mit einem gewissen Dieter Zander getroffen, der behauptet, Taylor Winthrop habe ihn hereingelegt und ins Gefängnis gebracht. Während er einsaß, kam seine Familie bei einem Brand ums Leben. Er gibt Winthrop die Schuld an ihrem Tod.«

»Dann hätte er also durchaus ein Motiv, die ganze Familie Winthrop umzubringen«, sagte Pamela.

»Ganz recht. Aber es gibt noch andere«, erwiderte Dana. »Ich habe in Frankreich mit einem gewissen Marcel Falcon gesprochen. Sein einziger Sohn wurde von einem Autofahrer getötet, der anschließend Fahrerflucht beging. Taylor Winthrops Chauffeur nahm die Schuld auf sich, aber jetzt behauptet er, Taylor Winthrop habe am Steuer gesessen.«

»Falcon war beim Nato-Rat in Brüssel«, sagte Roger nachdenklich.

»Genau. Und der Chauffeur hat ihm erzählt, dass Taylor Winthrop seinen Sohn auf dem Gewissen hat.«

»Ist ja interessant.«

»Sehr sogar. Haben Sie schon mal von einem Vincente Mancino gehört?«

Roger Hudson dachte einen Moment lang nach. »Nein.«

»Er hat mit der Mafia zu tun. Taylor Winthrop hat seine Tochter geschwängert und zu einem Quacksalber geschickt, der die Abtreibung verpfuschte. Die Tochter ist seither in einem Kloster und die Mutter im Sanatorium.«

»Mein Gott.«

»Tatsache ist, dass alle drei gute Gründe haben, sich zu rächen.« Dana seufzte entmutigt. »Aber ich kann ihnen nichts nachweisen.«

Roger musterte Dana nachdenklich. »Und Taylor Winthrop trifft wirklich die Schuld an all diesen furchtbaren Sachen?«

»Das steht völlig außer Frage, Roger. Ich habe mit diesen Menschen gesprochen. Einer von ihnen ist der Täter, und wer es auch war, er hat diese Morde äußerst raffiniert durchgeführt. Es gibt keinerlei Hinweise – nicht die geringsten. Jeder Mord wurde auf eine andere Art und Weise begangen, sodass sich kein bestimmtes Muster erkennen lässt. Sie wurden bis in alle Einzelheiten geplant. Nichts wurde dem Zufall überlassen. Es gibt keinen einzigen Zeugen.«

»Ich weiß, es klingt womöglich etwas weit hergeholt«, sagte Pamela nachdenklich, »aber wäre es möglich, dass sich alle drei zusammengetan haben, um sich zu rächen?«

Dana schüttelte den Kopf. »Ich glaube nicht, dass sie gemeinsame Sache gemacht haben. Die Männer, mit denen ich gesprochen habe, verfügen über große Macht. Ich bin davon überzeugt, dass jeder auf eigene Faust handeln wollte. Nur einer von Ihnen ist der Täter.«

Aber wer?

Dana blickte plötzlich auf ihre Uhr. »Bitte entschuldigen Sie mich. Ich habe Kemal versprochen, dass wir heute Abend zu McDonald's essen gehen, und wenn ich mich beeile, schaffe ich es noch, bevor ich wieder zur Arbeit muss.«

»Natürlich, meine Liebe!«, sagte Pamela. »Dafür haben wir doch vollstes Verständnis. Danke, dass Sie vorbeigekommen sind.«

Dana stand auf. »Und ich danke Ihnen für den köstlichen Tee und die moralische Unterstützung.«

»Das hat mir gefehlt«, sagte Dana, als sie Kemal am Montagmorgen zur Schule fuhr. »Aber jetzt bin ich wieder da.«

»Ich bin ja so froh.« Kemal gähnte.

Dana fiel auf, dass er ständig gähnte, seit er aufgestanden war. »Hast du letzte Nacht gut geschlafen?«, fragte sie.

»Ja, ich glaube schon.« Wieder gähnte Kemal.

»Was treibst du denn so in der Schule?«, fragte Dana.

»Du meinst, außer dem öden Geschichtsunterricht und den langweiligen Englischstunden?«

»Ja.«

»Ich spiele Fußball.«

»Du übernimmst dich doch nicht etwa, oder, Kemal?«

»Nee.«

Sie warf einen Blick auf die schmächtige Gestalt neben ihr. Dana hatte den Eindruck, dass Kemal irgendwie schlapp und kraftlos wirkte. Außerdem war er ungewöhnlich still. Sie fragte sich, ob sie mit ihm zum Arzt gehen sollte. Vielleicht sollte sie ihn untersuchen lassen und sich erkundigen, ob man ihm nicht ein paar Vitamine verschreiben konnte, damit er wieder zu Kräften kam. Sie blickte auf ihre Uhr. In einer halben Stunde begann die Redaktionskonferenz für die Abendnachrichten.

Der Morgen verging wie im Flug, und es tat gut, wieder in der gewohnten Umgebung zu sein. Als Dana in ihr Büro zurückkehrte, fand sie auf ihrem Schreibtisch einen verschlossenen Briefumschlag vor, auf dem nur ihr Name stand. Sie öffnete ihn und las den Text:

»Miss Evans: Ich habe die Informationen, hinter denen Sie her sind. Ich habe im Sojus-Hotel in Moskau ein Zimmer für Sie reservieren lassen. Kommen Sie sofort. Erzählen Sie niemandem etwas davon.«

Keine Unterschrift. Ungläubig las Dana den Brief noch einmal. *Ich habe die Informationen, hinter denen Sie her sind.*

Natürlich handelte es sich um einen Trick. Wenn jemand in Russland etwas wusste, was ihr weiterhelfen könnte, wieso hatte der Betreffende ihr dann nichts davon erzählt, als sie dort war? Dana musste an die Begegnung mit Kommissar Sascha Schdanoff und seinem Bruder Boris denken. Boris hatte allem Anschein nach unbedingt mit ihr reden wollen, aber Sascha war ihm ständig ins Wort gefallen. Dana saß an ihrem Schreibtisch und dachte nach. Wie war diese Nachricht auf ihren Schreibtisch gelangt? Wurde sie beobachtet?

Ich werde die Sache einfach vergessen, beschloss Dana. Sie steckte den Brief in ihre Handtasche. *Ich zerreiße ihn, wenn ich nach Hause komme.*

Dana verbrachte den Abend mit Kemal. Sie dachte, er wäre begeistert von dem neuen Computerspiel, das sie ihm aus Moskau mitgebracht hatte, aber er wirkte eher gleichgültig. Um neun Uhr fielen ihm fast die Augen zu.

»Ich bin müde, Dana. Ich glaube, ich geh lieber ins Bett.«

»In Ordnung, mein Schatz.« Dana blickte ihm hinterher, als er in das Arbeitszimmer ging. *Er hat sich so verändert*, dachte sie. *Er kommt mir ganz anders vor als früher. Na ja, aber jetzt bleiben wir zusammen. Wenn ihm irgendetwas zu schaffen macht, werde ich es schon herausfinden.* Es war höchste Zeit, dass sie sich ins Studio begab.

Der Mieter in der Nachbarwohnung saß vor dem Fernsehgerät und sprach auf einen Kassettenrecorder.

»Zielperson hat die Wohnung verlassen und ist ins Fernsehstudio gegangen. Der Junge liegt im Bett. Die Haushälterin näht.«

»Wir sind auf Sendung!« Das rote Licht an der Kamera blinkte auf.

»Guten Abend«, ertönte die Stimme des Ansagers. »Es ist dreiundzwanzig Uhr. Hier sind die Spätnachrichten auf WTN mit Dana Evans und Richard Melton.«

Dana lächelte in die Kamera. »Guten Abend. Ich bin Dana Evans.«

»Und ich bin Richard Melton«, sagte Richard, der neben ihr saß.

»Wir berichten heute Abend zunächst von einem schrecklichen Unglück in Malaysia …«, fing Dana an.

Hier gehöre ich hin, dachte sie, *statt mich sinnlos irgendwo da draußen in der Weltgeschichte herumzutreiben.*

Die Sendung ging gut über die Bühne. Als Dana in ihre Wohnung zurückkehrte, schlief Kemal bereits. Nachdem sie Mrs. Daley eine gute Nacht gewünscht hatte, ging auch Dana zu Bett, doch sie fand keinen Schlaf.

Ich habe die Informationen, hinter denen Sie her sind. Ich habe im Sojus-Hotel in Moskau ein Zimmer für Sie reservieren lassen. Kommen Sie sofort. Erzählen Sie niemandem etwas davon.

Es ist eine Falle. Ich wäre schön blöde, wenn ich nach Moskau zurückkehren würde, dachte Dana. *Aber was ist, wenn es stimmt? Wieso macht sich jemand überhaupt die Mühe? Der Brief kann nur von Boris Schdanoff stammen. Was ist, wenn er wirklich etwas weiß?* Sie lag die ganze Nacht wach.

Als Dana am nächsten Morgen aufstand, rief sie Roger Hudson an und berichtete ihm von der Mitteilung.

»Mein Gott. Ich weiß nicht, was ich dazu sagen soll.« Er klang aufgeregt. »Das könnte darauf hindeuten, dass jemand bereit ist auszupacken, was den Tod der Winthrops angeht.«

»Ich weiß.«

»Dana, es könnte gefährlich werden. Das gefällt mir ganz und gar nicht.«

»Wenn ich nicht darauf eingehe, erfahren wir die Wahrheit niemals.«

Er zögerte. »Vermutlich haben Sie Recht.«

»Ich muss hin, aber ich werde vorsichtig sein.«

»Na schön«, sagte Roger Hudson unwillig. »Aber Sie müssen sich regelmäßig bei uns melden.«

»Ganz bestimmt, Roger.«

Am frühen Dienstagnachmittag besorgte sich Dana bei der Corniche Travel Agency ein Ticket für einen Hin- und Rückflug nach Moskau. *Allzu lange werde ich ja hoffentlich nicht weg sein,* dachte sie. Sie hinterließ eine Nachricht für Matt, in der sie ihm mitteilte, worum es ging.

Danach fuhr sie in ihre Wohnung. »Ich fürchte, ich muss noch mal weg«, sagte sie zu Mrs. Daley. »Es geht bloß um zwei, drei Tage. Passen Sie gut auf Kemal auf.«

»Machen Sie sich darüber mal keine Sorgen, Miss Evans. Wir kommen prima miteinander klar.«

Der Mieter, der nebenan vor dem Fernseher saß, wandte sich ab und griff rasch zum Telefon.

Das reinste Déjà vu, dachte Dana, als sie sich tags darauf an Bord einer Aeroflot-Maschine nach Moskau begab. *Wahrscheinlich mache ich einen schweren Fehler. Es könnte eine Falle sein. Aber wenn in Moskau jemand Bescheid weiß, erfahre ich womöglich, worum es geht.* Sie lehnte sich zurück und machte es sich bequem.

Als sie am nächsten Morgen auf dem mittlerweile vertrauten Flughafen Scheremetjewo II landeten, holte Dana ihr Gepäck ab und begab sich zum Ausgang, wo ihr dichtes Schneetreiben entgegenschlug. Am Taxistand wartete bereits eine lange Schlange von Fluggästen. Dana stand im kalten Wind und war dankbar, dass sie einen warmen Wintermantel anhatte. Sie musste vierzig Minuten anstehen, und als sie endlich an der Reihe war, versuchte sich ein feister Mann vorzudrängen.

»*Njet*«, sagte Dana entschieden. »Das ist mein Taxi.« Sie stieg ein.

»*Da?*«, sagte der Fahrer.

»Ich möchte zum Sojus-Hotel.«

Er wandte sich zu ihr um und musterte sie. »Sie wirklich wollen dorthin?«, fragte er in gebrochenem Englisch.

»Wieso? Was meinen Sie damit?«, erwiderte Dana verdutzt.

»Das ist nicht sehr gutes Hotel.«

Dana war mit einem Mal beunruhigt. *Will ich wirklich dorthin? Aber jetzt gibt's kein Zurück mehr.* Er wartete auf eine Antwort. »Ja. Ich – ich will wirklich dorthin.«

Der Fahrer zuckte die Achseln, fuhr los und fädelte sich in den Verkehr auf der verschneiten Straße ein.

Was mache ich, wenn in dem Hotel kein Zimmer für mich reserviert ist?, dachte Dana. *Was ist, wenn das Ganze nur ein schlechter Scherz ist?*

Das Sojus-Hotel befand sich an der Uliza Lewobereschnaja, in einem Arbeiterviertel am Stadtrand von Moskau. Es war ein altes, wenig einladend wirkendes Gebäude, braun gestrichen, von dessen Fassade überall die Farbe abblätterte.

»Wollen Sie, ich warten?«, fragte der Fahrer.

Dana zögerte einen Moment. »Nein.« Sie bezahlte das Fahrgeld, stieg aus und kämpfte sich durch den eisigen Wind zu dem Hotel durch. Eine ältere Frau saß an der Rezeption in dem heruntergekommenen Foyer und las in einer Illustrierten. Sie blickte verwundert auf, als Dana eintrat und auf sie zukam.

»*Da?*«

»Ich glaube, für mich ist hier ein Zimmer reserviert. Dana Evans.« Sie hielt einen Moment lang die Luft an.

Die Frau nickte bedächtig. »Dana Evans, ja.« Sie griff hinter sich und nahm einen Schlüssel von dem Brett an der Wand. »Vier-null-zwei, vierter Stock.« Sie reichte ihn Dana.

»Wo muss ich mich eintragen?«

Die Frau schüttelte den Kopf. »Kein Eintrag. Sie zahlen gleich. Ein Tag.«

Wieder war Dana mulmig zu Mute. Ein russisches Hotel, in dem sich ausländische Gäste nicht eintragen mussten? Irgendetwas stimmte hier nicht.

»Fünfhundert Rubel«, sagte die Frau.

»Ich muss erst Geld wechseln«, sagte Dana. »Später«.

»Nein. Jetzt. Ich nehme Dollars.«

»Na schön.« Dana griff in ihre Handtasche und holte eine Hand voll Scheine heraus.

Die Frau nickte, griff zu und nahm sich ein halbes Dutzend. *Ich glaube, damit hätte ich das ganze Hotel kaufen können.* Dana blickte sich um. »Wo ist der Fahrstuhl?«

»Kein Fahrstuhl.«

»Oh.« Einen Pagen gab es offensichtlich auch nicht. Dana nahm ihr Gepäck und stieg die Treppe hinauf.

Das Zimmer übertraf ihre schlimmsten Erwartungen. Es war klein und schmuddelig, das Bett ungemacht, die Vorhänge zerrissen. Wie wollte sich Boris mit ihr in Verbindung setzen? *Das kann nur ein schlechter Scherz sein,* dachte Dana. *Aber wieso macht sich jemand all die Umstände?*

Sie setzte sich auf die Bettkante und blickte durch das

schmutzige Fenster auf das Menschengetümmel drunten auf der Straße.

Ich habe mich zum Narren halten lassen, dachte Dana. *Vermutlich hocke ich tagelang hier herum, ohne dass –*

Jemand klopfte leise an die Tür. Dana atmete tief durch und stand auf. Wenn sie das Rätsel lösen wollte, dann jetzt, falls es denn überhaupt etwas zu lösen gab. Dana ging zur Tür und riss sie auf. Draußen auf dem Flur war weit und breit niemand zu sehen. Ein Briefumschlag lag am Boden. Dana hob ihn auf und nahm ihn mit hinein. Auf dem Zettel, der darin steckte, stand *WDNCh 21 Uhr.* Dana hatte keine Ahnung, was damit gemeint war. Sie öffnete ihren Koffer und suchte den Stadtführer heraus, den sie diesmal wohlweislich mitgenommen hatte. Da stand es: *WDNCh – Ausstellung der volkswirtschaftlichen Errungenschaften der UdSSR.* Sogar die Adresse war angegeben.

Um acht Uhr abends hielt Dana ein Taxi an. »Zum WDNCh. Dem Park.« Sie war sich nicht sicher, ob sie alles richtig aussprach.

Der Fahrer drehte sich zu ihr um: »WDNCh? Alles geschlossen.«

»Oh.«

»Sie wollen trotzdem hin?«

»Ja.«

Der Fahrer zuckte die Achseln und gab Gas.

Das weitläufige Gelände lag im Nordosten von Moskau. Laut Stadtführer sollte die umfassende Ausstellung einst vom Ruhm der sowjetischen Landwirtschaft, Industrie und Forschung künden, doch im Zuge des wirtschaftlichen Niedergangs wurden die Mittel für den Unterhalt gestrichen, sodass das ganze Gebäude zu einem verfallenen Denkmal des sowjetischen Machtanspruchs wurde. Von den einstmals so großartigen Hallen und Pavillons bröckelte der Putz und der Park war menschenleer.

Dana stieg aus dem Taxi und zückte eine Hand voll US-Dollar. »Ist das –«

»*Da.*« Der Fahrer schnappte sich die Scheine und war im nächsten Moment verschwunden.

Dana blickte sich um. Sie war allein in dem Park, durch den ein eisiger Wind fegte. Sie ging zu einer in der Nähe stehenden Bank, setzte sich hin und wartete auf Boris. Sie musste daran denken, wie sie im Zoo auf Joan Sinisi gewartet hatte. *Was ist, wenn Boris –?*

Dana schrak auf, als eine Stimme hinter ihr ertönte. »*Choroschij wjetschernij.*«

Sie wandte sich um und riss überrascht die Augen auf. Sie hatte Boris Schdanoff erwartet. Stattdessen sah sie Kommissar Sascha Schdanoff vor sich stehen. »Kommissar! Ich hatte nicht damit gerechnet –«

»Sie folgen mir«, sagte er kurz angebunden. Sascha Schdanoff lief mit raschen Schritten durch den Park davon. Dana zögerte einen Moment, stand dann auf und eilte hinter ihm her. Er ging in ein kleines, russisches Café am Rande des Parks und nahm an einem der hinteren Tische Platz. Außer ihnen war nur noch ein anderes Paar in dem Café. Dana ging zu seinem Platz und setzte sich.

Eine ungepflegte Kellnerin mit einer schmuddeligen Schürze kam zu ihnen. »*Da?*«

»*Dwa kófe, paschhaljusta*«, sagte Schdanoff. Er wandte sich wieder an Dana. »Ich war mir nicht sicher, ob Sie kommen, aber Sie sind sehr hartnäckig. Das kann manchmal gefährlich sein.«

»Sie haben mir in Ihrer Nachricht mitgeteilt, dass Sie mir erzählen könnten, was ich wissen möchte.«

»Ja.« Der Kaffee kam. Er trank einen Schluck und schwieg einen Moment lang. »Sie möchten wissen, ob Taylor Winthrop und seine Familie ermordet wurden.«

Danas Herz schlug einen Takt schneller. »Ist es so?«

»Ja.« Sein Flüstern klang geradezu unheimlich.

Dana fröstelte mit einem Mal. »Wissen Sie, wer sie umgebracht hat?«

»Ja.«

Sie holte tief Luft. »Wer?«

Er hob die Hand und gebot ihr Einhalt. »Ich werde es Ihnen sagen, aber erst müssen Sie etwas für mich tun.«

Dana blickte ihn an. »Was?«, sagte sie vorsichtig.

»Bringen Sie mich aus Russland weg. Ich bin hier nicht mehr sicher.«

»Wieso gehen Sie nicht einfach zum Flughafen und fliegen weg? Soweit ich weiß, sind Reisen ins Ausland nicht mehr verboten.«

»Liebe Miss Evans, Sie sind naiv. Sehr naiv. Es stimmt, es ist nicht mehr wie seinerzeit unter dem Kommunismus, aber wenn ich versuchen würde, was Sie mir vorschlagen, würde man mich töten, bevor ich auch nur in die Nähe des Flughafens komme. Hier haben die Wände noch immer Augen und Ohren. Ich bin in großer Gefahr. Ich benötige Ihre Hilfe.«

Es dauerte einen Moment, bis Dana seine Worte verdaut hatte. Bestürzt blickte sie ihn an. »Ich kann Sie nicht – ich wüsste nicht, wie ich das anstellen soll.«

»Sie müssen. Sie müssen einen Weg finden. Mein Leben ist in Gefahr.«

Dana dachte kurz nach. »Ich kann mit dem amerikanischen Botschafter reden und –«

»Nein!«, versetzte Sascha Schdanoff scharf.

»Aber das ist die einzige Möglichkeit –«

»Ihre Botschaft hat Verräterohren. Niemand außer Ihnen und den Leuten, die Ihnen helfen, darf etwas davon erfahren. Ihr Botschafter kann mir nicht helfen.«

Dana war mit einem Mal entmutigt. Es war völlig ausgeschlossen, dass sie einen hohen russischen Kommissar außer Landes schleusen konnte. *Ich könnte nicht mal eine Katze herausschmuggeln.* Und noch etwas anderes ging ihr durch den Kopf. Die ganze Sache war womöglich ein Trick. Sascha Schdanoff hatte gar keine Informationen. Er wollte sie nur benutzen, damit er nach Amerika kam. Die ganze Reise war umsonst gewesen.

»Ich fürchte ich kann Ihnen wirklich nicht helfen, Kommissar Schdanoff«, sagte Dana. Wütend stand sie auf.

»Warten Sie! Sie möchten Beweise? Ich werde Ihnen Beweise liefern.«

»Was für Beweise?«

Es dauerte eine Zeit lang, bis er antwortete. »Sie zwingen mich, etwas zu tun«, sagte er schließlich mit schleppender Stimme, »was ich nicht tun möchte.« Er erhob sich. »Sie kommen mit mir.«

Eine halbe Stunde später gingen sie durch einen privaten Hintereingang zu Sascha Schdanoffs Diensträumen im Büro für internationale Wirtschaftsentwicklung.

»Ich könnte exekutiert werden für das, was ich Ihnen erzählen werde«, sagte Sascha Schdanoff, als sie dort eintrafen. »Aber ich habe keine andere Wahl.« Hilflos breitete er die Arme aus. »Weil ich getötet werde, wenn ich hier bleibe.«

Dana sah zu, wie Schdanoff zu einem großen, in die Wand eingelassenen Safe ging. Er stellte die Zahlenkombination ein, zog die Tür auf und nahm ein dickes Buch heraus. Er trug es zum Schreibtisch.

»Das ist streng geheimes Material«, erklärte Kommissar Schdanoff Dana. Er schlug das Buch auf.

Dana schaute genau hin, als er langsam umblätterte. Auf jeder Seite waren Farbfotos von diversen Bombern, Raketenwerfern, Luftabwehrraketen, Luft-Boden-Raketen, Schnellfeuerwaffen, Panzern und Unterseebooten abgebildet.

»Das ist das komplette russische Waffenarsenal.« Es wirkte gewaltig, tödlich.

»In diesem Moment besitzt Russland mehr als eintausend Interkontinentalraketen, mehr als zweitausend Atomsprengköpfe und siebzig strategische Bomber.« Er deutete auf die diversen Waffen, während er umblätterte. »Das ist der Awl… Acrid… Aphid… Anab… Archer… Unser Atomwaffenarsenal kann mit dem der Vereinigten Staaten mithalten.«

»Ganz schön eindrucksvoll.«

»Das russische Militär hat große Probleme, Miss Evans. Wir stecken in einer Krise. Es ist kein Geld vorhanden, um die Soldaten zu bezahlen, und die Moral ist sehr schlecht. Der Präsident bietet uns wenig Anlass zur Hoffnung, und die Zukunft sieht noch schlechter aus, daher ist das Militär gezwungen, sich der Vergangenheit zuzuwenden.«

»Ich – ich fürchte, ich verstehe nicht recht, wie das –«, setzte Dana an.

»Als Russland noch eine wirkliche Supermacht war, stellten wir mehr Waffen als die Vereinigten Staaten her. All diese Waffen liegen nun hier herum. Es gibt dutzende Länder, die gierig darauf sind. Sie sind Milliarden wert.«

»Kommissar«, sagte Dana geduldig, »ich bin mir des Problems durchaus bewusst, aber –«

»Das ist nicht das eigentliche Problem.«

Dana blickte ihn verdutzt an. »Nein? Was denn dann?«

Schdanoff wählte seine Worte mit Bedacht. »Haben Sie schon mal von Krasnojarsk-26 gehört?«

Dana schüttelte den Kopf. »Nein.«

»Das erstaunt mich nicht. Es steht auf keiner Karte, und die Menschen, die dort leben, gibt es offiziell nicht.«

»Was meinen Sie damit?«

»Sie werden sehen. Morgen werde ich Sie dorthin bringen. Sie werden mich mittags im gleichen Café treffen.« Er legte die Hand auf Danas Arm und drückte fest zu. »Sie dürfen niemandem etwas davon erzählen.« Er tat ihr weh. »Haben Sie verstanden?«

»Ja.«

»*Orobopeno.* Abgemacht.«

Um zwölf Uhr mittags war Dana bei dem kleinen Café im WDNCh-Park. Sie ging hinein, setzte sich an denselben Tisch und wartete. Eine halbe Stunde später war Schdanoff noch immer nicht aufgetaucht. *Was nun?*, fragte sie sich beklommen.

»*Dóbrij djen.*« Sascha Schdanoff stand vor dem Tisch. »Kommen Sie. Wir müssen einkaufen.«

»Einkaufen?«, fragte sie ungläubig.

»Kommen Sie!«

Dana folgte ihm hinaus in den Park. »Was müssen wir kaufen?«

»Etwas für Sie.«

»Ich brauche nichts –«

Schdanoff hielt ein Taxi an, worauf sie schweigend und angespannt zu einem Einkaufszentrum fuhren. Sie stiegen aus, und Schdanoff entlohnte den Fahrer.

»Hier hinein«, sagte Sascha Schdanoff.

Sie gingen in das Einkaufszentrum und liefen an einem halben Dutzend Geschäften vorbei. Vor einem Laden, in dessen Schaufenster allerlei Reizwäsche auslag, blieb Schdanoff stehen.

»Hier.« Er führte Dana hinein.

Dana blickte sich inmitten der durchsichtigen Dessous um. »Was machen wir hier?«

»Sie werden sich umziehen.«

Eine Verkäuferin kam auf sie zu, worauf Schdanoff mit ihr ein paar Worte auf Russisch wechselte. Die Verkäuferin nickte und kehrte kurz darauf mit einem extrem kurzen rosa Minirock und einer tief ausgeschnittenen mit Bändern verzierten Bluse zurück.

Schdanoff nickte beifällig. »*Da.*« Er wandte sich an Dana. »Sie werden das anziehen.«

Dana fuhr zurück. »Nein! Ich denke nicht daran, so was zu tragen. Was wollen Sie –«

»Sie müssen.« Es klang bestimmt.

»Weshalb?«

»Sie werden schon sehen.«

Der Mann ist eine Art Sexbesessener, dachte Dana. *Worauf, zum Teufel, habe ich mich da bloß eingelassen?*

Schdanoff musterte sie. »Nun?«

Dana atmete tief durch. »Na schön.« Sie ging in die winzige Umkleidekabine und zog die Sachen an. Als sie wieder herauskam, warf sie einen Blick in den Spiegel und keuchte kurz auf. »Ich sehe aus wie eine Hure.«

»Noch nicht«, erklärte ihr Schdanoff. »Wir werden Ihnen noch etwas Make-up besorgen.«

»Kommissar –«

»Kommen Sie.«

Danas Kleidung wurde in eine Papiertüte gepackt. Dana zog ihren Wollmantel über und versuchte ihre Aufmachung so weit wie möglich zu verbergen. Wieder gingen sie quer durch das Einkaufszentrum. Passanten starrten Dana an, und gelegentlich bedachten sie die Männer mit einem wissenden Lächeln. Ein Arbeiter zwinkerte ihr zu. Dana fühlte sich beschmutzt.

»Hier hinein!«

Sie standen vor einem Kosmetikladen. Sascha Schdanoff ging hinein. Dana zögerte kurz, dann folgte sie ihm. Er begab sich an den Ladentisch.

»*Ano tjomnij*«, sagte er.

Die Kosmetikerin zeigte ihm einen hellroten Lippenstift und eine Dose Rouge.

»*Sawirschenstwa*«, sagte Schdanoff. Er wandte sich an Dana. »Tragen Sie das auf. Dick.«

Dana hatte genug. »Nein, danke. Ich weiß nicht, welches Spiel Sie treiben, Kommissar, aber ich werde dabei nicht mitmachen. Ich habe –«

Mit stechendem Blick schaute er sie an. »Ich versichere Ihnen, das ist kein Spiel, Miss Evans. Krasnojarsk-26 ist ein Sperrbezirk. Ich bin einer der wenigen Auserwählten, die Zugang dazu haben. Man erlaubt nur ein paar Außenstehenden, für einen Tag Prostituierte mitzubringen. Das ist die einzige Möglichkeit, wie ich Sie an den Posten vorbeischleusen kann. Und dazu eine Kiste guten Wodka – das ist der Eintrittspreis. Haben Sie Interesse oder nicht?

Sperrbezirk? Posten? Wie weit wollen wir die Sache treiben?

»Ja«, rang sich Dana widerwillig ab. »Ich habe Interesse.«

22

Eine Militärmaschine stand in einem für die Öffentlichkeit nicht zugänglichen Bereich des Flughafens Scheremetjewo II bereit. Dana stellte überrascht fest, dass sie und Sascha Schdanoff die einzigen Passagiere waren.

»Wohin fliegen wir?«, fragte Dana.

Sascha Schdanoff bedachte sie mit einem freudlosen Lächeln. »Nach Sibirien.«

Sibirien. Dana spürte, wie sich ihr Magen verkrampfte. »Oh.«

Der Flug dauerte vier Stunden. Dana versuchte mehrmals mit Schdanoff ins Gespräch zu kommen, damit sie sich zunächst eine ungefähre Vorstellung davon machen konnte, was sie erwartete, doch der Kommissar saß nur schweigend und mit grimmiger Miene auf seinem Platz.

Die Maschine landete auf einem kleinen Flughafen mitten in der schlimmsten Einöde, die Dana je gesehen hatte, wo sie ein Lada 2110 auf dem vereisten Vorfeld erwartete. Dana blickte sich in der trostlosen Landschaft um.

»Dieser Ort, zu dem wir fahren – ist er weit von hier entfernt?« *Und werde ich jemals zurückkommen?*

»Es ist nur ein kurzes Stück. Wir müssen sehr vorsichtig sein.«

Weshalb vorsichtig?

Nach einer kurzen, holprigen Fahrt gelangten sie zu einer Art kleinem Bahnhof. Ein halbes Dutzend dick vermummter Wachposten in Uniform stand am Bahnsteig.

Als Dana und Schdanoff auf sie zugingen, glotzten die Wachen auf Danas freizügige Garderobe. Einer von ihnen deutete auf Dana und feixte. »*Ti wesutschi!*«

Schdanoff grinste und sagte irgendetwas auf Russisch, worauf sämtliche Posten laut loslachten.

Ich will es gar nicht wissen, dachte Dana.

Schdanoff stieg in den Zug, und Dana, die überhaupt nicht mehr wusste, wie ihr geschah, folgte ihm. *Wo könnte ein Zug mitten in der öden, eisigen Tundra hinfahren?* In dem Waggon war es bitterkalt.

Die Lokomotive fuhr los und ein paar Minuten später rollte der Zug in einen hell erleuchteten Tunnel, der aus dem Berg herausgehauen war. Dana blickte auf die nur wenige Zentimeter entfernten Felswände zu beiden Seiten und kam sich vor wie in einem unheimlichen, aberwitzigen Traum.

Sie wandte sich an Schdanoff. »Würden Sie mir bitte verraten, wohin wir fahren?«

Der Zug hielt ruckartig an. »Wir sind da.«

Sie stiegen aus und gingen auf ein sonderbar aussehendes Zementgebäude zu, das etwa hundert Meter entfernt war. Davor ragten zwei abschreckend wirkende Stacheldrahtzäune auf, die von schwer bewaffneten Soldaten bewacht wurden. Als Dana und Sascha Schdanoff sich dem Tor näherten, salutierten die Soldaten.

»Haken Sie sich bei mir unter«, flüsterte Schdanoff, »küssen Sie mich und lachen Sie.«

Das glaubt mir Jeff nie und nimmer, dachte Dana. Sie hakte sich bei Schdanoff unter, küsste ihn auf die Wange und rang sich ein dumpfes Lachen ab.

Das Tor ging auf, und Arm in Arm schritten sie hindurch. Neidisch blickten die Soldaten hinterher, als sich Kommissar Schdanoff mit seiner bildhübschen Hure hineinbegab. Zu Danas Erstaunen befand sich in dem Gebäude ein Aufzug, der nach unten führte. Sie waren kaum in die Kabine eingestiegen, als sich die Tür schloss.

»Wohin fahren wir«, fragte Dana, als sich der Aufzug in Bewegung setzte.

»Unter den Berg.« Der Aufzug wurde immer schneller.

»Wie tief unter den Berg?«, fragte Dana nervös.

»Einhundertachtzig Meter.«

Dana blickte ihn ungläubig an. »Wir fahren einhundertachtzig Meter tief hinab. Wieso? Was ist dort unten?

»Sie werden schon sehen.«

Nach ein paar Minuten wurde der Aufzug langsamer. Schließlich hielt er an, und die Tür ging automatisch auf.

»Wir sind da, Miss Evans«, sagte Kommissar Schdanoff.

Aber wo?

Sie traten aus dem Aufzug und waren keine zwanzig Schritte weit gegangen, als Dana fassungslos stehen blieb. Vor ihr lag ein Straßenzug, eine moderne Stadt mit Geschäften, Restaurants und Kinos. Männer und Frauen spazierten die Gehsteige entlang, und Dana fiel auf, dass niemand einen Mantel trug. Mit einem Mal bemerkte sie, wie warm es hier war. Sie wandte sich an Schdanoff. »Wir sind tief unter dem Berg?«

»Ganz recht.«

»Aber –« Sie blickte auf die unglaubliche Szenerie, die sich vor ihr auftat. »Ich kann es nicht fassen. Was ist das hier?«

»Wie gesagt. Krasnojarsk-26.«

»Ist das eine Art Luftschutzbunker?

»Ganz im Gegenteil«, erwiderte er rätselhaft.

Wieder blickte Dana auf all die modernen Gebäude ringsum. »Kommissar, was soll das Ganze hier?«

Er bedachte Dana mit einem langen, scharfen Blick. »Sie wären besser beraten, wenn Sie das, was ich Ihnen erzählen werde, nicht wüssten.«

Dana war mit einem Mal wieder mulmig zu Mute.

»Wissen Sie etwas über Plutonium?

»Nicht allzu viel, nein.«

»Plutonium ist der Hauptbestandteil von Atomsprengköpfen. Der einzige Daseinszweck von Krasnojarsk-26 ist die Herstellung von Plutonium. Hunderttausend Wissenschaftler und Ingenieure leben und arbeiten hier, Miss Evans. Anfangs bekamen sie nur das Beste vom Besten, egal ob Lebensmittel, Kleidung oder Unterkunft. Aber sie alle sind unter einer Auflage hier.«

»Ja?«

»Sie müssen sich damit einverstanden erklären, dass sie hier nie wieder weggehen.«

»Sie meinen –«

»Sie können nicht fort. Sie dürfen keinen Besuch empfangen. Sie sind völlig von der Außenwelt abgeschnitten.«

Dana betrachtete die Menschen, die auf den angenehm warmen Straßen unterwegs waren. *Das darf nicht wahr sein,* dachte sie. »Wo wird das Plutonium hergestellt?«

»Ich werde es Ihnen zeigen.« Eine Elektrobahn näherte sich. »Kommen Sie.« Schdanoff stieg in den Zug und Dana folgte ihm. Sie fuhren die belebte Hauptstraße entlang und dann durch ein Labyrinth schummriger Stollen.

Dana versuchte sich den unglaublichen Aufwand vorzustellen, der über Jahre hinweg getrieben worden sein musste, um diese Stadt zu errichten. Nach ein paar Minuten wurde es draußen heller, und kurz darauf hielt der Zug an. Sie standen am

Eingang zu einem riesigen, in gleißendes Licht getauchten Laboratorium.

»Da wären wir.«

Dana blickte sich scheu um, während sie Schdanoff folgte. Drei mächtige Reaktoren befanden sich in dieser gewaltigen Felsenkammer. Zwei waren offenbar stillgelegt, doch ein dritter, von einer ganzen Schar Ingenieure umlagert, war allem Anschein nach in Betrieb.

»Die Anlagen in diesem Raum erzeugen so viel Plutonium, dass man damit alle drei Tage eine Atombombe bauen kann«, sagte Schdanoff. Er deutete auf den nicht abgeschalteten Atommeiler. »Dieser Reaktor produziert noch immer eine halbe Tonne Plutonium pro Jahr, genug für hundert Bomben. Das Plutonium, das im Raum nebenan gelagert wird, ist weit mehr wert als der ganze Zarenschatz.«

»Kommissar«, fragte Dana, »wenn schon so viel Plutonium gelagert ist, wieso stellt man dann noch mehr her?«

»Das ist, wie ihr Amerikaner sagt, der Pferdefuß dabei. Man kann den Reaktor nicht abschalten, weil er die Energie für die ganze Stadt da oben erzeugt. Wenn man kein Plutonium mehr herstellt, gibt es da droben kein Licht und keine Heizung mehr, und die Menschen erfrieren in kürzester Zeit.«

»Das ist ja furchtbar«, sagte Dana. »Wenn –«

»Warten Sie. Ich muss Ihnen noch etwas viel Schlimmeres mitteilen. Wegen der Wirtschaftslage in Russland ist kein Geld für die Wissenschaftler und Ingenieure vorhanden, die hier arbeiten. Sie haben seit Monaten keinen Lohn erhalten. Die schönen Wohnungen, die man ihnen vor Jahren zugeteilt hat, sind mittlerweile heruntergekommen, aber es ist kein Geld für die notwendigen Reparaturen vorhanden. Von der einstigen Vorzugsbehandlung ist nichts geblieben. Die Menschen hier sind verzweifelt. Begreifen Sie den ganzen Widersinn? Das Plutonium, das hier gelagert wird, ist wer weiß wie viele Milliarden Dollar wert, doch die Menschen, die es herstellen, wissen nicht mehr, wovon sie leben sollen.«

»Und Sie glauben, sie könnten möglicherweise einen Teil dieses Plutoniums ins Ausland verkaufen?«, sagte Dana bedächtig.

Er nickte. »Bevor Taylor Winthrop zum Botschafter ernannt wurde, berichteten ihm Freunde von Krasnojarsk-26 und fragten ihn, ob er ein gutes Geschäft machen möchte. Nachdem er mit einigen Wissenschaftlern gesprochen hatte, die sich von ihrer Regierung verraten vorkamen, war Winthrop einverstanden. Aber die Sache war komplizierter, als er dachte, und so musste er warten, bis alle Einzelheiten geklärt waren.«

Er war wie von Sinnen. Er hat irgend so was ähnliches gesagt wie »Alle Einzelheiten sind geregelt.«

Dana bekam kaum noch Luft.

»Kurz darauf wurde Taylor Winthrop amerikanischer Botschafter in Russland. Winthrop und sein Kompagnon wurden mit einigen aufbegehrenden Wissenschaftlern handelseinig und begannen Plutonium ins Ausland zu schmuggeln, unter anderem nach Libyen, in den Iran und Irak, nach Pakistan, Nordkorea und China.«

Nachdem alle Einzelheiten geregelt waren! Der Botschafterposten war für Taylor Winthrop nur deshalb so wichtig gewesen, weil er vor Ort sein musste, um das ganze Unternehmen zu leiten.

»Es war einfach«, fuhr der Kommissar fort, »weil eine etwa tennisballgroße Menge an Plutonium für den Bau einer Atombombe ausreicht. Taylor Winthrop und sein Kompagnon verdienten Milliarden von Dollars. Sie stellten sich sehr schlau an, sodass niemand Verdacht schöpfte.» Es klang verbittert. »Russland ist zu einem Krämerladen geworden – nur dass man hier keine Seife oder Süßigkeiten kaufen kann, sondern Atombomben, Panzer, Kampfflugzeuge und Raketen jedweder Reichweite.«

Dana versuchte all das, was sie gehört hatte, zu verarbeiten. »Weshalb wurde Taylor Winthrop umgebracht?«

»Weil er zu gierig wurde und das Geschäft allein über die Bühne bringen wollte. Als sein Kompagnon erfuhr, was Winthrop vorhatte, ließ er ihn liquidieren.«

»Aber – wieso wurde die ganze Familie ermordet?«

»Nachdem Taylor Winthrop und seine Frau bei dem Brand umgekommen waren, versuchte sein Sohn Paul den Kompagnon zu erpressen. Deshalb musste Paul über die Klinge springen. Und weil womöglich auch die anderen Kinder etwas von dem Plutoniumgeschäft wussten, beschloss dieser Kompagnon, keinerlei Risiko einzugehen, ließ sie ebenfalls ermorden und sorgte dafür, dass es so aussah, als wären sie verunglückt beziehungsweise bei einem missglückten Einbruch umgekommen.«

Dana blickte ihn entsetzt an. »Wer war Taylor Winthrops Kompagnon?«

Kommissar Schdanoff schüttelte den Kopf. »Das muss Ihnen vorerst genügen, Miss Evans. Ich werde Ihnen den Namen nennen, wenn Sie mich außer Landes bringen.« Er schaute auf seine Uhr. »Wir müssen aufbrechen.«

Dana wandte sich um und warf ein letztes Mal einen Blick auf den Reaktor, der nicht abgeschaltet werden konnte, der fortwährend neues Plutonium erzeugte. »Weiß die Regierung der Vereinigten Staaten über Krasnojarsk-26 Bescheid?«

Schdanoff nickte. »O ja. Und man hat eine Heidenangst davor. Ihr Außenministerium bemüht sich nach Kräften darum, gemeinsam mit uns eine Lösung zu finden, wie man diese Atommeiler umbauen könnte, ohne dass dieses tödliche

Nebenprodukt anfällt. Bis es soweit ist …« Er zuckte die Achseln.

»Kennen Sie die FRA?«, fragte Kommissar Schdanoff, als sie wieder im Aufzug waren.

»Ja«, sagte Dana vorsichtig und musterte ihn.

»Die haben ebenfalls die Finger drin.«

»Was?« Und dann wurde ihr mit einem Mal alles klar. *Deshalb hat mich General Booster ständig vergraulen wollen.*

»Ich habe hier eine Wohnung«, sagte Schdanoff, als sie oben angelangt und aus dem Fahrstuhl stiegen. »Wir werden uns dorthin begeben.«

Als sie die Straße entlanggingen, fiel Dana eine Frau auf, die so ähnlich gekleidet war wie sie und sich bei einem Mann unterhakte.

»Die Frau da –«, setzte sie an.

»Wie schon gesagt. Bestimmte Männer dürfen tagsüber eine Prostituierte mitnehmen. Aber abends müssen sich die Huren in ein überwachtes Quartier begeben. Sie dürfen nicht erfahren, was hier tief unter der Erde vor sich geht.«

Unterwegs fiel Dana wieder ein, dass viele der Schaufenster leer gewesen waren.

Von der einstigen Vorzugsbehandlung ist nichts geblieben. Wegen der Wirtschaftslage in Russland ist kein Geld für die Ingenieure und Wissenschaftler vorhanden, die hier arbeiten. Sie haben seit Monaten keinen Lohn erhalten. Vor ihnen ragte ein hohes Gebäude auf, an dem sich eine Art Uhr ohne Ziffern befand.

»Was ist das?«, fragte Dana

»Ein Geigerzähler. Eine Vorsichtsmaßnahme, falls es bei einem der Reaktoren eine Havarie gibt.« Sie bogen in eine Nebenstraße ab, in der ein Wohnhaus neben dem anderen stand.

»Dort ist meine Wohnung. Wir müssen uns eine Weile dort

aufhalten, damit niemand Verdacht schöpft. Das FSB überwacht alles.«

»Das FSB?«

»Ja. Das ehemalige KGB. Der Name ist ein anderer, aber ansonsten ist alles beim Alten geblieben.«

Es war eine große und einstmals vermutlich auch erstklassig ausgestattete Wohnung gewesen, die mittlerweile ziemlich vergammelt war. Die Vorhänge waren fadenscheinig, der Teppichboden abgetreten und die Sitzgarnitur verschlissen.

Dana nahm Platz und dachte über all das nach, was Schdanoff ihr über die FRA erzählt hatte. Und über Jeffs Worte. *Die ganze Behörde ist eine Tarnorganisation. Die eigentliche Aufgabe der FRA besteht darin, ausländische Nachrichtendienste zu überwachen.* Taylor Winthrop war einst Chef der FRA gewesen, und Victor Booster hatte unter ihm gedient.

Ich kann dir nur raten, dich von General Booster so fern wie irgendmöglich zu halten.

Und sie musste an ihre Begegnung mit Booster denken. *Könnt ihr Scheißjournalisten die Toten nicht in Frieden lassen. Ich warne Sie, lassen Sie die Finger davon.* General Victor Booster hatte einen Geheimdienst an der Hand, der sehr wohl jemanden beseitigen konnte.

Und Jack Stone wollte sie davor schützen. *Seien Sie bitte vorsichtig. General Booster würde mir an den Kragen gehen, wenn er wüsste, dass ich mit Ihnen spreche …*

Die FRA hatte überall ihre Spione, und Dana kam sich mit einem Mal nackt und schutzlos vor.

Sascha Schdanoff warf einen Blick auf seine Uhr. »Wir müssen aufbrechen. Wissen Sie inzwischen, wie Sie mich außer Landes bringen wollen?«

»Ja«, sagte Dana bedächtig. »Ich glaube, ich weiß, wie es sich bewerkstelligen lässt. Aber ich brauche ein bisschen Zeit.«

Als die Maschine in Moskau landete, warteten zwei Limousinen auf dem Vorfeld. Schdanoff reichte Dana einen Zettel.

»Ich werde bei einer Freundin absteigen, in den Tschiaka-Apartments. Niemand weiß, dass ich dort bin. Es handelt sich um eine Art sicheres Haus, wie man bei Ihnen sagen würde. Hier ist die Adresse. Ich kann nicht in meine Wohnung zurück. Kommen Sie heute Abend um acht Uhr dort vorbei. Ich muss über Ihren Plan Bescheid wissen.«

Dana nickte. »Na schön. Aber ich muss noch einen Anruf erledigen.«

Die Frau an der Rezeption starrte Dana an, als sie ins Foyer des Sojus-Hotels trat. *Ich kann's ihr nicht verübeln,* dachte Dana. *Ich muss diese scheußlichen Klamotten loswerden.*

Sobald Dana auf ihrem Zimmer war, zog sie wieder ihre eigenen Sachen an, bevor sie zum Telefon griff. Sie betete, während sie auf das Klingelzeichen lauschte. *Bitte seid da. Bitte seid da.* Dann meldete sich gottlob Cesar.

»Bei Hudson.«

»Cesar, ist Mr. Hudson da?« Dana bemerkte, dass sie unwillkürlich den Atem anhielt.

»Miss Evans! Wie schön, dass Sie von sich hören lassen. Ja, Mr. Hudson ist da. Einen Moment bitte.«

Dana stellte fest, dass sie vor Erleichterung zitterte. Wenn ihr irgendjemand dabei helfen konnte, Sascha Schdanoff in die Vereinigten Staaten zu bringen, dann war es Roger Hudson.

Kurz darauf war er am Apparat. »Dana?«

»Roger, Gott sei Dank, dass ich Sie erreicht habe.«

»Was ist los? Ist alles in Ordnung? Wo sind Sie?«

»Ich bin in Moskau. Ich habe herausgefunden, weshalb Taylor Winthrop und seine Familie ermordet wurden.«

»*Was?* Mein Gott. Wie haben Sie –«

»Ich erkläre Ihnen alles, wenn wir uns wieder sehen. Ich möchte Ihnen ja ungern schon wieder zur Last fallen, Roger, aber ich habe ein Problem. Ein wichtiger russischer Funktionär möchte nach Amerika fliehen. Sascha Schdanoff heißt er. Er ist hier in Lebensgefahr. Es weiß über alles Bescheid, was vorgefallen ist. Wir müssen ihn außer Landes schaffen, und zwar rasch! Können Sie mir dabei helfen?«

»Dana, keiner von uns sollte sich auf so etwas einlassen. Wir könnten beide Schwierigkeiten bekommen.«

»Wir müssen es darauf ankommen lassen. Uns bleibt nichts anderes übrig. Die Sache ist zu wichtig. Es muss sein.«

»Das gefällt mir ganz und gar nicht, Dana.«

»Tut mir Leid, wenn ich Sie da mit hineinziehe, aber ich wüsste nicht, an wen ich mich sonst wenden sollte.«

»Verdammt, ich –« Er stockte. »Na schön. Sie bringen ihn am Besten gleich in die amerikanische Botschaft. Dort ist er vorerst in Sicherheit, bis uns etwas eingefallen ist, wie wir ihn in die Vereinigten Staaten schaffen können.«

»Er möchte nicht in die amerikanische Botschaft gehen. Er traut dem Personal nicht.«

»Es gibt keine andere Möglichkeit. Ich werde den Botschafter auf einer sicheren Leitung anrufen und ihm sagen, dass er für die nötigen Sicherheitsvorkehrungen sorgen soll. Wo ist Schdanoff im Augenblick?«

»Er wartet in den Tschiaka-Apartments auf mich. Er wohnt bei einer Freundin. Ich soll mich dort mit ihm treffen.«

»In Ordnung. Dana, begeben Sie sich unverzüglich zur amerikanischen Botschaft, wenn Sie ihn dort abholen. Halten Sie unterwegs nirgendwo an.«

Dana war zutiefst erleichtert. »Danke, Roger. Vielen herzlichen Dank!«

»Seien Sie vorsichtig, Dana.«

»Bestimmt.«
»Wir unterhalten uns später.«

Danke, Roger.
Vielen herzlichen Dank.
Seien Sie vorsichtig, Dana.
Bestimmt.
Wir unterhalten uns später.

Ende der Aufnahme.

Um halb acht stahl sich Dana aus dem Lieferanteneingang des Sojus-Hotels. Sie ging eine schmale Gasse entlang, durch die ein eisiger Wind fegte. Sie raffte den Mantel eng um sich, doch die Kälte drang ihr bis in die Knochen. Dana lief zwei Straßenzüge weiter, überzeugte sich dabei, dass ihr niemand folgte. An der ersten halbwegs belebten Ecke hielt sie ein Taxi an und nannte dem Fahrer die Adresse, die Sascha Schdanoff ihr gegeben hatte. Eine Viertelstunde später blieb das Taxi vor einem unscheinbaren Mietshaus stehen.

»Ich warten?«, fragte der Fahrer.

»Nein.« Kommissar Schdanoff hatte vermutlich einen Wagen. Dana holte ein paar Dollar aus ihrer Handtasche und hielt sie dem Fahrer hin, worauf der einmal kurz schnaubte und alle nahm. Dana blickte ihm hinterher, als er wegfuhr, und begab sich dann in das Gebäude. Das Treppenhaus war menschenleer. Sie warf einen Blick auf den Zettel, den sie in der Hand hatte – Apartment 2BE. Sie ging zu den abgetretenen Stufen und stieg in den zweiten Stock hinauf. In dem langen Flur, der sich vor ihr erstreckte, war weit und breit niemand zu sehen.

Dana ging ihn langsam entlang und musterte die Zahlen an den Türen. 5BE… 4BE… 3BE. Die Tür von Apartment Nummer 2BE stand offen. Dana straffte sich. Vorsichtig stieß sie die Tür ein wenig weiter auf und trat hinein. In der Wohnung war es dunkel.

»Kommissar …?« Sie wartete. Keine Antwort. »Kommissar Schdanoff?« Die Stille war bedrückend. Dana ging auf das Schlafzimmer zu, das vor ihr lag. »Kommissar Schdanoff …«

Als sie in das dunkle Schlafzimmer trat, stolperte sie über irgendetwas und stürzte zu Boden. Sie lag auf etwas Weichem, Nassem. Voller Ekel rappelte sie sich auf. Dana tastete sich an der Wand entlang, bis sie auf einen Lichtschalter stieß. Sie drückte darauf, und das Zimmer wurde in helles Licht getaucht. Ihre Hände waren voller Blut. Dann blickte sie auf den Boden und sah, worüber sie gestolpert war: Sascha Schdanoffs Leiche. Er lag auf dem Rücken, seine Brust war klatschnass vom Blut, die Kehle vom einem Ohr zum anderen aufgeschlitzt.

Dana schrie laut auf. Und dabei blickte sie zum Bett und sah den blutigen Leib einer Frau mittleren Alters, um deren Kopf eine Plastiktüte geschnürt war. Dana hatte das Gefühl, als ob ihre ganze Haut kribbelte.

Völlig aufgelöst rannte sie die Treppe hinab.

Er stand am Fenster einer Mietwohnung in dem Haus auf der anderen Straßenseite und schob ein Magazin in das mit einem Schalldämpfer bestückte Gewehr vom Typ AR-7. Er benutzte ein starkes Zielfernrohr, das bis auf fünfundsechzig Meter genau ging. Seine Bewegungen waren ruhig und gelassen, beinahe geschmeidig, wie es sich für einen Profi gehörte. Das hier war ein leichter Auftrag. Die Frau musste jeden Moment aus dem Haus kommen. Er lächelte beim Gedanken daran, welche Panik sie empfunden haben musste, als sie die beiden blutüberströmten Leichen gefunden hatte. Jetzt war sie an der Reihe.

In aller Ruhe legte er das Gewehr an, sobald die Tür des

Mietshauses auf der gegenüberliegenden Straßenseite aufflog. Durch das Zielfernrohr sah er Danas Gesicht, als sie auf die Straße stürmte, sich gehetzt umblickte, überlegte, in welche Richtung sie laufen sollte. Er zielte sorgfältig, achtete darauf, dass sie genau im Fadenkreuz war, und drückte behutsam den Abzug durch.

Im selben Augenblick hielt ein Bus vor dem Haus, sodass die Kugeln in das Dach einschlugen und Blechspäne herausrissen. Ungläubig blickte der Scharfschütze hinab. Ein paar Querschläger hatten die Ziegelwand des Hauses getroffen, doch die Zielperson war unversehrt. Schreiende Menschen stürzten aus dem Bus. Er wusste, dass er sich schleunigst absetzen musste. Die Frau rannte die Straße entlang. *Nur keine Sorge. Die anderen kümmern sich schon um sie.*

Ein eisiger Wind heulte durch die Straßen, doch Dana nahm die Kälte überhaupt nicht wahr. Sie war außer sich vor Angst. Zwei Straßenzüge weiter kam sie zu einem Hotel und rannte ins Foyer.

»Telefon?«, sagte sie zu dem Mann an der Rezeption.

Er blickte auf ihre blutigen Hände und schreckte zurück.

»Telefon!« Dana schrie beinahe.

Nervös deutete der Portier auf eine Telefonzelle in der hinteren Ecke des Foyers. Dana stürmte hinein. Sie zog eine Telefonkarte aus ihrer Handtasche und wählte mit zitternden Fingern die Vermittlung.

»Ich möchte mit einem Anschluss in Amerika verbunden werden.« Zähneklappernd nannte sie der Vermittlung ihre Kreditkartennummer, Roger Hudsons Telefonnummer und wartete. Nach einer halben Ewigkeit, so jedenfalls kam es ihr vor, meldete sich Cesar.

»Bei Hudson.«

»Cesar! Ich muss Mr. Hudson sprechen.« Sie brachte kaum einen Ton heraus.

»Miss Evans?«

»Schnell, Cesar, es ist dringend!«

Im nächsten Moment hörte sie Rogers Stimme. »Dana?«

»Roger!« Tränen strömten ihr über das Gesicht. »Er – er ist tot. M-man hat ihn und seine Freundin ermordet.«

»*Was?* Mein Gott, Dana. Ich weiß nicht, wa – sind Sie verletzt?«

»Nein … aber man hat versucht, mich umzubringen.«

»Nun hören Sie mal gut zu. Um Mitternacht fliegt eine Maschine der Air France nach Washington. Ich werde einen Platz für Sie reservieren. Sorgen Sie dafür, dass Ihnen niemand zum Flughafen folgt. Nehmen Sie kein Taxi. Begeben Sie sich unverzüglich zum Hotel Metropol. Von dem Hotel aus verkehren regelmäßig Busse zum Flughafen. Nehmen Sie einen davon. Mischen Sie sich unter die Leute. Ich erwarte Sie, sobald Sie in Washington eintreffen. Um Gottes willen, passen Sie auf sich auf.«

»Wird gemacht, Roger. V-vielen Dank.«

Dana hängte ein. Sie stand einen Moment lang da, starr vor Schreck, und konnte sich nicht von der Stelle bewegen. Hatte immer wieder die blutüberströmten Leichen von Schdanoff und seiner Freundin vor Augen. Schließlich atmete sie tief durch, ging aus der Telefonzelle, an dem argwöhnischen Portier vorbei und hinaus in die eiskalte Nacht.

Ein Taxi hielt neben ihr, und der Fahrer sagte irgendetwas auf Russisch.

»Njet«, sagte Dana. Eiligen Schrittes lief sie weiter. Sie musste erst zu ihrem Hotel zurück.

Als Roger auflegte, hörte er Pamela, die gerade nach Hause kam.

»Dana hat zweimal aus Moskau angerufen. Sie hat herausgefunden, weshalb die Winthrops ermordet wurden.«

»Dann müssen wir uns sofort um sie kümmern«, sagte Pamela.

»Ich habe es bereits versucht. Wir haben einen Scharfschützen auf sie angesetzt, aber irgendetwas ist schief gegangen.«

Pamela musterte ihn abfällig. »Du Narr. Ruf noch mal an. Und noch was, Roger ...«

»Ja?«

»Sag ihnen, sie sollen dafür sorgen, dass es wie ein Unfall aussieht.«

23

Ein hoher Maschendrahtzaun und ein rotes Schild mit der Aufschrift No Trespassing – Zutritt verboten sorgten dafür, dass kein Unbefugter auf das von hohen Bäumen bestandene Gelände in Raven Hill gelangte, auf dem sich die Zentrale der FRA in England befand. Auf dem streng bewachten Stützpunkt ragte eine Reihe von Satellitenschüsseln auf, mit denen der gesamte Fernsprechverkehr, der per Kabel oder auf dem Funkweg über Großbritannien geleitet wurde, abgehört werden konnte. In einem inmitten der Anlage stehenden Betonbau saßen vier Männer vor einem großen Bildschirm.

»Beam sie hoch, Scotty.«

Sie sahen, wie die Wohnung in Brighton, die sie soeben ausgespäht hatten, vom Bildschirm verschwand. Im nächsten Moment tauchte Dana auf, die gerade ihr Zimmer im Sojus-Hotel betrat.

»Sie ist zurück.« Sie beobachteten, wie Dana sich hastig die blutigen Hände wusch und sich entkleidete.

»Hey, da wären wir wieder.« Einer der Männer grinste.

Sie sahen zu, wie Dana sich auszog.

»Mann, die würde ich gern mal bumsen.«

Ein anderer Mann kam hereingestürmt. »Lieber nicht, Charlie. Es sei denn, du stehst auf Leichen.«

»Was soll das heißen?«

»Dass sie demnächst einen tödlichen Unfall erleidet.«

Dana warf einen Blick auf ihre Uhr, sobald sie wieder angezogen war. Noch hatte sie reichlich Zeit, um den Bus vom Metropol zum Flughafen zu erwischen. Sie war immer noch zutiefst verstört, als sie hinunter ins Foyer hastete. Die ältere Frau war nirgendwo zu sehen.

Dana ging hinaus auf die Straße. Kaum zu glauben, aber es war noch kälter geworden. Gnadenlos pfiff ihr der Wind um die Ohren. Ein Taxi hielt vor Dana.

»Taxi?«

Nehmen Sie kein Taxi. Begeben Sie sich unverzüglich zum Hotel Metropol. Von dem Hotel aus verkehren regelmäßig Busse zum Flughafen.

»*Njet.*«

Dana ging die eisige Straße entlang. Menschen drängten sich an ihr vorbei, strebten eiligen Schrittes ihren warmen Wohnungen oder Büros zu. Als Dana an eine belebte Kreuzung kam und auf eine Lücke im Verkehr wartete, versetzte ihr jemand von hinten einen heftigen Stoß, sodass sie mitten auf die Straße flog, genau vor einen Lastwagen. Sie rutschte auf einem Eisbrett aus, fiel auf den Rücken. Entsetzt blickte sie auf, als der schwere Laster auf sie zuraste.

In letzter Sekunde riss der Fahrer geistesgegenwärtig das Lenkrad herum, sodass der Lastwagen genau über Dana hinwegrollte. Einen Moment lang war sie in tiefe Dunkelheit gehüllt, hörte nur mehr das Röhren des Motors und das Klirren der Schneeketten an den mächtigen Reifen.

Dann konnte sie wieder den Himmel über sich sehen. Der Laster war weg. Benommen setzte sich Dana auf. Jemand half ihr auf die Beine. Sie blickte sich um, versuchte festzustellen, wer sie geschubst hatte, doch der Betreffende war längst in der Menschenmenge untergetaucht. Dana atmete ein paarmal tief durch, bis sich sich halbwegs wieder gefasst hatte. Die Menschen rundum schrien sie auf Russisch an, drängten auf sie ein, versetzten sie allmählich in Panik.

»Hotel Metropol?«, rief sie beklommen.

Eine Horde halbwüchsiger Jungen drängte sich nach vorn. »Klar. Wir Sie hinbringen«, sagte einer von ihnen.

Das Foyer des Hotel Metropol war gottlob angenehm warm und voller Touristen und Geschäftsleute. *Mischen Sie sich unter die Leute. Ich erwarte Sie, sobald Sie in Washington eintreffen.*

»Wann geht der nächste Bus zum Flughafen?«, fragte Dana einen Pagen.

»In einer halben Stunde, *gaspaschá.*«

»Vielen Dank.«

Schwer atmend ließ sie sich auf einem Sessel nieder, versuchte nicht mehr an die schrecklichen Vorfälle zu denken. Trotzdem hatte sie fürchterliche Angst. Wer wollte sie umbringen? Und warum? War Kemal in Sicherheit?

Der Page kam auf Dana zu. »Der Flughafenbus ist da.«

Dana stieg als Erste ein. Sie nahm auf der hintersten Sitzbank Platz und musterte die Gesichter der anderen Fahrgäste. Es waren größtenteils Touristen aus aller Welt – Europäer, Asiaten, Afrikaner und auch ein paar Amerikaner. Ein Mann, der auf der anderen Seite des Ganges saß, starrte sie an.

Er kommt mir bekannt vor, dachte Dana. *Ist er mir etwa gefolgt?* Sie stellte fest, dass sie vor Angst kaum Luft bekam.

Als der Bus eine Stunde später am Flughafen Scheremetjewo II anhielt, stieg Dana zuletzt aus. Eiligen Schrittes begab sie sich in die Abflughalle und steuerte den Schalter der Air France an.

»Kann ich Ihnen behilflich sein?«

»Dana Evans. Für mich müsste eine Reservierung vorliegen.« Dana hielt unwillkürlich den Atem an. *Sag ja, mach schon, sag endlich ja…*

Die Frau am Schalter kramte in ihren Unterlagen herum. »Ja. Hier ist Ihr Flugschein. Er ist bereits bezahlt.«

Roger ist ein Schatz. »Vielen Dank.«

»Die Maschine ist pünktlich eingetroffen. Flug Nummer zwo-zwanzig. Sie wird in einer Stunde und zehn Minuten starten.«

»Gibt es hier eine Wartehalle« – *mit möglichst vielen Menschen,* wäre Dana beinahe herausgerutscht – »wo ich mich ein bisschen ausruhen kann?«

»Gehen Sie diesen Gang entlang und dann nach rechts.«

»Vielen Dank.«

Die Wartehalle war regelrecht überlaufen. Nichts kam ihr ungewöhnlich oder gar bedrohlich vor. Dana setzte sich. Nicht mehr lange, dann war sie unterwegs nach Amerika, in Sicherheit.

»Die Passagiere von Air-France-Flug Nummer zweihundertundzwanzig nach Washington D. C. werden gebeten, sich zu Gate drei zu begeben. Halten Sie beim Einsteigen bitte Ihre Pässe und die Bordkarte bereit.«

Dana stand auf und ging zu Gate drei. Ein Mann, der sie vom Schalter der Aeroflot aus beobachtet hatte, sprach in sein Handy.

»Zielperson begibt sich zum Gate.«

Roger Hudson nahm den Hörer ab und wählte eine Nummer. »Die Frau ist auf Air-France-Flug Nummer zwo-zwanzig. Ich möchte, dass sie am Flughafen in Empfang genommen wird.«

»Was sollen wir mit ihr machen, Sir?«

»Sie sollte einen Verkehrsunfall erleiden, am besten mit Fahrerflucht.«

In einer Höhe von dreizehneinhalbtausend Metern war der Himmel völlig wolkenlos, und dementsprechend ruhig verlief der Flug. Die Maschine war bis auf den letzten Platz besetzt. Der Mann, der neben Dana saß, wandte sich an sie.

»Gregory Price«, sagte er. »Ich bin im Holzgeschäft.« Er war um die fünfzig, hatte ein langes, scharf geschnittenes Gesicht, hellgraue Augen und einen Schnurrbart. »Ist schon ein tolles Land, das wir da hinter uns lassen, was?«

Der einzige Daseinszweck von Krasnojarsk-26 ist die Herstellung von Plutonium. Plutonium ist der Hauptbestandteil von Atomsprengköpfen.

»Die Russen sind ja eine Sorte für sich, aber mit der Zeit gewöhnt man sich an sie.«

Hunderttausend Wissenschaftler und Ingenieure leben und arbeiten hier.

»Mit guter Küche haben die nicht viel am Hut. Jedes Mal, wenn ich geschäftlich hier zu tun habe, bring ich mir meine eigene Verpflegung mit.«

Sie können nicht fort. Sie dürfen keinen Besuch empfangen. Sie sind völlig von der Außenwelt abgeschnitten.

»Hatten Sie geschäftlich in Russland zu tun?«

Dana konnte sich nur schwer von ihren Gedanken losreißen. »Im Urlaub.«

Er warf ihr einen verdutzten Blick zu. »Eine verdammt unangenehme Jahreszeit für einen Russlandurlaub.«

Als die Flugbegleiterinnen die Karre durch den Gang schoben und das Essen austeilten, wollte Dana zunächst ablehnen, doch dann stellte sie fest, wie hungrig sie war. Sie wusste nicht mehr, wann sie zum letzten Mal etwas zu sich genommen hatte.

»Wenn Sie einen Schuss Bourbon möchten«, sagte Gregory Price, »kann ich Ihnen gern was Gutes anbieten, junge Frau.«

»Nein, danke.« Sie warf einen Blick auf ihre Uhr. In ein paar Stunden müssten sie landen.

Als Air-France-Flug Nummer 220 auf dem Dulles International Airport landete, standen vier Männer am Ausgang und betrachteten jeden einzelnen Passagier, der an ihnen vorbeikam. Sie wirkten selbstbewusst, zuversichtlich, so als wüssten sie genau, dass sie ihnen nicht entgehen konnte.

»Hast du die Spritze bereit?«, fragte einer von ihnen.

»Ja.«

»Schafft sie raus zum Rock Creek Park. Der Boss will, dass es wie ein Unfall mit Fahrerflucht aussieht.«

»Gut.«

Sie wandten sich wieder der Tür zu. Zahllose Passagiere strömten heraus, alle in dicken Wintermänteln oder Parkas, mit Ohrenschützern, Schals und Handschuhen. Bis schließlich der Letzte durch war.

Einer der Männer runzelte die Stirn. »Ich erkundige mich mal, wo sie abgeblieben ist.«

Er lief die Fluggastbrücke hinab. Doch dort war nur das Reinigungspersonal zugange. Er riss sämtliche Toilettentüren auf. Alle leer. Dann stürmte er nach vorn und wandte sich an die Flugbegleiterin, die gerade gehen wollte. »Wo hat Dana Evans gesessen?«

Verdutzt blickte die Stewardess auf. »Dana Evans? Die Nachrichtensprecherin aus dem Fernsehen?«

»Ja.«

»Die war nicht an Bord. Wäre schön gewesen. Ich hätte sie *zu gern* kennen gelernt.«

»Wissen Sie, was beim Holzhandel das Allerbeste ist, junge Frau?«, sagte Gregory Price gerade zu Dana. »Dass die Ware von selber wächst. Ja, Mann, man kann einfach dahocken und zuschauen, wie Mutter Natur für die nötige Kohle sorgt.«

Die Chefstewardess meldete sich über Lautsprecher.

»Wir landen in wenigen Minuten auf dem O'Hare Airport in Chicago. Achten Sie bitte darauf, dass Ihre Sitzgurte geschlossen und die Rückenlehnen hochgestellt sind.«

»Genau«, spöttelte eine Frau, die auf der anderen Seite des Ganges saß. »Achten Sie darauf, dass Ihre Sitzlehnen hochgestellt sind. Ich jedenfalls möchte nicht zurückgelehnt in den Tod gehen.«

Dana zuckte zusammen. Sie meinte wieder die Querschläger zu hören, die hinter ihr in die Wand einschlugen, spürte förmlich die Hand, die sie vor den Lastwagen geschubst hatte. Sie erschauderte beim bloßen Gedanken daran, wie knapp sie dem Tod entronnen war.

Vor ein paar Stunden noch, als sie in der Wartehalle des Flughafens Scheremetjewo II saß, hatte sie sich eingeredet, dass alles gut ausgehen werde. *Die Guten gewinnen doch immer.* Aber irgendetwas ließ ihr keine Ruhe, irgendein Gesprächsfetzen. War es ein Spruch von Matt? Etwas, was Kommissar Schdanoff gesagt hatte? Oder Tim Drew? Je länger sie darüber nachdachte, desto weniger konnte sie die Erinnerung greifen.

»Air-France Nummer zwo-zwanzig nach Washington D. C. steht zum Abflug bereit«, gab die Purserin vom Bodenpersonal über Lautsprecher bekannt. »Bitte halten Sie Ihre Pässe und Bordkarten bereit.«

Dana stand auf und begab sich zum Ausgang. Als sie an der Abfertigung ihren Flugschein vorlegte, fiel es ihr mit einem Mal wieder ein. Es waren die letzten Worte, die sie mit Sascha Schdanoff gewechselt hatte.

Niemand weiß, dass ich dort bin. Es handelt sich um eine Art sicheres Haus, wie man bei Ihnen sagen würde.

Roger Hudson war der einzige Mensch, dem sie mitgeteilt hatte, wo Sascha Schdanoff sich aufhielt. Und unmittelbar danach war Schdanoff ermordet worden. Hudson hatte von Anfang an auf gewisse undurchsichtige Verbindungen angespielt, die Taylor Winthrop angeblich mit den Russen pflegte.

Als ich in Moskau war, ging das Gerücht, dass Winthrop sich auf private Geschäfte mit den Russen eingelassen haben soll …

Kurz bevor Taylor Winthrop Botschafter in Russland wurde, hat er offenbar im engsten Freundeskreis erklärt, dass er sich endgültig aus dem öffentlichen Leben zurückziehen wolle …

Allem Anschein nach war es Winthrop, der den Präsidenten dazu drängte, ihn zum Botschafter zu ernennen …

Sie hatte Roger und Pamela ständig auf dem Laufenden gehalten. Und die beiden hatten sie fortwährend ausgespäht. Dafür gab es nur eine Erklärung:

Roger Hudson war der geheimnisvolle Kompagnon von Taylor Winthrop.

Dana blickte aus dem Fenster, als die Maschine der American Airlines auf dem O'Hare International Airport in Chicago landete, und hielt Ausschau nach irgendwelchen verdächtigen Gestalten. Nichts. Die Luft war rein. Dana atmete tief durch und begab sich zum Ausstieg. Ihre Nerven waren bis zum Zerreißen gespannt. Sie achtete darauf, dass sie so viele Menschen wie möglich um sich hatte, und ging inmitten der schwatzenden Menge ins Flughafengebäude. Sie musste einen dringenden Anruf erledigen. Während des Fluges war ihr ein so schrecklicher Gedanke gekommen, dass ihr die Gefahr, in der sie schwebte, daneben geradezu unbedeutend vorkam. *Kemal.* War er etwa ihretwegen in Gefahr? Sie durfte gar nicht daran denken, dass ihm etwas zustoßen könnte. Sie musste jemanden finden, der Kemal beschützte. Sofort fiel ihr Jack Stone ein. Er gehörte einer Organisation an, die über so viel Macht verfügte, dass sie den Schutz gewähren konnte, den sie und Kemal benötigten, und sie war davon überzeugt, dass er alle erforderlichen Vorkehrungen treffen würde. Er war ihr von Anfang an wohlgesonnen gewesen. *Er gehört bestimmt nicht zu denen.*

Ich möchte mich da lieber raushalten. Dadurch kann ich Ihnen am ehesten helfen, falls Sie wissen, was ich meine.

Dana ging in eine einigermaßen menschenleere Ecke der Haupthalle, griff in ihre Handtasche, suchte die Privatnummer heraus, die Jack Stone ihr gegeben hatte, und rief ihn an. Er meldete sich augenblicklich.

»Jack Stone.«

»Dana Evans hier. Ich stecke in der Klemme. Ich brauche Hilfe.«

»Was ist los?«

Dana hörte, wie besorgt er klang. »Ich kann jetzt nicht auf alles eingehen, aber ein paar Leute sind hinter mir her und versuchen mich umzubringen.«

»*Wer?*«

»Ich weiß es nicht. Aber ich mache mir vor allem Sorgen um meinen Sohn Kemal. Können Sie mir jemand besorgen, der ihn beschützt?«

Er zögerte keine Sekunde. »Ich kümmere mich darum. Ist er zu Hause?«

»Ja.«

»Ich schicke jemanden vorbei. Und was ist mit Ihnen? Sie sagen, jemand versucht Sie umzubringen?«

»Ja. Sie – sie haben es zweimal versucht.«

Einen Moment lang herrschte Schweigen. »Ich werde zusehen, was ich tun kann. Wo sind Sie?«

»Ich bin am O'Hare, in der Schalterhalle der American Airlines, und ich weiß nicht, wann ich hier herauskomme.«

»Bleiben Sie, wo Sie sind. Ich schicke jemanden hin, der Sie beschützt. Um Kemal brauchen Sie sich unterdessen keine Sorgen zu machen.«

Dana war zutiefst erleichtert. »Vielen Dank. Ich danke Ihnen.« Sie hängte ein.

Jack Stone, der in seinem Büro bei der FRA saß, legte den Hörer auf. Er drückte auf die Taste der Gegensprechanlage. »Die Zielperson hat soeben angerufen. Sie ist in der Wartehalle der American Airlines am O'Hare. Übernehmen Sie sie.«

»Ja, Sir.«

Jack Stone wandte sich an seinen Adjutanten. »Wann kommt General Booster aus Fernost zurück?«

»Er müsste heute Nachmittag wieder da sein.«

»Gut, dann nichts wie weg, bevor er rausfindet, was hier vor sich gegangen ist.«

24

Danas Handy klingelte.

»Jeff!«

»Hallo, mein Schatz.« Als sie seine Stimme hörte, hatte sie das Gefühl, jemand breite eine warme Decke über ihr aus, in die sie sich kuscheln konnte.

»Ach, Jeff!« Sie stellte fest, dass sie zitterte.

»Wie geht es dir?«

Wie es mir geht? Ich laufe um mein Leben. Doch das durfte sie ihm nicht erzählen. Er konnte ihr sowieso nicht helfen, jetzt nicht. Es war zu spät. »Ich – mir geht's gut, Liebster.«

»Wo steckst du zurzeit, du Weltenbummlerin?«

»Ich bin in Chicago. Morgen komme ich nach Washington zurück.« *Wann wirst du endlich wieder bei mir sein?* »Wie – wie geht es Rachel?«

»Allem Anschein nach kommt sie ganz gut klar.«

»Du fehlst mir.«

Rachels Schlafzimmertür ging auf, und sie trat ins Wohnzimmer. Sie wollte Jeff gerade rufen, hielt aber inne, als sie sah, dass er am Telefon war.

»Du fehlst mir mehr, als du dir überhaupt vorstellen kannst«, sagte Jeff.

»Ach, ich liebe dich so sehr.« Ein in der Nähe stehender Mann starrte sie allem Anschein nach an. Dana schlug das Herz im Halse. »Liebster, wenn – wenn mir irgendwas zustoßen sollte … musst du immer dran denken, dass ich –«

Jeff klang augenblicklich besorgt. »Falls dir etwas zustoßen sollte? Was soll das heißen?«

»Gar nichts. Ich – ich kann mich jetzt nicht darüber auslassen, aber – ich bin davon überzeugt, dass alles gut geht.«

»Dana, du darfst nicht zulassen, dass dir etwas zustößt! Ich brauche dich. Ich liebe dich mehr als jeden anderen Menschen, den ich jemals kennen gelernt habe. Ich könnte es nicht ertragen, dich zu verlieren.«

Rachel hörte noch einen Moment lang zu, dann ging sie leise wieder in ihr Schlafzimmer und schloss die Tür.

Dana und Jeff redeten noch ein paar Minuten miteinander. Als Dana die Verbindung unterbrach, ging es ihr besser. *Ich bin froh, dass ich die Gelegenheit hatte, mich zu verabschieden.* Sie blickte auf und sah, dass sie der Mann noch immer anstarrte. *So schnell können Jack Stones Männer unmöglich hierher gelangt sein. Ich muss weg.* Wieder packte sie die helle Panik.

Danas Nachbar klopfte an ihre Wohnungstür. Mrs. Daley machte auf.

»Hallo.«

»Lassen Sie Kemal nicht raus. Wir brauchen ihn noch.«

»Ich kümmere mich drum.« Mrs. Daley schloss die Tür und rief Kemal. »Deine Haferflocken sind gleich fertig, mein Süßer.«

Mrs. Daley ging in die Küche, nahm die Haferflocken vom Herd und zog die unterste Schublade des Schranks auf, die voller Arzneimittelpackungen mit der Aufschrift *BuSpar* war. Am Boden der Schublade lagen zig leere Schachteln. Mrs. Daley riss zwei neue Packungen auf, zögerte und nahm dann eine weitere. Sie mischte das Pulver unter die Haferflocken, gab Zucker hinzu und trug die Schüssel ins Esszimmer. Kemal kam gerade aus dem Arbeitszimmer.

»Da bist du ja, mein Guter. Es gibt leckeren heißen Haferbrei.«

»Ich hab keinen Hunger.«

»Du musst was essen, Kemal.« Sie schlug einen scharfen Tonfall an, bei dem ihm angst und bange wurde. »Wir wollen doch Miss Dana nicht enttäuschen, nicht wahr?«

»Nein.«

»Gut. Ich wette, dass du für Miss Dana die ganze Schüssel wegputzen kannst.«

Kemal setzte sich hin und fing an zu essen.

Er müsste mindestens sechs Stunden schlafen, schätzte Mrs. Daley. *Bis dahin erfahre ich ja, was ich mit ihm anstellen soll.*

Dana rannte durch das Flughafengebäude, bis sie an einem großen Bekleidungsgeschäft vorbeikam.

Ich muss mein Äußeres verändern. Sie ging hinein und blickte sich um. Alles wirkte ganz normal. Etliche Kunden suchten sich, von Verkäuferinnen betreut, allerhand Sachen aus. Und dann blickte Dana zur Ladentür und spürte wieder das altbekannte Kribbeln. Zwei bedrohlich aussehende Männer standen dort zu beiden Seiten des Eingangs. Einer von ihnen hatte ein Walkie-Talkie in der Hand.

Wie haben sie mich hier in Chicago gefunden? Dana versuchte die Angst zu unterdrücken. Sie wandte sich an die Verkäuferin. »Gibt es hier noch einen anderen Ausgang?«

Die Verkäuferin schüttelte den Kopf. »Tut mir Leid, Miss. Der ist nur für das Personal.«

Dana hatte einen trockenen Hals. Wieder blickte sie zu den Männern. *Ich muss ihnen entkommen,* dachte sie verzweifelt. *Es muss doch eine Möglichkeit geben.*

Kurz entschlossen schnappte sie sich ein Kleid vom Ständer und ging auf den Ausgang zu.

»Einen Moment mal!«, rief die Verkäuferin. »Sie können doch nicht –«

Dana war schon fast an der Tür, die beiden Männer kamen bereits auf sie zu. Doch als sie über die Schwelle trat, löste die elektronische Diebstahlsicherung an dem Kleid Alarm aus. Ein Wachmann kam aus dem Laden gestürmt. Die beiden Männer blickten einander an und wichen zurück.

»Einen Moment, Miss«, sagte der Wachmann. »Kommen Sie bitte mit in das Geschäft zurück.«

»Wieso sollte ich?«, wandte Dana ein.

»Wieso? Weil Ladendiebstahl strafbar ist.« Der Wachmann ergriff Dana am Arm und zog sie hinein. Missmutig blieben die beiden Männer draußen stehen.

Dana lächelte den Wachmann an. »Na gut. Ich gebe es zu. Ich wollte es stehlen. Rufen Sie die Polizei.«

Immer mehr Passanten blieben stehen und wollten sehen, was da los war. Der Geschäftsführer kam eilends herbei. »Was ist hier los?«

»Ich habe diese Frau dabei erwischt, wie sie das Kleid stehlen wollte.«

»Nun ja, ich fürchte, wir müssen die Pol –« Er drehte sich um und erkannte Dana. »Mein Gott! Das ist ja Dana Evans.«

Das löste allgemeines Getuschel unter den Schaulustigen aus, deren Schar immer größer wurde.

»Es ist Dana Evans ...«

»Wir schauen uns jeden Abend die Nachrichtensendung mit ihr an ...«

»Erinnerst du dich an ihre Berichte aus dem Kriegsgebiet ...?«

»Tut mir Leid, Miss Evans«, sagte der Geschäftsführer. »Hier liegt offensichtlich ein Versehen vor.«

»Nein, nein«, erwiderte Dana rasch. »Ich wollte es stehlen.«

Sie streckte die Hände aus. »Sie können mich ruhig festhalten.«

Der Geschäftsmann lächelte. »Ich denke nicht im Traum daran. Sie dürfen das Kleid behalten, Miss Evans. Mit unseren besten Empfehlungen. Wir fühlen uns sehr geschmeichelt, dass es Ihnen gefällt.«

Dana starrte ihn ungläubig an. »Sie wollen mich nicht festnehmen lassen?«

Sein Lächeln wurde breiter. »Ich will Ihnen was sagen. Ich überlasse Ihnen das Kleid im Tausch gegen ein Autogramm. Wir sind große Fans von Ihnen.«

»Ich auch!«, rief eine der Frauen aus dem Menschenauflauf.

»Krieg ich auch ein Autogramm?«

Weitere Schaulustige drängten sich vor.

»Schau mal! Da ist Dana Evans.«

»Kann ich ein Autogramm von Ihnen bekommen, Miss Evans?«

»Mein Mann und ich haben jeden Abend vor dem Fernseher gesessen, als Sie in Sarajevo waren.«

»Durch Sie ist der Krieg wirklich real geworden.«

»Ich möchte auch ein Autogramm.«

Dana stand da und wurde zusehends verzweifelter. Sie warf einen Blick nach draußen. Die beiden Männer warteten immer noch. Ihre Gedanken überschlugen sich. Sie wandte sich an die Menschenmenge und lächelte. »Ich will Ihnen mal was sagen. Gehen wir hinaus an die frische Luft, und unterdessen gebe ich jedem von Ihnen ein Autogramm.«

Aufgeregte Schreie ertönten.

Dana reichte dem Geschäftsführer das Kleid. »Sie dürfen es behalten. Vielen Dank.« Sie ging auf die Tür zu, umlagert von ihren Fans. Die beiden Männer draußen zogen sich verdutzt zurück, als die Menschenmenge auf sie zustürmte.

Dana wandte sich an ihre Fans. »Wer ist zuerst dran?« Sie drängten sich um sie, hielten ihr Stifte und Papier hin.

Verlegen standen die beiden Männer da und sahen zu, wie Dana ein Autogramm nach dem anderen schrieb, während sie sich zum Ausgang des Flughafengebäudes begab. Die Menschenmenge folgte ihr nach draußen. Ein Taxi fuhr vor und setzte einen Fahrgast ab.

Dana wandte sich an ihre Verehrer. »Vielen Dank. Ich muss jetzt los.« Sie sprang in das Taxi und war kurz darauf im Verkehr untergetaucht.

Jack Stone telefonierte mit Roger Hudson. »Mr. Hudson, sie ist uns entkommen, aber –«

»Gottverdammt! Kommen Sie mir nicht mit so was. Ich möchte, dass sie aus dem Verkehr gezogen wird – *sofort.*«

»Keine Sorge, Sir. Wir haben die Zulassungsnummer des Taxis. Sie wird nicht weit kommen.«

»Dass Sie mir nicht noch mal versagen.« Roger Hudson knallte den Hörer auf.

Bei Carson Pirie Scott & Company, einem großen Bekleidungshaus im Herzen des Chicagoer Loop, herrschte Hochbetrieb. In der Schalabteilung legte eine Verkäuferin gerade letzte Hand an das Paket, das sie für Dana gepackt hatte.

»Möchten Sie bar oder per Karte bezahlen?«

»Bar.« *Keine unnötigen Spuren hinterlassen.*

Dana nahm das Paket entgegen und war schon fast am Ausgang, als sie starr vor Angst stehen blieb. Zwei Männer mit Walkie-Talkies warteten draußen vor der Tür. Dana musterte sie, stellte mit einem Mal fest, wie trocken ihr Mund war. Sie wandte sich um und kehrte eilends zur Kasse zurück.

»Wünschen Sie noch etwas, Miss?«, fragte die Verkäuferin.

»Nein. Ich –« Dana blickte sich verzweifelt um. »Gibt es hier noch einen anderen Ausgang?«

»O ja, wir haben mehrere Türen.«

Das nützt nichts, dachte Dana. *Die werden bestimmt alle überwacht.* Diesmal gab es kein Entkommen.

Dann fiel ihr eine Frau in einem alten, abgewetzten grünen Mantel auf, die sich etliche Schals in einer Glasvitrine ansah. Dana musterte sie einen Moment lang und ging dann zu ihr.

»Die sind hübsch, nicht wahr?«, sagte sie.

Die Frau lächelte. »Das kann man wohl sagen.«

Die Männer draußen sahen, wie sich die beiden Frauen unterhielten.

Sie schauten einander an und zuckten die Achseln. Jeder Ausgang wurde überwacht.

»Mir gefällt der Mantel, den Sie anhaben«, sagte Dana drin gerade. »Das ist genau meine Farbe.«

»Ich fürchte, das alte Ding ist ziemlich abgetragen. Ihrer ist viel hübscher.«

Die beiden Männer draußen beobachteten sie, während sie sich weiter unterhielten.

»Verdammt kalt hier«, maulte einer der Männer. »Hoffentlich kommt sie bald raus, damit wir die Sache hinter uns bringen.«

Sein Begleiter nickte. »Sie kann uns auf keinen Fall –« Er hielt inne, als er sah, wie die beiden Frauen im Laden die Mäntel tauschten. Er grinste. »Hergott, schau dir an, womit die davonkommen will. Sie wechseln die Mäntel. Was ist die Braut doch blöde.«

Die beiden Frauen verschwanden kurz hinter einem Kleiderständer. Einer der Männer sprach in sein Walkie-Talkie. »Zielperson hat den roten gegen einen grünen Mantel getauscht ... Moment. Sie steuert Ausgang vier an. Schnappt sie euch dort.«

Zwei Männer warteten an Ausgang vier. Kurz darauf meldete sich einer von ihnen per Handy. »Wir haben sie. Hol das Auto.«

Sie beobachteten sie, als sie aus der Tür kam und in die Kälte trat, den Mantel enger um sich raffte und die Straße entlangging. Dann schlossen sie zu ihr auf. Als sie an der nächsten Ecke ein Taxi anhalten wollte, packten die Männer sie an beiden Armen. »Sie brauchen kein Taxi. Wir haben ein schönes Auto für Sie.«

Sie schaute sie verständnislos an. »Wer sind Sie? Was meinen Sie damit?«

Einer der Männer starrte sie an. »Sie sind ja gar nicht Dana Evans!«

»Na, selbstverständlich nicht.«

Die Männer blickten sich an, ließen sie los und rannten zurück zu dem Geschäft. Einer der beiden schaltete sein Walkie-Talkie ein. »Falsche Zielperson. Falsche Zielperson. Hört ihr mich?«

Als die anderen in das Geschäft stürmten, war Dana längst über alle Berge.

Sie kam sich vor wie in einem Albtraum, in einer feindlichen Welt, verfolgt von unbekannten Killern, die sie töten wollten. Entsetzen hielt sie umfangen und lähmte sie. Dana stieg aus dem Taxi und lief los, bemühte sich nicht zu rennen, kein Aufsehen zu erregen, hatte aber keine Ahnung, wohin sie sich wenden sollte. Sie kam an einem Geschäft vorbei, in dessen Schaufenster ein Schild mit der Aufschrift FANTASY HEADQUARTERS – SCHICKE OUTFITS FÜR JEDEN EVENT hing. Kurz entschlossen ging Dana hinein. In dem Laden gab es allerhand schrille Kostüme, Perücken und wilde Schminke.

»Kann ich Ihnen behilflich sein?«

Ja. Rufen Sie die Polizei. Sagen Sie Ihnen, dass mich jemand umbringen will.

»Miss?«

»Äh – ja. Ich möchte mal eine blonde Perücke aufprobieren.«

»Hier entlang bitte.«

Kurz darauf saß Dana vor dem Spiegel und musterte sich mit blonder Mähne.

»Schon erstaunlich, wie einen so was verändert.«

Das will ich doch hoffen.

Draußen vor dem Laden hielt Dana ein Taxi an. »Zum O'Hare Airport.« *Ich muss zu Kemal.*

Rachel ging sofort ran, als das Telefon klingelte. »Hallo … Doktor Young? … Die Ergebnisse der letzten Untersuchung?«

Jeff sah, wie angespannt sie mit einem Mal wirkte.

»Sie dürfen es mir gern telefonisch mitteilen. Einen Moment.« Rachel warf Jeff einen kurzen Blick zu, holte tief Luft und zog sich mit dem Telefon in ihr Schlafzimmer zurück.

Er hörte nur ab und zu einen Gesprächsfetzen.

»Schießen Sie los, Doktor.«

Danach herrschte nebenan volle drei Minuten lang Schweigen, doch gerade als Jeff besorgt ins Schlafzimmer gehen wollte, kam Rachel heraus. Sie strahlte förmlich und wirkte so aufgekratzt, wie er sie noch nie erlebt hatte.

»Es hat angeschlagen!« Sie war ganz atemlos vor Aufregung. »Jeff, ich bin noch mal davongekommen. Die neue Therapie hat angeschlagen.«

»Gott sei Dank!«, versetzte Jeff. »Das ist ja wunderbar, Rachel.«

»Er möchte, dass ich noch ein paar Wochen dableibe, aber das Schlimmste ist überstanden.« Sie klang geradezu überschwänglich.

»Dann mal nichts wie los, das müssen wir feiern«, sagte Jeff. »Ich bleibe bei dir, bis –«

»Nein.«

»Nein?«

»Ich brauche dich nicht mehr, Jeff.«

»Ich weiß, und ich bin froh, dass wir –«

»Hast du es noch nicht begriffen? Ich will, dass du gehst.«

Verdutzt schaute er Rachel an. »Warum?«

»Mein lieber, guter Jeff. Ich will dir ja nicht wehtun, aber nun, da das Schlimmste überstanden ist, kann ich mich wieder an die Arbeit machen. Das ist mein Leben. Das bin ich. Ich muss gleich anrufen und mich erkundigen, ob irgendein Auftrag für mich drin ist. Hier mit dir komme ich mir vor wie in einem Gefängnis. Ich danke dir für deinen Beistand, Jeff. Ich bin dir wirklich sehr verbunden. Aber es wird allmählich Zeit, dass wir Abschied voneinander nehmen. Dana vermisst dich bestimmt schon. Was hält dich denn noch hier, mein Liebster?«

Jeff musterte sie einen Moment lang und nickte dann. »Gut.«

Rachel blickte ihm hinterher, als er ins Schlafzimmer ging und seine Sachen packte. Als er zwanzig Minuten später mit seinem Koffer wieder herauskam, war Rachel am Telefon.

» … und ich stehe wieder jederzeit zur Verfügung, Betty. In ein paar Wochen kann ich mich wieder an die Arbeit machen. Ist das nicht wunderbar?«

Jeff stand da und wartete darauf, dass sie sich von ihm verabschiedete. Rachel winkte ihm kurz zu und widmete sich dann wieder dem Telefon. »Ich will dir sagen, was mir am liebsten wäre … ein Fototermin auf einer netten tropischen …«

Rachel wartete, bis Jeff aus der Tür war. Langsam ließ sie den Hörer sinken. Sie ging ans Fenster und schaute zu, wie der einzige Mann, den sie jemals geliebt hatte, von ihr ging.

Immer wieder hörte sie Dr. Youngs Worte. »Miss Stevens, tut mir Leid, aber ich muss Ihnen eine schlechte Nachricht überbringen. Die Behandlung hat nicht angesprochen ... Der Krebs hat sich weiter ausgebreitet ... Er hat überall Metastasen gebildet. Ich fürchte, dagegen kann man nichts mehr tun ... ein, zwei Monate vielleicht noch.«

Rachel dachte daran, was Roderick Marshall, der Filmregisseur, der sie einst nach Hollywood hatte holen wollen, zu ihr gesagt hatte. »Sie werden noch froh sein, dass Sie gekommen sind. Ich werde Sie zu einem großen Star machen.« *Roderick Marshall wäre stolz auf mich,* dachte sie, als die mörderischen Schmerzen wieder einsetzten.

In der Gepäckausgabe des Dulles International Airport herrschte dichtes Gedränge, als Danas Maschine in Washington landete. Sie ging an den Laufbändern vorbei auf die Straße und stieg in eins der wartenden Taxis. Nirgendwo waren verdächtig wirkende Männer zu sehen, doch Danas Nerven waren trotzdem bis zum Zerreißen gespannt. Dana holte zur Beruhigung einen kleinen Spiegel aus ihrer Handtasche und betrachtete sich darin. Mit der blonden Perücke sah sie vollkommen anders aus. *Das sollte vorerst genügen,* dachte sie. *Ich muss zu Kemal.*

Langsam schlug Kemal die Augen auf, nachdem er von den Stimmen geweckt worden war, die durch die geschlossene Tür des Arbeitszimmers drangen. Er fühlte sich schlapp und benommen.

»Der Junge schläft noch«, hörte er Mrs. Daley sagen. »Ich habe ihn unter Drogen gesetzt.«

»Wir müssen ihn aufwecken«, erwiderte ein Mann.

»Vielleicht ist es besser, wenn ihr ihn raustragt, solange er noch schläft«, sagte ein zweiter Mann.

»Ihr könnt es doch hier machen«, sagte Mrs. Daley. »Und dann die Leiche wegschaffen.«

Kemal war mit einem Mal hellwach.

»Wir müssen ihn noch eine Weile am Leben lassen. Die wollen ihn als Köder benutzen, um die Evans zu schnappen.«

Kemal setzte sich auf und lauschte. Das Herz schlug ihm bis zum Hals.

»Wo steckt sie?«

»Wissen wir nicht genau. Aber sie kommt bestimmt hierher zu dem Jungen.«

Kemal sprang aus dem Bett. Einen Moment lang stand er starr vor Angst da. Die Frau, der er vertraut hatte, wollte ihn umbringen. *Pizda! So leicht geht das nicht,* schwor sich Kemal. *Ich habe mich in Sarajevo nicht umbringen lassen, ich werde mich auch hier nicht umbringen lassen.* Hastig schlüpfte er in seine Kleidung. Als er zu seiner Armprothese greifen wollte, die auf dem Stuhl lag, rutschte sie ihm aus der Hand und landete mit einem lauten Krachen, das Kemal wie Donnerhall vorkam, am Boden. Er fuhr zusammen. Die Männer draußen redeten weiter. Sie hatten offenbar nichts gehört. Kemal schnallte seinen künstlichen Arm an und knöpfte sein Hemd zu.

Eisige Luft schlug ihm entgegen, als er das Fenster öffnete. Sein Mantel hing im Zimmer nebenan, er hatte nur eine dünne Jacke an. Zähneklappernd kletterte Kemal hinaus auf den Fenstersims. Er zog sich auf die Feuerleiter, die zum Boden hinunterführte, duckte sich vorsichtshalber, damit ihn vom Wohnzimmerfenster aus niemand sah, und stieg hinab.

Kemal blickte auf seine Uhr, als er unten angelangt war. Es war Viertel vor drei. Irgendwie hatte er den halben Tag verschlafen. Er rannte los.

»Wir sollten den Bengel auf jeden Fall fesseln.«

Einer der Männer öffnete die Tür zum Arbeitszimmer und blickte sich verdutzt um. »Hey, er ist weg.«

Mrs. Daley und die beiden Männer stürmten ans Fenster und sahen gerade noch, wie Kemal die Straße entlangrannte.

»Schnappt ihn euch.«

Kemal kam sich vor wie in einem Albtraum – seine Knie wurden immer weicher, so als hätte er Gummi in den Beinen. Bei jedem Atemzug hatte er das Gefühl, als stieße ihm jemand ein Messer in die Brust. *Wenn ich bis drei bei der Schule bin, bevor das Tor abgesperrt wird,* dachte er, *bin ich in Sicherheit. Die trauen sich bestimmt nicht, mir was anzutun, wenn all die anderen Kids um mich herum sind.*

Vor ihm war eine rote Ampel. Ohne darauf zu achten, stürmte er quer über die breite Straße, wich vorbeifahrenden Autos aus, nahm das wütende Hupen und die kreischenden Bremsen rundum gar nicht wahr. Unversehrt erreichte er die andere Straßenseite und rannte weiter.

Miss Kelly muss die Polizei anrufen, und die beschützt Dana bestimmt.

Kemal geriet allmählich außer Atem, und das Seitenstechen wurde immer schlimmer. Wieder schaute er auf seine Uhr: Fünf vor drei. Er blickte auf. Die Schule war gleich da vorn. *Nur noch zwei Querstraßen.*

Ich bin in Sicherheit, dachte Kemal. *Der Unterricht ist noch nicht aus.* Eine Minute später war er am Eingangstor. Er blieb davor stehen und starrte es ungläubig an. *Es ist geschlossen.* Plötzlich spürte er, wie ihn jemand von hinten mit eisernem Griff an der Schulter packte.

»Es ist Samstag, du Dummkopf.«

»Halten Sie hier«, sagte Dana. Sie waren zwei Querstraßen von ihrer Wohnung entfernt. Dana blickte dem davonfahrenden Taxi hinterher. Langsam lief sie los, suchte angespannt und aufmerksam die Straße ab, achtete ständig drauf, ob ihr irgendetwas ungewöhnlich vorkam. Sie war davon überzeugt, dass Kemal in Sicherheit war. Jack Stone beschützte ihn.

Als Dana an die Ecke des Hauses kam, in dem sie wohnte, ging sie nicht zur Vordertür, sondern begab sich in die Gasse, die zur Rückseite des Gebäudes führte. Kein Mensch weit und breit. Dana ging durch den Hintereingang und stieg leise die Treppe hinauf. Im zweiten Stock angelangt, lief sie den Flur entlang, blieb aber plötzlich stehen. Ihre Wohnungstür stand weit offen. Dana bekam es augenblicklich mit der Angst zu tun. Sie rannte zur Tür und stürmte hinein. »Kemal!«

Niemand war da. Hektisch lief Dana durch die ganze Wohnung, fragte sich, was passiert sein könnte. *Wo ist Jack Stone? Wo ist Kemal?* In der Küche war eine Schublade herausgefallen und der Inhalt über den Boden verteilt. Dutzende kleiner Schachteln lagen da, leere wie volle. Verwundert hob Dana eine auf und betrachtete sie. *BuSpar,* stand auf dem Etikett, *15 mg je Tablette.* Und dazu das Kennzeichen: *NDC DO87 D822-32.*

Was war das? Nahm Mrs. Daley etwa Medikamente, oder hatte sie die Kemal gegeben? Hatte das vielleicht etwas mit seinem sonderbaren Verhalten zu tun? Dana steckte eine der Schachteln in ihre Manteltasche.

Verstört stahl sich Dana aus der Wohnung. Sie nahm wieder den Hintereingang, ging in die Gasse und lief zur Straße. Als Dana um die Ecke bog, sprach ein Mann, der sich hinter einem Baum verbarg, über Walkie-Talkie mit seinem Komplizen an der gegenüberliegenden Ecke.

Unmittelbar vor Dana war die Washington Pharmacy. Sie ging hinein.

»Ah, Miss Evans«, sagte die Apothekerin. »Kann ich Ihnen behilflich sein?«

»Ja, Coquina. Ich möchte gern wissen, was das ist.« Sie holte die kleine Schachtel heraus. Die Apothekerin warf einen Blick darauf. »Das ist BuSpar. Man nimmt es gegen Angstzustände. Ein weißes Pulver, das man in Wasser auflöst.«

»Was bewirkt es?«, fragte Dana.

»Es ist ein Beruhigungsmittel. Hilft gegen Anspannungen. Wenn man eine zu hohe Dosis davon nimmt, kann man natürlich müde und benommen davon werden.«

Er schläft. Soll ich ihn aufwecken?

Der Junge kam aus der Schule und war müde, deshalb hab ich gedacht, ein kleines Nickerchen würde ihm gut tun…

Das war also die Erklärung dafür. Und es war Pamela Hudson gewesen, die Mrs. Daley zu ihr geschickt hatte.

Und ich habe Kemal diesem Miststück anvertraut, dachte Dana. Ihr drehte sich schier der Magen um

Sie wandte sich an die Apothekerin. »Vielen Dank, Coquina.«

»Gern geschehen, Miss Evans.«

Dana ging wieder hinaus auf die Straße. Die zwei Männer kamen auf sie zu. »Miss Evans, könnten wir kurz mit Ihnen –« Dana drehte sich um und rannte los. Die Männer waren ihr auf den Fersen, als sie die nächste Ecke erreichte. Mitten auf der Kreuzung stand ein Polizist und regelte den dichten Verkehr.

Dana rannte quer über die Straße auf ihn zu.

»He! Gehen Sie zurück, Miss.«

Dana lief weiter.

»Die Ampel ist rot! Haben Sie gehört? Zurück mit Ihnen!«

Die beiden Männer warteten an der Ecke und beobachteten alles.

»Sind Sie taub?«, brüllte der Polizist.

»Halten Sie den Mund!« Sie versetzte dem Polizisten eine schallende Ohrfeige. Wütend packte er Dana am Arm.

»Sie sind festgenommen, Ma'am.«

Er zerrte Dana auf den Gehsteig und hielt sie fest, während er in sein Funkgerät sprach. »Ich brauche einen Streifenwagen.«

Die beiden Männer standen da und schauten sich unschlüssig an.

Dana blickte zu ihnen und lächelte. Dann hörte sie Sirenengeheul, das rasch näher kam, und kurz darauf hielt ein Polizeiwagen vor ihnen an.

Ohnmächtig sahen die beiden Männer mit an, wie Dana auf den Rücksitz des Streifenwagens verfrachtet und abtransportiert wurde.

»Ich habe doch ein Recht darauf, ein Telefongespräch zu führen, stimmt's?«, fragte Dana, als sie auf dem Polizeirevier war.

»Stimmt«, sagte der Sergeant.

Er reichte Dana ein Telefon. Sie führte das Gespräch, das ihr zustand.

Etliche Straßenzüge weiter hielt ein Mann Kemal am Hemdkragen fest und zerrte ihn zu einer Limousine, die mit laufendem Motor am Straßenrand wartete.

»Bitte! Bitte lassen Sie mich los«, flehte Kemal.

»Halt den Mund, Kleiner.«

Vier Marineinfanteristen in Uniform gingen vorbei.

»Ich will nicht mit Ihnen in die dunkle Gasse gehen«, brüllte Kemal.

Verdutzt blickte der Mann Kemal an.

»Bitte bringen Sie mich nicht in die dunkle Gasse.« Kemal wandte sich an die Marines. »Er will mir fünf Dollar geben, wenn ich mit ihm in die Gasse gehe. Ich will aber nicht.«

Die Marines blieben stehen und starrten den Mann an. »Was, du dreckiger Perversling…«

Der Mann wich zurück. »Nein, nein. Einen Moment. Sie verstehen nicht…«

»Doch, sehr gut sogar, Freundchen. Nimm die Finger von dem Jungen.« Sie umringten den Mann. Abwehrend hob er die Hände, worauf sich Kemal schleunigst verzog.

In diesem Augenblick stieg ein Botenjunge vom Fahrrad, nahm das Paket, das er ausliefern sollte, und ging auf ein Haus zu. Kemal sprang auf das Fahrrad und trat wie wild in die Pedale. Hilflos musste der Mann mit ansehen, wie Kemal um die Ecke fuhr und verschwand. Die Marines rückten bedrohlich näher.

Die Tür von Danas Zelle auf dem Polizeirevier flog auf.

»Sie können gehen, Miss Evans. Sie kommen auf Kaution raus.«

Matt! Der Anruf hat doch etwas genützt, dachte Dana erleichtert. *Er hat keine Zeit verloren.*

Als Dana sich zum Ausgang begeben wollte, hielt sie erschrocken inne. Einer der Männer stand da und erwartete sie.

»Sie sind frei, junge Frau«, sagte er und lächelte Dana an. »Gehen wir.« Mit festem Griff packte er Dana am Arm und wollte sie auf die Straße führen. Als sie aus der Tür traten, blieb er verdutzt stehen. Ein Kamerateam von WTN wartete draußen.

»Schauen Sie hierher, Dana…«

»Dana, stimmt es, dass Sie einen Polizisten geschlagen haben?«

»Können Sie uns sagen, was vorgefallen ist?«

»Hat er Sie belästigt?«

»Werden Sie Anzeige erstatten?«

Der Mann wich zurück, versuchte sein Gesicht zu verdecken.

»Was ist denn los?«, rief Dana. »Wollen Sie sich nicht filmen lassen?«

Er ergriff die Flucht.

Matt Baker tauchte neben Dana auf. »Nichts wie weg von hier.«

Sie saßen in Matt Bakers Büro im Verwaltungsgebäude von WTN. Seit einer halben Stunde hörten Elliot Cromwell, Matt Baker und Abbe Lasmann schweigend und erschrocken zu, während Dana berichtete, was ihr widerfahren war.

»... und das FRA steckt ebenfalls mit drin. Deshalb wollte General Booster mich von meinen Recherchen abhalten.«

»Ich bin fassungslos«, sagte Elliot Cromwell. »Wie konnten wir uns nur so irren, was Taylor Winthrop angeht? Meiner Meinung nach sollten wir das Weiße Haus von diesen Vorgängen verständigen. Und von dort aus sollte man schleunigst das Justizministerium und das FBI einschalten.«

»Elliot«, sagte Dana, »bislang haben wir nichts in der Hand. Wenn es darauf ankommt, steht Roger Hudsons Wort gegen meines, und wem wird man Ihrer Meinung nach letztlich Glauben schenken?«

»Haben wir denn keinerlei Beweise?«, fragte Abbe Lasmann.

»Sascha Schdanoffs Bruder dürfte noch am Leben sein. Der packt bestimmt aus. Und sobald wir auch nur einen Ansatzpunkt haben, einen Faden, an dem wir ziehen können, löst sich alles von selber auf, und wir haben unsere Story.«

Matt Baker holte tief Luft und schaute Dana bewundernd an. »Sie lassen nicht locker, wenn Sie hinter einer Story her sind.«

»Matt«, sagte Dana. »Was wollen wir wegen Kemal unternehmen? Ich habe keine Ahnung, wo er stecken könnte.«

»Keine Sorge«, erwiderte Matt im Brustton der Überzeugung. »Wir werden ihn finden. Aber bis dahin müssen wir *Sie* irgendwo unterbringen, wo Sie garantiert niemand findet.«

Abbe Lasmann meldete sich zu Wort. »Sie können doch bei mir wohnen. Dort sucht Sie bestimmt keiner.«

»Vielen Dank.« Dana wandte sich an Matt. »Was Kemal angeht…«

»Wir setzen umgehend das FBI darauf an. Ich lasse Sie von meinem Fahrer zu Abbes Wohnung bringen. Wir übernehmen ab jetzt, Dana. Wir werden die Sache schon schaukeln. Ich rufe Sie an, sobald ich etwas höre.«

Kemal radelte die eisigen Straßen entlang, warf immer wieder ängstlich einen Blick nach hinten. Der Mann, der ihn geschnappt hatte, war nirgendwo zu sehen. *Ich muss zu Dana,* dachte Kemal voller Verzweiflung. *Ich darf nicht zulassen, dass man ihr etwas antut.* Aber das Studio von WTN lag am anderen Ende von Washington.

An einer Bushaltestelle stieg Kemal ab und warf das Rad ins hohe Gras neben der Straße. Als kurz darauf ein Bus kam, griff Kemal in die Hosentasche und stellte fest, dass er kein Geld hatte.

Er wandte sich an einen Passanten. »Entschuldigen Sie, hätten Sie vielleicht –«

»Verpiss dich, Kleiner.«

Kemal versuchte es bei einer Frau, die gerade vorbeikam. »Entschuldigen Sie, aber ich bräuchte Geld für den Bus –« Die Frau ging einen Schritt schneller.

Zitternd stand Kemal in der Kälte, fror bitterlich ohne Mantel. Anscheinend scherte sich niemand darum. *Ich muss das Fahrgeld auftreiben,* dachte er.

Er riss seinen künstlichen Arm ab und legte ihn ins Gras. Als der nächste Mann vorbeikam, hielt Kemal den Stumpf hin. »Entschuldigen Sie, Sir«, sagte er, »aber könnten Sie mir vielleicht ein bisschen Geld für den Bus geben?«

Der Mann blieb stehen. »Natürlich, mein Junge«, sagte er und gab Kemal einen Dollar.

»Vielen Dank.«

Als der Mann weitergegangen war, schnallte Kemal flugs seinen Arm wieder an. Er sah einen Bus kommen, nur noch einen Häuserblock weit weg. Geschafft!, jubelte er im Stillen. In diesem Augenblick spürte er einen Stich im Nacken, und als er sich umdrehen wollte, verschwamm alles vor seinen Augen. *Nein, nein!*, schrie Kemal ohnmächtig auf. Dann sank er bewusstlos zu Boden. Schaulustige versammelten sich um ihn.

»Was ist da los?«

»Ist er ohnmächtig geworden?«

»Fehlt ihm irgendwas?«

»Mein Sohn ist Diabetiker«, erklärte ein Mann. »Ich kümmere mich schon um ihn.« Er nahm Kemal auf den Arm und trug ihn zu der bereit stehenden Limousine.

Abbe Lasmanns Wohnung lag im Nordwesten von Washington. Sie war groß und komfortabel, mit modernen Möbeln und weißen Teppichen ausgestattet. Dana, die allein in der Wohnung war, lief nervös auf und ab und wartete darauf, dass das Telefon klingelte. *Kemal darf nichts zustoßen. Die haben nicht den geringsten Grund, ihm etwas zu Leide zu tun. Ihm geht's bestimmt gut. Aber wo ist er? Wieso findet man ihn nicht?*

Sie zuckte zusammen, als das Telefon endlich klingelte. Riss den Hörer von der Gabel. »Hallo.« Niemand meldete sich. Wieder klingelte es, und Dana wurde klar, dass jemand sie über Handy zu erreichen versuchte. Sie kam sich mit einem Mal wie erlöst vor. Sie drückte auf den Knopf. »Jeff?«

»Wir haben Sie gesucht, Dana«, sagte Roger Hudson mit leiser Stimme. »Ich habe Kemal hier.«

Dana stand wie erstarrt da, brachte keinen Ton hervor. »Roger –«, flüsterte sie schließlich.

»Ich fürchte, ich habe meine Männer nicht mehr im Griff. Sie wollen Kemals heilen Arm abschneiden. Soll ich sie gewähren lassen?«

»Nein!«, schrie sie. »Was – was wollen Sie?«

»Ich möchte nur mit Ihnen reden«, erwiderte Roger Hudson ruhig. »Ich möchte, dass Sie zu uns kommen, in unser Haus, und zwar allein. Wenn Sie jemanden mitbringen, tragen Sie die Verantwortung dafür, wenn Kemal etwas passiert.«

»Roger –«

»Ich erwarte Sie in dreißig Minuten.« Die Verbindung wurde unterbrochen.

Wie betäubt vor Angst stand Dana da. *Kemal darf nichts passieren. Ihm darf einfach nichts passieren.* Mit zitternden Händen tippte sie Matt Bakers Telefonnummer ein. Matts Anrufbeantworter meldete sich.

»Sie sind mit dem Büro von Matt Baker verbunden. Im Augenblick bin ich leider nicht zu erreichen, aber wenn Sie eine Nachricht hinterlassen, werde ich Sie so bald wie möglich zurückrufen.«

Dana wartete den Piepton ab, holte tief Luft und sprach dann ins Telefon. »Matt – ich habe gerade einen Anruf von Roger Hudson erhalten. Er hält Kemal in seinem Haus fest. Ich fahre jetzt dorthin. Bitte beeilen Sie sich, bevor Kemal etwas passiert. Bringen Sie die Polizei mit. *Rasch!*«

Dana stellte ihr Handy ab und ging zur Tür.

Abbe Lasmann wollte gerade einige Briefe auf Matt Bakers Schreibtisch legen, als sie das blinkende Lämpchen an Matts

Anrufbeantworter sah. Sie gab Matts Passwort ein und spielte Danas Mitteilung ab. Einen Moment lang stand sie da und lauschte. Dann lächelte sie und drückte die Löschtaste.

Sobald Jeffs Maschine am Dulles International Airport gelandet war, rief er Dana an. Den ganzen Flug über hatte er an den seltsamen Unterton in ihrer Stimme denken müssen, an das beunruhigende *Falls mir irgendetwas zustoßen sollte.* Ihr Handy klingelte, ohne dass jemand ranging. Er versuchte es in ihrer Wohnung. Auch dort meldete sich niemand. Er nahm sich ein Taxi und sagte dem Fahrer, er solle ihn zu WTN bringen.

»Ah, Jeff!«, sagte Abbe, als er in Matts Vorzimmer kam. »Schön, Sie wieder zu sehen.«

»Danke, Abbe.« Er ging in Matt Bakers Büro.

»Sie sind also zurück«, sagte Matt. »Wie geht's Rachel?«

Die Frage brachte Jeff einen Moment lang aus dem Konzept.

»Der geht's gut«, sagte er tonlos. »Wo ist Dana? Sie geht nicht ans Telefon.«

»Mein Gott«, sagte Matt, »Sie haben nicht die geringste Ahnung was vorgefallen ist, was?«

»Sagen Sie's mir«, erwiderte Jeff mit verkniffener Miene.

Abbe stand im Vorzimmer und lauschte an der geschlossenen Tür. Sie hörte nur vereinzelte Gesprächsfetzen. »... um die Ecke bringen ... Sascha Schdanoff ... Krasnojarsk-26 ... Kemal ... Roger Hudson ...«

Das genügte ihr. Sie ging rasch zu ihrem Schreibtisch und nahm den Telefonhörer ab. Kurz darauf sprach sie mit Roger Hudson.

Im Büro nebenan hörte Jeff sich unterdessen fassungslos an, was Matt ihm zu berichten hatte. »Das glaub ich nicht.«

»Es stimmt aber«, versicherte ihm Matt Baker. »Dana ist bei Abbe. Ich sage Abbe Bescheid, dass Sie es noch mal in ihrer

Wohnung versuchen soll.« Er drückte auf die Taste der Gegensprechanlage, doch bevor er etwas sagen konnte, hörte er Abbes Stimme.

»... und Jeff Connors ist auch da. Er sucht Dana. Ich glaube, Sie sollten sie lieber fortschaffen. Die kommen bestimmt zu Ihnen rüber... Gut. Ich kümmere mich drum, Mr. Hudson. Wenn –«

Abbe hörte hinter sich ein Geräusch, legte rasch auf, und wandte sich um.

Jeff Connors und Matt Baker standen in der Tür und starrten sie an.

»Sie verlogenes Miststück«, sagte Matt.

Erregt wandte sich Jeff an Matt. »Ich muss sofort zu den Hudsons. Ich brauche ein Auto.«

Matt Baker warf einen Blick aus dem Fenster. »Da kommen Sie nicht mehr rechtzeitig hin. Die Straßen sind völlig verstopft.«

Dann hörten sie den WTN-Hubschrauber, der gerade zur Landung am Heliport oben auf dem Dach ansetzte. Die beiden Männer schauten einander an.

25

Dana hielt draußen ein Taxi an, doch die Fahrt von Abbe Lasmanns Wohnung zum Haus der Hudsons schien eine halbe Ewigkeit zu dauern, denn auf den spiegelglatten Straßen staute sich der Verkehr an allen Ecken und Enden. Dana war außer sich vor Angst, dass sie zu spät kommen könnte.

»Beeilen Sie sich«, flehte sie den Fahrer an.

Er musterte sie im Rückspiegel. »Junge Frau, ich bin kein Flieger.«

Dana lehnte sich zurück und dachte voller Sorge an das, was ihr bevorstand. Matt müsste ihre Nachricht inzwischen erhalten und die Polizei verständigt haben. *Bis ich dort bin, ist die Polizei bestimmt schon da. Und wenn nicht, muss ich sie hinhalten, bis sie eintrifft.* Dana öffnete ihre Handtasche. Sie hatte immer noch das Pfefferspray. *Gut.* Sie wollte es Roger oder Pamela nicht zu einfach machen.

Als sich das Taxi dem Haus der Hudsons näherte, blickte Dana aus dem Fenster und hielt Ausschau nach der Polizei. Nirgendwo war etwas zu sehen. Nicht ein einziger Streifenwagen stand auf der Auffahrt. Sie meinte vor Angst schier ersticken zu müssen. Sie musste daran denken, wie sie das erste Mal hier gewesen war. Wie wunderbar ihr Roger und Pamela vorgekommen waren. Aber sie waren mörderische Monster, voller List und Tücke. Und sie hatten Kemal. Jetzt empfand sie nur mehr abgrundtiefen Hass für sie.

»Soll ich warten?«, fragte der Taxifahrer.

»Nein.« Dana bezahlte ihn, stieg die Treppe zur Haustür hinauf und klingelte. Ihr Herz raste.

Cesar öffnete die Tür. Als er Dana sah, strahlte er. »Miss Evans.«

Und mit einem Mal wurde Dana klar, dass sie einen Verbündeten hatte. Sie bot ihm die Hand. »Cesar.«

Er ergriff sie mit seiner mächtigen Pranke. »Freut mich, Sie zu sehen, Miss Evans«, sagte Cesar.

»Ganz meinerseits.« Und Dana meinte es ernst. Sie war davon überzeugt, dass Cesar ihr helfen würde. Die Frage war nur, wann sie ihn darauf ansprechen sollte. Sie blickte sich um. »Cesar –«

»Mr. Hudson erwartet Sie im Arbeitszimmer, Miss Evans.«

»Gut.« Dies war nicht der richtige Moment.

Dana folgte Cesar durch den langen Flur, wobei ihr all die unglaublichen Dinge durch den Kopf gingen, die sich ereignet hatten, seit sie zum ersten Mal hier entlanggegangen war. Dann standen sie vor dem Arbeitszimmer. Roger saß an seinem Schreibtisch und packte gerade einige Unterlagen zusammen.

»Miss Evans«, sagte Cesar.

Roger blickte auf. Dana sah Cesar nach, als er sich wieder verzog. Am liebsten hätte sie ihn zurückgerufen.

»Nun denn, Dana. Treten Sie ein.«

Dana ging hinein. Wutentbrannt wandte sie sich an Roger. »Wo ist Kemal?«

»Ach, der liebe Junge«, versetzte Roger Hudson.

»Die Polizei ist bereits unterwegs, Roger. Die sind jeden Moment hier. Wenn Sie uns irgendetwas antun –«

»Oh, ich glaube nicht, dass wir uns wegen der Polizei Sorgen machen müssen, Dana.« Er kam auf sie zu, und ehe Dana wusste, wie ihr geschah, hatte er ihre Handtasche an sich gerissen und untersuchte sie. »Pamela hat mir berichtet, dass Sie Pfefferspray besitzen. Sie haben Vorsorge getroffen, nicht wahr, Dana?« Er nahm die Dose, hob sie hoch und sprühte ihr das Pfefferspray mitten ins Gesicht. Sie schrie vor Schmerz auf.

»Sie wissen noch nicht, was wirkliche Schmerzen sind, meine Liebe, aber ich versichere Ihnen, dass Sie es noch erfahren werden.«

Dana liefen die Tränen über das Gesicht. Sie versuchte sie wegzuwischen. Roger wartete, bis sie fertig war, dann sprühte er sie wieder an.

Dana schluchzte auf. »Ich möchte Kemal sehen.«

»Selbstverständlich. Und Kemal möchte Sie sehen. Der Junge ist außer sich vor Angst, Dana. Ich habe noch nie jemanden erlebt, der so viel Angst hat. Er weiß, dass er sterben wird, und ich habe ihm klar gemacht, dass auch Sie sterben werden. Sie meinen, Sie wären schlau gewesen, nicht wahr, Dana? Tatsächlich aber waren Sie sehr naiv. Wir haben Sie benutzt. Wir wussten, dass irgendjemand in der russischen Verwaltung erfahren hatte, was wir tun, und damit an die Öffentlichkeit gehen wollte. Aber wir konnten nicht feststellen, wer es war. Aber durch Sie haben wir es herausgefunden, nicht wahr?«

Dana hatte wieder die blutigen Leichen von Sascha Schdanoff und seiner Freundin vor Augen.

»Sascha Schdanoff und sein Bruder Boris waren sehr schlau. Boris haben wir bislang noch nicht gefunden, aber wir werden ihn schon noch kriegen.«

»Roger, Kemal hat mit alledem nichts zu tun. Lassen Sie ihn –«

»Ich glaube nicht, Dana. Ihretwegen habe ich mir zum ersten Mal Sorgen gemacht, als Sie sich mit der armen, unglückseligen Joan Sinisi trafen. Sie hatte mitgehört, wie Taylor Winthrop über das russische Vorhaben redete. Er wollte sie nicht umbringen lassen, weil es zwischen ihnen eine Verbindung gab. Folglich hat er sie nur gefeuert. Als sie ihn daraufhin verklagte, weil ihrer Meinung nach kein gerechtfertigter Kündigungsgrund vorlag, ließ er sich auf einen Vergleich ein, unter der Bedingung, dass sie mit niemandem über diese Angelegenheit sprechen durfte.« Roger Hudson seufzte. »Folglich haben leider Sie den tödlichen Unfall zu verantworten, dem Joan Sinisi zum Opfer fiel.«

»Roger, Jack Stone weiß –«

Roger Hudson schüttelte den Kopf. »Jack Stone und seine Männer haben Sie auf Schritt und Tritt beobachtet. Wir hätten Sie jederzeit beseitigen können, aber wir haben abgewartet, bis Sie uns die nötigen Erkenntnisse besorgt hatten. Jetzt haben wir wirklich keine Verwendung mehr für Sie.«

»Ich möchte Kemal sehen.«

»Zu spät. Dem armen Kemal ist leider ein Missgeschick passiert.«

Dana schaute ihn erschrocken an. »Was haben Sie –«

»Pamela und ich haben uns gedacht, dass es am besten wäre, wenn man Kemals erbärmliches Leben mit einer Feuersbrunst beendet. Daher haben wir ihn zu seiner Schule gebracht. Ungezogen, wie er nun einmal ist, ist er sonnabends dort eingestiegen. Er ist gottlob so klein, dass er gerade noch durch das Kellerfenster passte.«

Sie war außer sich vor Wut. »Ihr unmenschlichen Ungeheuer. Damit kommt ihr nie im Leben durch.«

»Sie enttäuschen mich, Dana. Was sollen diese Phrasen? Ihnen ist offenbar immer noch nicht klar, dass wir bereits damit durchgekommen sind.« Er ging zu seinem Schreibtisch und drückte auf einen Knopf. Im nächsten Moment tauchte Cesar auf.

»Ja, Mr. Hudson.«

»Kümmern Sie sich um Miss Evans. Und sehen Sie zu, dass sie noch lebt, wenn sie den Unfall erleidet.«

»Ja, Mr. Hudson. Ich werde darauf achten.«

Er steckt auch mit ihnen unter einer Decke. »Roger, hören Sie doch –«

Cesar ergriff Danas Arm und wollte sie aus dem Arbeitszimmer führen.

»Roger –«

»Leben Sie wohl, Dana.«

Cesar griff fester zu und führte Dana den Flur entlang und durch die Küche zu einem Nebenausgang, wo eine Limousine bereitstand.

Der WTN-Hubschrauber näherte sich dem Anwesen der Hudsons.

»Sie können im Garten landen und –«, wollte Jeff gerade zu Norman Bronson sagen. Er stockte, als er nach unten schaute und Cesar sah, der Dana gerade in eine Limousine verfrachtete.

»Nein! Warten Sie einen Moment.«

Die Limousine rollte über die Auffahrt und stieß auf die Straße.

»Was jetzt?«, fragte Bronson.

»Hängen Sie sich ran.«

»Das wollen Sie doch gar nicht tun, Cesar«, sagte Dana, als sie in der Limousine saßen. »Ich –«

»Halten Sie den Mund, Miss Evans.«

»Cesar, hören Sie mir zu. Sie wissen nicht, mit wem Sie es zu tun haben. Das sind Mörder. Sie aber sind ein anständiger Mann. Lassen Sie sich von Mr. Hudson nicht zu irgendetwas zwingen, das –«

»Mr. Hudson zwingt mich zu gar nichts. Ich mache das nur

Mrs. Hudson zuliebe.« Grinsend blickte er Dana im Rückspiegel an. »Mrs. Hudson sorgt für mein Wohlbefinden.«

Dana schaute ihn fassungslos an. *Ich muss das irgendwie verhindern.* »Wohin bringen Sie mich?«

»Zum Rock Creek Park.« Alles Weitere konnte sie sich denken. *Er will mich dort umbringen.*

Roger und Pamela Hudson, Jack Stone und Mrs. Daley waren in einem Kombi zum Washington National Airport unterwegs.

»Die Maschine steht bereit«, sagte Jack Stone. »Der Pilot weiß Bescheid, wie er nach Moskau kommt.«

»Gott, wie ich die Kälte hasse«, sagte Pamela Hudson. »Ich hoffe, das Miststück, wegen dem ich das hier durchmachen muss, schmort in der Hölle.«

»Was ist mit Kemal?«, fragte Roger Hudson.

»In zwanzig Minuten wird in der Schule ein Feuer ausbrechen. Der Junge ist im Keller. Er steht unter starken Beruhigungsmitteln.«

Dana wurde immer verzweifelter. Sie näherten sich dem Rock Creek Park, und der Verkehr ließ allmählich nach.

Der Junge ist außer sich vor Angst. Ich habe noch nie jemanden erlebt, der so viel Angst hat. Er weiß, dass er sterben wird, und ich habe ihm klar gemacht, dass auch Sie sterben werden.

»Er biegt ab, Jeff«, sagte Norman Bronson im Hubschrauber, der die Limousine verfolgte. »Sieht so aus, als ob er zum Rock Creek Park fährt.«

»Bleiben Sie dran.«

General Booster stürmte in sein Büro bei der FRA. »Was, zum Teufel, ist hier los?«, fragte er einen seiner Adjutanten.

»Wie schon gesagt, General. In Ihrer Abwesenheit hat Major Stone ein paar unserer besten Männer für irgendeine große Aktion mit Roger Hudson eingespannt. Sie haben Dana Evans aufs Korn genommen. Schauen Sie sich das an.« Der Adjutant gab einen Befehl in seinen Computer ein, und kurz darauf tauchte eine Nacktaufnahme von Dana am Bildschirm auf, als sie im Hotel Breidenbacher Hof gerade unter die Dusche gehen wollte.

General Boosters Miene wurde noch verkniffener. »Herrgott!« Er wandte sich an den Adjutanten. »Wo ist Stone?«

»Er ist weg. Er will mit den Hudsons außer Landes fliegen.«

»Verbinden Sie mich mit dem National Airport«, blaffte General Booster.

Norman Bronson blickte aus dem Hubschrauber nach unten. »Sie fahren zum Park, Jeff«, sagte er. »Wenn sie erst mal dort sind, kriegen wir sie nicht mehr, weil wir wegen der Bäume nicht landen können.«

»Wir müssen sie aufhalten«, drängte ihn Jeff. »Können Sie vor ihnen auf der Straße landen?«

»Klar.«

»Dann machen Sie's.«

Bronson schob die Regler nach vorn, worauf der Helikopter in den Sinkflug überging. Er steuerte über die Limousine hinweg und zog die Maschine behutsam herunter. Rund zwanzig Meter vor dem Fahrzeug landete er mitten auf der Straße. Sie sahen, wie der Wagen mit quietschenden Bremsen stehen blieb.

»Stellen Sie den Motor ab«, sagte Jeff.

»Das können wir nicht machen. Wir sind dem Kerl auf Gedeih und Verderb ausgeliefert, wenn –«

»Stellen Sie ihn ab.«

Bronson schaute ihn an. »Wissen Sie genau, was Sie da tun?«

»Nein.«

Bronson seufzte und stellte den Motor ab. Die mächtigen Rotorblätter des Hubschraubers wurden langsamer und kamen schließlich zum Stillstand. Jeff blickte aus dem Fenster.

Cesar hatte die Hintertür der Limousine aufgerissen. »Ihr Freund will uns Ärger machen«, sagte er zu Dana. Er schlug mit geballter Faust zu und traf Dana am Unterkiefer. Bewusstlos fiel sie auf den Sitz zurück. Dann richtete sich Cesar auf und ging auf den Hubschrauber zu.

»Da kommt er«, sagte Bronson nervös. »Mein Gott, ist das ein Riese!«

Selbstbewusst und voller Vorfreude näherte sich Cesar dem Helikopter.

»Jeff, der hat bestimmt eine Knarre. Der bringt uns um.«

»Sie und Ihre Bosse werden im Gefängnis landen, Sie Mistkerl!«, schrie Jeff aus dem Fenster.

Cesar ging einen Schritt schneller.

»Es ist aus. Geben Sie lieber auf.«

Cesar war noch rund fünfzehn Meter vom Hubschrauber entfernt.

»Die Jungs im Knast freuen sich schon auf Sie.«

Noch zehn Meter.

»Auf so was stehen Sie doch bestimmt, nicht wahr, Cesar?«

Cesar rannte jetzt. Noch fünf Meter.

Jeff drückte mit dem Daumen auf den Anlasser, und die mächtigen Rotorblätter des Hubschraubers kamen langsam in Schwung. Cesar achtete nicht darauf, denn er konzentrierte sich ganz auf Jeff, den er mit hasserfüllter Miene musterte. Die Blätter drehten sich immer schneller. Als Cesar auf die Tür des Hubschraubers zustürmte, begriff er plötzlich, was geschah, doch es war zu spät. Jeff schloss die Augen, als er den dumpfen Schlag hörte. Im nächsten Moment waren die Fenster des Hubschraubers innen und außen voller Blut.

»Ich glaube, mir wird schlecht«, sagte Norman Bronson. Er stellte den Motor ab.

Jeff warf einen Blick auf den kopflosen Leib, der am Boden lag, sprang aus dem Hubschrauber und rannte zu der Limousine. Er riss die Hintertür auf. Dana war bewusstlos.

»Dana … Liebes …«

Langsam schlug Dana die Augen auf. Sie blickte zu Jeff auf und murmelte: »Kemal …«

»Schau doch«, brüllte Jeff, als die Limousine noch fast eine Meile von der Lincoln Preparatory School entfernt war. Vor ihnen in der Ferne sahen sie den Qualm, der allmählich den Himmel verdunkelte.

»Die brennen die Schule nieder«, schrie Dana. »Kemal ist da drin. Er ist im Keller.«

»O mein Gott.«

Eine Minute später waren sie vor der Schule. Eine dichte Rauchwolke stieg aus dem Gebäude auf. Ein gutes Dutzend Feuerwehrmänner kämpfte gegen die Flammen an.

Jeff sprang aus dem Wagen und rannte auf die Schule zu. Ein Feuerwehrmann hielt ihn auf.

»Sie dürfen nicht näher ran, Sir.«

»War schon jemand drin?«, wollte Jeff wissen.

»Nein. Wir haben grade die Tür aufgebrochen.«

»Unten im Keller ist ein Junge.« Bevor ihn jemand aufhalten konnte, stürmte Jeff durch die zersplitterte Tür und rannte hinein. Rundum war alles voller Qualm. Jeff versuchte nach Kemal zu rufen, doch er brachte nur ein trockenes Husten hervor. Er drückte sich ein Taschentuch vor Mund und Nase und rannte den Flur entlang zu der Treppe, die in den Keller führte. Dichter, stechender Qualm schlug ihm entgegen. Jeff hielt sich am Geländer fest und tastete sich die Stufen hinab.

»Kemal!«, schrie er. Niemand antwortete. »Kemal!« Kein Laut. Dann entdeckte er am anderen Ende des Kellers eine undeutliche Gestalt. Er ging darauf zu, versuchte die Luft anzuhalten, aber dennoch drang ihm ätzender Qualm in die Lunge. Beinahe wäre er über Kemal gestolpert. Er schüttelte ihn. »Kemal.«

Der Junge war bewusstlos. Mit letzter Kraft hob Jeff ihn auf und trug ihn zur Treppe. Hustend und würgend und nahezu blind torkelte er durch den wirbelnden schwarzen Qualm, Kemal auf den Armen. Als er zur Treppe kam, zog und schleppte er ihn die Stufen empor. Dann, als er von weitem Stimmen hörte, verlor er das Bewusstsein.

General Booster telefonierte mit Nathan Novero, dem Direktor des Washington National Airport.

»Hat Roger Hudson eine Maschine bei euch stehen?«

»Ja, General. Er ist grade hier. Ich glaube, sie hat soeben Starterlaubnis erhalten.«

»Rufen Sie sie zurück.«

»*Was?*«

»Sagen Sie dem Tower Bescheid, dass man sie zurückrufen soll.«

»Ja, Sir.« Nathan Novero rief im Tower an. »Tower, widerrufen Sie die Starterlaubnis für Gulfstream R3487.«

»Die Maschine rollt bereits zur Startbahn«, erwiderte der Fluglotse.

»Entziehen Sie ihr die Starterlaubnis.«

»Ja, Sir.« Der Fluglotse griff zum Mikrofon. »Tower an Gulfstream R3487. Ihre Starterlaubnis ist widerrufen. Kehren Sie zum Terminal zurück. Brechen Sie den Start ab. Ich wiederhole – brechen Sie den Start ab.«

Roger Hudson trat ins Cockpit. »Was, zum Teufel, ist da los?«

»Vermutlich irgendeine Verzögerung«, sagte der Pilot. »Wir müssen zurück zum –«

»Nein!«, sagte Pamela Hudson. »Machen Sie weiter.«

»Bei aller Hochachtung, Mrs. Hudson, aber ich verliere meinen Pilotenschein, wenn –«

Jack Stone trat neben den Piloten und richtete eine Pistole auf seinen Kopf. »Starten Sie. Wir fliegen nach Russland.«

Der Pilot holte tief Luft. »Ja, Sir.«

Die Maschine rollte über die Startbahn, wurde zusehends schneller und hob zwanzig Sekunden später ab. Bestürzt blickte der Flughafendirektor der Gulfstream hinterher, die steil in den Himmel stieg.

»Herrgott. Er ist trotz –«

»Was ist los?«, herrschte ihn General Booster am Telefon an. »Haben Sie sie aufgehalten?«

»Nein, Sir. Sie – sie ist gerade gestartet. Wir haben keine Möglichkeit, sie –«

In diesem Augenblick explodierte ein Feuerball am Himmel. Entsetzt sah das Bodenpersonal mit an, wie die Gulfstream in tausend brennende Trümmer zerbarst, die in einem nicht enden wollenden Regen zu Boden fielen.

Boris Schdanoff, der am anderen Ende des Flugfeldes stand, schaute eine ganze Weile zu. Schließlich drehte er sich um und ging weg.

26

Danas Mutter kostete die Hochzeitstorte.

»Zu süß. Viel zu süß. Die Torten, die ich gebacken habe, als ich noch jünger war, sind einem förmlich auf der Zunge zergangen.« Sie wandte sich an Dana. »Stimmt's, mein Schatz?«

Auf der Zunge zergangen war das Letzte, was Dana in den Sinn gekommen wäre, aber darauf kam es jetzt nicht an. »Unbedingt, Mutter«, sagte sie mit einem herzlichen Lächeln.

Die Trauung war von einem Friedensrichter im Rathaus vorgenommen worden. Dana hatte ihre Mutter im letzten Moment, nach einem Telefongespräch, dazu eingeladen.

»Mein Schatz, ich habe diesen schrecklichen Mann zu guter Letzt doch nicht geheiratet. Ihr beide, Kemal und du, hattet Recht, was ihn anging. Daher bin ich jetzt wieder in Las Vegas.«

»Was ist passiert, Mutter?«

»Ich habe rausgefunden, dass er bereits eine Frau hatte. Die konnte ihn auch nicht ausstehen.«

»Tut mir Leid, Mutter.«

»Ich bin jetzt also wieder allein.«

Einsam, wollte sie damit andeuten. Daher hatte Dana sie zur Hochzeit eingeladen. Sie lächelte, als sie sah, wie ihre Mutter mit Kemal plauderte und sich sogar seinen Namen merkte. *Wir werden schon noch eine richtige Großmutter aus ihr machen.* Noch konnte sie ihr Glück kaum fassen. Dass sie frisch mit Jeff verheiratet war, kam ihr vor wie ein Wunder, doch das war noch nicht alles.

Nach dem Brand waren Jeff und Kemal vorübergehend ins Krankenhaus eingeliefert worden, wo man ihre Rauchvergiftung behandelt hatte. Während sie sich dort aufhielten, hatte eine Schwester einen Nachrichtenreporter auf Kemals Schicksal aufmerksam gemacht, worauf die Medien die Sache aufgegriffen hatten. Kemals Foto kam in sämtlichen Zeitungen, und selbst im Fernsehen berichtete man über ihn. Ein Buch über seine Erlebnisse sollte erscheinen, und es war sogar eine Fernsehserie im Gespräch.

»Aber nur, wenn ich darin auftreten darf«, beharrte Kemal. An seiner Schule galt er mittlerweile als Held.

Als die offizielle Adoptionsfeier über die Bühne ging, fand sich über die Hälfte seiner Klassenkameraden ein, die ihm begeistert zuklatschten.

»Jetzt bin ich wirklich euer Sohn, was?«, sagte Kemal.

»Jetzt bist du wirklich unser Sohn«, erwiderten Dana und Jeff. »Wir gehören nun zusammen.«

»Geil.« *Na warte, wenn Ricky Underwood das erfährt. Ha!*

Der schreckliche Albtraum, den sie in den letzten Monaten durchgemacht hatten, geriet allmählich in Vergessenheit. Sie waren jetzt eine Familie, die sich in ihren eigenen vier Wänden sicher und geborgen fühlte. *Ich brauche keine Abenteuer mehr,* dachte Dana. *Ich habe mein Leben lang genug davon.*

»Ich habe eine großartige neue Wohnung für uns vier gefunden«, verkündete Dana eines Morgens.

»Du meinst, für uns drei«, berichtigte Jeff sie.

»Nein«, entgegnete Dana leise. »Für uns vier.«

Jeff starrte sie an.

»Sie meint damit, dass sie ein Kind kriegt«, erklärte Kemal. »Hoffentlich wird's ein Junge. Dann können wir Reifen werfen.«

Es gab noch mehr gute Nachrichten. Die erste Sendung von *Alibi,* mit dem Untertitel »Der Fall Roger Hudson – eine mörderische Verschwörung«, erhielt hervorragende Kritiken und erzielte sensationelle Einschaltquoten. Matt Baker und Elliot Cromwell waren begeistert.

»Sie sollten sich schon mal überlegen, wo Sie Ihren Emmy hinstellen wollen«, sagte Elliot Cromwell zu Dana.

Nur eine traurige Nachricht trübte das allgemeine Glück. Rachel Stevens war an Krebs gestorben. Die Zeitungen hatten darüber berichtet, sodass Dana und Jeff Bescheid wussten. Doch als die Nachricht am Teleprompter auftauchte, warf Dana einen Blick darauf, musste tief schlucken und wandte sich mit belegter Stimme an Richard Melton.

»Das kann ich nicht ablesen«, flüsterte sie ihm zu. Folglich musste er die Nachricht vorlesen.

Ruhe in Frieden.

Sie saßen bei den Dreiundzwanzig-Uhr-Nachrichten.

»... Und nun zum Inland. Ein Wachmann in Spokane im Bundesstaat Washington, der wegen Mordes an einer sechzehnjährigen Prostituierten angeklagt ist, steht im Verdacht, sechzehn weitere... Malcolm Beaumont, der siebzigjährige Erbe eines Stahlimperiums, ist ertrunken. Beaumont, der mit seiner fünfundzwanzigjährigen Braut die Flitterwochen in seiner Villa auf Sizilien verbrachte, wurde im Swimming-Pool tot aufgefunden. Das Paar wurde von den beiden Brüdern der Braut begleitet. Und jetzt das Wetter, mit Marvin Greer.«

Als die Sendung vorüber war, suchte Dana Matt Baker auf.

»Mir macht da etwas zu schaffen, Matt.«

»Was denn? Sagen Sie's, damit ich was zum Lachen habe.«

»Es ist diese Geschichte von dem siebzigjährigen Millionär,

der in den Flitterwochen mit seiner fünfundzwanzigjährigen Braut im Swimming-Pool ertrunken ist. Finden Sie nicht, dass ihr das furchtbar gelegen kommen musste?«

Anmerkung des Autors

Handlung und Personen in diesem Roman sind frei erfunden, doch die geheime unterirdische Stadt Krasnojarsk-26 gibt es tatsächlich – es handelt sich um eines von dreizehn Sperrgebieten, in denen spaltungsfähiges Material hergestellt wird. Krasnojarsk-26 liegt in Zentralsibirien, rund dreieinhalbtausend Kilometer östlich von Moskau, und seit der Gründung der Stadt im Jahre 1958 wurden dort über fünfundvierzig Tonnen waffenfähiges Plutonium hergestellt. Zwar wurden 1992 zwei der Reaktoren abgeschaltet, einer indes ist immer noch in Betrieb und erzeugt derzeit pro Jahr etwa eine halbe Tonne Plutonium, das für die Herstellung von Atombomben verwendet werden kann.

Immer wieder gab es Berichte über angebliche Plutoniumdiebstähle, daher bemüht sich das US-Energieministerium in enger Zusammenarbeit mit der russischen Regierung um eine Verbesserung der Sicherheitsvorkehrungen, um missbräuchlichen Umgang mit spaltbarem Material zu verhindern.